Atestado de óbito

M.R. Hall

Atestado de óbito

Tradução de
Flávia Souto Maior

EDITORA RECORD
RIO DE JANEIRO • SÃO PAULO
2010

CIP-BRASIL. CATALOGAÇÃO NA FONTE
SINDICATO NACIONAL DOS EDITORES DE LIVROS, RJ.

Hall, M. R.
H184a   Atestado de óbito / M. R. Hall ; tradução de Flávia Souto Maior. – Rio de Janeiro : Record, 2010.

Tradução de: The Coroner
ISBN 978-85-01-08352-4

1. Investigação criminal – Ficção. 2. Ficção policial inglesa. I. Souto Maior, Flávia. II. Título.

10-1157.
CDD: 823
CDU: 821.111-3

TÍTULO ORIGINAL EM INGLÊS:
The Coroner

Copyright © Matthew Hall, 2009
Publicado mediante acordo com a Lennart Sane Agency AB

Diagramação: editorîarte

Texto revisado segundo o novo Acordo Ortográfico da Língua Portuguesa.

Todos os direitos reservados.
Proibida a reprodução, no todo ou em parte, através de quaisquer meios.

Direitos exclusivos de publicação em língua portuguesa somente para o Brasil adquiridos pela
Editora Record Ltda.
Rua Argentina, 171 – Rio de Janeiro, RJ – 20921-380 – Tel.: 2585-2000
que se reserva a propriedade literária desta tradução

Impresso no Brasil

ISBN 978-85-01-08352-4

EDITORA AFILIADA

Seja um leitor preferencial Record.
Cadastre-se e receba informações sobre nossos lançamentos
e nossas promoções.

Atendimento e venda direta ao leitor:
mdireto@record.com.br ou (21) 2585-2002.

Para P., T. e W.

PRÓLOGO

A PRIMEIRA PESSOA MORTA QUE Jenny viu na vida foi seu avô. Ela observou a avó enxugar as lágrimas em um lenço, cerrar as pálpebras do marido sobre os olhos vazios e então, com a chegada da própria mãe para confortá-la, afastar categoricamente a mão que lhe era oferecida. Nunca esqueceria essa reação: acusatória, cruel e totalmente instintiva. E, mesmo sendo uma criança de 11 anos, sentiu naquele momento, e na troca de olhares que o sucedeu, uma história amarga e vergonhosa que permaneceria nas feições da velha senhora até que, sete anos mais tarde, ela também estremecesse involuntariamente, deixando o corpo sobre aquela mesma cama.

No enterro, observou atrás de seu pai enquanto o caixão descia desajeitadamente ao solo, ela sabia que o silêncio dos adultos ao seu redor tinha o veneno de algo tão terrível, tão real, que fechou sua garganta e bloqueou suas lágrimas.

Passariam-se muitos anos até que, vendo-se em uma vida adulta cheia de dificuldades, os sentimentos daquelas duas cenas passassem a fazer sentido: na presença da morte, os seres humanos estão mais vulneráveis à verdade, e na presença da verdade estão mais vulneráveis à morte.

Essa percepção, que ela teve na noite em que seu ex-marido apresentou-lhe os papéis do divórcio, a impediu de jogar o carro em um penhasco ou de se lançar na frente de um trem expresso. Talvez — apenas talvez, ela chegou a se convencer — os pensamentos mórbidos que a perseguiam não passassem de placas de sinalização em uma estrada perigosa e íngreme que deveria percorrer para chegar a um lugar seguro.

Seis meses depois ela ainda estava longe de seu destino, porém muito mais perto do que naquela outra noite, quando um simples lampejo de memória, interpretado com a ajuda de muito vinho, trouxe-a de volta do abismo. Olhando para ela agora, ninguém poderia dizer que havia algo errado. Naquela clara manhã de junho, a primeira de sua nova carreira, ela parecia estar no auge de sua existência.

UM

GAROTO PROBLEMA ENCONTRADO ENFORCADO

Danny Wills, 14 anos, foi encontrado enforcado em um lençol preso nas grades da janela de seu quarto, no Centro de Detenção Juvenil Portshead. O corpo foi encontrado por Jan Smirski, funcionário de manutenção terceirizado da instituição privada, que fora verificar um vaso sanitário entupido.

O jovem mestiço havia cumprido apenas dez dias de uma sentença de quatro meses imposta pela Vara da Infância e da Juventude de Severn Vale. A polícia foi chamada à cena, mas o investigador Alan Tate disse aos repórteres que não havia motivos para suspeitar de um crime.

Filho de Simone Wills, 29 anos, Danny era o mais velho de seis irmãos, cada um deles, de acordo com vizinhos, de um pai diferente.

Sua ficha criminal listava envolvimento com drogas, atentados à ordem pública e atos de violência. Sua prisão sucedeu uma condenação pelo violento roubo de uma garrafa de vodca da adega Ali, em Broadlands, Southmead. Durante o roubo, Wills intimidou o proprietário, Ali Khan, com uma faca de caça, ameaçando "arrancar [seu] coração paquistanês". Na época do crime, ele estava violando or-

M.R. HALL

dem de restrição comportamental e toque de recolher impostos apenas duas semanas antes por posse de crack.

Stephen Shah, da Associação de Moradores de Southmead, disse hoje que Wills era "um conhecido garoto problema e uma ameaça, cuja morte deveria servir de lição para todos os jovens arruaceiros".

Bristol Evening Post

A curta vida de Danny Wills chegou ao fim pouco antes de o sol nascer, em uma gloriosa manhã de primavera: sábado, 14 de abril. Talvez por coincidência do destino, ele tinha 14 anos e 14 dias, o que lhe rendeu o questionável título de o mais jovem caso de fatalidade na prisão da história recente.

Ninguém — além de sua mãe e da mais velha de suas três irmãs — derramou uma lágrima por sua morte.

O cadáver de pouco mais de 40 quilos de Danny foi envolvido em um plástico branco e ficou em uma maca no corredor do necrotério do Hospital Distrital de Severn Vale durante o fim de semana.

Às 8 da manhã de segunda-feira, um legista, Dr. Nick Peterson, franzino maratonista de 45 anos, deu uma olhada nas escoriações que desciam verticalmente pela garganta e concluiu que fora suicídio. Mas, de qualquer forma, o protocolo exigia uma necropsia completa.

Mais tarde, no mesmo dia, o breve relatório de Peterson chegava à mesa de Harry Marshall, investigador forense do distrito de Severn Vale. O documento dizia:

ATESTADO DE ÓBITO

I
Doença ou condição clínica que provocou
a morte — *(a) Asfixia devido a estrangulamento*

Causas antecedentes — *(b) Nenhuma*

II
Outras condições que contribuíram para
a morte, mas NÃO relacionadas à doença
ou à condição que a provocou — *Nenhuma*

Condições patológicas presentes mas
que, na opinião do legista, NÃO
contribuíram para a morte — *Nenhuma*

Há mais algum exame de laboratório a
ser feito que possa afetar a conclusão
sobre a causa da morte? — *Não*

Comentários
O indivíduo de 14 anos do sexo masculino foi encontrado em seu quarto trancado, em um centro de detenção juvenil, enforcado por um laço improvisado feito com lençóis. Escoriações verticais no pescoço, ausência de fratura no osso hioide e necrose localizada no cérebro são compatíveis com suicídio.

Harry, um homem de 58 anos entediado com o mundo, que lutava contra o próprio peso, uma angina leve e o fardo financeiro de quatro filhas adolescentes, abriu o devido inquérito na terça-feira, 17 de abril, mas o adiou imediatamente, aguardando investigações adicionais. Duas semanas depois, em 30 de abril, voltou ao caso, e, no decorrer do dia, recolheu informações com vários funcionários do centro de detenção juvenil. Tendo escutado seus relatos mutuamente corroborantes, ele recomendou ao júri de oito membros o veredito de suicídio.

No segundo dia de inquérito, eles assim fizeram.

Na quarta-feira 2 de maio, Harry decidiu não abrir inquérito pela morte da usuária de drogas Katy Taylor, 15 anos. Em vez disso, assinou um atestado de óbito confirmando morte por overdose de heroína administrada por meio intravenoso. Esse seria seu último ato significativo como investigador forense de sua majestade. Trinta e seis horas depois, ao acordar de uma noite de sono excepcionalmente bem-dormida, a esposa o encontrou gelado, deitado a seu lado. O médico da família, amigo de longa data, ficou feliz em atribuir a morte a causas naturais — uma trombose —, poupando-o, dessa forma, das agruras de um exame post mortem.

Harry foi cremado uma semana depois, no mesmo dia e no mesmo crematório que Danny Wills. O técnico encarregado de limpar as cinzas e os fragmentos de ossos do receptáculo do forno cremador estava, como sempre, muito pouco consciencioso; as urnas que iam para as respectivas famílias continham os restos mortais de vários corpos misturados. A de Harry foi esvaziada em um canto do campo de Gloucestershire, onde ele e a esposa outrora namoravam. Em uma tocante cerimônia improvisada, cada uma das filhas leu em voz alta trechos de Wordsworth, Tennyson, Gray e Keats.

As cinzas de Danny foram espalhadas no Jardim da Lembrança, no crematório. A placa de mármore colocada entre arbustos de rosas dizia "Beleza por cinzas", mas, em consideração a todas as

ATESTADO DE ÓBITO

religiões — exceto a que provera essas palavras de conforto e inspiração —, a referência à Bíblia foi retirada.

Harry teria rido disso tudo, teria balançado a cabeça, refletindo sobre as mentes pequenas e maldosas que decidiam qual parte da verdade os outros devem saber.

DOIS

Jenny Cooper, mulher atraente mas não exatamente bonita, na faixa dos 40 e poucos anos, estava sentada e levava no rosto uma expressão de determinação e resistência ao encarar o Dr. James Allen. O psiquiatra comunitário devia ser pelo menos dez anos mais novo do que ela, imaginou Jenny, e estava tentando não se intimidar em sua presença. Quantas profissionais mulheres ele poderia encontrar ali, no pequeno hospital em Chepstow — uma cidadezinha no meio do nada?

— Você não teve nenhum ataque de pânico no último mês? — O jovem médico observava diversas páginas com anotações sobre Jenny.

— Não.

Ele anotou sua resposta.

— Sofreu alguma situação de ameaça?

— Como assim?

Ele levantou os olhos com um sorriso paciente. Notando o capricho com que seu cabelo estava partido e o cuidadoso nó na gravata, Jenny se perguntou o que ele estava reprimindo em si mesmo.

— Você passou por alguma situação que tenha desencadeado sintomas de pânico?

Ela repassou mentalmente os últimos meses e semanas: a tensão das entrevistas de emprego, a euforia por ter sido nomeada investigadora forense, a decisão impulsiva de comprar uma casa no campo, a exaustão de mudar-se sem ajuda alguma, a culpa avassaladora por agir de forma tão decisiva em nome de seus próprios interesses.

— Acredito — hesitou Jenny — que o momento em que fico mais ansiosa é quando telefono para o meu filho.

— Porque...?

— Pela possibilidade de que o pai atenda.

O Dr. Allen acenou com a cabeça, como se tudo aquilo já fizesse parte de sua infinita experiência.

— Você pode ser mais específica? Pode isolar exatamente o que teme?

Jenny olhou pela janela do andar térreo, para o jardim improvisado, o verde organizado de forma tão estéril que perdia seu propósito.

— Ele me julga... Mesmo que nosso casamento tenha acabado por culpa de seus casos, que ele tenha insistido que eu prosseguisse com minha carreira enquanto tentava ser uma boa mãe, que tenha decidido brigar pela custódia. Ele ainda me julga.

— Como ele a julga?

— Como uma fracassada egoísta.

— Ele já chegou a dizer isso a você?

— Ele não precisa dizer.

— Você disse que ele a encorajou em sua carreira... Isso é uma culpa que você coloca sobre si mesma?

— Achei que estivesse em uma sessão de psiquiatria, não de psicanálise.

— Perder a custódia de seu filho seguramente provocou muitas emoções difíceis.

— Eu não perdi, eu consenti que ele vivesse com o pai.

— Mas era isso que ele queria, não era? Sua doença abalou a confiança de seu filho em você.

Ela o fuzilou com os olhos, tentando mostrar que ele havia ido longe demais. Não precisava de um pilantra de 30 anos lhe dizendo por que seus nervos estavam destruídos, apenas queria mais uma receita de temazepam.

O Dr. Allen a analisava com ponderação, vendo-a como um caso — ela podia imaginar — a ser desvendado.

— Não acha que, assumindo este cargo de investigadora forense, você corre o risco de se sobrecarregar?

Jenny engoliu as palavras que gostaria de ter jogado na cara dele e forçou um sorriso tolerante.

— Aceitei o cargo porque é previsível, seguro, tem salário fixo. Não há chefe. Eu não me reporto a ninguém.

— Exceto aos mortos... e suas famílias.

— Depois de 15 anos trabalhando com leis de assistência à infância, os mortos serão um alívio bem-vindo.

Sua resposta parece ter interessado ao médico. Ele inclinou-se para a frente com uma expressão séria, pronto para explorar mais a questão. Jenny cortou:

— Veja bem, os sintomas estão diminuindo. Posso trabalhar, posso seguir com minha rotina, e a medicação leve está me ajudando a retomar o controle. Eu agradeço pela preocupação, mas acho que você concorda que estou fazendo de tudo para colocar minha vida de volta nos eixos. — Ela olhou para o relógio. — E realmente tenho que ir para o trabalho agora.

O Dr. Allen recostou-se em seu assento, desapontado com a reação de Jenny.

— Se você tentasse, estou convencido de que conseguiríamos fazer algum progresso. Talvez eliminar qualquer risco de que volte a ter mais um colapso.

— O que eu tive não foi um colapso.

— Episódio, então. Uma incapacidade de lidar com problemas.

ATESTADO DE ÓBITO

Jenny encontrou seu olhar, percebendo que, jovem e grosseiro como era, ele estava gostando de ter poder sobre ela.

— Claro que não quero que aconteça novamente — disse ela. — Adoraria continuar esta conversa em outro momento, você tem sido muito prestativo, mas realmente tenho que ir. É meu primeiro dia no novo trabalho.

Certo de que haveria outra consulta, ele pegou a agenda.

— Tenho horário vago na sexta-feira, daqui a duas semanas. Que tal às 17h30? Assim podemos demorar o quanto for necessário.

Jenny sorriu e afastou o cabelo castanho-escuro que lhe caía no rosto.

— Parece perfeito.

— Importa-se se eu fizer mais algumas perguntas? Só para ver se falamos sobre tudo — disse ele enquanto agendava a consulta.

— Diga.

— Você provocou deliberadamente vômito ou diarreia recentemente?

— Você é bastante meticuloso.

Ele entregou a ela um cartão com a data da consulta, esperando a resposta.

— Algumas vezes.

— Por algum motivo em particular?

Ela deu de ombros.

— Porque não gosto de me sentir gorda.

Ele olhou involuntariamente para suas pernas, ruborizando de leve quando viu que ela havia percebido.

— Mas você é bem magra.

— Obrigada. Quer dizer que está funcionando.

Ele olhou para seu caderno de notas, disfarçando o constrangimento.

— Você toma algum remédio sem prescrição médica?

— Não. — Ela pegou sua nova pasta de couro. — Terminamos? Prometo não processá-lo.

— Uma última coisa. Li nas anotações de suas consultas com o Dr. Travis que você tem uma falha de 12 meses nas memórias de infância, entre os 4 e 5 anos.

— As anotações também devem registrar o fato de que entre os 5 e os 35 eu fui relativamente feliz.

O Dr. Allen cruzou as mãos pacientemente sobre os joelhos.

— Espero ansiosamente tê-la como paciente, Sra. Cooper, mas deve saber que os escudos de defesa que construiu para si mesma terão que ceder em algum momento. Melhor escolher a hora do que ser escolhida por ela.

Jenny concordou de leve com a cabeça, sentindo o coração começar a bater mais forte, uma pressão se formando dos dois lados da cabeça, o campo de visão se estreitando. Ela se levantou rapidamente, reunindo à sua fraqueza cólera o bastante para acabar com a sensação de pânico. Tentando soar despreocupada mas profissional, ela disse:

— Tenho certeza que vamos nos dar bem. Posso pegar minha receita agora?

O médico olhou para ela. Pegou a caneta. Ela sentiu que ele lia seus sintomas, mas era muito educado para fazer qualquer comentário.

Jenny pegou os comprimidos na farmácia e engoliu dois deles com a boca cheia de Sprite Diet assim que entrou no carro, dizendo a si mesma que o que sentia era apenas nervosismo pelo primeiro dia de trabalho. Esperando a medicação fazer efeito, conferiu a maquiagem no espelhinho e, para variar, gostou do que viu. Nada mau, pelo menos por fora; melhor do que sua mãe aparentava quando tinha sua idade...

Em questão de segundos, sentiu os mágicos efeitos do remédio relaxando seus músculos e vasos sanguíneos, um calor espalhando-

ATESTADO DE ÓBITO

se por ela como uma taça de Chardonnay ao cair em um estômago vazio. Ela girou a chave na ignição e saiu do estacionamento em seu velho Golf.

Com Tina Turner estourando no som do carro, ela chegou lentamente, seguindo a fila de trânsito, à rotatória no limite da cidade, pegou a autoestrada M4 para o leste e pisou fundo. Dirigindo na direção do sol, ela atravessou voando os 5 quilômetros da velha ponte Severn a 130 km/h. As torres gêmeas — a partir das quais a ponte era suspensa de maneira improvável, por nada além de cabos de aço com poucos centímetros de espessura — pareceram impressionantes a seus olhos: símbolos de força e comprometimento inquebrantáveis. Observando a cintilante água azul que se estendia até um horizonte meio nublado, ela tentou ver o lado positivo. Em um ano, havia enfrentado um colapso emocional que a forçou a deixar o emprego, sobrevivido a um amargo divórcio, perdido a custódia do filho adolescente e conseguido recomeçar tudo do zero, com um novo lar e uma nova profissão. Ela estava ferida, mas não acabada. E, mais do que nunca, determinada a considerar que os acontecimentos pelos quais passou serviriam apenas para fortalecê-la.

Dirigindo pelo trânsito até o centro de Bristol, sentiu-se invencível. O que sabia aquele psiquiatra? Pelo que ele já havia passado?

Dane-se ele. Se ela precisasse de remédios novamente, arranjaria pela internet.

Seu novo escritório ficava em uma desbotada casa em estilo georgiano na Jamaica Street, esquina com a Whiteladies Road. Tendo brigado para conseguir uma vaga para estacionar nas proximidades, ela chegou ao local pela primeira vez a pé. Não podia ser chamado de grandioso. A três portas do cruzamento com a via principal, ficava entre uma imunda loja de conveniência asiática e uma ainda mais miserável banca de jornais na esquina. Ela chegou à porta da frente e olhou para as duas placas de metal. O primeiro e o segundo andar eram ocupados pelo escritório de um arquiteto, Planter & Cia.; o térreo era dela: investigador forense H. M., distrito de Severn Vale.

Soava tão formal, tão oficial. Ela era uma mulher de 42 anos que tinha acessos de raiva, lia revistas fúteis na cama, ouvia reggae e fumava cigarros quando bebia demais. Mas aqui estava ela, responsável por investigar todas as mortes por causas não naturais em grande parte do norte de Bristol e South Gloucestershire. Ela era a investigadora forense; um cargo que, segundo sua limitada pesquisa, datava de 1194. Sentindo a incandescência do temazepam começar a diminuir, ela pegou o molho de chaves que recebeu e destrancou a porta.

O hall de entrada era sem graça e pintado de um tom de verde enjoativo. Uma escadaria de carvalho escuro levava ao primeiro andar e aos demais, seu esplendor corrompido pelo carpete industrial verde que cobria as irregulares tábuas do assoalho. O efeito sombrio era completado pela parede repleta de placas de plástico que guiavam os visitantes ao andar superior ou à porta à esquerda, parcialmente coberta por um vidro fosco e encardido, em que se lia "gabinete do investigador forense".

O interior de seu novo endereço era ainda mais triste. Fechando a porta ao entrar, ela acendeu a luminária e inspecionou a grande e escura área da recepção. Fez uma anotação mental para redecorar assim que possível. Um computador antigo e um telefone estavam sobre uma mesa que parecia mais velha do que ela própria. Atrás, uma fileira de gaveteiros de arquivos cinza quase da mesma época e uma costela-de-adão quase morta. Do outro lado da sala, dois sofás caindo aos pedaços arrumados em ângulo reto ao redor de uma mesinha de centro barata, na qual ficava uma série de revistas *Reader's Digest*. O ponto alto era uma grande janela tipo guilhotina com

ATESTADO DE ÓBITO

vista para um pátio, bem onde os arquitetos do andar de cima — presumiu ela — haviam colocado dois vasos com loureiros e um moderno e estiloso banco.

Havia três portas internas; uma levava a uma pequena cozinha, recém-reformada, outra aos sanitários e a terceira, uma peça sólida e original, para seu escritório.

A modesta sala de quatro por quatro metros só poderia ter pertencido a um homem de meia-idade. No centro, uma pesada mesa em estilo vitoriano coberta por pastas de documentos e arquivos. Mais pastas e papéis desorganizados estavam espalhados pelo chão. Uma veneziana empoeirada cobria o que devia ter sido uma bela janela com vista para a rua.

Duas paredes estavam tomadas por estantes até o teto, ocupadas por edições de *All England* e *Weekly Law Reports*. O espaço que sobrava na parede era coberto por imagens tradicionais de cenas rurais e de jogos de golfe, e por uma foto da turma de 1967 do Jesus College de Oxford. Jenny observou os rostos dos estudantes de cabelos compridos, vestidos com becas e gravatas-borboleta brancas, e encontrou Harry Marshall — um esbelto e divertido adolescente fazendo bico, de lado para a câmera, como o jovem Mick Jagger.

Ela viu uma xícara de café pela metade na moldura da velha lareira a gás. Algum instinto repulsivo a fez pegá-la e estudar a fina película de mofo que boiava na superfície. Ela imaginou Harry, pesado, respirando pela boca, bebendo daquela xícara horas antes de sua morte e, por um segundo, imaginou qual seria o destino de sua própria carreira.

Uma luz piscante na mesa chamou sua atenção. Uma secretária eletrônica que parecia uma relíquia da década de 1980 tinha duas mensagens. Colocou a xícara de volta no lugar e apertou a tecla play. Soou a voz de uma jovem aflita tentando conter as lágrimas: "Aqui é Simone Wills. As coisas que disseram sobre mim no jornal não são verdade. Nada daquilo é verdade... E eu liguei para o Centro e disse a eles como Danny era. Aquela mulher está mentindo se disse que eu não liguei..." Ela começou a chorar, e continuou, chorando, "Por que você não me deixou dar provas? Você disse que eu poderia testemunhar. Você *prometeu*..." A máquina apitou, silenciando-a.

A mensagem seguinte também era de Simone Wills. Com uma voz muito mais controlada e determinada, ela disse: "Você entendeu errado, você *sabe* disso. Se não tiver coragem de descobrir o que aconteceu, eu o farei. Eu vou fazer justiça pelo Danny. Você é um covarde. É tão mau quanto eles." Dessa vez foi Simone que silenciou a máquina.

Danny Wills. Jenny lembrou de ter lido sobre o jovem prisioneiro que havia morrido no cárcere. Ela tinha a ideia de que sua mãe fosse viciada em drogas, mais uma daquelas irresponsáveis com as quais havia se acostumado na profissão que exercia anteriormente. Ouvir sua voz inflamada trouxe a ela uma indesejável sensação de déjà-vu. Como advogada cuja rotina diária consistia em tirar crianças negligenciadas de pais incapazes, e algumas vezes abusivos, ela já teve contato suficiente com emoções histéricas. Como investigadora forense, Jenny esperava ficar a uma boa distância dos aflitos e deprimidos.

— Olá? — uma voz feminina chamou da recepção. — É você, Sra. Cooper?

Jenny virou-se para ver uma mulher na faixa dos 50 anos, com um bem-cuidado cabelo Chanel, tingido de louro, parada na porta. Ela era baixa, de grande porte sem estar acima do peso, e usava um sobretudo bege e um terninho azul-marinho. A pele bronzeada em estilo contrastava com a blusa branca.

— Alison Trent. Assistente de investigador forense. — A mulher deu um sorriso cauteloso e estendeu-lhe a mão.

Jenny sorriu de volta e cumprimentou a senhora.

ATESTADO DE ÓBITO

— Jenny Cooper. Estava começando a me perguntar se você ainda estaria aqui.

— Não quis voltar desde que o Sr. Marshall morreu. Não sabia se podia atrapalhar alguma coisa.

— Certo — Jenny esperou por mais explicações, mas Alison não disse nada. Sentia estranheza, até mesmo hostilidade, vindo dela. — Então, se você não tem vindo aqui, quem tem tratado dos casos nas últimas quatro semanas?

— Eu — disse Alison, surpresa e um pouco indignada. — Não trabalho aqui. Meu escritório é na delegacia de polícia. Não lhe disseram?

— Na delegacia? Não. Apenas supus...

— Sou ex-funcionária do Departamento de Investigação Criminal. Como bônus pelo trabalho, ganhei um escritório. Receio que seja um pouco melhor do que este.

Jenny olhou para ela com meio sorriso, percebendo que estava diante de uma funcionária que pensava estar voltando à rotina de trabalho. Pelo que tinha visto até agora, isso não poderia acontecer.

— Suponho que deva deixá-la se ambientar antes de despejar qualquer arquivo em sua mesa — disse Alison. — Não que haja muita coisa no momento, apenas o usual do hospital, algumas mortes na estrada.

— Você não pode assinar atestados de óbito, não é?

— Não pessoalmente. Eu telefono para o Sr. Hamer, o substituto, no Bristol Central. Ele tem me dado o OK e eu assino por ele, por procuração.

— Entendo — disse Jenny, formando uma imagem mental do cômodo acordo. Um investigador forense substituto em outra parte da cidade, sem se dar ao trabalho de olhar os arquivos, aceitando a palavra de uma policial aposentada de que não são necessárias mais investigações. — Não sei o que lhe disseram, Sra. Trent, mas

23

o Ministério da Justiça me deixou claro que eu deveria fazer uma inspeção geral neste escritório e torná-lo parte do moderno Serviço de Investigação Forense. O primeiro passo será reunir tudo sob o mesmo teto.

Alison estava incrédula.

— Você quer que eu trabalhe aqui?

— Faria sentido. Gostaria que trouxesse tudo o que está na delegacia assim que possível. Não esqueça de trazer o arquivo do caso de Danny Wills. E gostaria de ver os arquivos atuais esta semana. Pegue um táxi se houver necessidade.

— Ninguém me disse nada — protestou Alison. — Não posso simplesmente ir embora. Estou lá há cinco anos.

Jenny adotou seu tom de voz mais formal.

— Espero que não ache o processo muito árduo, Sra. Trent, mas tem de ser feito. E rapidamente.

— Como quiser, Sra. Cooper. — Alison virou-se de forma abrupta, foi até a recepção e dirigiu-se à porta de saída.

Jenny inclinou-se na cadeira e parou para pensar. Outra coisa com a qual ela não contava: uma subordinada difícil, indubitavelmente ciumenta e contrariada por inúmeras razões. Ela decidiu imprimir sua autoridade desde o princípio. O mínimo de que precisava para desempenhar seu trabalho era o respeito inquestionável de sua equipe.

Era hora de estabelecer prioridades. O escritório precisava desesperadamente de uma limpeza, mas isso teria que esperar. A tarefa mais urgente era mergulhar nos papéis de Marshall e ver o que precisava de atenção.

Primeiro, ela precisava de um café. Um café forte.

Encontrou uma cafeteria brasileira, na esquina com a Whiteladies Road, que vendia café curto para viagem e pequenas tortinhas de creme. Ela comprou um de cada e voltou ao trabalho em dez minutos.

ATESTADO DE ÓBITO

No chão, perto da mesa, encontrou uma pilha de mais de vinte pastas de papelão com arquivos de casos, cada uma contendo um atestado de óbito assinado nos últimos dias da vida de Marshall. Todos pareciam ser casos de rotina, a maioria mortes em hospitais, esperando serem absorvidos por qualquer que fosse o sistema manual de arquivamento operado por Alison.

Sobre a mesa, havia duas pilhas de arquivos desordenados. A primeira continha papéis e recibos relativos à contabilidade do escritório. Uma carta da autoridade local — instituição que, devido a uma peculiaridade da história, empregava o investigador forense e pagava seu salário e despesas — avisava Marshall que a prestação de contas do ano estava atrasada.

A segunda consistia em uma seleção aleatória de casos, alguns deles de anos antes. Em cima da pilha havia uma pasta de plástico cheia de recortes de jornal do início da década de 1990, todos falando de casos investigados por Marshall. Ele havia destacado algumas passagens na maioria deles. Alguns estavam cuidadosamente recortados, outros rasgados de qualquer jeito, mas todos datados.

No meio de tudo isso, Jenny desenterrou uma coleção de correspondência pessoal, presa sob um vidro de nanquim: faturas de cartão de crédito, declarações de banco, um bilhete do dentista. Ela eliminou o lixo, juntou o restante e procurou um envelope grande o suficiente para guardar tudo. Remexeu as gavetas bagunçadas da escrivaninha, encontrando lápis quebrados, clipes de papel e detritos acumulados, mas nenhum envelope. Tendo revistado todas elas, prestes a desistir, notou uma gaveta rasa, porém bem mais larga, sob a parte central do móvel. Ela puxou a alça. Estava trancada. Procurou em volta pela chave e localizou um porta-lápis com uma série de esferográficas mastigadas. Virou-o de cabeça para baixo e, em meio a poeira e moedas, encontrou o que procurava.

Abriu a gaveta. Havia muitos envelopes, de todas as formas e tamanhos, mas também uma das já familiares pastas de arquivo.

Rapidamente, encheu um envelope pardo com a correspondência, rabiscou "Sr. Marshall" na frente, e então abriu o arquivo.

Em primeiro lugar no maço de documentos havia uma cópia de um atestado de óbito com data de 2 de maio. Tratava-se de um formulário tipo B: notificação do investigador forense ao Cartório de Registro Civil de que, tendo havido uma necropsia, um inquérito era considerado desnecessário. A falecida era Katherine Linda Taylor, 15 anos e 3 meses, domiciliada na Harvey Road, número 6, Southmead. O local da morte foi registrado como Bridge Valley, Clifton — o espetacular desfiladeiro ligado de um lado a outro pela ponte suspensa de Clifton. O pensamento imediato de Jenny foi sobre os muitos suicidas que pulam da ponte todos os anos, mas a causa da morte fora registrada como "overdose intravenosa de diamorfina". O espaço do Certificado para Cremação havia sido deixado em branco, salvo a palavra "enterro".

Intrigada, Jenny virou as páginas para encontrar um relatório policial de duas páginas, escrito à mão, em um estilo pomposo mas cheios de erros gramaticais, por uma tal policial Campbell. Um cidadão havia topado com o corpo parcialmente decomposto de Katy no meio dos arbustos que havia a cerca de 30 metros da estrada principal. Ela foi encontrada sentada, curvada, com uma seringa hipodérmica vazia ao lado. Os pais da garota morta haviam reportado seu desaparecimento sete dias antes, e ela tinha histórico de falta às aulas, fugas de casa e pequenos delitos.

Jenny não estava preparada para o que veio em seguida: uma xerox de uma fotografia da polícia retratando o corpo de Katy onde foi encontrado. Uma figura pequena e frágil, usando jeans fechados por um largo cinto branco, sandálias de salto alto combinando e uma camiseta cor-de-rosa. As mãos delicadas, em decomposição, abraçavam os joelhos pontudos. Um punhado de cabelos louros e desalinhados caía para a frente, ocultando seu rosto. O queixo estava apoiado no peito.

Ela olhou fixamente para a imagem por um bom tempo, horrorizada, absorvendo cada detalhe. Foi a cor da pele da adolescen-

ATESTADO DE ÓBITO

te que a fascinou: o branco brilhante da sandália contrastando com a carne se desfazendo. Sua mente criou uma imagem de como seria a cena caso o corpo tivesse sido encontrado apenas semanas mais tarde: ainda existiria tecido, ou apenas um esqueleto dentro das roupas?

Afastando a imagem, ela virou a página, esperando encontrar uma cópia do relatório da necropsia, mas não havia nenhum. Estranho. O padrão em todos os outros arquivos que ela havia visto até então era o mesmo: relatórios da polícia, relatório da necropsia, atestado de óbito. E por que a pasta estava trancada na gaveta?

Embora ela tivesse passado a maior parte das últimas três semanas estudando direito forense, Jenny sentia-se em território desconhecido. Abriu a pasta e tirou sua já bem consultada cópia do Jervis, manual padrão e bíblia dos investigadores forenses. O livro confirmou suas suspeitas. A seção 8 (1) do Estatuto do Investigador Forense de 1988 exigia que fosse aberto inquérito quando a morte fosse violenta ou não natural. Não há morte menos natural do que um possível suicídio ou overdose acidental. Como pode Marshall ter atestado isso sem passar por todo o procedimento legal?

Ela conferiu as datas: corpo encontrado em 30 de abril, relatório policial de 1º de maio, atestado de óbito assinado em 2 de maio. Lembrou-se de que Marshall morrera pouco depois, naquela primeira semana de maio. Talvez já não se sentisse muito bem e estivesse pulando etapas. Ou talvez quisesse poupar a família da garota morta do sofrimento de um inquérito. De qualquer forma, não ter aberto um inquérito havia sido uma evidente quebra das regras. Era exatamente o tipo de prática que todos os peritos criminais estava sendo orientados pelo Ministério da Justiça a erradicar.

Alison voltou uma hora depois. Jenny sentiu as ondas de ressentimento varrendo-a mesmo antes de a mulher bater à porta parcialmente aberta. Tentou mostrar-se animada.

— Entre.

Alison levou uma pesada sacola de náilon para o escritório e colocou-a no chão.

— Isso foi tudo que pude encontrar do que vem sendo feito desde a morte dele. Os casos nas pastas azuis, em cima, ainda estão abertos. Temos umas cinco mortes por dia, em média, às vezes mais.

— Obrigada. Tentarei olhar tudo.

— Arranjei uma van, mas o rapaz não pode trazer tudo até amanhã à tarde. Há meia dúzia de gaveteiros de arquivos. Não sei onde está pensando em colocá-los.

— Acredito que grande parte possa ir para um depósito — disse Jenny, recusando-se a reconhecer o tom martirizado de Alison. — Contanto que tenhamos os arquivos dos últimos anos aqui... Digitalizaremos o sistema mais ou menos imediatamente, de qualquer forma.

— Hã?

— Você já trabalhou com computadores?

— Apenas quando é inevitável. Já vi como eles falham.

— Há um sistema padrão que deve ser usado por todos os investigadores forenses. No futuro, clínicos gerais e médicos que trabalham em hospitais notificarão todas as mortes por e-mail, não apenas aquelas para as quais eles não possam emitir atestados. Você sabia que Harold Shipman conseguiu matar 250 de seus pacientes e nenhum dos casos chegou à mesa de um forense?

— Isso não aconteceria aqui. Conhecemos pessoalmente todos os médicos da região.

— Isso é parte do problema. — Jenny fez-se entender: — Odeio burocracia mais do que qualquer um, mas o abuso de confiança foi o motivo pelo qual ele foi parar nos livros de recordes.

Alison franziu a testa.

— É claro que eu não poderia esperar que as coisas continuassem do jeito que eram. Querer mudar as coisas é da natureza humana.

ATESTADO DE ÓBITO

— Espero que a gente se dê bem, Sra. Trent. — A expressão de Alison permaneceu dura. — Escutei coisas boas sobre a senhora. Na entrevista, me disseram que o Sr. Marshall a considerava indispensável. Tenho certeza que também considerarei.

A mulher mais velha amoleceu um pouco, relaxando o rosto.

— Desculpe se pareço um pouco tensa, Sra. Cooper — ela fez uma pausa. — Eu e o Sr. Marshall nos tornamos bons amigos ao longo dos anos. Um homem tão bom. Preocupado com todos. Eu não entro aqui desde... — ela diminuiu o tom e foi ficando sem voz.

— Eu entendo. — Jenny sorriu, dessa vez com sinceridade, e Alison retribuiu o sorriso.

A tensão entre as duas diminuiu. Uma trégua tácita foi declarada.

Alison viu o copinho de café vazio na mesa de Jenny.

— Gostaria de outro? Estava indo buscar um para mim. Desculpe, não há muita coisa na cozinha. Passarei para comprar suprimentos mais tarde.

— Obrigada. — Jenny pegou a bolsa em busca de sua carteira.

— Não precisa, eu pago.

— Não, eu insisto. — Jenny pegou uma nota de 20 libras e entregou a ela. — Isso deve dar para as outras compras também.

Alison hesitou por alguns instantes antes de pegar o dinheiro, depois dobrou a nota e guardou-a agradecidamente dentro do bolso do sobretudo.

— Obrigada, Sra. Cooper. — Ela correu os olhos pela sala. — Espero que a Sra. esteja pensando em reavivar este lugar. Não é tocado há anos.

— Vou esperar alguns dias, até bater a inspiração.

— Harry sempre disse que iria redecorar, mas nunca chegou a fazê-lo. Pressões da vida, suponho; uma esposa e quatro filhas, todas estudando. Ele era um velho pai também.

Jenny lembrou-se da fotografia de Katy Taylor.

— Antes de ir, Sra. Trent...

Ela pegou o arquivo.

— Pode me chamar de Alison.

— Tudo bem...

— Não se preocupe, eu vou chamá-la de Sra. Cooper. Prefiro assim, de qualquer forma.

— Como preferir — disse Jenny, aliviada por ter sido poupada do constrangimento de insistir na formalidade. Não tolerava ser chamada pelo primeiro nome no trabalho. Ela abriu a pasta e apresentou o atestado de óbito.

— Encontrei isto trancado em uma gaveta.

— Eu lembro. A jovem que teve overdose.

— Há duas coisas estranhas nesse caso. Não há relatório de necropsia, e quando há possibilidade de suicídio, certamente deve haver um inquérito.

Alison reagiu com surpresa.

— A polícia não deu nenhum indício de suicídio. Os viciados estão sempre se excedendo acidentalmente.

— Mas continua sendo uma morte não natural.

— O Sr. Marshall não gostava de aborrecer as famílias quando não havia nada a ganhar. Qual seria o motivo?

Jenny preferiu não começar com explicações. Seria preciso mais do que uma rápida lição sobre o Estatuto do Investigador Forense para reeducar sua assistente.

— E o relatório de necropsia? Ele não pode ter assinado um atestado de óbito sem ter visto um.

— Ele não teve escolha. Temos sorte se vemos um relatório escrito três semanas após a morte. O legista telefonava com suas descobertas após o exame, os papéis chegavam depois.

— Três *semanas*?

— Estamos falando do Sistema Nacional de Saúde. — O telefone de Alison tocou. — Com licença. — Ela pegou-o do bolso e

ATESTADO DE ÓBITO

atendeu. — Escritório da investigadora forense... Olá Sr. Kelso... Entendo... É claro. Darei o recado à Sra. Cooper agora mesmo... Sim, ela começou hoje. Pode deixar. — Ela desligou o telefone e voltou-se para Jenny. — Era um médico da emergência do Vale. Sem-teto de 54 anos declarado morto ao chegar ao hospital. Suspeita de falência do fígado. Necropsia esta tarde.

— E um relatório no mês que vem?

— Deixarei o número do necrotério, se quiser. A senhora pode telefonar e apresentar-se.

Ela procurou um pedaço de papel e anotou um número de Bristol.

— Este é o número direto da secretária eletrônica do Dr. Peterson, o médico legista. Ele costuma retornar as ligações.

Jenny olhou novamente para o arquivo e sentiu uma agitação desagradável na boca do estômago. Quaisquer que tenham sido os motivos de Marshall, a forma como lidou com o caso foi no mínimo negligente, e era responsabilidade dela arrumar a bagunça.

— Não, acho melhor visitá-lo pessoalmente, ver se não conseguimos acelerar um pouco as coisas.

— Você pode tentar — disse Alison. — Ainda quer o café?

Jenny levantou da cadeira e pegou a bolsa.

— Só quando eu voltar.

— Já esteve em um necrotério antes?

— Não.

— Apenas para avisá-la: pode ser um pouco chocante. Cavalos selvagens não arrastariam o Sr. Marshall lá para baixo.

Alison esperou até ouvir os passos de Jenny desaparecerem pela porta da frente do prédio, e então sentou-se silenciosamente em sua mesa por um longo instante antes de pegar sua pasta e retirar um grosso documento, amarrado. Ela passou pelas páginas, com um olho na porta, como se temesse ser vista a qualquer momento.

Ao ouvir o som de vozes nas escadas, rapidamente fechou-o e colocou-o de volta em sua pasta. Permaneceu sentada ainda bastante tempo depois que as vozes se foram, olhando fixamente da recepção em direção ao escritório onde Harry Marshall deveria estar, com os olhos ardendo das lágrimas que se recusavam a cair.

TRÊS

JENNY BEBEU O RESTO MORNO de seu Sprite Diet, uma das mãos no volante, enquanto dirigia os 6,5 quilômetros até o hospital em meio ao trânsito lento. Avançando lentamente por estradas em obras, em ritmo de caminhada, presa entre um caminhão que soltava fumaça e um Mercedes impaciente, ela sentiu os batimentos cardíacos começando a acelerar, um aperto no peito, uma "ansiedade generalizada" — como o Dr. Travis, seu ex-psiquiatra, havia denominado — perto da superfície.

Hipersensível. Estressada. Nervosa. Chame do que quiser. Desde o dia, quase há exatamente um ano, em que amarelou no tribunal e teve de se sentar no meio da leitura de um relatório médico banal para um confuso juiz, a mais mundana das situações causadoras de ansiedade é capaz de desencadear sintomas de pânico. Esperar na fila do supermercado, andar de elevador, sentar-se na cadeira do cabeleireiro, ficar parada no trânsito: qualquer situação da qual não haja saída imediata pode fazer seu coração bater mais forte e seu diafragma apertar.

Ela iniciou seus exercícios de relaxamento, respirando lenta e profundamente, sentindo o peso dos braços oprimir os ombros, as pernas afundarem no assento. A ansiedade diminuiu de forma gradual, retirando-se para seu esconderijo, no subconsciente, mas deixando uma fresta da porta aberta. Apenas para que Jenny não esquecesse que ela estava lá.

Ao parar no semáforo, Jenny atirou a lata vazia na calçada e vasculhou a bolsa em busca do temazepam. Tirou um comprimido e engoliu a seco, com raiva de sua dependência. Outras pessoas conseguiram superar traumas sem viver à base de remédios, por que ela não conseguia? Tentava se consolar com o fato de que, nos três meses desde que decidira largar o emprego de advogada de tribunal, seus sintomas diminuíram significativamente. Nenhum pensamento obscuro e indesejado. Nenhum ataque de pânico total.

Um dia de cada vez...

Aproximando-se do grande e moderno hospital, com paredes de tijolos aparentes, que parecia mais um dos anônimos prédios comerciais que o cercavam, ela fez um esforço para ser racional e aceitar que o estresse de um novo trabalho faria com que ela ficasse mais ansiosa por um tempo. Ela usaria os remédios enquanto se ajustasse às novas responsabilidades e então, em uma ou duas semanas, se livraria deles novamente.

Mas assim que estacionou o carro e cruzou a rua na direção do prédio do hospital, sua mente recusou-se a parar. Imagens disformes e perturbadoras surgiram-lhe. E se seus psiquiatras estivessem certos? E se houvesse um terror secreto em sua infância que continuaria a assombrá-la como um fantasma malvado até que ela, de alguma forma, reunisse forças para confrontá-lo?

Droga. Ela pensou que já havia superado tudo isso.

Viu seu reflexo no vidro da porta giratória: uma mulher inteligente e confiante, vestida com um terninho executivo. Uma profissional. Uma presença notável. Dê um pouco mais de tempo ao tempo, disse a si mesma, e isso irá desaparecer como um pesadelo.

Depois de dez minutos andando pelos corredores lotados, muitos deles subdividindo-se em alas, com pacientes meio cinzentos

ATESTADO DE ÓBITO

abandonados em macas, Jenny percebeu que não havia placas indicando o necrotério. Ela entrou na fila da recepção, constrangida em passar na frente dos coitados na fila que queriam pedir informações. A maioria aparentava ser pobre, velha ou confusa; uma enorme jovem grávida segurava a barriga, visivelmente sentido dor. A recepcionista, uma mulher tensa com os dentes manchados de nicotina, lidava de forma cada vez mais impaciente com cada uma das pessoas, uma mão inquieta com um pacote de cigarros, enquanto tentava dar informações complicadas pelo prédio, com a ajuda de um desbotado mapa plastificado que ninguém conseguia seguir.

O necrotério ficava em um outro prédio, térreo e sem sinalização, nos fundos do complexo hospitalar. Ninguém veio atender quando ela apertou a campainha. Tentou novamente. Ainda sem resposta. Na terceira tentativa, uma jovem faxineira filipina abriu a porta, enxugando exaustivamente suas mãos no encardido macacão sem mangas. Jenny perguntou, hesitante como encontrar o Dr. Peterson. A moça deu de ombros e fez um gesto para que entrasse, dizendo, "Eu não falar inglês, desculpe", e voltou a passar o esfregão no chão de ladrilhos.

Jenny entrou, atravessou um pequeno corredor e passou por uma porta vaivém chegando a um salão aberto, no qual havia duas portas envidraçadas, que levavam aos escritórios, e uma série de outras portas vaivém. Um bebedouro e uma máquina de salgadinhos ficavam no canto. Ela olhou pelo vidro das portas dos escritórios, mas não havia ninguém. Seguindo o som de vozes, entrou por um corredor mais largo, ao longo do qual, junto à parede, estavam enfileiradas mais de meia dúzia de macas, cada uma delas com um cadáver enrolado em plástico branco. Então, sentiu o cheiro: um poderoso desinfetante misturado com um forte e doce odor que alcançou fundo de sua garganta.

Um homem alto, magro, sombrio, usando um avental cirúrgico manchado, apareceu pela porta à sua direita. Tirando a máscara do rosto, olhou para ela com expressão de agradável surpresa.

— Posso ajudá-la?

Jenny endireitou-se, desviando os olhos da fileira de cadáveres.

— Olá. Jenny Cooper, investigadora forense do distrito de Severn Vale. Estou procurando pelo Dr. Peterson.

— Sou eu — ele sorriu, com finas rugas ao redor dos olhos.

Jenny instintivamente estendeu-lhe a mão.

— Prazer em conhecê-lo.

— Acho melhor não... melhor eu lavar as mãos primeiro. — O sorriso novamente, quase pueril. — Investigadora forense, hein? Não me lembro da última vez que recebi um de vocês aqui embaixo. Harry Marshall conseguiu evitar vir aqui até depois de morto. Podemos conversar em minha sala?

— Claro.

Peterson levou-a pelo corredor. Enquanto andava, tirou o avental, revelando uma elegante camiseta polo, e atirou-o, junto com a máscara, em um cesto de roupas sujas. Era magro para um homem de sua idade, mas vaidoso, presumiu Jenny. Ele chegou à porta com cadáveres encostados em ambos os lados e abriu-a.

— Depois da senhora. — Jenny olhou desconfortavelmente para os corpos.

Peterson disse:

— São os melhores pacientes do Serviço Nacional de Saúde... estão esperando há horas e não deram um pio.

Ela tentou dar um sorriso amarelo e entrou na modesta sala. Havia uma janela que dava para o estacionamento do hospital, prateleiras cheias de livros técnicos, caixas de arquivos e vários objetos indistintos boiando em vidros de formaldeído. Peterson parou em frente a uma pia de aço inoxidável e começou a esfre-

ATESTADO DE ÓBITO

gar as mãos vigorosamente com um sabonete líquido de perfume forte.

— Sente-se. — Ele apontou com a cabeça para a única cadeira próxima à mesa. — Assumindo hoje?

— Primeiro dia de trabalho. — Ela passou os olhos pela sala, sua atenção voltada para o único quadro na parede: um cartão-postal emoldurado retratando uma doninha morta, caída sobre uma pequena mesa, com um revólver em miniatura na patinha. — Se é que posso chamar assim. Tenho a impressão de que meu predecessor deixava as coisas correrem um pouco soltas.

Peterson limpou a espuma da pele e fechou a torneira.

— Não sei, Harry Marshall me parecia um homem competente... não que o tenha visto muitas vezes. — Puxou um papel toalha. — Sempre o considerei uma pessoa agradável de se lidar.

— Não era alguém apegado a formalidades.

Ele amassou o papel toalha molhado e atirou-o na lixeira, com um ar vagamente entretido no rosto.

— Isso soou um pouco carregado.

— É apenas uma observação. No início do mês passado, você fez uma necropsia em uma garota de 15 anos, Katy Taylor. Já estamos em junho e meu escritório não recebeu um relatório do seu.

— Você terá de refrescar minha memória.

— Garota pequena, loura. Suspeita de overdose de heroína.

— Sim. Eu lembro... parcialmente decomposta. Aquilo que chamamos de "desagradável".

— Realmente.

— Informei a Marshall minhas descobertas pelo telefone.

— Que foram...?

— Ela injetou uma substância muito próxima da heroína pura. Chegam alguns assim todo mês.

— Havia alguma possibilidade de suicídio?

— Nunca se pode descartar.

— Então Marshall era obrigado a abrir um inquérito. Alguma ideia que explique por que ele não fez isso?

— Sou apenas um legista. Digo ao investigador forense a causa da morte e acaba aí minha responsabilidade.

— Minha assistente disse que o senhor raramente faz um relatório em menos de três semanas após a necropsia.

Peterson sorriu pacientemente.

— Sra. Cooper, Jenny... eu divido uma secretária com cinco outros médicos, todos com pacientes que ainda respiram. Adoraria enviar relatórios para o seu escritório o mais rápido possível, mas é mais provável que um desses presuntos aí fora tenha uma ereção.

Jenny encarou-o com o olhar com que encararia uma testemunha evasiva.

— Por que o senhor mesmo não escreve os relatórios?

— Dê-me um dia com três horas a mais e eu ficaria feliz em fazê-lo.

— No futuro, eu não assinarei atestados de óbito sem olhar um relatório escrito.

— Então eu sugiro que você leve a questão à direção deste lugar. Só Deus sabe o quanto eu já tentei. — Ele olhou para o relógio. — Falando nisso, tenho uma reunião com aqueles cretinos a qualquer momento. Preciso ir.

— Estou falando sério, Dr. Peterson. Isso significa que os corpos não serão liberados para que sejam enterrados.

— O *quê*? — Peterson deu uma gargalhada. — Você quer ver os meus refrigeradores? Mesmo seguindo o sistema atual, estão superlotados.

Jenny levantou-se da cadeira.

— Então por que não tenta armazená-los no estacionamento? — deu um sorriso afável. — Meu palpite é que você terá uma secretária logo, logo. Estou esperando ansiosamente pelo relatório.

ATESTADO DE ÓBITO

* * *

Alison havia deixado um bilhete dizendo "Fui buscar mais coisas na delegacia" e quatro formulários de relatórios de óbito, todos de pacientes do Vale. Jenny comeu uma salada em sua mesa e estudou os novos casos. O primeiro era um sem-teto que havia morrido por suspeita de falência do fígado em um cubículo na emergência. Ela ainda não conhecia muito de medicina, mas sabia o suficiente para perceber que ele deve ter deixado esse mundo agonizando de dor, provavelmente em uma maca, aguardando que sobrecarregados médicos recém-formados decidissem no palitinho quem o atenderia. O segundo era uma mulher na casa dos 70 anos que, internada com enfisema, logo contraiu uma infecção hospitalar. O terceiro era um senhor de 60 anos, morto ao chegar ao hospital após ter sofrido um suposto ataque cardíaco, e o quarto era uma paquistanesa solteira, de 19 anos, que havia tido hemorragias enquanto dava à luz em um parque público.

Ela imaginou todos eles empilhados uns sobre os outros no refrigerador de Peterson e apavorou-se por um momento.

O telefone em sua mesa tocou, uma interrupção bem-vinda.

— Jenny Cooper.

Uma confiante jovem disse:

— Tara Collins, *Bristol Evening Post*. Você é a nova investigadora forense de Severn Vale?

— Sim?

— Oi. Eu escrevi uma matéria há algumas semanas sobre um garoto que morreu na prisão, Danny Wills. Seu predecessor conduziu o inquérito.

— Sei. — Jenny tentou soar evasiva, cautelosa com repórteres, mesmo que como advogada da Vara de Família tenha lidado pouco com eles.

— Marshall morreu três dias depois que o júri chegou ao veredito de suicídio.

— Entendo.

Houve uma breve pausa na linha.

— Seu médico assinou um atestado de óbito declarando como causa da morte uma trombose, mas, até onde eu sei, não foi feita nenhuma necropsia.

Jenny sentiu que estava sendo atraída para alguma coisa.

— Receio não saber mais do que você, mas se o médico ficou convencido a ponto de informar a causa de sua morte...

— Como poderia? Marshall tinha apenas uma angina leve. Ele fez um eletrocardiograma em fevereiro.

— O que quer exatamente, Srta. Collins?

— Não acha estranho que apenas três dias após conduzir um inquérito sobre a morte de um prisioneiro de 14 anos em uma prisão terceirizada, o investigador forense tenha morrido de forma repentina e nem ao menos tenha sido submetido a uma necropsia?

— Acabei de assumir o cargo. Não sei muita coisa sobre o caso Wills... apenas o que li em seu jornal, que não foi exatamente solidário ao rapaz, se bem me lembro.

— Meu texto foi substituído... — A voz de Tara Collins esmoreceu.

Jenny esperou que ela continuasse.

— Marshall era um homem ocupado antes do inquérito. Estava pegando depoimentos dos funcionários de Portshead, do serviço de escolta de prisioneiros, do Grupo de Apoio a Jovens Infratores, e então tirou todo o trabalho da frente em um dia. Ele chamou apenas quatro testemunhas e voltou atrás em sua promessa de deixar a mãe do menino testemunhar.

Era a vez de Jenny fazer uma pausa para pensar, bem ciente de que qualquer coisa que dissesse corria o risco de aparecer no jornal desta noite. Ela tentou mudar de assunto.

ATESTADO DE ÓBITO

— Como sabe sobre o eletrocardiograma?

— Uma fonte. Não posso dizer quem.

— E as conversas dele com a família?

— Tenho mantido contato com a Sra. Wills desde a morte de Danny. Marshall prometeu a ela que faria de tudo. Ele estava dando-lhe notícias regulamente até três dias antes da audiência. Então se calou. Nunca mais falou com ela.

— Bem, suponho que possa haver inúmeras explicações. Eu teria de olhar o arquivo antes de formar uma opinião, mas se a família não está satisfeita com o inquérito, o curso normal é procurar aconselhamento legal.

— Não há auxílio legal para inquéritos, e sem chance de conseguir algum auxílio para contestar os resultados de um inquérito.

— A morte do Sr. Marshall foi muito lastimável — disse Jenny, esforçando-se para não perder a paciência. — Sinto muito pela família dele, e ainda mais pela de Danny Wills, mas meu trabalho é assegurar que a partir de agora este escritório seja administrado de uma maneira moderna, eficiente e aberta. Quero ter certeza de que, no futuro, as famílias sintam-se totalmente satisfeitas com a forma de conduzir o inquérito.

— Leu isso em algum roteiro, Sra. Cooper? Pareceu-me que sim.

Jenny ficou furiosa.

— Quer que eu responda, Srta. Collins, ou está simplesmente tentando dizer alguma coisa?

A jornalista ficou quieta por um instante. Quando falou novamente, tinha retomado o controle de suas emoções:

— Peço desculpas... Mas, tendo coberto o caso de Danny, me parece que a verdade nunca foi desvendada. Nem um pouco. E ainda por cima tem a morte de Marshall...

— O que tem isso?

— Não lhe parece mais do que uma coincidência?

— Dado que tenha sido por causas naturais, não.

— Seu comportamento em relação ao inquérito foi bastante peculiar.

— Sem tê-lo conhecido, seria impossível fazer qualquer comentário.

— Então não irá olhar novamente o caso Wills?

— Já foi trabalhado. Não tenho poder para retomá-lo.

— O que me diz sobre a Seção 13 do Estatuto do Investigador Forense de 1988? A senhora pode pedir permissão ao Supremo Tribunal para conduzir um novo inquérito.

Jenny sentiu apertarem os músculos de sua garganta. Ela engoliu, resistindo a um poderoso impulso de bater o telefone na cara de sua interlocutora.

— Já que andou pesquisando a lei, deve saber que isso só é possível caso surjam provas novas e convincentes.

— Se procurar, vai encontrar. Adeus, Sra. Cooper.

Jenny colocou lentamente o telefone no gancho, a adrenalina correndo em suas veias. Meio dia no cargo e uma jornalista já estava tentando cercá-la. Advogados da Vara de Família tinham de lidar com mães chorosas e pais violentos no tribunal, mas nada de imprensa. Nenhum caso conduzido por ela havia ocupado um centímetro de papel-jornal. Lidar com a mídia era mais uma coisa que ela teria de aprender no novo trabalho. Tara Collins obviamente estava trabalhando sob um ponto de vista, então teria de estar preparada e ciente sobre todos os fatos. Ela encontrou o arquivo do caso Danny Wills e começou a ler.

O Formulário de Inquérito registrava o veredito de suicídio dado pelo júri. Na seção narrativa, o primeiro jurado havia escrito: "Entre 2 e 4 horas, o falecido rasgou uma faixa do lençol de sua cama, amarrou uma ponta nas grades da janela e, subindo em uma cadeira, amarrou a outra ponta em seu pescoço, então chutou a cadeira, causando morte por estrangulamento."

ATESTADO DE ÓBITO

Havia declarações do encarregado da manutenção que descobriu o corpo, dos dois funcionários de inspeção que estavam trabalhando na instituição naquela noite, de um segurança que confirmou o progressivo mau funcionamento do circuito fechado de televisão na unidade, da equipe médica que examinou Danny quando ele deu entrada, da diretora do Centro Portshead e do assistente social do Grupo de Apoio a Jovens Infratores que havia tratado de seu caso antes de ter sido sentenciado. Uma cópia da lista de plantão dos funcionários que trabalharam na semana da morte de Danny foi cuidadosamente analisada: havia números de telefone ao lado de cada nome e marcações que ela presumiu que Marshall fizera depois de ter falado com cada um.

Perto do fim do arquivo havia uma imagem aérea e um mapa detalhado do centro de detenção com anotações de Marshall. Tratava-se de uma pequena prisão em um campo exposto na parte de South Gloucestershire do estuário Severn, no meio do caminho entre a ponte Severn e a usina nuclear de Oldbury, 6,5 quilômetros a leste.

O Centro Portshead era formado por cinco prédios ao redor de um pátio central e de um campo para esportes. Todo o complexo era cercado por um muro de concreto com quase 4 metros, coberto com arame farpado e câmeras de segurança. Na entrada, ficavam a recepção e o centro médico onde os novos internos eram examinados e, se necessário, recolhidos a uma das várias celas para observação antes de serem considerados adequados para transferência a uma das duas unidades — masculina ou feminina — da instituição. O quarto prédio continha salas de aula onde os internos eram submetidos a um tipo rudimentar de educação. O quinto, e mais próximo do campo para esportes, era o refeitório, que também funcionava como ginásio.

O centro era equipado para manter até cem internos com idades entre 12 e 17. Com a custódia infantil praticamente inexistente em algumas partes da Europa, o apetite da Grã-Bretanha por encarcerar crianças estava aumentando. Mais de 4 mil estavam presas atualmente, cerca de cinco vezes o número de sua rival mais próxima, a França.

Para lidar com os números cada vez maiores, o governo havia criado o Conselho de Justiça Juvenil, uma organização governamental quase autônoma, encarregada de licenciar locais para o cuidado de jovens infratores. Empresas privadas participariam de uma licitação para construir e administrar novos centros de detenção juvenil e o conselho selecionaria os vencedores. O Centro Portshead pertencia à UKAM Soluções de Segurança Ltda., empresa que tinha no currículo muitas instalações correcionais em grande parte dos EUA e do Reino Unido. A UKAM era do ramo de segurança: concreto, grades, arame farpado, câmeras e funcionários. Refeições, limpeza, serviços de lavanderia, saúde e educação eram terceirizados. Para essa próspera indústria, o crescente exército de jovens internos era realmente uma boa notícia.

Em um atípico acesso de consciência, Marshall havia escrito uma longa nota salientando pontos da história recente de Danny Wills. Jenny tomou aquilo como ponto de partida.

Danny veio de uma grande e instável família de baixa renda. Sua mãe parecia ser a única estável, mas tinha muitas acusações relacionadas a drogas. A longa ficha do rapaz iniciou-se aos 10 anos — idade da responsabilidade criminal —, sugerindo que ele havia começado a infringir a lei muito antes.

Ele tinha acusações por posse de maconha, anfetaminas e crack, lesão corporal, danos a propriedades e perturbação violenta da ordem. Duas semanas antes de sua morte, recebera uma ordem de restrição comportamental e fora obrigado a usar uma tornozeleira eletrônica para assegurar o cumprimento do toque de recolher. Três dias depois, ele cortou a tornozeleira "de brincadeira" e foi levado à Vara da Infância e da Juventude por violação. O Grupo de

ATESTADO DE ÓBITO

Apoio a Jovens Infratores recomendou que prestasse serviço comunitário; o tribunal o sentenciou a quatro meses de detenção.

No dia 4 de abril, Danny foi recebido em Portshead. A enfermeira que o examinou, Linda Raven, notou que ele era "difícil, perturbador e ofensivo", e durante o processo padrão de revista ele ameaçara que "se mataria, porra". Julgado como alguém que apresentava potencial risco de suicídio, ele foi colocado em uma cela de observação, vestido apenas com uma espécie de camisola resistente que Marshall descreveu como "parecida com uma coberta de cavalos", onde ficou por três dias antes de ser introduzido na unidade masculina da instituição.

Uma vez transferido, Marshall registrou que Danny recusou-se a comparecer às aulas e foi reduzido ao nível mais baixo de privilégios, o bronze, que significava receber apenas três peças de roupas de baixo por semana, ser proibido de assistir televisão ou comer doces. Ele viveu dessa maneira por seis dias, deixando o quarto apenas para comer no refeitório e tomar banho. Na sétima noite em que estava na unidade, ele morreu.

Uma nota final, acrescentada com uma caneta diferente, registrava o fato de a mãe de Danny haver telefonado ao escritório da diretora várias vezes, imediatamente após a audiência de sentença, para expressar sua preocupação com o estado mental de seu filho. A última nota de Marshall dizia: "Diretora não atendeu às ligações."

Jenny voltou as páginas do arquivo e encontrou a declaração da diretora. Sra. Elaine Lewis, mestrado em filosofia, MBA, escreveu que Danny havia sido submetido ao mesmo tipo de controle rigoroso e meticuloso que todos os outros novos internos, e havia sido beneficiado pela atenção especial dos funcionários de inspeção altamente treinados em sua unidade. Ela lamentou não ter atendido os "supostos" telefonemas da Sra. Wills, mas enfatizou que, de qualquer forma, não havia mais nada que ela ou sua equipe de funcionários pudessem ter feito por ele.

Jenny fechou o arquivo com o mesmo sentimento de resignação deprimida que havia sentido inúmeras vezes durante os anos em que lidou com jovens problemáticos e autodestrutivos. Ela podia imaginar Danny claramente: violento, briguento, cuspindo, fazendo ataques verbais e ofendendo os funcionários, consumido pela autodepreciação. Enfiado em uma cela minúscula sem roupas ou dignidade, uma bandeja de plástico com sua refeição passada pela janelinha de inspeção, um rosto desinteressado vigiando a cada meia hora, um inseto em uma caixa: um pesadelo claustrofóbico.

O que o sistema fazia com os jovens transgressores era, em sua vasta experiência, muito mais calculadamente brutal do que qualquer coisa que a maioria deles tenha feito do lado de fora. Retirar todo o amor, afeição e contato humano de garotos em seu momento mais vulnerável era barbárie de um tipo que Jenny nunca conseguiu entender. Ela deu um suspiro cansado. Tendo apostado que seu futuro seria deixar todas as coisas relacionadas à infância para trás, a ironia de ser lançada justamente dentro de um caso de morte de um adolescente não passou despercebida.

Já podia sentir os novos ares.

Escutou Alison chegar e exclamar surpresa. Ela apareceu na porta, segurando um maço de papéis.

— Não viu isso no fax, Sra. Cooper? É o relatório da necropsia de Katy Taylor.

Ela colocou as folhas de papel ainda mornas na mesa.

— Já era hora — disse Jenny, olhando para a conclusão de Peterson: overdose de heroína.

— Eu não contaria com o fato de que ele fará disso um hábito. Está apenas tentando impressioná-la, suponho eu. O que gostaria que eu fizesse primeiro? Estava pensando em desocupar aqueles antigos gaveteiros.

ATESTADO DE ÓBITO

— Seria ótimo. Mas antes disso... recebi uma ligação de Tara Collins, do *Bristol Evening Post*. Sabe quem é?

Alison pensou por um instante e balançou a cabeça.

— Ela cobriu o inquérito de Danny Wills. Parecia saber bastante sobre a investigação do Sr. Marshall.

— Ele nunca mencionou o nome dela para mim.

— Qual seu envolvimento nesse caso?

— Muito pouco, na verdade. Eu tirei uma licença na última semana de abril... meu marido estava doente. Voltei no início do inquérito.

— Como o Sr. Marshall parecia estar?

— Parecia normal. Um pouco quieto, creio eu. Por quê? O que essa repórter disse?

Jenny pensou com cuidado em suas palavras.

— Ela teve a impressão de que ele conduziu uma investigação muito meticulosa, mas apressou o inquérito. Parecia pensar que havia algo suspeito nisso tudo.

— Ele não gostava de desperdiçar energia com os inquéritos. Nunca gostou. Dizia que isso só chateava a família.

— Você o conhecia melhor do que qualquer um. Havia algo sobre esse caso que o preocupava?

— Como o quê?

— Olhei apenas alguns de seus arquivos, mas ele parece ter se empenhado bastante nesse. E, pelas mensagens que a mãe deixou em sua secretária eletrônica, fica claro que ela se sentiu desapontada. Ele parece ter voltado atrás em uma promessa de deixá-la testemunhar.

— Não o imagino fazendo promessas. Não era de sua natureza. Ele era solidário aos parentes, apenas isso. Tinha muita habilidade para lidar com pessoas de luto.

— Não acha que, nesse caso, ele possa ter aberto uma exceção, decidido envolver-se mais do que de costume?

— Não tenho motivos para achar isso. A senhora viu os papéis... não há nada impróprio, há?

Jenny deu de ombros.

— Nada óbvio.

— Foi o que pensei — Alison pareceu agitada. O assunto havia mexido com ela, Jenny podia sentir.

— Essa repórter claramente pensa que há uma parte não contada nessa história, e tenho a impressão de que ela pretende ir atrás disso. Se há algo a ser revelado, preferiria que eu o encontrasse primeiro.

Seu olhar encontrou o de Alison. Agora não havia dúvidas de que sua assistente tinha algo a contar.

Alison olhou para o chão.

— Quero que saiba que desde que o conheci, Sra. Cooper, sempre tive respeito por ele. Colocava as pessoas em primeiro lugar. Podia ser até gentil demais com elas. Às vezes o telefone aqui não parava de tocar; creio que fosse porque o homem era calmo e tranquilizador... Ele sempre era profissional, mas, de vez em quando, eu percebia que se envolvia. Começava a pensar, considerar. Esse foi parte do motivo pelo qual tirei minha licença: o Sr. Marshall ficou muito irritado, pra dizer a verdade. Foi muito duro comigo uma vez; receio que eu tenha retrucado de forma grosseira. — Ela gaguejava, segurando as lágrimas que, Jenny podia ver, estavam prestes a cair.

— Você gostava dele, não é?

Alison olhou para ela.

— Não dessa forma, Sra. Cooper.

— Eu não quis dizer...

— Éramos bons amigos, só isso. Estávamos irritando um ao outro, então tirei férias.

— E, quando voltou?

— Ele estava quieto... Mas pude perceber que estava arrependido por ter perdido a cabeça. Apenas recomeçamos de onde havíamos parado.

ATESTADO DE ÓBITO

— Ele não falou com você sobre o caso?

— Mencionou como era perturbador. A mãe ficava muito aflita no tribunal, é claro... ficava gritando. Tive de acompanhá-la até o lado de fora, em certo momento.

— Ele não disse nada sobre o veredito?

— Disse apenas que foi como esperava. Se serve de alguma coisa, não acho que o júri pudesse ter decidido de outra forma.

Jenny passou o olhar pelo seu melancólico escritório, começando a ter noção de como Marshall deve ter se sentido em seus últimos dias. Preso ali, sozinho, querendo ajudar uma família de luto, mas com medo de colocar a cabeça acima do parapeito. Uma esposa e quatro filhas em casa, e convivendo com Alison, que claramente sentia alguma coisa por ele que ultrapassava o limite do profissional. Muitas emoções conflitantes. Homens não são bons com essas coisas.

Jenny disse:

— E você tem certeza de que não há nenhuma relação entre o caso Wills e a morte do Sr. Marshall?

— Que tipo de relação?

— Não sei.

— Harry tinha problemas de coração, todos sabíamos. Basta alguns meses trabalhando aqui para entender como tantos homens na faixa dos 50 anos caem mortos sem aviso. De qualquer forma, repórteres são todos canalhas, até onde sei. Ignore-a, esse é meu conselho.

— Acho que devo conversar com a Sra. Wills, no mínimo. Pelo menos para verificar que nada foi desconsiderado. — Ela viu Alison enrijecer-se de indignação. — Não que eu esteja sugerindo que...

— Posso assegurar que o Sr. Marshall deve ter feito tudo o que pôde.

Percebendo que não tinha mais nada a ganhar com aquela conversa, Jenny disse:

— Tenho certeza de que está certa. Imagino o quão difíceis as últimas semanas devem ter sido.

Seu tom conciliatório fez os olhos de Alison ficarem vermelhos. Envergonhada, ela rapidamente pediu licença, dizendo que ia preparar um chá.

Se, depois do telefonema de Tara Collins, Jenny precisava de mais provas de que havia algo errado em relação ao inquérito do caso Wills, o clima no escritório naquele momento bastava. Ela escutou Alison abafando soluços de choro enquanto se ocupava na cozinha, enchendo a chaleira e fazendo barulho com as xícaras. Sua aflição era evidente.

Investigadora forense. O título soava tão ilustre, tão fora do comum. Mas, sentada em sua cadeira, o ar denso com emoções reprimidas e dolorosas, ela poderia ser uma criança novamente, escondida em seu quarto, tentando abafar o som das brigas constantes de seus pais.

Por que a vida sempre a atirava no meio da crise de outras pessoas?

Jenny sempre resistira à ideia de destino mas, pegando novamente o arquivo de Danny Wills, sentiu que, de alguma forma, era para ser assim; que o garoto morto estava tocando a morte naquela sua parte secreta, onde fica a escuridão.

Se ela tinha aprendido algo com seu "episódio", foi que nunca deveria ignorar seus instintos. Virando as páginas mais uma vez, soube que, mesmo seus ossos tendo virado poeira, nem o jovem prisioneiro nem Harry Marshall podiam descansar.

QUATRO

O CONJUNTO HABITACIONAL DE BROADLANDS era uma rede de ruas desgastadas. As casas pré-fabricadas dominavam, construídas no pósguerra com pouco cuidado e ainda menos consideração com os futuros moradores. Como ficava na curva entre a autoestrada M5, a oeste, e a M4, ao norte, o ruído distante do trânsito estava sempre presente.

Apesar de tudo, pensou Jenny, não era tão ruim. Se os arranha-céus do leste de Londres, Birmingham e Glasgow eram o sétimo círculo do inferno, este era apenas o segundo ou terceiro, mas cheirava a miséria. Nenhuma residência era bem-cuidada. O lixo ficava na rua e acumulava-se sob os arbustos; crianças desengonçadas enfiadas em moletons com capuz agrupavam-se nas esquinas, fumando; as escolas que deveriam estar frequentando eram irrelevantes em suas vidas de drogas, sexo e contravenções.

Quando trabalhava com direito da infância e da juventude, Jenny havia visitado muitos locais assim, e sempre se chocava com a limitação do mundo daqueles indivíduos. Era como se as ruas ao redor fossem os limites do horizonte. Há muito tempo ela havia concluído que era o simples tédio esmagador da vida em locais como aqueles que sugava a esperança das pessoas. Não havia desafios, apenas a lei para infringir.

Ela parou em frente à casa dos Wills, certificou-se de que as portas do carro estavam trancadas e andou até a porta da frente. Um carrinho de bebê quebrado e brinquedos de plástico desbotado entulhavam o pequeno gramado frontal.

Um homem magro, com a pele cor de café e contas no cabelo, abriu a porta vestindo uma camiseta suja e cueca samba-canção. Um forte odor de maconha o acompanhava.

Jenny viu por cima de seus ombros duas crianças em idade pré-escolar, ambas brancas, ainda vestindo pijamas.

— Sou Jenny Cooper, nova investigadora forense de Severn Vale. Estou procurando por Simone Wills.

O homem a encarou com olhos inchados e injetados.

— Ela não está. — Ele fez um movimento para fechar a porta.

Jenny colocou o pé na soleira.

— Só quero falar um minuto com ela. É importante.

— Cai fora.

Ele tentou chutar o sapato de Jenny com seu pé descalço, errou e acertou o canto do batente.

— Merda.

Jenny conteve o riso.

— Quem é, Ali? — A voz de mulher vinha dos fundos. Jenny viu seu contorno aparecer na porta, no fim do corredor, muito magra, segurando um baseado.

Ali, esfregando os dedos machucados na panturrilha, disse:

— A vagabunda aqui veio procurar você. Disse que é a investigadora forense.

Jenny falou, em tom mais alto:

— Só preciso de alguns minutos, Sra. Wills. Desculpe incomodá-la em sua casa.

Simone desapareceu por um instante, e então reapareceu no corredor sem o que quer que estivesse fumando, passando por cima das crianças. Ela gritou para Ali:

ATESTADO DE ÓBITO

— Leve esses dois para cima e troque a roupa deles.

Ali se afastou olhando Jenny de um jeito que dizia que nunca se esqueceria dela.

Simone foi até a porta com os pés descalços e a calça jeans gasta, dizendo:

— Você não pode entrar. A casa está uma bagunça. — Olhou para os dois lados da rua, vendo se alguém as observava. Tinha olheiras escuras ao redor dos olhos, mas ainda conseguia ser bonita, de um jeito vulnerável. Magra como um passarinho, a pele flácida que se via sobre o cinto era o único sinal de que ela dera à luz seis filhos.

— O que você quer?

— A senhora ficou sabendo que o Sr. Marshall morreu logo depois do inquérito?

— Sim. Não posso dizer que fiquei triste com isso.

Jenny observou-a passar os dedos nervosos pelo cabelo pintado com hena.

— Eu peguei as mensagens que a senhora deixou na secretária eletrônica. Ele retornou as ligações?

Simone negou com a cabeça.

— Ele não quis saber de mim, não é? Antes do inquérito ele fez muitas promessas; depois, nada. Eu nem cheguei a testemunhar no tribunal.

— O que teria dito?

— O que eu ficava dizendo a ele: que liguei para o centro no dia em que Danny foi preso. Liguei cinco vezes para dizer que ele não estava bem. Ele nunca havia sido preso antes. Eu sabia que não aguentaria.

— Isso estava em sua declaração, pelo menos. O Sr. Marshall mencionou a questão para a diretora quando ela testemunhou?

— Sim. Ela disse que nunca soube das ligações, sua secretária não deve tê-la avisado.

— Foi com a secretária que a senhora falou?

— Acho que sim.

— Ela disse que, mesmo que tivesse recebido suas ligações, Danny não receberia outro tipo de tratamento?

— Sim. Ela agiu como uma cadela. Uma cadela ordinária. — Simone passou os olhos pelo terninho de Jenny. — Vestida como você. O que você quer, afinal?

Jenny disse:

— Gostaria de conversar em um lugar mais confortável, Sra. Wills? Posso lhe pagar um café. Por que não coloca os sapatos?

Simone escolheu uma rede de cafeterias no shopping da Cribbs Causeway. Jenny seguiu-a pelas passarelas e escadas rolantes, percebendo que ela sabia andar por ali de olhos fechados. Simone olhou todas as vitrines, observou as roupas da nova estação na Next e umas esferas coloridas de plástico na Gadget Shop que disse serem os alto-falantes para iPod que Ali queria. Ele não era exatamente seu companheiro, disse Simone, era mais como um amigo que ainda estava conhecendo, embora não soubesse ao certo o quanto ele gostava de crianças.

Estar no shopping pareceu relaxá-la. Parando para olhar a vitrine da loja Knickerbox, ela disse que se sentia uma pessoa diferente sempre que saía sozinha — livre.

Jenny comprou para ambas cappuccinos e muffins no Soho Coffee, uma cafeteria decorada como se ali fosse Manhattan. Sentaram-se uma de frente para a outra sob um pôster do Empire State Building, Simone tirando a espuma de seu café com a colher.

Ela disse a Jenny que Danny era seu filho mais velho. O pai era um cara de Trinidad e Tobago, vindo de St. Pauls, com quem ela namorou aos 15 anos. Ter ficado grávida foi o motivo pelo qual saiu de casa e foi morar sozinha em um apartamento. Ela havia tentado criá-lo direito, mas diversos homens a desapontaram, nada

ATESTADO DE ÓBITO

em sua vida parecia dar certo, e Danny não lidava bem com mudanças. Ele havia sossegado por um tempo, quando Simone se casou com o pai de seu quarto filho, mas Jason, agora seu ex-marido, viciou-se em crack e vivia sendo preso. Sem nenhum homem por perto, Danny envolveu-se com garotos da vizinhança que estavam sempre roubando. Aos 9 anos, ele era muito forte para que ela o impedisse de sair. Presa em casa com os filhos mais novos, o que podia fazer?

A maioria das vezes em que Danny enfrentou um tribunal foi por motivos idiotas. Ele não era um garoto mau, apenas queria impressionar os outros meninos. Era isso ou apanhar deles. Seu problema era ficar assustado quando ia preso e confessar qualquer coisa para poder sair. A polícia aproveitava-se da situação: metade de sua ficha era composta por coisas que ele não havia feito.

Quando o tribunal ordenou a colocação de uma tornozeleira eletrônica, Simone lembra que ele ficou irritado porque as outras crianças o estavam chamando de gay por não sair de casa. Ele voltou da escola com um olho roxo e dois dentes rachados e não saiu do quarto a noite toda. Foi quando cortou fora a tornozeleira. Ele foi preso na manhã seguinte.

Estava morto de medo de passar o fim de semana na delegacia — embora nunca fosse admiti-lo —, mas, uma vez solto, ficava bem novamente: passar algumas noites preso lhe rendeu respeito. Simone esperava que o choque lhe desse juízo. Justin, seu assistente social do Grupo de Apoio a Jovens Infratores, falou sobre serviço comunitário ou liberdade assistida, talvez passar os sábados em um curso de mecânica, mas os magistrados queriam que ele fosse avaliado para detenção. O dossiê de Danny dizia que era apenas para assustá-lo. Funcionou — foi quando aconteceu a verdadeira mudança no garoto.

— Que tipo de mudança?

— Ele ficou quieto, não falava com Ali nem comigo, ficava brigando com os irmãos mais novos. Estava fumando muito, eu não conseguia impedi-lo, mas vi que vinha se queimando.

— Com cigarros?

— Sim. Tinha cicatrizes em toda a parte interna do braço.

— Você falou com ele sobre isso?

— Eu tentei. Ele me bateu. Nunca havia feito isso antes. Ali interveio e Danny bateu nele também. Quase quebrou seu nariz. Foi na noite anterior à sentença... tive de ameaçar chamar a polícia para impedir que ele violasse o toque de recolher novamente. Ele estava enlouquecido, mas acho que estava com medo.

— De quê?

Simone baixou os olhos para a mesa e ficou mexendo em alguns grãos de açúcar com uma colher.

— O que ninguém entendia é que Danny era apenas um menino. Ele brigava e xingava, mas tudo o que ele queria, eu sei, era que as coisas ficassem bem... E eu nunca lhe dei isso. — Ela levantou os olhos verde-escuros. — Ele sabia que não aguentaria ir embora. Apenas pensar nisso já o assustava.

— Como mãe, o que pensou que aconteceria com ele?

Simone desenhou, cuidadosamente, um círculo no açúcar.

— O que pensaria no meu lugar?

— Você estava no tribunal quando ele foi sentenciado?

— Claro. — Ela colocou a colher no prato. — Mas ele não dirigiu a palavra a mim. Tentei vê-lo antes de colocarem-no na van, mas me disseram que não era permitido. — Ela fez uma pausa e esfregou os olhos com os cantos das palmas. — Eu sabia que havia algo errado com ele. Sabia que tentaria se machucar... Eu sabia.

Jenny entregou-lhe um guardanapo limpo e esperou enquanto ela assoava o nariz, pensando na diretora do Centro Portshead, Elaine Lewis, dizendo à sua secretária que não atendia ligações de

ATESTADO DE ÓBITO

mães. Ela imaginou uma mulher solteirona, nos degraus mais baixos da escala administrativa, tendo como laboratório o centro de detenção juvenil: dirigindo-o com orçamento baixo por dois anos, recebendo uma promoção e depois tentando engravidar antes de os hormônios secarem.

Quando Simone parou de soluçar, Jenny perguntou se ela havia visto ou falado com Danny durante o tempo em que ficou em Portshead.

— Não me deixaram ir no primeiro fim de semana, disseram que ele estava sendo avaliado. Então, fiquei de ir na tarde do sábado seguinte, dia 14. Justin disse que normalmente os garotos podiam telefonar para casa, mas ter um cartão telefônico era um privilégio que deveria ser conquistado. Foi por isso que Danny não pôde ligar naquela semana.

— Então vocês não tiveram nenhum contato?

Simone balançou a cabeça negativamente.

— Danny sabia que você iria no sábado?

— Não sei. Só Deus sabe... Não acho que ele teria feito o que fez na sexta à noite se soubesse.

— Por que diz isso?

Ela torceu o guardanapo em seus dedos.

— É um pressentimento. Não sei explicar. Como se ele não fosse fazer aquilo se não se sentisse tão sozinho.

— Instinto materno?

— Se você tivesse filhos, saberia do que estou falando.

Jenny disse:

— Tenho um filho adolescente — mas não acrescentou que ele havia escolhido viver com o pai.

Mais adiante, ela perguntou quando o Sr. Marshall havia entrado em contato pela primeira vez. Simone disse que fora no fim da manhã de sábado, apenas uma hora depois que dois policiais foram à sua casa para dizer que Danny estava morto. Ela não conseguia lembrar muita coisa, exceto que ele havia falado algo sobre uma necropsia. Ela não pôde ver o corpo no necrotério do hospital até segunda-feira pela manhã. Eles nem o tinham vestido com suas próprias roupas: vestia o horrível uniforme azul que devem ter lhe dado em Portshead.

Em algum momento da terça-feira, ela se encontrou com Marshall em seu escritório. Ele deu a impressão de lamentar muito, serviu pessoalmente uma xícara de café para ela e fez uma série de perguntas sobre o passado de Danny e como ele acabou sendo preso. Marshall disse que no Centro Portshead um garoto tão jovem como ele deveria ter recebido cuidados especiais, e que ele não descansaria até que soubesse de todos os detalhes do que havia acontecido do momento em que ele foi sentenciado, até o momento em que morreu.

— A senhora encontrou com ele novamente antes do inquérito?

— Não, mas ele me ligou várias vezes, disse que estava fazendo progressos.

— Deu algum detalhe?

— Disse que tudo viria à tona no inquérito. Ele prometeu que faria justiça por Danny.

— Ele usou essas palavras?

— Sim. *"Eu prometo."* E disse que eu poderia testemunhar sobre os telefonemas.

— E depois?

— Como vou saber? Nunca mais falou comigo.

— Tem alguma ideia do porquê?

Simone olhou fixamente, sonhando acordada, para as lojas do outro lado do café.

— Os jornais começaram a escrever coisas sobre mim, disseram que eu era uma mãe ruim. Repórteres telefonavam para a minha casa com todos os tipos de mentiras. Um deles perguntou se era verdade que Danny era um "filho do crack". Outro disse que eu

ATESTADO DE ÓBITO

estava mentindo minha idade e que fiquei grávida aos 13 anos. Ficavam inventando coisas.

— Quando essas ligações começaram, exatamente?

— No meio daquela semana.

— Mas Marshall não devia saber disso.

Simone deu de ombros.

Não fazia sentido. Por que ficar tão envolvido com um caso, e depois se afastar de forma tão drástica?

Jenny disse:

— Uma jornalista chamada Tara Collins ligou para o meu escritório hoje. Ela pareceu estar do seu lado.

Simone ficou um pouco mais tranquila.

— Ela é legal. Pelo menos veio falar comigo.

— Ela acha que o inquérito deixou muitas questões sem reposta.

— O inquérito terminou em um dia e meio. Não respondeu nada.

Jenny encostou na cadeira e estudou o rosto cansado de Simone, com manchas aparecendo sob a forte luz fluorescente. Uma mãe de seis filhos dependente de auxílio do governo e usuária de drogas cuja ideia de lazer era um shopping center. Mas algo nessa jovem havia tocado Jenny. No mínimo, ela merecia uma conclusão, alguma paz de espírito.

— Simone, quero que pense bem nisto: você acha que o júri estava certo em dar um veredito de suicídio?

Ela pareceu surpresa com a pergunta.

— O que mais poderia ter sido?

— Veja bem, o trabalho de um investigador forense é determinar a causa da morte, e, uma vez dado um veredito, você precisa de um motivo muito bom, normalmente novas provas, para reabrir um caso. Mesmo assim, é necessário pedir permissão ao Supremo Tribunal. Se houvesse algo muito incorreto com a forma com a qual o Sr. Marshall lidou com o caso, ou se algum fato novo importante surgisse, claro que eu faria tudo o que estivesse a meu alcance.

— Então não vai fazer nada?

— A senhora me disse que acha que Danny se matou. O que mais quer saber?

— Por que ele foi deixado sozinho. Por que não o deixaram falar com a mãe. Por que ele foi mantido em uma cela por três dias, sem roupas. Por que não me ouviram quando eu disse o que aconteceria...

Todas as perguntas eram perfeitamente cabíveis, e Jenny não tinha dúvidas de que a transcrição do inquérito mostraria que elas foram feitas por Marshall. Ela precisava de novas provas, mas não tinha desculpa para gastar tempo e dinheiro procurando por elas. Tudo o que tinha era algo que cheirava mal e uma jornalista local em busca de uma história.

Jenny disse:

— Pois lhe digo o que vou fazer. Examinarei o arquivo de Danny e farei uma lista de todas as perguntas que o Sr. Marshall deveria ter feito e não fez. Partiremos daí.

Simone olhou para ela com uma indiferença fatigada e levantou-se da mesa.

— Tanto faz.

Jenny baixou os vidros do carro e deixou o vento morno soprar por seus cabelos enquanto cruzava a ponte para o País de Gales. Deixando o estuário para trás e dirigindo pela estrada estreita que serpenteava por 11 quilômetros pelo desfiladeiro arborizado entre Chepstow e Tintern, ela sentiu o ímpeto de ser envolvida pela natureza em seu apogeu. Julho e agosto eram meses suaves e efêmeros; junho era o ápice da existência. Por espaços entre as árvores, ela pôde ver de relance a cobertura da floresta do outro lado do vale, um mar cheio de ondas de todos os tons de verde

ATESTADO DE ÓBITO

Indo para longe de suas responsabilidades durante a noite, ela se sentiu leve e livre. Simone Wills e todos os mortos estavam bem longe, do outro lado de 5 quilômetros de água, em outro país. Outro mundo.

Fechar a porta no fim do dia era uma prática na qual ela vinha trabalhando com o Dr. Travis. Ele dissera que, assim como muitas outras mulheres, ela era uma perfeccionista que não conseguia descansar até que tudo a seu redor estivesse em ordem. Quando o trabalho era um ciclo diário de caos, pendências e incertezas, era apenas uma questão de tempo até que alguém com a personalidade como a dela desmoronasse sob tanta pressão. Ele lhe ensinou técnicas para ajudar a lidar com a culpa profissional. Ela havia aprendido a aceitar que não era nem indispensável, nem responsável pelo resultado de todos os casos.

Mas, apesar de todos os esforços, o desconforto entranhado que vinha de seu subconsciente recusava-se a desaparecer. O divórcio não a havia curado. Nem o fato de ter saído do estresse do direito de família. Ela poderia acabar com a ansiedade tomando remédios ou fugindo para o interior, mas a raiz do problema — ainda que em grande parte enterrada — estava fincada com firmeza.

Tentando concentrar-se no momento, como o Dr. Travis lhe havia ensinado, ela virou a esquina e foi até Tintern para ver a abadia em ruínas lançando sua sombra magistral sobre a campina. Embora apenas a estrutura da construção tenha permanecido, sua elegância, firmeza e resistência, quase quinhentos anos depois que Henrique VIII enviou suas tropas para destruí-la, nunca deixaram de inspirá-la. Nem mesmo os ônibus de turismo e carros que se multiplicavam por ali nos fins de semana de verão conseguiam reduzir sua beleza. Se a abadia conseguia aguentar tantas adversidades, ela também conseguiria.

Captando a visão, o esplendor da paisagem, sua história e vitalidade, Jenny sentiu momentaneamente o tipo de paz e leveza que lembrava sentir quando era adolescente. Um barato que nenhum comprimido conseguia reproduzir.

Ela virou à esquerda no hotel Royal George e dirigiu os quilômetros finais pela pista em zigue-zague, contornada por antigas cercas vivas, que levava a Melin Bach, galês para "pequeno moinho", o chalé de dois quartos que ela havia comprado impulsivamente em um leilão e para onde se mudara havia apenas duas semanas. A dona anterior era uma mulher de 85 anos, Srta. Preece, que vivera ali toda a sua vida e mudara muito pouco desde a morte de seu pai, décadas antes.

Na frente do chalé havia um jardim malcuidado onde malvas, arbustos alongados de lavanda e rosas enormes competiam com ervas daninhas e capim alto de que ela ainda tinha de cuidar. O muro baixo de pedras que separava o jardim da rua precisava de reparos, e sua vaga de estacionamento — a entrada para um antigo caminho que dava a volta até os fundos — estava tão esburacada e cheia de urtigas que ela mal podia pisar nela de salto alto sem torcer um tornozelo ou se machucar nos espinhos.

Era perfeito. Indomado e cheio de possibilidades.

Nos fundos da casa havia mil metros quadrados de grama alta, os restos de uma horta e um galpão descoberto feito de pedras à beira de um riacho que fora, antes uma serraria. Até o início da década de 1950 — um vizinho lhe informara — o pai da Srta. Preece ganhava a vida manejando uma serra de mesa movida a água, transformando troncos de carvalho e faia das florestas das redondezas em lenha grosseiramente cortada. Os cavalos da região puxavam carroças pela trilha e bebiam do riacho. As argolas de ferro onde eram amarrados ainda podiam ser vistas enferrujando na argamassa decadente das paredes do moinho. Em qualquer lugar por ali que se mexesse com uma pá, era possível encontrar antigas ferraduras, algumas delas com mais de 20 centímetros de comprimento.

ATESTADO DE ÓBITO

A ideia de Jenny era devolver a forma que aquele lugar teve algum dia. Arrancar as ervas daninhas, cultivar seus próprios alimentos e talvez reconstruir o moinho e a roda hidráulica para fornecer energia para a casa. Ela já pusera uma pilha de livros ao lado da cama, com títulos como *Vivendo desconectado* e *O guia de geração elétrica para o pequeno proprietário de terras*. Uma vez que tivesse organizado o local, ela se via vivendo duas vidas distintas: uma na cidade, cercada por pessoas e seus trabalhos, e outra aqui, com afazeres pacíficos e proveitosos.

Se algum dia ela dividiria essa vida com alguém — o que seria o propósito máximo disso tudo — era questão para se pensar depois. Estava se recuperando de um casamento fracassado e uma carreira destruída, e tentava se livrar dos medicamentos. Seria um passo de cada vez, aproveitando as conquistas diárias e prendendo-se à crença de que, em algum momento, os fragmentos de sua vida se organizariam formando uma imagem que fizesse sentido.

Com esses pensamentos esperançosos em mente, Jenny girou uma pesada chave de ferro na porta da frente e entrou. O cheiro de cinzas de madeira vindo da lareira deu-lhe as boas-vindas, e ela sentiu a reconfortante solidez dos ladrilhos antigos sob seus pés.

O interior do chalé era apertado, mas o teto era alto o bastante para que um homem alto não tivesse de se abaixar sob as vigas, e as janelas eram suficientemente grandes para evitar que a casa ficasse escura. No corredor de entrada, havia uma estreita escadaria que levava aos dois quartos e ao banheiro. A antiga sala, que ela já havia transformado em um escritório, ficava do lado esquerdo. À direita havia uma agradável sala de estar que dava para a cozinha, nos fundos, que ainda tinha uma tradicional pia de porcelana, armários de pinho e um fogão a carvão. Uma máquina de lavar roupa perto da porta dos fundos era a única concessão à modernidade. Com o tempo, ela pretendia juntar a cozinha e a sala de estar em um único cômodo e construir um jardim interno, mas havia algo encantador na singularidade do layout atual. Seu ex-marido, um ambicioso e intolerante cirurgião cardíaco, teria odiado tudo aquilo. Uma casa antiga, desregrada, inconveniente como essa representaria a soma de todos os seus temores. O que há para se admirar no passado?, diria ele. Ele fedia, estava cheio de doenças, e as pessoas tinham sorte se chegassem aos 40.

David sempre insistira em viver nos subúrbios, em uma casa moderna com um carro novo na garagem todos os anos. Sua ideia de paraíso seria viver para sempre em um ambiente livre de poeira. Voltando para casa em Melin Bach, Jenny não conseguia entender como levara 16 anos de casamento para perceber que, para ela, aquilo era a concepção do inferno.

Ela deixou a pasta no escritório, subiu as escadas para vestir um jeans e uma camisa velha. Depois foi em busca de uma taça de Rioja e do resto do pôr do sol.

Jenny ficou tomando lentamente o vinho sentada à mesa com tampo surrado que ela havia arrastado para o meio do gramado, de onde era possível ver o pôr do sol no monte Barbados. Escutava os pombos-da-mata na castanheira atrás do moinho e o som do riacho correndo pelas pedras. Não acreditava na sorte que tinha. Há menos de três semanas, seu lar era um apartamento alugado em um prédio novo perto de Aztec West, na periferia de Bristol.

Ela tinha de trazer Ross logo, quando o quarto extra estivesse arrumado. Seu filho adoraria aquilo, assim que se acostumasse ao silêncio. Ele estava no meio do período de provas, então não estavam se vendo muito nas últimas semanas. Depois que ela se separou, Ross havia passado alguns finais de semana em seu apartamento, mas ficara entediado e eles brigaram. Aquilo a convenceu a esperar até o verão antes de reavaliar a situação.

Jenny tinha certeza de que, quando seu filho visse Melin Bach, viria viver com ela no último ano da escola. Ela poderia deixá-lo na

ATESTADO DE ÓBITO

faculdade no caminho para a cidade e levá-lo para casa à noite. Diferente do pai, não se importaria se ele trouxesse garotas para casa ou bebesse uma cerveja de vez em quando. Eles poderiam relaxar juntos, finalmente conhecer um ao outro.

Pensar em Ross deu um nó apertado em seu estômago: um sentimento de tristeza misturado com saudade não correspondida. Normalmente, ela não telefonava às segundas-feiras — quartas e sextas às 20 horas eram as ocasiões habituais —, mas não podia esperar tanto. Queria contar a ele sobre o novo emprego e o quanto ela ansiava para que ele a visitasse. Não queria parecer carente — ele odiava isso —, mas ele iria querer saber das boas notícias.

A terceira taça de vinho deu-lhe a coragem para pegar o telefone e ligar para seu celular. Tocou várias vezes e então caiu no correio de voz. Droga. Ela poderia tentar o telefone fixo, mas provavelmente teria de falar com David e com uma fatia de seu pesado sarcasmo.

O que importava? Ela apenas responderia no mesmo tom.

— Alô? — Uma voz cuidadosa de mulher, que ela não reconheceu, atendeu.

Supondo que havia discado errado, Jenny disse:

— Hã... Ross está?

A voz disse:

— Vou ver.

Ela tinha um timbre jovem, porém mais velho do que o de uma adolescente.

Jenny escutou-a largar o fone e chamar o nome do garoto, não como faria uma namorada, mas de uma forma mais vaga. Ela escutou a voz de David, um conversa rápida entre eles que não conseguiu decifrar, e então sua voz vociferando pela linha.

— Jenny?

— Eu estava querendo falar com o Ross. O celular está desligado. — Tentou parecer calma.

— Ele está na casa do Max. Estão estudando juntos. Pelo menos é o que ele diz.

— OK, vou tentar mais tarde.

— Você lembra que quarta-feira é dia de visita? Você tem de vir. — Ele falou com ela da forma como imaginava que falasse com seus subordinados na sala de cirurgia.

— Estarei aí. — Ela não resistiu: — Quem atendeu o telefone?

Uma pausa.

— Deborah. Acho que você não a conheceu. Estou certo de que logo conhecerá.

— Ela parece muito jovem. É uma enfermeira?

O que mais poderia ser? David não tinha vida fora do hospital Frenchay havia quase vinte anos.

Ele suspirou impaciente.

— Eu cuido da minha vida e você cuida da sua. Acredito que nos veremos na quarta-feira.

— Eu assumi como investigadora forense hoje.

— Excelente. Espero que tenha sucesso.

Ela sabia que não devia chegar a tanto, mas seu tom arrogante fez com que ela quisesse chutá-lo, e com força.

— Se eu for quase tão boa em meu trabalho quanto você é em levar jovens para a cama, acho que terei muito sucesso.

— Tchau, Jenny.

Ele desligou o telefone. Sua despedida, como sempre, absoluta.

Jogou o aparelho, xingando, com os olhos cheios de lágrimas de raiva. Engoliu o resto do vinho, furiosa por David ainda provocar esse efeito nela. Não sentia mais nada por ele, a não ser repugnância.

— Alguém em casa?

Ela olhou ao redor e viu uma figura masculina desconhecida aproximar-se pela entrada da garagem, com urtigas até os joelhos.

ATESTADO DE ÓBITO

— Sra. Cooper?

— Sim. — Ela limpou o nariz apressadamente e enxugou os olhos. Merda. Uma visita era tudo o que faltava.

Ele veio em sua direção. Algo em torno dos 30 e poucos anos, com uma camisa vermelha desbotada para fora da calça jeans. Seu rosto era desgastado, a barba por fazer; um homem que trabalhava ao ar livre.

— Steve Painter. Moro do outro lado da colina, no caminho para Catbrook. O Mike, lá do Apple Tree, disse que você estaria procurando por um jardineiro.

— Ah? Quem é Mike?

Ele saiu do meio do matagal para o gramado revolto e olhou em volta.

— Ele é a pessoa que se procura para descobrir o que está acontecendo. Eles falam mais rápido do que você imagina por aqui. — Ele voltou o olhar para ela. De perto, ele não era feio. Abdome liso. Braços fortes. — Com certeza isso aqui merece uma atenção. Não cobro caro, se estiver interessada. Em um dia ou um pouco mais dá para resolver a pior parte.

Jenny tentou descobrir o que a intrigava no estranho, e percebeu que era a voz. Tinha um toque do sotaque local — uma mistura das fronteiras galesas com a floresta de Dean, mais rústica —, mas soava instruído. O jeito que olhava para ela também: educado, mas em seu mesmo nível.

— Quanto é o seu "não muito caro"?

— Nove contos a hora.

— *Nove?*

— Sete e cinquenta.

— Certo. Combinado. Quando você quer começar?

— Amanhã de manhã? Cedo?

— Tudo bem. Receio não ter muitas ferramentas.

— Eu posso trazer tudo de que vou precisar.

— Ótimo. — Jenny olhou para ele se perguntando quem era aquele homem que ela acabara de concordar em empregar. Podia ser qualquer um. Ela nunca havia ido ao Apple Tree. — Você tem alguma referência? Alguém para quem eu possa ligar que me dê garantias de seu trabalho?

Ele sorriu e coçou a cabeça. Seu cabelo era castanho-areia, queimado pelo sol.

— Alguém que eu não tenha roubado? Deixe-me ver... Você pode tentar o Mike.

Ela pegou o telefone.

— Qual o número dele?

Ele deu de ombros.

— Não saberia dizer. Não tenho um desses.

— Não tem telefone?

— Não. Tento viver de meu pedaço de terra, principalmente. Dá para o gasto até você precisar pagar os impostos municipais ou comprar cerveja. Acho que isso faz de mim um hipócrita.

— Parece ambicioso. O que você cultiva?

— Um pouco de cada coisa. Ei, olhe, eu não quis atrapalhar. Estarei aqui pela manhã.

Ele se virou para ir embora.

— Provavelmente já terei saído por volta das 7h45.

— Tudo bem. Não vou esperar um comitê de boas-vindas.

Ele fez um aceno preguiçoso com a mão suja e voltou pelo caminho que tinha chegado, desaparecendo na lateral da casa. Jenny escutou um motor pegar com relutância. O veículo parecia antigo. Ela conseguiu, por um vão na cerca, dar uma espiada nele enquanto se dirigia para a estrada: uma Land Rover conversível com um sheepdog de olhar entusiasmado na parte de trás.

Ela se serviu de mais uma taça de vinho. Tentando fazer durar, assistiu ao sol se pondo e aos freixos balançando com a brisa. Pensou sobre seu novo jardineiro do outro lado da colina. Por que um ho-

ATESTADO DE ÓBITO

mem inteligente viveria na floresta, sem dinheiro ou telefone? Que tipo de mulher o suportaria, sem roupas novas ou utensílios na casa? Ela vivia no campo havia apenas 15 dias e já tinha aprendido duas coisas inesperadas: que não importa o quão remota fosse sua casa, não existe privacidade, e que as pessoas eram mais complexas e interessantes do que ela imaginava. Vivendo com espaço ao redor, elas pareciam, de alguma forma, mais livres para serem elas mesmas.

Ela pretendia estar na cama, com as luzes apagadas, por volta das 22h30, mas às 22 sua mente começou a ficar mais clara, e os pensamentos corriam pelos acontecimentos daquele dia. Sem esperança de conseguir dormir sem ajuda de remédios, que a deixariam grogue pela manhã, sentou-se no escritório, ligou o aquecedor elétrico e tirou os arquivos de Danny Wills e Katy Taylor da pasta.

Passando novamente pelas páginas do arquivo de Danny, ela começou a entender como Marshall havia embarcado em uma cruzada, e gradualmente havia desistido. Do assistente social do Grupo de Apoio a Jovens Infratores até a diretora do Centro Portshead, todos pareciam ter feito a sua parte e cumprido as devidas obrigações. O fato de um garoto perturbado de 14 anos ter se enforcado enquanto estava sob custódia do Estado era chocante, mas era difícil responsabilizar alguém individualmente.

Jenny queria acreditar que, se ela tivesse conduzido o inquérito, teria desenterrado algumas práticas podres de gerenciamento, mas, vendo pelas declarações, era difícil saber onde estava a falha, exceto por um governo que começara permitindo que uma criança fosse presa.

E Simone Wills tinha de assumir sua parte da culpa. Quantas vezes, em seus 14 anos, Danny sentiu que ela dera mais importância para ele do que para fumar um baseado ou tomar mais umas doses de vodca com o namorado da vez? Talvez essa também tivesse sido a linha de raciocínio de Marshall. Planejando fazer barulho e, então, percebendo que a única pessoa que realmente poderia ter feito diferença era um caso perdido; que fazer justiça por Danny seria tão fácil quanto ressuscitar os mortos.

Pelo menos o arquivo de Katy Taylor continha uma irregularidade processual genuína que ela poderia corrigir. Jenny teria consideração com os pais, mas um inquérito completo teria de ser conduzido: investigadores forenses modernos eram obrigados a agir rigorosamente em prol do interesse público, e não da família.

Pela segunda vez naquele dia, ela lutou com o relatório original da polícia, escrito em letra cursiva tortuosa por uma policial que não sabia nem pontuação, nem onde colocar as maiúsculas. O documento mencionava que Katy era suspeita, segundo "jovens locais", de estar se prostituindo para pagar pelas drogas e de que tinha advertências por posse de maconha e furto. Nada anormal, mas a policial não parece ter investigado como a menina havia ido parar a quase 10 quilômetros de casa, com uma seringa cheia de heroína: a maioria dos viciados se injetaria no beco mais próximo. Além disso, suas sandálias eram de salto alto — não havia meios de ter chegado até lá a pé. Mesmo o mais estúpido dos policiais deveria ter suspeitado de que alguém a havia levado de carro até um local tão isolado como aquele.

O fato de o relatório não dizer nada sobre essa questão não a surpreendeu muito. A polícia, carente de recursos, é esperta o suficiente para colocar dinheiro em quaisquer que sejam os interesses da mídia. Uma celebridade morta nos arbustos teria atraído toda a equipe de perícia; um investigador bem-vestido daria atualizações a cada hora para os noticiários. Uma maria-ninguém morta, cujos pais estavam felizes por não ter seu luto mostrado na TV, ficava por conta de uma policial analfabeta.

Ainda assim não bastava. Jenny fechou o arquivo decidida a encontrar a pessoa com quem Katy esteve antes de morrer. Se a polícia não gostasse, azar.

* * *

ATESTADO DE ÓBITO

Ela dormiu mal. Do lado de fora, uma coruja de cor castanho-amarelada competia com uma raposa para ver qual fazia mais barulho. Ela sonhou que estava na casa onde passou a infância, paralisada pelos gritos furiosos e o bater das portas; em seu sonho, ela enfiava os polegares nos ouvidos e apertava as pálpebras até ver estrelas.

Os pesadelos continuaram pela madrugada: ela começava acordada enquanto um assassino sem face puxava uma faca e golpeava suas entranhas. Caída no travesseiro, com o coração batendo contra as costelas, olhou para o relógio e viu que já eram quase 7 horas. Recobrando a consciência aos poucos, começou a perceber o barulho do lado de fora da janela: um atrito metálico.

Pulou da cama e, inquietamente, segurou a ponta da cortina com os dedos. Steve, de costas para ela, estava na entrada batendo em uma foice com uma pedra de afiar. Ele testou a lâmina com o polegar e começou a tirar as ervas daninhas com pancadas grandes e relaxadas. Não havia um traço de tensão em suas feições.

CINCO

GRAÇAS A DEUS PELO TEMAZEPAM. Ela chegou ao escritório e encontrou Alison supervisionando agitadamente os homens da mudança, que haviam trazido meia dúzia de gaveteiros e estavam agora enchendo o resto da recepção com caixas de documentos.

Jenny mal havia chegado à porta quando Alison virou-se para ela em tom de acusação e disse:

— Eu avisei que não havia espaço para tudo, Sra. Cooper.

— Alugaremos um depósito e arquivaremos o que não formos usar.

— E quem irá pagar por isso?

— Conseguíamos pagar por um escritório na delegacia de polícia. — Pegou sua correspondência na mesa de Alison. — Podemos ter uma palavrinha?

Alison deu algumas instruções aos carregadores e seguiu Jenny até sua sala.

— O superintendente-chefe ficou surpreso, para dizer o mínimo, por você me tirar de lá. Sempre achamos que fosse um acordo que beneficiasse ambas as partes. Meus ex-colegas estão sempre ajudando.

— E o que eles ganham com isso?

— O Sr. Marshall e eu descobrimos vários assassinatos no decorrer dos anos que nunca teriam chegado à polícia de outra for-

ATESTADO DE ÓBITO

ma. Um homem que envenenou a esposa com insulina, uma menina que sufocou seu bebê...

Separando a correspondência, Jenny disse:

— A diferença entre a polícia e o investigador forense é que a polícia busca condenações e o investigador busca a verdade. Um não necessariamente acompanha o outro.

— Eu fui detetive por vinte anos e nunca vi uma condenação falsa.

— Mas você sempre encontrou a verdade? E mesmo depois de já ter um suspeito, você ainda queria encontrá-la?

— A senhora não é fã da polícia, Sra. Cooper?

Jenny abriu sua pasta, tirou o arquivo de Katy Taylor e entregou-o a Alison.

— Você leu o relatório da policial antes de o Sr. Marshall assinar o atestado de óbito?

— Normalmente eu leio.

— Ela foi encontrada a quase dez quilômetros de casa, usando sapatos de salto alto. Por que não foi feita uma busca detalhada na região? Por que não houve perícia? Por que não investigaram como ela chegou até lá, quem a levou, de onde vinham as drogas? E se a polícia decidiu que tinha outras prioridades, por que Marshall não fez essas perguntas?

— Ele deve ter tido suas razões.

— Você estava trabalhando para ele na época; que razões acha que foram essas?

Alison tocou o canto do arquivo.

— Não discuti o caso com ele em detalhes...

— Ele deve ter dito algo.

— Apenas que o Dr. Peterson tinha certeza de que havia sido uma overdose e que o detetive superintendente Swainton, do Departamento de Investigação Criminal, estava satisfeito com isso.

— Então ele trocou ideias com a polícia?

— Ele deve ter falado com eles, é claro.

— E se Swainton estava satisfeito em dar baixa como morte acidental, isso era o bastante para Marshall?

— Não foi bem assim. Ele tinha um relacionamento muito bom com o Departamento. Eles confiavam um no outro.

— Entendo. — Jenny estava compreendendo tudo: Marshall não pisava nos calos do Departamento e, em troca, ganhava uma ex-tira com um escritório na delegacia para fazer seu trabalho burocrático. — Nesse caso, receio que sua confiança não foi justificada. Estou revogando o atestado de óbito e começando de novo, desta vez com uma investigação adequada.

— O que vou dizer ao Departamento?

— Não tem nada a ver com eles. — Ela pegou um bloco de notas e enfiou na pasta. — Vou fazer algumas visitas, falar com a família da menina. Você pode ficar e organizar as coisas aqui. E esperar uma ligação de Josh, do Ministério da Justiça.

— Josh?

— Ele está configurando nossa rede de TI. Teremos um sistema wi-fi novinho funcionando até o fim da semana.

Jenny abriu a porta antes que Alison pudesse protestar. Ela daria à assistente uma semana para ver se era capaz de mudar. Se não mudasse, teria de ir embora.

O assistente do necrotério disse que o Dr. Peterson estava no meio de uma necropsia e ainda tinha mais três até a hora do almoço. Se precisasse falar com ele, teria de ser pela janelinha, enquanto o legista trabalhava. Jenny disse que tudo bem, faria o que fosse necessário para ter acesso ao grande homem. O assistente levou-a até uma das portas do corredor.

Ela esperava algo um pouco mais distanciado da ação. A galeria era nada mais do que uma seção da sala de necropsia, separada da área de dissecação por uma parede baixa. O cheiro era insuportá-

ATESTADO DE ÓBITO

vel: sangue, fezes, desinfetante e podridão. Cobrindo a boca, ela viu Peterson, a menos de 2,5 metros de distância, erguendo o coração e os pulmões da cavidade torácica de um homem de meia-idade excessivamente obeso. Ela desviou o olhar, lutando contra o ímpeto de vomitar enquanto ele jogava os órgãos no balcão de aço inoxidável, bem embaixo de onde ela estava.

— Duas vezes em dois dias, Sra. Cooper? A que devo o prazer da visita?

Ela respirou pela boca, tentando convencer-se de que aquele cheiro era apenas de desinfetante e formol, e não de carne decomposta.

— Recebi seu relatório ontem. Obrigada.

— Não pense que será sempre assim. — Ele segurava um pedaço de pulmão contra a luz. — Vê isso? Cheio de linhas de fuligem. E ele nem era fumante. É poluição atmosférica... viveu grande parte da vida em Londres. Todos no sudeste têm pulmões iguais aos de quem fuma uns trinta Bensons por dia.

Sem poder evitar, ela olhou para a fatia rosada e esponjosa que ele estava segurando. Com certeza, a superfície estava coberta de manchas pretas.

Ele a atirou no balcão e voltou ao trabalho, fatiando como um *sous chef*.

— Já assistiu a uma necropsia antes?

— Não.

— Se sentir necessidade de vomitar, há um balde de plástico em algum lugar por aí. E se sentir tontura, sente-se. Tive uma aluna que desmaiou para a frente no mês passado. Caiu bem em cima de uma pilha de fatias de fígado.

— Obrigada pelo aviso.

— De nada. — Ele olhou para ela, sorrindo com os olhos acima da máscara.

Jenny engoliu a seco uma sensação de náuseas subindo por sua garganta. Ela estava resistindo mentalmente, mas seu corpo estava desesperado para sair dali. Ela teria de acabar com essa história logo ou aceitar a oferta do balde.

— Estou aqui para falar sobre Katy Taylor. Preciso que me dê uma declaração detalhada.

Indo para o segundo pulmão, Peterson disse:

— Dei meu parecer no relatório.

— Não quero apenas um parecer. Preciso saber que tipo de contato você mantinha com Marshall e a polícia. Como era instruído, o que era dito. Tudo o que puder se lembrar.

Ele estudava cuidadosamente outro pedaço de pulmão, segurando a traqueia aberta com afastadores:

— Para quais fins, exatamente?

— A morte mal foi investigada, nada de significativo foi feito. Quero descobrir o motivo.

Peterson colocou os afastadores em um recipiente e apoiou as mãos sobre o balcão.

— Se está sugerindo que eu estive envolvido em algo impróprio, Sra. Cooper, gostaria que fosse direta.

— Até investigar, não tenho ideia se alguém agiu de forma imprópria ou não. — Ela tomou fôlego novamente; era possível até mesmo sentir o gosto do ar. — Mas o que eu sei é que uma garota de 15 anos morreu em circunstâncias que mereciam mais do que um relatório de duas páginas de uma policial e meia dúzia de linhas de um legista quatro semanas após os acontecimentos.

— Se eu fosse a senhora, experimentaria o trabalho por algumas semanas. Pode descobrir que o sistema funciona melhor do que pensava. Começar impondo sua autoridade fará com que crie inimizades em um nível que nunca imaginou.

— Essa é sua filosofia? Fique de cabeça baixa e não incomode ninguém.

Aquele sorriso atrás da máscara novamente

ATESTADO DE ÓBITO

— Olhe, Jenny, por que não começamos novamente? Que tal se nos encontrarmos para uma bebida qualquer noite dessas e eu a brindar com minha experiência? Extraoficialmente, é claro.

Meu Deus. Só dois *dias* já bastaram para ele.

— Prefiro que gaste esse tempo escrevendo sua declaração.

— E se eu não tiver nada a dizer?

— Não vou acreditar.

Ela se virou para a porta. Peterson disse:

— Alguma vez já viu uma valva aórtica?

Ela olhou para trás. Ele segurava um coração ensanguentado nas mãos.

— Uma membrana de tecido não muito mais espessa que uma unha. Basta um pouquinho de colesterol escapar e grudar nela que você morre.

— O que quer dizer com isso?

— Que talvez devesse ser um pouco mais filosófica. Passe alguns dias aqui embaixo e sairá com uma visão de mundo totalmente diferente.

— Imagino.

Andy e Claire Taylor viviam em uma casa geminada que já tinha pertencido a um conjunto habitacional popular, construída na década de 1930, com uma porta de entrada imitando o estilo georgiano e vasos com gerânios pendurados de cada lado. Sua rua ficava a menos de 2 quilômetros da vizinhança que Jenny havia visitado no dia anterior, mas as casas e áreas públicas eram bem-cuidadas. Não havia vadios na rua.

Ela encontrou ambos em casa. Andy, que trabalhava como fiscal de obras em uma empresa de construção, havia tirado uma folga para ir com Claire ao hospital naquela manhã. Ela estava de licença desde a morte de Katy. Seu médico disse que provavelmente era uma depressão o que estava causando as lancinantes dores abdominais que a mantinham acordada durante a noite, mas que prescreveria um exame de raios X com contraste por bário para descartar a possibilidade de um tumor.

Tudo isso foi dito espontaneamente por Andy, homem atarracado e hospitaleiro com olhos gentis e conscienciosos. Enquanto Claire ficava em silêncio, sentada a seu lado no sofá, com um cardigã amarrado na cintura, ele tagarelava como alguém que fora resgatado de um bote salva-vidas depois de semanas à deriva. Claire, com as bochechas murchas e a pele pálida e sardenta, parecia ainda estar se afogando, praticamente irreconhecível como a mulher das fotografias de família arrumadas sobre o consolo da lareira.

Quando Andy finalmente parou para respirar, Jenny explicou a razão de sua visita. O Sr. Marshall havia sido muito precipitado ao assinar um atestado de óbito. Ela estava investigando antes de abrir um inquérito formal sobre a morte de Katy.

Claire olhou para o alto e falou pela primeira vez desde o "olá" meio resmungado:

— Ele nos disse que não haveria inquérito. — Ela se virou para Andy. — Não disse? Quando fomos a seu escritório.

Andy pegou na mão da esposa.

— Sim.

Jenny tentou dizer da melhor forma possível:

— Receio que ele estivesse errado sobre isso. Obviamente estava tentando evitar que passassem por mais situações desagradáveis, mas onde há qualquer possibilidade de que a morte não tenha ocorrido por causas naturais, por lei deve-se abrir um inquérito.

Andy disse:

— O que isso significa?

Claire soltou a mão do marido e apertou ainda mais o cardigã ao redor da cintura.

ATESTADO DE ÓBITO

— Não estou, nem por um instante, sugerindo que a morte de Katy tenha sido causada por outro motivo que não uma overdose acidental, mas as circunstâncias foram tais que outras possibilidades devem ser descartadas.

Claire disse:

— Ela não fez de propósito. Sei que não. Eu disse a ele.

— Parte de minha função é determinar seu estado de espírito. Tudo o que tiver a dizer é importante como prova.

— Prova? Do que está falando? O Sr. Marshall nos disse que o caso estava encerrado. Ele nos disse por telefone.

— Sinto muito...

— Não quero saber. Não estamos interessados.

— Entendo como devem se sentir...

— Não, não entende. Como poderia? Poderia se retirar, por favor?

Andy colocou a mão no ombro de Claire.

— Amor...

— Tire a mão de mim. — Ela se levantou do sofá. — Eu não pedi por nada disso. Por que não nos deixa em paz?

— Sra. Taylor...

Claire lançou-se para a porta, saiu para o corredor e subiu correndo as escadas. Andy levantou para ir atrás dela, mas desistiu ainda no meio da sala quando ouviu a porta do quarto batendo com tanta força que fez tremer toda a casa.

Ele se virou constrangido.

— Ela está desse jeito desde que perdemos Katy.

— Eu entendo.

Ele se sentou novamente no sofá, agora sem palavras, as feições demonstrando desespero.

— Ajudaria muito se pudesse falar um pouco do que se passava, Sr. Taylor.

— O que quer saber?

— O máximo possível. Vi no arquivo que Katy teve algumas condenações nos últimos anos.

Ele abaixou a cabeça.

— Mudamos para cá quando ela tinha acabado de completar 13 anos. Foi quando tudo começou. Os garotos com quem ela andava usavam drogas e roubavam. Tentamos mantê-la no bom caminho, mas sempre que batíamos o pé sobre alguma questão, ela fugia. Não sei quantas vezes tivemos que chamar a polícia para procurá-la.

— Aonde ela ia?

— Saía com os amigos. Nunca disse com quem.

— Amigos ou amigas?

Andy balançou a cabeça e olhou para as várias fotografias de sua falecida filha penduradas na parede. Uma garota loira, magra e extremamente bonita, dona de um olhar astucioso. A foto mais recente, um retrato tirado na escola, mostrava uma bela jovem que deve ter atraído olhares em todos os lugares por onde passava.

— Alguns deles deviam ser garotos, pelo menos no último ano, porque ela começou a tomar anticoncepcional. Mas não saberia dizer quem são eles.

— A polícia lhe perguntou sobre isso? Falou com os amigos de Katy, verificou seu telefone celular?

— Fizeram algumas perguntas, mas quando ficaram sabendo que ela havia injetado, pareceram estar convencidos de que fora um acidente. Disseram que acontece o tempo todo.

Jenny deu a ele um instante, e então disse:

— O que o senhor acha que ela estava fazendo sozinha em Bridge Valley?

— Não é difícil de imaginar.

Jenny lembrou-se da fotografia do corpo de Katy tirada pela polícia, o pequeno top que mostrava o umbigo, os jeans justos e as

ATESTADO DE ÓBITO

sandálias de salto alto. Magra, deslumbrante, sexy e precisando de uma dose.

— O senhor acha que ela estava se vendendo para sustentar o vício?

Os músculos do maxilar de Andy ficaram tensos.

— Nunca pensamos que tivesse chegado a esse ponto, mas aparentemente amigos dela a viram entrando em carros... Sei que parece que não somos bons pais, mas não pode imaginar como ela estava fora de controle. Tentamos trancá-la no quarto, mas ela fugia pela janela. Ela era arredia, como se estivesse possuída.

— Quem são esses amigos que a viram entrando em carros?

Ele parecia perdido.

— Garotos que ficam na pracinha... a polícia saberá informar.

Jenny podia ver pela expressão de seu rosto que ele estava perto de entrar em colapso. Ela não queria fazê-lo sofrer mais do que já havia sofrido, mas não podia sair sem nenhuma informação sobre a investigação da polícia.

— Sr. Taylor, consegue lembrar o nome do policial que falou com vocês após a morte de Katy?

— Acho que foi a policial Campbell, Helen Campbell... a mesma garota que a prendeu antes de ela cumprir pena.

— Pena?

Andy, surpreso, disse:

— É. Ela pegou três meses por quebrar o nariz de uma mulher. Roubando para comprar drogas novamente.

— Ah... Por algum motivo eu não fiquei sabendo.

— Foi em fevereiro. Aconteceu uma das coisas mais absurdas. As pessoas do Grupo de Apoio a Jovens Infratores disseram que, uma vez no centro, eles a deixariam limpa. Eles a tirariam dessa antes que ficasse viciada para sempre, foi o que prometeram. Dois dias antes de ser sentenciada, ela sumiu e apareceu em uma sarjeta qualquer. Ficamos a noite inteira no hospital, imaginando se em algum momento ela acordaria. — Sua voz começou a tremer. — Quando acordou, ela me prometeu que nunca mais faria aquilo. Mas assim que ela saiu...

Jenny deu-lhe um instante.

— Em qual centro de detenção ela ficou presa?

— Ali perto de Severn Bridge. Centro Portshead.

— Quando ela saiu?

— No aniversário de minha esposa, dia 17 de abril.

Os gaveteiros estavam empilhados de dois em dois perto de uma parede, as caixas de arquivos em montes organizados ao lado. Havia um vaso de flores no peitoril da janela e revistas novas na mesinha de centro. Pelo menos Alison estava se esforçando, mesmo não havendo sinal dela por ali.

No carro, durante todo o caminho de volta, Jenny ficara fazendo listas mentais de testemunhas que ela queria que depusessem, perguntas que precisavam ser respondidas. Sua mente estava borbulhando. Ela procurou papel e caneta na mesa de Alison e começou a escrever tudo. O telefone de sua sala tocou. Ela correu para atender, sem deixar de escrever, e levantou o fone, segurando-o entre o ombro e a cabeça.

— Jenny Cooper.

— Tara Collins, *Bristol Evening Post*. Conversamos ontem.

Ficou sem ar.

— Pois não?

— A senhora esteve com a Sra. Wills ontem.

— Estou muito ocupada agora. O que você quer?

— Ela teve a impressão de que não estava interessada no caso de seu filho.

Jenny parou de escrever e tentou não explodir. Foi um esforço e tanto.

ATESTADO DE ÓBITO

— Bem, ela está enganada.

— Mas não vai investigar?

— Srta. Collins, tenho trabalho a fazer, e a senhora também. Fico feliz em falar com a imprensa sobre assuntos de interesse público, mas não farei relatórios diários de minhas atividades. Então, se me der licença...

— Se estiver procurando novas provas, posso dizer por onde começar.

Jenny suspirou. Estava a um passo de perder a paciência.

— Darren Hogg era o segurança responsável por monitorar o circuito fechado de televisão tanto na unidade feminina quanto na masculina naquela noite. Ele deu uma declaração dizendo que duas câmeras que monitoravam o corredor na unidade masculina não estavam funcionando durante uma semana e aguardavam reparo. Marshall falou com a empresa de assistência técnica, que disse que a falha só foi reportada no dia 14, na manhã em que Danny morreu.

Jenny não se lembrava de ter visto tal declaração.

— Eu disse à Sra. Wills que revisaria o arquivo em detalhes. Claro que me aterei a qualquer anormalidade.

— Isso não estará no arquivo. Marshall nunca pegou uma declaração da empresa. E há mais uma coisa: Kevin Stewart, o assistente social que disse ter reportado o entupimento no vaso sanitário de Danny na noite anterior à morte... Ninguém perguntou a ele por que não transferiu Danny para outro quarto. Havia dois aposentos livres na unidade masculina aquela noite. Quando falei com Smirski, o cara da manutenção que o encontrou, ele disse que não conseguia lembrar quando Stewart havia avisado sobre o entupimento. Marshall nem sequer chamou Smirski durante o inquérito.

— Quando eu tiver chance de olhar a transcrição...

Tara Collins interrompeu novamente.

— A questão, Sra. Cooper, é que um assistente social deveria olhar pela janelinha da porta de cada criança a cada meia hora. As câmeras supostamente quebradas poderiam ter verificado se as inspeções foram feitas. Se o entupimento do vaso foi reportado pela manhã, tudo foi planejado para que Smirski encontrasse o corpo.

Jenny sabia aonde Collins queria chegar: a descoberta de uma morte por negligência, um erro grosseiro do sistema em prover cuidados básicos que teriam evitado o suicídio de Danny. O tipo de descoberta que abalaria o Ministério da Justiça e faria dela a investigadora forense menos popular do país.

E tudo o que ela queria era uma vida tranquila.

— Serei honesta com você, o motivo pelo qual não largo essa história foi ter encontrado Danny Wills algumas vezes quando eu estava escrevendo uma matéria sobre o Grupo de Apoio a Jovens Infratores. Ele era um garoto brilhante. Vinha com umas frases, como da vez que descreveu a si mesmo como uma "alma perdida". Fica a sensação de que, com um pouco de ajuda, ele poderia ter se salvado. Ele era brilhante... Não é muito profissional de minha parte, mas é isso.

Jenny sentiu sua hostilidade em relação a Tara Collins começar a ceder.

— Também conheci muitos garotos assim. Olha, eu agradeço as informações. Vou investigar.

— Posso dizer isso à Sra. Wills.

— Agradeceria se deixasse isso por minha conta.

Tara Collins ficou quieta por um instante, e então disse:

— Acho que é justo que você saiba, Sra. Cooper. Recebi informações de que nos últimos tempos a senhora não esteve no melhor de sua saúde mental.

Jenny ouviu a própria voz dizendo:

— Como é?

ATESTADO DE ÓBITO

— É uma daquelas difíceis decisões que temos de fazer como jornalistas: determinar o que é de interesse público. Bom...

A linha ficou muda..

Ela não podia acreditar. Nem o Ministério da Justiça sabia que ela estava se consultando com um psiquiatra. Se isso vazasse, não apenas perderia o emprego como corria o risco de ser processada por fraude. *Condições médicas que poderiam afetar sua capacidade de executar o trabalho de investigador forense...* ela se lembrava de ter escrito "nenhuma", convencida de que a mentira era justificável, que uma nova carreira seria seu passaporte para ficar bem.

— Está tudo bem, Sra. Cooper? Parece um pouco atordoada. — Alison estava parada na entrada da sala, analisando Jenny com uma expressão preocupada.

Jenny colocou o fone no gancho, tentando esconder o fato de seu coração estar acelerado.

— Era aquela jornalista novamente. Eles incomodavam muito o Sr. Marshall?

— Ele nunca falava com eles. Chamava-os de parasitas.

— Acho que concordo. — Jenny precisava de um temazepam, naquele instante, e desejava que Alison saísse para que ela pudesse tomar um.

— Espero que não se importe... provavelmente perdi a ligação de Josh. Estive na delegacia.

— Certo. — Jenny mascarou com um sorriso a ansiedade que começava a dominá-la. Ela olhou para o relógio. — Vou sair para almoçar. Que tal nos reunirmos às 13h30 e decidirmos o que vamos fazer? — Ela pegou a bolsa.

— Antes que você vá: eu tive uma conversa com um de meus ex-colegas do Departamento sobre Katy Taylor.

Merda. Não faltava acontecer mais nada.

— Sim? — Jenny enfiou a mão na bolsa como quem não quer nada e pegou uma pequena garrafa de Evian e seus comprimidos, cuidando para esconder o rótulo enquanto abria o frasco. Ela viu Alison observando seus movimentos como uma policial, com os olhos fixos em seu rosto, olhando para as mãos com visão periférica.

— Ele também não estava satisfeito com a investigação. Certamente parecia que ela devia estar com alguém quando morreu, mas não havia indícios de violência ou ataque, e o fato de que ela já usava drogas significava que provar que sua morte não fora acidental seria praticamente impossível. Se houvesse pelo menos um indício de luta, a história seria bem diferente.

Jenny engoliu um comprimido com a boca cheia de água, certa de que Alison havia notado o tremor em suas mãos.

— O que esse detetive acha que deveria ter sido feito?

— Antes de mais nada, eles tinham evidências de que ela tinha caído na vida fácil, então qualquer um que tenha se arriscado a ficar com ela poderia ir para o xadrez por ter feito sexo com uma menor. Há também o fato de não haver colher, isqueiro ou garrote encontrados com corpo, objetos que poderiam ter sido tocados por alguém. Tudo o que encontraram foi uma seringa com as impressões digitais da menina.

— Então é quase certo que ela não estava sozinha?

— A cena do crime pode ter sido violada por alguém depois que ela morreu e antes de o corpo ser descoberto, mas meu amigo tem bastante certeza de que houve um homem envolvido. Quem sabe, ele poderia até ser um traficante que vendeu drogas a ela em troca de sexo. Em um lugar isolado como aquele...

Jenny sentiu o temazepam penetrar em seu organismo, e seu coração começou a desacelerar. Sua mente racional começou a retomar o controle.

— Suspeita de sexo com menores, possível homicídio culposo. O que mais é preciso para que se inicie uma investigação?

— Tecnicamente, ainda é um arquivo aberto.

ATESTADO DE ÓBITO

— E o que isso significa?

— Investigarão se novas provas forem descobertas, mas ninguém está sendo pago para procurá-las.

Jenny disse:

— Eu conheci os pais de Katy esta manhã. Não tive a sensação de que eles tenham feito qualquer tipo de pressão por uma grande investigação. Pela forma como a menina vinha se comportando nos últimos anos, acho que já estavam esperando por isso.

— Fiquei sabendo que ela ficou presa por uns meses. No mesmo lugar que Danny Wills, não foi?

— Não é uma coincidência tão grande, considerando que é o único centro de detenção juvenil deste lado da cidade.

— Ainda assim — disse Alison —, faz a gente pensar.

Elas trocaram um olhar.

— Eu sei. Mas o quê, exatamente?

Alison deu de ombros.

— Drogas, cafetões, gangues... Toda a escória que se aproveita de crianças como aquelas. Ambos eram da mesma região da cidade. Pode apostar que há alguma relação.

— Foi o detetive superintendente Swainton quem tomou a decisão de interromper a investigação?

Alison fez que sim com a cabeça.

— E foi uma questão de recursos, apenas?

— Esse seria o motivo óbvio.

Ela claramente estava insinuando algo que Jenny deveria entender, mas não entendeu. Outra característica da polícia: presumir que o pensamento das outras pessoas é tão errante quanto o deles.

— Poderia haver outro?

— Nenhum que me venha à mente. A não ser que ele estivesse com medo de estragar outra investigação... ou se estivesse sendo ameaçado por alguma razão.

— Por que alguém o ameaçaria?

Alison mudou desconfortavelmente seu pé de apoio.

— Se a pessoa com quem ela estava fosse um informante importante, por exemplo, ou alguém proeminente.

— Foi isso que lhe disseram? Não me diga que ela estava tendo relações com um parlamentar?

— Não. Ninguém disse nada disso, exceto a fofoca inútil que corre por aí. Ele provavelmente tinha mais trabalho em andamento do que os policiais podiam acompanhar.

Jenny podia ver o conflito dentro dela, a leal detetive versus a mulher decente e simples, tão perturbada quanto Jenny com a morte solitária de Katy Taylor e com a resposta inadequada da polícia. Alison devia ter filhos, provavelmente já adultos, mas os anos de adolescência dela não deviam estar tão distantes assim. Outro pensamento surgiu em sua mente: ontem ela havia defendido o santo Marshall até o fim, agora dava indícios de que ele havia sido parte de algo suspeito. Seria necessário mais do que uma fofoca inútil para tirá-lo de seu pedestal.

— Então suponho — disse Jenny — que, se a polícia não foi atrás de quem quer que estivesse com Katy, por qualquer que tenha sido o motivo, o Sr. Marshall deve ter sido persuadido a fazer o mesmo, não?

Alison ficou quieta e, sem aviso, seus olhos encheram-se de lágrimas. Tentando se segurar, ela disse:

— Eu amava Harry Marshall, Sra. Cooper, não como amante, mas por três anos ele foi o melhor amigo que já tive. Algo aconteceu com ele naquelas últimas semanas... Ele estava descontrolado com o caso de Danny Wills. Nunca o vi daquele jeito. Ele disse que iria fazer tremer as bases da cidade. Mas quando eu voltei da licença, ele estava tão deprimido que mal falava comigo. — Ela fez uma pausa, recompondo-se. — Então, na quinta-feira à noite, o telefone de minha casa tocou. Eu atendi, mas desligaram. Eu verifiquei, e era o número pessoal de Harry. Ele nunca me ligava de sua casa. Eu

ATESTADO DE ÓBITO

deveria ter ligado de volta, mas eu não quis, já era quase meia-noite... E na manhã seguinte, ele estava morto.

As comportas finalmente se abriram. Jenny levou Alison para uma cadeira e lhe deu lenços de papel enquanto seis semanas de sofrimento silencioso davam lugar a lágrimas de tristeza.

SEIS

VOLTANDO PARA CASA AO FIM de apenas dois dias na nova carreira, Jenny sentiu as primeiras pontadas de nostalgia do direito de família. Tribunais eram traumáticos, mas tinham a virtude de serem impessoais. Sua relação com Alison já estava se tornando mais íntima do que deveria. E vendo sua assistente chorar pelo amante que nunca teve, ela percebeu que agora não era hora de substituí-la, pelo menos por enquanto. Não apenas havia herdado uma série de casos confusos e dúbios, mas cabia a ela lidar com as crises emocionais.

A história de sua vida: as necessidades de todos antes de suas próprias. Cercada por personalidades fortes (seus pais, seu marido, inúmeros chefes e juízes no decorrer dos anos), a verdadeira Jenny Cooper ainda aguardava sua vez de se impor. Quarenta e dois anos de idade e nenhum território para chamar de seu.

O trem dos pensamentos autopiedosos durou o trajeto todo, fazendo com que ela chegasse em Melin Bach com dor de cabeça e uma ansiedade incômoda que só passaria com uma boa taça de vinho. Ela estava quase chegando na porta da frente quando percebeu que o jardim estava transformado. As ervas daninhas haviam sido retiradas, a grama, cortada, e as dedaleiras e malvas nas laterais da varanda estavam organizadas em novos canteiros. Lavandas e peônias que ela nem sabia que existiam surgiram naquela

ATESTADO DE ÓBITO

selva. Largou a pasta e foi até os fundos pela passagem de carros, agora limpa e arrumada, e encontrou um gramado, um pouco grosseiro, mas aparado em faixas, indo do fundo da casa até o riacho. Um caminho de pedras retangulares havia sido revelado, levando da porta da cozinha à beira do riacho; e perto do muro de pedras que contorna o campo até o lado esquerdo da casa, arbustos de alecrim, sálvia e tomilho haviam surgido de um matagal de plantas e urtigas.

Ela ficou ali por um longo instante e aceitou sua nova propriedade, agora enxergando-a como um local de trabalho, onde, em qualquer tipo de clima, gerações de mulheres tinham percorrido o caminho até o riacho para buscar água e lavar roupas, colheram ervas com as mãos calejadas em noites de verão como esta. Ela imaginou uma mãe com dor nas costas, vestindo pesadas saias de lã, pensando na liberdade que poderia ter tido na cidade, a longos 30 quilômetros dali, sem saber que seu lar um dia seria o refúgio de uma mulher a quem tinham dado liberdades com as quais ela nunca poderia sonhar.

Sobre a mesa desgastada, havia um bilhete debaixo de uma ferradura: "Empolguei-me um pouco e trabalhei até as 19h. Espero que não pareça demais. Steve." Ele fora muito tímido para mencionar pagamento, mas estava avisando que trabalhara mais horas do que ela havia pago. Ela tinha dinheiro na bolsa, mas ele não havia deixado o endereço. "No caminho para Catbrook" era tudo o que ele havia informado, e que não tinha telefone.

Por que não ver se ela poderia encontrá-lo? Era uma noite agradável e ela ainda tinha de explorar o emaranhado de vias que se enrolavam pelo bosque a oeste do vale. Seria uma aventura. Ela decidiu deixar o vinho para mais tarde e manter boas relações com o jardineiro.

Vestiu uma blusa branca de linho com jeans e tênis de lona de um azul desbotado, verificando no espelho do quarto se não estava com uma aparência muito urbana. Mudou três vezes de ideia a respeito dos tênis antes de colocar um par de botas Caterpillar que havia comprado antes da mudança, imaginando que plantaria vegetais e cortaria lenha. Eram novas em folha, recém-saídas da caixa, mas seu peso nos pés pareceu certo, assentado. Como toque final, prendeu o cabelo com um elástico preto. Olhou seu reflexo: rural, mas sério; sem tentar parecer sensual, mas ainda feminina. Não menos envergonhada agora do que quando tinha 16 anos.

Ela dirigiu colina acima, pela via de mão única que seguia o riacho, subindo o íngreme vale cercado de carvalhos e faias. De vez em quando, passava por chalés construídos em pequenas clareiras à beira da estrada, mas nenhum deles desmazelado ou boêmio o suficiente para pertencer a um homem rústico de 35 anos. Descobriu várias trilhas irregulares que pareciam levar a refúgios bosque adentro, mas todas eram muito esburacadas para arriscar passar com seu Golf. Saindo do outro lado da pequena floresta, fez um retorno atravessando o matagal repleto de juncos e tojos e inspecionou o retângulo de ruelas nos arredores das vilas de Whitelye e Botany Bay: ela estava a menos de 5 quilômetros de casa, em linha reta, mas havia rodado quase 25.

Considerou bater na porta de alguém para pedir indicações, e até chegou a parar em frente a uma fazenda caindo aos pedaços onde havia uma placa anunciando a venda de ovos e mel produzido no local, mas uma súbita timidez a impediu de sair do carro. Era a mesma aflição pela qual, desde seu "episódio", era tomada frequentemente antes de ir a um jantar ou a um coquetel: um temor provocado não por encontrar outras pessoas, mas por pensar em fazê-lo. Quando acontecia, sem uma bebida ou um comprimido ela não podia sair de si mesma. Mesmo a conversa mais insignificante tornava-se um martírio. Quando ela falava, a própria voz ecoava

ATESTADO DE ÓBITO

em sua cabeça como se estivesse escutando a si mesma a uma grande distância, suas faces queimavam, o diafragma apertava e a cabeça latejava. Com a ajuda do Dr. Travis, ela havia aprendido a controlar esses sintomas com um exercício consciente de relaxamento, mas era o fato de o mais simples dos encontros parecer tão difícil que a enfurecia. Fazia com que se sentisse tão ridícula, tão infantil.

Com raiva de si mesma, ela começou a descer a estrada de volta para o norte de Tintern. Enquanto seus pensamentos autocríticos transformavam-se em uma corrente de fúria, ela acelerava o carro. Em razão das altas cercas vivas e as margens dominadas por mato à altura da cintura, as chances de ver carros pela frente eram inexistentes. Foi um velho trator Ford rebocando uma carga de silagem que deu de cara com ela em uma curva fechada. O motorista do trator a viu primeiro e virou bruscamente em direção a uma porteira. Jenny fez a curva e deparou-se com um espaço extremamente pequeno entre a cerca e o trailer. Tomada pelo instinto, ela jogou o volante para a esquerda, bateu o retrovisor no trailer enquanto deslizava a centímetros de distância e parou, com as rodas do lado esquerdo enfiadas em uma vala escondida pela grama alta no acostamento.

Ela ficou sentada por um instante, entorpecida, ciente de que o carro estava inclinado e preso. Ouviu uma batida no vidro do motorista. Virou-se, espantada, e viu um velho fazendeiro de rosto corado sorrindo para ela com bem poucos dentes na boca. Ela abriu a janela.

— Com pressa, querida?

— Desculpe-me...

— Ainda bem que a vi chegando.

— Não sei o que aconteceu. Eu deveria estar a quilômetros de distância. — Ela sentiu uma vontade súbita de chorar, mas lutou para se controlar. — Seu trailer está inteiro?

— Está tudo bem. — O velho olhou para o carro. — Parece que você está inteira também. Tenho uma corda no carro, vou rebocá-la.

— Me desculpe mesmo...

O fazendeiro deu um sorriso largo. Tinha apenas quatro dentes escuros em toda a boca.

— Você é a Sra. Cooper, não é? Ouvi falar. Não fará isso novamente, não é?

Quinze minutos depois, com não mais do que um retrovisor quebrado e o orgulho ferido, Jenny dirigiu cuidadosamente pela estrada margeada de bétulas que levava a Ty Argel, onde o amável fazendeiro lhe havia assegurado que encontraria Steve "ainda embrenhado no bosque". Ela fez uma curva e parou em frente a uma casa de fazenda. Havia um pátio sujo na frente, onde estava estacionado o velho Land Rover, diversos tipos de ferramentas, material de construção e algumas galinhas. Jenny desceu do carro, feliz por ter calçado as botas, e foi recebida por um exuberante sheepdog correndo em sua direção, latindo alto. Jenny não tinha medo de cães. Seus avós tinham três. Batendo nas coxas, ela disse:

— Vem aqui. Boa menina.

O animal, sentindo nela uma amiga, pulou e carimbou duas patas sujas em sua camisa. Jenny colocou-o no chão e acariciou o pelo da cabeça, fazendo sons infantis do tipo que todos os cães adoram.

— É um garoto. Alfie. — Steve apareceu vindo do celeiro de pedra do outro lado do pátio, com um machado nas mãos. Ele jogou o cigarro de rolo no chão e apagou com os pés enquanto se aproximava.

— Ele é muito amigável.

Alfie rolou no chão e ficou com as patas para cima. Sinal de total confiança.

ATESTADO DE ÓBITO

— A não ser que seja o carteiro. Não suporta nenhum tipo de funcionário público, não é, Alf? Assim como seu dono. — Steve agachou-se e juntou-se a Jenny acariciando a barriga do cão, que esbanjava alegria.

Ele olhou para as botas de Jenny.

— Vejo que veio vestida para trabalhar. Tenho 5 toneladas de lenha que precisa ser cortada.

Ela sorriu, sentindo seu cheiro: suor e fumo de rolo. Forte, mas não desagradável.

— Percebi que lhe devia algumas horas extras de trabalho. O jardim ficou ótimo, por sinal.

— Deveria ter visto há alguns anos, quando Joan Preece ainda estava lá. Era lindo, mas meio natural.

— Espero que volte a ficar assim.

— Jardins precisam de muita atenção. Se deixar de cuidar por algumas semanas, eles se ressentem.

Jenny tirou algumas notas do bolso da calça.

— Precisarei de ajuda regularmente, se estiver interessado.

— Soa-me perigosamente como um emprego.

— Deixarei a seu critério. — Ela lhe deu o dinheiro.

Ele se levantou.

— Tem certeza?

— Não vim até aqui e caí em uma vala para acariciar seu cachorro, por mais bonzinho que ele seja.

Steve sorriu e enfiou o dinheiro no bolso de trás da calça.

— Valeu. — Ele deu uma olhada no Golf e viu arranhões em toda a lateral. — Estou vendo que decidiu aparar a cerca. O que aconteceu?

— Quase bati em um trator na estrada. Por sorte, ele foi bondoso e me rebocou para fora do buraco.

— Foi um sujeito velho e desdentado?

— Pode ser. Disse que seu nome era Rhodri alguma coisa.

— Glendower. É ele mesmo. Mantenha as portas fechadas à noite. Ele tem um certo descontrole com mulheres.

— Quase não pude me conter.

— Desde que a esposa morreu, ele teve quase todas as mulheres deste vale. Promete a elas metade da sua fazenda. — Ele sorriu. — Deixe-me pegar uma cerveja para você. Vou mostrar as redondezas.

Ele pegou duas garrafas da despensa (disse que não tinha geladeira) e mostrou a ela a propriedade. Ela abrangia cinco hectares, na maior parte área florestada onde ele cortava lenha e cultivava vários tipos de árvores que vendia para um viveiro de mudas. Nos fundos, havia uma horta na qual plantava vegetais que abasteciam estabelecimentos locais. Ele não convidou Jenny para conhecer o interior da casa, dizendo que ainda não estava pronta, mas de relance ela pôde ver pela janela um interior organizado, mas muito simples: piso maciço e móveis de madeira que poderiam ter sido feitos por ele.

Guiando-a por entre os canteiros da horta, ele enrolou outro cigarro (um pouco culpado, ela notou, escondendo o que quer que estivesse em sua latinha de fumo) e contou a ela um pouco sobre os personagens locais. Havia Dick Howell, contador alcoólatra que perdeu o emprego, a esposa, e foi morar no carro enquanto bebia o que havia sobrado do dinheiro que roubara dos clientes. Ele havia acampado no celeiro de Steve por um tempo, e então fora viver com uma mulher com idade suficiente para ser sua mãe. Havia também Andy, o carpinteiro, um jovem que foi fazer um serviço para um casal recém-chegado de Londres e nunca mais os deixou; dois anos depois, os três ainda estavam morando na mesma casa. Algumas noites, iam todos juntos ao bar.

Ouvindo-o falar, ela se surpreendeu analisando-o como um advogado a uma testemunha, pensando se sua tranquilidade era genuína ou se tinha algo a ver com o que ele fumara.

Ela disse:

ATESTADO DE ÓBITO

— E então, qual a sua história?

Steve parou perto do portão torto que separava a horta do quintal e deu um gole na cerveja.

— Com certeza não é a vida que planejei.

Jenny inclinou-se para trás, apoiando as costas na cerca.

— E qual seria essa vida?

— Eu estava na faculdade de arquitetura em Bristol. Comprei este lugar no quarto ano, com o dinheiro que meu pai me deixou. Tinha grandes planos para isto aqui. E então conheci uma garota... — Depositou a garrafa no pilar do portão e começou a enrolar um terceiro cigarro, com o rosto aflito. — Ela era estudante de arte. Talentosa, mas maluca. Apaixonamo-nos, mudamo-nos para cá e brigávamos como cão e gato. — Ele se interrompeu para riscar um fósforo e deu uma tragada profunda. — Alguns anos assim e eu meio que deixei os estudos. Ela se drogava e se jogava no rio algumas vezes, e depois se mandou com um cara que conheceu no centro de reabilitação em Cardiff. Da última vez que tive notícias, estava na Tailândia ou em algum lugar daquela região.

— Como era o nome dela?

— Sarah Jane. Parece inocente, não é? — Ele puxou a gola da camiseta, mostrando o ombro direito, em que se revelou uma cicatriz irregular que ia quase até o pescoço. — Ela fez isso com uma faca de cozinha. Poderia ter me matado. No dia seguinte, fizemos o melhor sexo de todos os tempos.

Jenny tentou esconder o constrangimento.

— Há quanto tempo estava com ela?

— Cinco anos. E fiquei mais cinco sozinho desde então. Às vezes é muito silencioso, mas pelo menos não tem ninguém tentando me matar. — Ele viu Alfie espreitando uma galinha no pátio e gritou para que ele a deixasse em paz. O sheepdog se afastou correndo. — Desse jeito pareço ter pena de mim mesmo, mas não é assim. A vida é boa.

— Você deve provocar inveja em muita gente. — Ela engoliu o resto da cerveja. — Obrigada pela bebida. Se quiser mais trabalho, sabe onde me encontrar.

Ele levantou o portão, que tinha as dobradiças frouxas, e deixou-a passar pelo quintal. Enquanto ela se dirigia ao carro, sentindo-se leve devido à cerveja e imaginando se era seguro dirigir, ele gritou:

— Passo lá na terça-feira.

Jenny chegou ao escritório na manhã seguinte com a ajuda de apenas um temazepam, determinada a colocar sua relação com Alison no nível profissional. Tendo refletido à noite, ela via duas explicações distintas para o fato de Marshall não ter aberto um inquérito no caso de Katy Taylor e para sua falta de entusiasmo na condução do inquérito sobre a morte de Danny Wills. Ou ele estava sofrendo algum tipo de pressão indevida, o que era improvável, como qualquer tipo de teoria da conspiração, ou havia razões mais humanas e pessoais. Tendo sofrido as mazelas de um pequeno colapso emocional, ela tinha uma boa percepção de como poderia ser um de grandes proporções. O comportamento de Marshall nas últimas semanas de vida apresentava todos os sinais. Um homem lutando contra a depressão seria mal-humorado e desinteressado; a investigação de Danny Wills deve tê-lo reanimado por algum tempo, apenas até as nuvens se fecharem novamente quando ele percebeu a futilidade de sua tarefa. Quando o arquivo de Katy Taylor chegou à sua mesa, ele provavelmente já havia perdido toda a determinação. Tomado pelo desespero após vinte anos trabalhando com os mortos, teria parecido inútil abrir outro inquérito cujo resultado — morte acidental — era a conclusão prevista.

Ao chegar à porta da frente calçando um novo par de sapatos de salto alto, essa conclusão direta pareceu-lhe libertadora. Abriria um inquérito pela morte de Katy e exploraria a possibilidade

ATESTADO DE ÓBITO

de suicídio ou homicídio, solicitando firmemente, mas de forma educada, que determinados policiais assumissem a responsabilidade por seus atos. Enquanto isso, reveria as provas do caso Danny Wills e analisaria se o gesto drástico de pedir permissão ao Supremo Tribunal para abrir um novo inquérito seria justificável. Ambos os planos de ação eram totalmente apropriados, incontestáveis e exatamente o que o Ministério da Justiça esperaria de um novo e atento investigador forense. Ela arquivou todos os pensamentos paranoicos de forças do mal e foi para o trabalho sentindo-se bem mais equilibrada.

Jenny foi à recepção e encontrou Alison já em movimentação perto de sua mesa. Ela olhou para o relógio. Eram apenas 8h30.

— Bom dia, Alison. Chegou cedo.

Os olhos de Alison apontavam de forma apreensiva para a sala de Jenny.

— O Sr. Grantham está aqui para ver você. Pedi que ele esperasse lá dentro. Aqui ainda está uma bagunça.

— Grantham?

— Da autoridade local. Chefe de serviços legais.

— Ah, certo. — Ela se lembrava vagamente daquele nome em uma das entrevistas que fez, e se perguntava o que ele poderia querer. Todo o controle significativo, que não era muito, sobre o cargo de investigador forense era exercido pelo Ministério da Justiça.

— Ele avisou que vinha?

Antes que a assistente pudesse responder, um homem troncudo, de meia-idade, surgiu de dentro da sala. Ele vestia um blazer, calças de flanela cinza e o que Jenny supôs ser uma gravata com estampa de tacos de golfe. Ele ergueu as pesadas bochechas em um sorriso falso.

— Sra. Cooper, bom vê-la novamente. — Ele estendeu uma mão rechonchuda que ela se sentiu obrigada a apertar. — Obrigada, Alison.

Voltando-se para Jenny, Grantham disse:

— Não vou tomar muito do seu tempo. Sei o quanto deve estar ocupada.

— Sim — disse Jenny, não conseguindo esconder a irritação.

— Podemos? — Ele apontou para o escritório como se fosse dele.

Jenny virou para Alison.

— Poderia me trazer todos os relatórios da noite?

— Sim, Sra. Cooper.

Sem se apressar, Jenny entrou na sala à frente de Grantham e apontou a ele uma das duas cadeiras para visitas, enquanto sentou-se atrás da mesa e começou a tirar papéis de sua pasta.

— Como posso ajudá-lo, Sr. Grantham?

— Fazendo um bom trabalho, eu espero. Participei do grupo que a entrevistou. — Ele continuou em pé, ainda competindo pelo domínio.

— Eu me lembro.

— Foi uma disputa cerrada. Vários bons candidatos.

Sem reagir, ela colocou calmamente a pasta no chão, sentou-se em sua cadeira (que era muito maior do que a dele) e olhou para seu inoportuno visitante com um sorriso profissional.

Grantham puxou ligeiramente as pernas das calças e sentou-se, passando os olhos pela sala. Eles pararam sobre um vaso de dálias que Alison havia colocado no parapeito da janela.

— Vejo um toque feminino. — Ele pareceu achar divertido o fato de haver uma mulher ocupando o cargo de investigador forense. — Anda se mantendo bastante ocupada, pelo que ouvi.

— Foi o que prometi fazer.

— É claro. Mas... Como devo colocar? Estou certo de que nenhum de nós gostaria que esse escritório tivesse a reputação de irritar as pessoas sem necessidade.

Ela lhe dirigiu um olhar intrigado.

ATESTADO DE ÓBITO

— A que se refere, exatamente?

— Sei que ainda está se familiarizando com o cargo, mas tentamos manter os diversos serviços públicos de nosso distrito trabalhando em harmonia.

— Receio não estar acompanhando o raciocínio.

— Soube que andou falando com o Dr. Peterson no Vale.

— Sim.

— Como eu disse, Sra. Cooper, em Severn Vale encorajamos nosso serviços públicos a apoiarem uns aos outros. Esse é nosso espírito, e ele funciona muito bem.

— Certamente não estava funcionando para este escritório. Meu predecessor rotineiramente esperava três ou quatro semanas por relatórios de necropsia. Por razões óbvias, atestados de óbito não podem esperar tanto para serem assinados, então ele era forçado a agir de forma imprópria, de certo modo, o que poderia resultar no afastamento sumário de um investigador forense do cargo.

Ela observou Grantham mover um pouco as bochechas, ressentindo-se de ter escutado um sermão, mas sem uma resposta rápida.

— Os investigadores forenses estão sob tanta pressão para investigar qualquer caso de morte não natural que simplesmente não podemos nos dar ao luxo de burlar as regras e seguir a via mais fácil. — E acrescentou, armada. — Mas, francamente, não vejo que relevância essa minha discussão com o departamento de medicina legal do Vale tenha para o senhor.

— Meu departamento paga o salário do investigador forense. Tudo é relevante para mim.

— Creio que descobrirá que a lei está contra o senhor nesse caso.

— Estou tentando ser educado, Sra. Cooper, mas o fato é que cada departamento depende da cooperação dos outros. Se tiver problemas, ficarei contente em orientá-la pelos canais apropriados. É para isso que estou aqui.

— Se puder ajudar a conseguir relatórios de necropsia no prazo, ficarei mais do que grata.

— Verei o que posso fazer.

— Obrigada.

— Há apenas um outro assunto...

Eles foram interrompidos por uma batida na porta. Alison entrou com um calhamaço de relatórios que chegaram durante a noite, colocou-os sobre a mesa e se retirou. Jenny pegou-os e começou a dar uma olhada, dedicando a Grantham apenas metade de sua atenção.

— Ao falar com Alison, entendi que está planejando abrir inquérito pela morte daquela jovem viciada?

— Katy Taylor... Sim. Um inquérito deveria ter sido aberto há um mês.

— Não estou aqui para dizer como deve fazer seu trabalho, mas é realmente necessário? Pelo que ouvi, a família não está pedindo por isso, e você sabe que seria um prato cheio para a imprensa.

— É extremamente necessário. Por qual outro motivo eu estaria fazendo isso?

Grantham suspirou e apertou os dedos.

— Então vou deixá-la com algo para pensar. Harry Marshall era meu amigo, um amigo muito bom. Ele nunca conduziu um inquérito quando não devia. E, em todos os anos em que permaneceu no cargo, nunca tivemos uma única reclamação.

Ele se levantou da cadeira, desejou-lhe um bom dia e saiu. Ela o ouviu despedindo-se amigavelmente de Alison, e ela respondendo com um "Adeus, Frank". Jenny esperou até que ele tivesse saído do corredor, e então saiu para confrontá-la.

— Você sabia que ele vinha?

— Ele me telefonou ontem à noite.

ATESTADO DE ÓBITO

— E você não me avisou?

— Já passava das 21 horas.

— Como o inquérito de Katy Taylor surgiu na conversa?

— Ele me perguntou. Deve ter escutado os rumores na delegacia.

— E você não pensou em pedir permissão antes de contar a ele assuntos meus?

— Ele é o chefe.

Jenny respirou fundo.

— Está errada. Respondemos ao Ministério da Justiça, e não a ele. Entendeu?

Alison fez que sim com a cabeça, de forma insegura.

— E já que tocamos no assunto, talvez você possa me falar dessa rede informal de funcionários públicos que parecem estar tentando facilitar a vida dos outros o máximo possível.

— É que todos se conhecem. E Frank Grantham é muito bem relacionado. Faz parte de vários comitês.

— Maçonaria, Rotary...

— Esse tipo de coisa.

— E ele tem medo de que eu irrite seus amigos na polícia ao abrir um inquérito que possa expô-los?

— Eu não saberia dizer.

— Alison — disse Jenny —, quando você disse que o detetive superintendente Swainton pode ter sido ameaçado, em quem estava pensando?

— Ninguém em particular... apenas alguém do alto escalão.

— Você e Grantham são amigos?

— Não particularmente... Conheço sua esposa, na verdade. Jogamos golfe de vez em quando.

— E onde o Dr. Peterson se encaixa no cenário social?

— Acho que ele e Harry faziam parte do mesmo comitê de caridade, arrecadando dinheiro para pesquisas contra o câncer. Sei que Frank faz muitas dessas coisas também.

Tudo estava ficando claro. O distrito de Severn Vale pode compreender uma grande fatia do norte de Bristol, mas é administrado como uma cidadezinha do interior. Médicos, policiais, funcionários públicos, o investigador forense, todos entrelaçados na mesma trama. Muito útil para quem conquista a simpatia do sistema, mas também bastante favorável ao acobertamento dos erros de seus membros. Jenny sentiu a certeza com a qual entrara no escritório vinte minutos antes ir por água abaixo. De repente, tudo parecia possível, nenhuma conjuntura parecia irreal. Não era improvável que Katy Taylor tivesse sido contratada por alguma autoridade para fazer sexo, nem que Marshall tivesse sido persuadido a defender a reputação do Centro de Detenção Juvenil Portshead. Jenny não queria fazer parte disso. Mais do que isso, se tal degradante sistema realmente existisse, ela queria que fosse exposto e questionado.

— Certo. Vou abrir o inquérito sobre Katy Taylor amanhã de manhã.

— Amanhã? — Alison parecia chocada.

— Antes que nossas testemunhas tenham chance de combinar suas versões. Quero intimações enviadas hoje pela manhã para o Dr. Peterson, os policiais que investigaram o caso e quem mais estivesse cuidando de sua liberdade condicional no Grupo de Apoio a Jovens Infratores.

— E quanto à família? Não deveríamos dar mais informações a eles?

— Eu falo com eles. — Jenny foi para sua sala.

— Sra. Cooper?

Ela deu meia-volta.

— Sim?

— Onde pretende conduzir o inquérito?

Ela paralisou por um instante. A pergunta era óbvia, apesar de não ter lhe ocorrido até então. Severn Vale era um dos muitos dis-

ATESTADO DE ÓBITO

tritos que não tinha um tribunal exclusivo. Os investigadores forenses tinham de agendar espaços quando necessário. Alguns de seus colegas ainda eram obrigados a conduzir sessões em salas funcionais de centros de lazer e salões de igrejas, encaixadas entre festas infantis e quermesses. A única restrição legal era uma antiga proibição referente à condução de inquéritos em bares.

— Onde Marshall conduzia seus inquéritos?

— Normalmente, no antigo tribunal do condado, mas foi vendido para a construção de apartamentos.

— O que você sugere?

— Às vezes usávamos o salão comunitário de Ternbury. É barato.

— Um salão comunitário? É o melhor que conseguimos?

— De um dia para o outro? O restaurante indiano que eu frequento tem um salão superior.

Jenny demorou um momento para perceber que Alison estava sendo sarcástica.

— Está bem. Ficamos com o salão comunitário.

O restante da manhã foi gasto com os relatórios de óbito que chegaram durante a noite. Um polonês, motorista de caminhão, que bateu em uma ponte na autoestrada M4, aparentemente por ter cochilado ao volante. Levou uma hora para localizar e informar as autoridades locais em Gdansk, e logo depois Jenny recebeu a ligação de uma mulher histérica que não falava uma palavra em inglês, que supôs ser a viúva. Ela chorou dizendo coisas pouco claras na linha por mais de 15 minutos, enquanto Alison tentava, sem sucesso, encontrar um intérprete. A seguinte foi uma garota de 4 anos que morreu em casa devido a uma leucemia em estágio avançado. O clínico geral estava preparado para assinar o atestado de óbito, mas os pais insistiam que fosse feita uma necropsia, convencidos de que a filha havia sido contaminada por radiação da usina nuclear desativada de Berkeley, nas redondezas de onde eles moravam. Jenny acatou sua vontade, nem que fosse apenas para dar-lhes paz de espírito.

Sua tarde foi totalmente tomada por ligações a pessoas confusas do hospital de Vale, explicando que ela não assinaria atestados de óbito para pacientes recém-falecidos até que recebesse relatórios de necropsia por escrito. Após oito conversas desse tipo, ela recebeu uma ligação nervosa de um gerente sênior, Michael Summers, reclamando que seu necrotério já estava transbordando. Jenny disse a ele que contratar uma secretária para o departamento de medicina legal seria muito mais barato e mais ecológico do que uma frota de caminhões refrigerados.

Às 17h30, quando ela pensou que poderia começar a planejar o inquérito do dia seguinte, Alison chegou com mais seis relatórios de óbito, todos de idosos que haviam morrido em casas de repouso naquele dia. Ela ficou intrigada com aquilo. Noventa e nove por cento de mortes como essas eram atribuídas a causas naturais e tinham os atestados assinados por médicos. O Sr. Marshall raramente recebera relatórios como esses. Jenny pediu que Alison telefonasse para os investigadores forenses dos quatro distritos vizinhos, e suas suspeitas se confirmaram: apenas ela havia sido atingida por tal fenômeno. Alguns questionamentos mais tarde revelaram que um e-mail havia sido enviado pelo Centro Comunitário de Saúde de Severn Vale aos cirurgiões locais recomendando que todas, exceto as mortes mais comuns, fossem encaminhadas à investigadora forense. Após apenas três dias no cargo, seus inimigos já estavam tentando enterrá-la na papelada.

A visita de Grantham e sua subsequente interferência haviam provocado sua ira, única emoção poderosa o suficiente para substituir a ansiedade. Ela respondeu enviando um e-mail para todos os médicos locais, informando que em breve seria exigido

ATESTADO DE ÓBITO

que eles enviassem eletronicamente a seu escritório detalhes de todas as mortes registradas e que as últimas instruções do centro comunitário deveriam ser ignoradas. Até parece que um burocrata de baixo escalão metido a besta iria atrapalhar seu trabalho. Jenny pegou sua edição do Jervis e leu a parte que falava sobre o que previa a lei em caso de obstrução do trabalho de um investigador forense: se ele tentasse mais alguma coisa, ela poderia mandar prendê-lo.

Já passava das 20 horas quando ela encontrou uma vaga para estacionar perto da escola de Ross e chegou, suando, na porta do ginásio onde a reunião dos pais estava acontecendo. O efeito do temazepam que ela havia tomado no meio da tarde estava passando e seu coração começava a acelerar. Ela se aproximou do grupo de pais, que seguia na direção oposta, e conseguiu chegar à porta quando seu ex-marido saía. Quarenta e seis anos, mas ainda 75 centímetros de cintura e boa aparência, de forma quase injusta. Ele estava vestindo um de seus mais caros ternos sob medida, determinado, como sempre, a deixar claro aos outros pais que seu filho não frequentava a escola técnica por falta de dinheiro.

David olhou para ela da forma condescendente que ele aperfeiçoara nos primeiros anos do casamento.

— Pontual como sempre.

— Acabou de passar das 20 horas.

— Estava marcado para as 19h30. Mandei um e-mail na semana passada.

— Mandou?

— Não perdeu nada. Esses palhaços não reconheceriam potencial nem se fossem mordidos no traseiro por algum.

— O que disseram?

— Isso importa? Sabe o que penso sobre este lugar.

— Ele está no meio do período de provas.

— Segundo os professores, ele terá sorte se passar em alguma.

— Por que não me contou nada disso? Você devia saber que ele estava com problemas.

— Você já tem os seus problemas. Não quis aumentar suas preocupações.

— Bem, e o que Ross diz disso tudo?

— Muito pouco. Normalmente só resmunga e desaparece para o andar de cima de casa, plugado em algo.

— Vocês vivem sob o mesmo teto. Deve ter alguma ideia do que está acontecendo.

— Receio não ter seu poder de adivinhação.

Jenny sentiu a garganta fechar.

— Olha, não vim aqui para brigar, David. Desculpe-me pelo atraso, mas me parece que eu devo falar com Ross, e não com seus professores.

— Então por que você não aparece para o almoço no sábado?

— Na sua casa?

— É a casa dele. Se você aguentar, acho que devemos formar uma frente unida, tentar falar com ele como pais responsáveis pelo menos uma vez.

Resistindo ao ímpeto de chamá-lo de idiota desprezível, Jenny disse:

— Se acha que vai ajudar... *Ela* estará lá?

— Débora e eu estamos juntos. Se tiver algo contra...

— Não importa. Contanto que Ross não tenha nada contra ela.

— Eles se dão muito bem, para falar a verdade.

— Ela é bonita?

David olhou para ela com se dissesse que não se daria o trabalho de responder.

— Vamos marcar para as 13 horas?

— Certo. — Ela sentiu uma ponta de culpa em sua observação desnecessária. — Desculpe.

ATESTADO DE ÓBITO

Houve um silêncio desconfortável.

David disse:

— Que emprego arranjou! Como descolou essa mamata?

— Prefiro acreditar que fui a melhor candidata.

— Não deixe subir à sua cabeça. Ross provavelmente precisará de você nos próximos anos.

— Tenho toda a intenção de estar presente para ele.

— Que bom. — Acenou bruscamente com a cabeça e saiu andando. Jenny ficou parada, observando-o. Até seu jeito de caminhar era arrogante.

Não é de se estranhar que ela tenha saído dos trilhos.

SETE

TERNBURY ERA NADA MAIS DO que um conjunto de casas construídas entre os campos de canola e cevada a pouco mais de 10 quilômetros a nordeste de Bristol. O salão comunitário era um pomposo casebre de latão que ficava na extremidade da área verde. Decorado com bandeirolas desbotadas e uma faixa proclamando o próximo festival da vila, aquilo era mais distante de um estabelecimento de justiça do que qualquer edifício que Jenny pudesse imaginar.

Ela chegou cedo e encontrou Alison vestida com um terninho preto, já organizando mesas compridas e antiquadas cadeiras dobráveis de madeira para fazer com que o ambiente parecesse um tribunal. O salão, não muito maior do que uma sala de aulas comum, tinha piso de tábuas desgastadas e paredes cobertas de pinho escuro, e manchadas de nicotina. De um lado, havia um pequeno palco. Do outro, um passa-pratos fechado. O cheiro (de madeira antiga, mofo e chá) lançou Jenny de volta à escola dominical que havia sido obrigada a frequentar. Um local que ela associava a medo e a uma vaga sensação de culpa. A Srta. Talbot, solteirona ácida que dava aulas, havia sido uma daquelas cristãs cuja missão na vida era acabar com toda a alegria do mundo.

Respondendo à reação amortecida de Jenny, Alison disse:

— Pelo menos faz as pessoas se sentirem em casa. — Ela endireitou a mesa sob o palco que serviria como local de trabalho de

ATESTADO DE ÓBITO

Jenny. — O Sr. Marshall sempre gostou daqui, disse que o fazia se lembrar da infância.

— Dá para imaginar o motivo. Onde posso deixar minhas coisas?

Alison apontou para uma porta ao lado do tablado.

— Há uma sala ali. Gostaria de uma xícara de chá? A água está fervendo.

— Obrigada.

Jenny passou pela porta e entrou em uma pequena sala que possuía uma antiga escrivaninha, uma cadeira e inúmeros caixotes de chá contendo o que pareciam ser fantasias da peça de teatro anual. Uma pequena janela dava para um campo vasto e plano e, perto dali, as montanhas de Severn e Gloucestershire. Apesar do ambiente rural e da singularidade do salão, ela teve uma crescente sensação de claustrofobia. Havia evitado os comprimidos para dormir, portanto dormira mal; estava acordada desde as 5 horas. Sentia um aperto no peito, e não havia conseguido tomar café da manhã. O comprimido que havia tomado havia uma hora a deixara letárgica e mal afetara sua ansiedade. Uma sensação desconfortável: à beira de um ataque de nervos e, ao mesmo tempo, fisicamente exausta.

Ela respirou fundo, repetindo um mantra que o Dr. Travis lhe ensinara: *meu braço direito é pesado*. Ela deixou o braço solto, sentiu seu peso, e então mudou o foco para o outro braço, tentando fazer respirações abdominais. Depois de cerca de um minuto, ela sentiu o coração começar a desacelerar. Alívio. Abriu os olhos e, tomando cuidado para não se mover de forma apressada, tirou os papéis, textos e blocos de nota de sua pasta.

Sentou-se atrás da escrivaninha e começou a analisar as páginas de interrogatório que havia preparado cuidadosamente. Diferente de um tribunal criminal ou cível comum, um inquérito investigativo não é uma competição entre casos concorrentes. Trata-se de uma inquirição, conduzida pelo investigador forense, sobre as circunstâncias envolvendo uma morte. O investigador fala com todas as testemunhas pessoalmente antes de permitir que outras partes interessadas as interroguem. As regras que regem a apresentação de provas são mais brandas. Perguntas capciosas e rumores são perfeitamente permitidos. O único objetivo é desvendar a verdade.

Jenny viu-se olhando para as páginas escritas com caligrafia clara, vendo as palavras, mas incapaz de absorvê-las. Na noite anterior, no escritório em sua casa, ela estivera atenta e confiante. Agora, sua mente estava cheia de pensamentos indesejados e preocupações. As tentativas para se concentrar eram frustradas por cenários humilhantes e lúgubres. Ela tentou o exercício do Dr. Travis novamente, mas o braço recusou-se a relaxar e o coração começou a acelerar. O suor começou a escorrer por suas costas e a se avolumar embaixo dos braços.

Não havia motivo para tanto: ela pegou a bolsa e tirou o temazepam. Com as mãos trêmulas, abriu a tampa e chacoalhou, mas com força demais. Voaram comprimidos pela escrivaninha e caíram no chão. Droga. Ela pegou dois que estavam sobre seu caderno, engoliu-os a seco, e depois tentou devolver os outros para o frasco. A porta se abriu. Alison entrou carregando uma caneca de chá. Jenny olhou para cima assustada.

Alison pisou em um dos comprimidos, e então viu os outros espalhados pelo chão.

— Deixei cair algumas aspirinas... — Suas próprias palavras saíram em tom de pânico.

Alison arrumou a caneca sobre a mesa.

— Tem certeza que está bem, Sra. Cooper.

— Estou com dor de cabeça. Trabalhei até tarde ontem.

Alison olhou para os pequenos comprimidos brancos, sobre os quais via-se claramente "T-30" estampado. Não demoraria muito até que a ex-policial percebesse que não eram analgésicos.

ATESTADO DE ÓBITO

— Ainda temos uma hora antes de começarmos — disse ela em tom quase maternal. — A polícia está enviando o Sr. Hartley, conselheiro da Coroa, para fazer perguntas no nome da família, mas eles decidiram não serem representados. O rapaz do Grupo de Apoio a Jovens Infratores ligou para dizer que está a caminho, mas não tenho notícias de nenhum dos oficiais de polícia ou do Dr. Peterson. Suponho que estejam chegando.

Jenny tomou um gole de chá quente.

— É bom que estejam a caminho. Se não estiverem, emitirei mandados de prisão a todos.

— Pelo menos temos oito jurados, e o dono do bar local foi avisado para deixar alguns sanduíches preparados.

— É como organizar uma reunião da vila. — Jenny recolheu o último comprimido de cima da escrivaninha e colocou-o no frasco, sem se preocupar com o que Alison pensava sobre os tranquilizantes. Metade da população já fez uso deles em algum momento.

— Importa-se de receber um conselho, Sra. Cooper?

— Diga.

— Em minha experiência com inquéritos, as coisas sempre pareceram funcionar melhor quando o investigador forense conduz de forma comedida. As testemunhas ficam muito mais acessíveis quando estão todos relaxados.

— Farei o possível.

Uma pausa, e então Alison disse:

— E desculpe-me pelo outro dia. Eu não devia ter me emocionado tanto. Não foi muito profissional de minha parte.

— Tem sido uma época difícil.

— Sim. — Alison refletiu em silêncio, por um breve momento, virou-se para a porta, segurou a maçaneta, e então olhou para trás. — Seja cautelosa, Sra. Cooper.

* * *

Às 9h30, Jenny saiu da sala sentindo-se novamente no controle. Os dois comprimidos pareceram acalmá-la, mas ela não estava preparada para o que veria do lado de fora: o salão estava lotado de gente, e o ar já estava abafado. Vestindo uma toga de meirinho sobre a roupa, Alison gritou:

— Todos de pé.

Todos na sala levantaram-se em uníssono. Quatro fileiras de cadeiras no fundo do salão estavam ocupadas por jornalistas, membros da população, e o grupo de jurados. Entre os presentes, ela identificou os Taylor, Andy usando um terno, segurando a mão de Claire. A Sra. Taylor estava ainda mais pálida do que Jenny lembrava. Armada um pouco distante de sua escrivaninha, formando um ângulo de 45 graus, havia uma mesa atrás da qual estavam sentados dois advogados. Um deles era um jovem com 30 e poucos anos que Jenny supôs ser um consultor jurídico, e o outro, um homem elegante, na casa dos 50 anos, usando um terno riscade-giz azul-marinho e a gola da camisa engomada típica de um advogado de tribunal. Do outro lado havia uma mesa menor que serviria como banco de testemunhas, onde havia um gravador, já que o orçamento do gabinete do investigador forense não era suficiente para pagar um estenógrafo. Alison ocupava uma cadeira perto do palco, à direita de Jenny, posição que lhe propiciava visão clara de todo o salão.

Jenny fez um rápido e formal sinal com a cabeça e sentou-se em seu lugar. À medida que a multidão reunida se sentava também, ela notou outra figura de terno, entrando pela porta e procurando um lugar nas fileiras de trás: Grantham.

Ela cruzou os dedos na frente do corpo. Os nervos estavam firmes.

— Bom dia, senhoras e senhores. — Ela olhou para a anotação com o nome do conselheiro deixada por Alison sobre a mesa. — Creio que esteja aqui em nome da Polícia de Severn Vale, Sr. Hartley.

ATESTADO DE ÓBITO

O conselheiro da Coroa Giles Hartley levantou-se em um ritmo calculado, teatral, e dirigiu-se a ela em tom cuidadoso e aristocrático.

— Sim, senhora. Estou aqui sob ordens do Sr. Mallinson.

— Mallinson, o consultor jurídico que o estava instruindo, confirmou com um aceno de cabeça. — Mas antes de começarmos, senhora, posso levantar uma questão legal? — Ele continuou, sem esperar a resposta. — Se meu entendimento está correto, a lastimável morte de Katy Taylor, seguida de uma necropsia realizada na terça-feira 1º de maio, teve como motivo comprovado uma overdose da droga comumente conhecida como heroína. Tendo o esclarecimento da morte sido feito, questiona-se a validade desta audiência, apesar da agradável viagem que fiz até aqui esta manhã.

Uma onda de risadas bajuladoras ganhou o salão. Jenny já esperava ser atacada e se havia preparado.

— Estou certa de que o senhor leu o caso *Terry versus Craze* de 2001, Sr. Hartley, em que o Tribunal de Justiça defendeu que um investigador forense tem direito de conduzir um inquérito, mesmo depois da emissão de um atestado de óbito, quando as provas levantam suspeitas de que a morte não foi natural.

— É precisamente essa a questão, senhora. A morte não foi natural e o investigador forense, Sr. Marshall, atestou como tal. Ele pode ter errado em não abrir um inquérito, mas isso não lhe dá jurisdição para fazê-lo agora. O procedimento correto certamente seria que a senhora pedisse permissão ao Supremo Tribunal antes de iniciar este novo inquérito.

Hartley tinha um argumento, mas era fraco. Jenny havia estudado e reestudado seus poderes legais e estava preparada para defender seu ponto de vista. Deixe que Hartley fuja para o Tribunal de Justiça, se quiser. Ela não seria obrigada a parar agora.

— O Sr. Marshall de fato errou em assinar o atestado de óbito, e eu, portanto, o considero sem validade legal. Como nenhuma descoberta formal foi feita, eu não apenas tenho o direito, mas sou legalmente *obrigada* a conduzir este inquérito. Não serei convencida do contrário. Obrigada, Sr. Hartley.

Ela se voltou para Alison, que parecia impressionada com seu discurso de abertura.

— Podemos chamar o júri, por favor, meirinha?

Contrariado, Hartley sentou-se em seu lugar. Enquanto Alison chamava os oito jurados no final da sala, ele se inclinou para Mallinson e sussurrou algumas instruções. O advogado mais jovem correu para a porta e desapareceu do lado de fora, pegando seu telefone.

Jenny analisou os rostos das pessoas presentes enquanto os jurados tomavam seus lugares em uma fileira de assentos encostados na parede, em frente à mesa dos advogados. Não havia sinal de Peterson ou de qualquer policial. Mallinson deve ter saído para avisá-los que, afinal, teriam de comparecer ao tribunal. Jenny olhou para Hartley batendo sua caneta-tinteiro no bloco de notas. Imaginava ele que a derrotaria tão facilmente? Ela o observou levantando o pescoço e trocando olhares com Grantham. Como se sentisse que havia sido visto, pegou alguns papéis e fingiu ler.

Ela havia vencido a primeira batalha, mas sabia perfeitamente que Grantham e seus amigos planejavam dificultar sua vida o máximo possível. Sentiu um nó de tensão no peito, e depois medo. A única vez que Marshall foi um pouco mais longe, não viveu para contar a história.

A primeira e única testemunha a responder à sua intimação na hora designada foi Justin Bennet, um jovem assistente social ligado ao Grupo de Apoio a Jovens Infratores de Severn Vale. O filho de Jenny o teria chamado de seboso. Era branco, 24 anos, não media mais de 1,70m, usava o cabelo com dreadlocks emaranhados, na

ATESTADO DE ÓBITO

altura dos ombros, presos em um rabo de cavalo para a ocasião. Tinha várias argolas em cada orelha, um piercing no nariz e outra argola no lábio inferior, que causou ou intensificou seu ceceio. Ele se sentou desconfortavelmente na cadeira das testemunhas vestindo um terno cáqui e uma camisa com o colarinho aberto. Um jovem, pensou Jenny, em estado de confusão: trabalhando para as forças da lei e da ordem, mas tentando se fazer passar nas ruas por um traficante de drogas.

Ela o interrogou com a mesma paciência que interrogaria um adolescente mal-humorado.

— No início de março deste ano, Katy Taylor recebeu uma sentença de 12 semanas por assaltar uma jovem de 18 anos.

— Sim — Justin resmungou sua resposta, olhando para todos os lados, menos para ela.

— Pode tentar falar mais alto por favor, Sr. Bennet. O júri precisa ouvi-lo.

Ele fez um gesto defensivo com a cabeça, com as bochechas ruborizando.

— Durante o assalto, ela quebrou o nariz da vítima e roubou 30 libras para comprar drogas.

— Isso mesmo.

— Após seis semanas no Centro de Detenção Juvenil Portshead, ela foi solta em 17 de abril e colocada sob sua supervisão pelas seis semanas de sentença restantes.

— É.

— Em que consistia exatamente essa supervisão?

— Ela deveria ir à escola todos os dias, estar em casa às 19 horas e frequentar a RV duas vezes por semana.

— RV?

— Recuperação de Vício. Ela saiu limpa de Portshead e devia continuar assim.

— Como eram impostas as condições?

— Ela era submetida a um sistema de verificação de voz. Recebia uma ligação em seu número de telefone residencial às 19h15 todas as noites e o computador checava a impressão de voz para assegurar que era mesmo ela.

— Ela tinha de comparecer a reuniões pessoais com o senhor?

— Duas vezes por semana, após a escola e antes da RV.

— Parece um regime rígido.

Justin não respondeu. Jenny suspeitou que ele não soubesse o significado da palavra *regime*.

— Mas depois que ela foi solta, passaram apenas cinco dias antes que desaparecesse.

— Isso.

— Quantas vezes a viu pessoalmente durante esse período?

— Duas. Na quarta-feira, às 18 horas, em uma reunião, e rapidamente na sexta-feira antes da RV. Ela deveria me encontrar novamente na segunda-feira, dia 23.

Jenny anotou sua resposta e entre parênteses acrescentou ("bem ensaiado").

— Ela obedecia ao toque de recolher?

— Na maioria das vezes. Chegou atrasada na sexta-feira à noite, acho.

— Mas ela apareceu na RV?

— Sim.

— O senhor sabia ou suspeitava que ela estivesse se prostituindo para comprar drogas?

— Li isso em seu arquivo.

— O assunto foi discutido com ela na reunião de quarta-feira?

— Não, acho que não.

— Sobre o que falaram?

— Expliquei a ela os termos de seu contrato, tirei a impressão de voz e dei todas as informações sobre a rotina. Foi mais uma reunião burocrática do que qualquer outra coisa.

118

ATESTADO DE ÓBITO

— Burocrática? O senhor não deveria estar lá para dar-lhe apoio emocional, Sr. Bennett? Certamente discutir as razões de suas infrações anteriores e prostituição era bem fundamental, especialmente pelo fato de que ela tinha apenas 15 anos.

Justin ficou ainda mais vermelho.

— Foi apenas uma reunião inicial.

— Entendo. Tem algum conhecimento de amigos, conhecidos ou qualquer um que pudesse ter fornecido heroína a ela?

— Não.

— Nunca perguntou de quem ela comprava?

— Nunca pedimos que os jovens infratores informem. É nosso trabalho ganhar sua confiança.

Em cinco minutos de interrogatório, ela sentiu que havia extraído tudo o que podia de Justin Bennett. Ele a fazia lembrar dos tantos outros assistentes sociais que havia encontrado quando trabalhava com direito de família: alguns anos no cargo, e eles percebiam que sua luta para corrigir os erros da sociedade era fútil, cansavam de ter compaixão e transformavam-se em pessoas que iam para o trabalho apenas para cumprir o horário. Faça as perguntas obrigatórias, marque os quadradinhos e saia do escritório às 17 horas. Justin mostrava todos os sinais de ter esse perfil.

— Obrigada, Sr. Bennett, sem mais perguntas. — Ela olhou para Hartley, que balançava a cabeça. — Pode deixar o banco de testemunhas. Se quiser, pode ir embora.

Justin desceu dali direto para a saída, evitando o olhar dos Taylor. Enquanto passava pela porta, já ia tirando o paletó.

A única outra testemunha presente foi a policial Helen Campbell, jovem nervosa e acima do peso que tinha problemas para mover uma perna à frente da outra. Ela não parecia capaz de deter criminosos determinados. Suas mãos tremiam enquanto lia o juramento, tropeçando nas palavras. Vários membros do júri pareceram surpresos com isso e trocaram olhares. Jenny sabia como a jovem oficial se sentia e, adotando seu tom menos confrontador, prosseguiu com o interrogatório gentilmente.

A policial Campbell havia sido a primeira na cena do crime, às 9 horas, atendendo ao chamado de um cidadão. Estava sozinha no carro de patrulha pois seu parceiro havia avisado que estava doente. Ainda sozinha, isolou com fita a área imediatamente ao redor do corpo e chamou o Departamento de Investigação Criminal, que chegou uma hora depois com uma pequena equipe de peritos. Chovia muito, assim como chovera por vários dias antes. Por volta das 13 horas, os peritos não haviam chegado a nenhuma conclusão, e ela ficou responsável por arrumar um agente funerário para levar os restos mortais ao necrotério do Vale. Mais tarde, ela se encontrou com os Taylor no hospital e tomou as providências para que identificassem o corpo da filha. Antes do fim de seu turno, escreveu à mão um relatório dos acontecimentos do dia e o entregou ao detetive superintendente Alan Swainton, oficial encarregado da investigação. Não ouviu mais nada a respeito do caso até dois dias depois, 2 de maio, quando soube que o Departamento de Investigação Criminal estava satisfeito com o fato de a morte ter sido por overdose acidental e de o investigador forense haver liberado o corpo para o enterro.

Jenny parou por um instante e considerou a prova que a policial Campbell havia acabado de fornecer. Uma jovem policial, claramente de nível hierárquico inferior, fora a primeira a chegar em uma possível cena de assassinato. Havia levado uma hora para que detetives e peritos criminais chegassem. Embora Campbell mal fosse alfabetizada, ela havia sido encarregada de escrever o relatório ao investigador forense. Jenny anotou esses pensamentos e então voltou-se novamente à policial.

— A senhora considera incomum que uma oficial relativamente inexperiente tenha sido encarregada de uma possível cena de

ATESTADO DE ÓBITO

assassinato pelo período de uma hora e tenha ficado com a responsabilidade de redigir o relatório?

— Na verdade, não, senhora — disse a policial Campbell com forte sotaque de Bristol, agora um pouco mais confiante. — Estávamos tão sobrecarregados que a tarefa seria destinada a quem estivesse livre para executá-la.

— Você se ofereceu para escrever o relatório ou pediram-lhe que o fizesse?

— De qualquer forma, eu tinha que escrever uma declaração sobre a descoberta do corpo. Foi o detetive superintendente Swainton quem me pediu para enviá-la ao gabinete do investigador forense.

Com o canto do olho, Jenny percebeu que Hartley prestava muita atenção a esse depoimento. Alison também estava concentrada na testemunha. Jenny lembrou-se da especulação em seu escritório antes de a assistente cair no choro: que Swainton havia sido ameaçado, que Katy podia estar se relacionando com alguém proeminente, ou mesmo com um informante da polícia, alguém em quem nem a polícia, nem Marshall quisesse, ou ousasse tocar.

— Policial, pode dizer ao júri exatamente como, e por quem, o corpo de Katy foi encontrado?

— Uma mulher que passeava com o cachorro, a Sra. Julia Gabb, encontrou o corpo. Na verdade, foi o cachorro. Ele correu e aquela senhora o encontrou ao lado do corpo.

— Ela passeia com o cachorro naquele local todos os dias?

— Disse que não ia àquele lugar há uma semana.

— Presumo que muitas pessoas andem por ali também.

— Sim, algumas.

— Então, mesmo que o corpo não estivesse em local visível da estrada e da calçada, pode-se considerar estranho que o corpo não tenha sido encontrado antes?

A policial Campbell deu de ombros.

— Não sei dizer.

Jenny pegou sua cópia das fotografias do corpo de Katy na cena do crime feitas pela polícia e estudou-as novamente. O cadáver estava encoberto por um grande arbusto, um loureiro ou rododendro. Ela se lembrou das assombrações de sua infância na costa norte de Somerset, quando aqueles arbustos pareciam impenetráveis do lado de fora, mas uma vez que se passasse pela camada externa de folhas, invariavelmente havia um esconderijo secreto no meio. Como Katy, uma garota tipicamente urbana, saberia disso? Por que ir tão longe para encontrar um lugar para se drogar?

— Diga-me, policial Campbell, você encontrou algo na cena que sugerisse que aquele era um lugar aonde as pessoas normalmente fossem para injetar drogas ou procurar prostitutas? Alguma agulha ou camisinhas no chão?

— Apenas a seringa ao lado de Katy.

— Esse local é conhecido pela polícia como um lugar onde normalmente essas atividades ocorrem?

— Não particularmente.

— Seria certo dizer que se trata de uma localização remota, acessível apenas por carros?

— Sim.

— E Katy usava salto alto?

— Usava.

— Parece improvável que ela tenha chegado lá sozinha, não parece?

— Parece, na verdade.

— O que nos deixa com duas possibilidades: ou ela foi até lá com outra pessoa quando ainda estava viva, ou seu corpo foi colocado ali depois de sua morte.

— Tudo o que fiz foi escrever um relatório, senhora. Não sou investigadora.

ATESTADO DE ÓBITO

— Não. — Jenny olhou para o júri, registrando sua suspeita. — Aguarde um momento, policial Campbell.

Hartley levantou-se com um sorriso amarelo, um dente de ouro cintilando no canto superior da boca.

— Apenas algumas perguntas, policial. Presumo que você foi a primeira a chegar à cena porque era a policial que estava mais perto do local na hora em que foi dado o alarme.

— Está correto.

— E sendo a primeira a chegar, foi obrigada a escrever um relatório sobre o que havia encontrado.

— Sim, senhor.

— E não tem nem ideia de como Katy Taylor chegou àquele lugar, não é?

A policial Campbell demorou um instante antes de afirmar.

— Não, senhor.

Hartley sorriu novamente para o júri e sentou-se, satisfeito consigo mesmo.

Logo em seguida chegou Peterson, junto com um oficial de polícia uniformizado que, pela fileira de insígnias no ombro, Jenny imaginou ser o detetive superintendente Swainton. Ambos pareciam indignados por terem sido tirados de suas rotinas atribuladas para irem a um canto obscuro do interior de Gloucestershire. Jenny sentiu uma pequena onda de satisfação por poder exercer tamanho poder sobre eles.

Ela chamou Swainton primeiro. Um homem alto, de ombros largos, na casa dos 50 anos, ainda ostentando uma cabeleira castanho-escura. Tinha uma presença física imponente e dava a impressão de estar impaciente para voltar a tratar de questões muito mais importantes. Seus modos eram rudes e confiantes, nada intimidado por Jenny ou seu tribunal. Logo de cara, ela achou sua confiança perturbadora. Bennett e Campbell haviam sido testemunhas fáceis; ali estava um homem determinado a enfrentá-la.

— Oficial, o senhor estava no controle da investigação da morte de Katy Taylor?

— Sim, estava.

— Quando chegou à cena?

— Aproximadamente uma hora depois da policial Campbell. Minha equipe e eu ficamos acordados a noite toda lidando com um incidente armado perto de Stroud.

— O senhor considerou a morte suspeita?

— Inicialmente, sim. Mas, depois que chegou o relatório de óbito, ficou claro que ela havia morrido por overdose de heroína.

— Mas tal descoberta não podia dizer se ela havia administrado a dose fatal sozinha, ou se alguém a havia ajudado, ou mesmo forçado.

— O legista não informou nenhuma evidência do uso de força física contra a garota. — Ele se virou para o júri diretamente, determinado a dar sua última palavra relativa à questão. — É claro que não podíamos descartar a possibilidade de homicídio culposo, ou mesmo doloso, mas não havia provas físicas nas quais basear tal suposição. Nessa situação, entregamos o caso ao investigador forense, mas o mantemos aberto, caso surjam novas provas. Foi o que fizemos, e nenhuma prova de envolvimento de terceiros foi apresentada até agora.

— Então o senhor aceita a possibilidade de que ela tenha sido morta acidental ou propositalmente por outra pessoa?

— Claro, mas só podemos fazer o possível utilizando os recursos disponíveis. Provavelmente temos dezenas de casos, ou mais, de overdoses acidentais como esse todos os anos. Se tratássemos todos eles como assassinatos em potencial, precisaríamos do dobro dos detetives que temos.

— Katy Taylor era uma garota de 15 anos, vulnerável, com um histórico de uso de drogas e prostituição. Certamente, se alguém fosse abusada por um aproveitador, seria ela.

ATESTADO DE ÓBITO

— Concordo.

— Então, por que não investigaram as circunstâncias de forma mais detalhada? Por que não concentrar recursos em tentar mapear seus últimos movimentos, saber com quem ela estava?

— Acredite, nós tentamos, mas prostitutas não são pessoas dispostas a ajudar a polícia. Meus homens pediram informações e são instruídos a receber qualquer uma sob absoluta confidencialidade. Mas o fato continua sendo a ausência de provas do uso de violência contra ela.

— E quanto à possibilidade de o corpo ter sido posicionado onde estava depois da morte?

— Em primeiro lugar, o corpo estava ensopado pela chuva de vários dias, impossibilitando a recuperação do DNA de terceiros, e, em segundo lugar, o legista confirmou que o padrão de rigor mortis e do acúmulo de sangue nas partes do corpo mais próximas do chão eram consistentes com estar naquela posição desde sua morte.

— Como ele lhe informou isso? Não está no relatório.

Swainton olhou para o Dr. Peterson, sentado na primeira fileira da galeria. A pergunta havia quebrado sua argumentação, o que foi percebido pelo júri. O detetive superintendente limpou a garganta e disse:

— Tive uma conversa detalhada por telefone com ele na tarde do dia 1º de maio, depois que realizou o exame. Foi devido a isso que decidi entregar o caso ao gabinete do investigador forense.

— Apenas 24 horas depois de o corpo ter sido encontrado.

— Como já expliquei, isso não significa que estávamos encerrando o caso, apenas que não havia fundamentos óbvios para suspeitar de crime.

— Não consideraram que sua morte valia alguns dias de investigação concentrada?

— Na época, estávamos lidando com vários homicídios brutais e sérios ataques sexuais.

— Em outras palavras, não era prioridade.

— Comparado aos outros casos, não, não era. Pareceu um caso que seria conduzido mais apropriadamente pelo gabinete do investigador forense.

Jenny sentou-se em sua cadeira e considerou as implicações da evidência de Swainton. Se fosse verdade, a polícia estava simplesmente muito sobrecarregada para dar a cada morte a atenção que as pessoas esperavam. Homicídios óbvios e brutais tinham preferência; os problemáticos ou obscuros iam para o fim da lista. E para combater acusações de negligência, eles alegavam que os casos continuavam ativos quando a verdade era que eles estavam tão enterrados quanto as vítimas. Era um ótimo período para os assassinos que tivessem sagacidade para encobrir seus rastros.

Jenny disse:

— Que tipo de investigação o senhor esperava que fosse conduzida pelo investigador forense?

Swainton balançou a cabeça, como se estivesse esperando por essa pergunta.

— Devo confessar que fiquei surpreso que o atestado de óbito tenha sido emitido sem a abertura de um inquérito, especialmente devido ao histórico turbulento de Katy. Ela deveria estar sob supervisão atenta do Grupo de Apoio a Jovens Infratores.

Sua tentativa de transferir a responsabilidade foi feita com admirável e sutil sinceridade. Jenny imaginou que ele devia estar planejando essa saída desde que as intimações chegaram à sua mesa, na tarde do dia anterior.

— O senhor levou essa questão ao Sr. Marshall?

— Não, senhora. Não achei que coubesse a mim fazer isso, e na época fiquei sabendo, infelizmente, que ele havia morrido. Mas

ATESTADO DE ÓBITO

tenho de dizer, estou muito satisfeito de que a senhora esteja dando à morte de Katy a atenção que merece.

O encanto em pessoa. Swainton havia, habilmente, fugido de toda a responsabilidade e, de alguma forma, jogado sobre ela, que sentiu um ímpeto infantil de revidar. Alison havia percebido os sinais e estava olhando para ela com uma expressão de alerta. Jenny a ignorou.

— A pergunta permanece, oficial. Por que o senhor e sua equipe gastaram apenas algumas horas investigando a morte de uma garota de 15 anos. Parece tão impressionante que alguém ainda tenha de parar para pensar na possibilidade de haver uma razão sinistra por trás disso.

Hartley levantou-se rapidamente.

— Senhora, devo contestar. O detetive superintendente Swainton deu uma explicação perfeitamente racional para sua decisão.

— Sr. Hartley, pode parecer racional para o senhor, mas não estou nem um pouco satisfeita.

Ela tinha total controle da situação. Alison olhou fixamente para o chão, enquanto Hartley voltava para seu lugar com uma expressão de fúria malcontida.

— Serei mais precisa, oficial. O senhor sofreu algum tipo de pressão para se afastar da investigação?

— Não, senhora. Não sofri.

Os vários repórteres na galeria escreviam simultaneamente, não deixando escapar uma palavra.

— Alguma vez houve algum indício ou suspeita de que Katy estivesse se encontrando com alguém que a equipe que o senhor comanda tivesse motivos para proteger? Um informante, por exemplo, ou alguém proeminente?

Swainton a encarou com um olhar frio e direto.

— Absolutamente. Nada disso. E, com todo o respeito, senhora, me sinto profundamente ofendido por essa sugestão.

Sentindo-se diminuída sob seu olhar, Jenny agradeceu-o por seu tempo e tentou retomar a compostura enquanto Hartley fazia algumas perguntas fáceis com o propósito de reparar os danos. Ela sentiu vontade de chutar a própria canela. Não apenas havia parecido impetuosa, mas também havia mostrado as cartas muito cedo. Se Swainton tivesse algo a esconder, agora moveria céus e terras para impedir que ela descobrisse. Sentiu o familiar nó formar-se sob seu diafragma, uma pressão dos dois lados da cabeça: o efeito das drogas estava passando. Ela esperou impaciente que Hartley terminasse a última pergunta e pediu um pequeno recesso.

Jenny conseguiu ficar alguns minutos sozinha, dizendo a Alison que tinha de fazer umas ligações. Pegou o frasco de temazepam e uma lixa de unhas de metal que levava na bolsa e dividiu três comprimidos na metade. Aquele era um procedimento que ela não fazia desde os obscuros meses pós-episódio, quando cada dia no tribunal era uma luta desesperada. Ela não estava nem perto do nível de ansiedade que apresentara naquela época, mas não tinha como voltar atrás. Não havia para onde correr ou lugar onde se esconder, caso não pudesse mais se controlar. Durante os momentos de desespero, havia aprendido que cada meia dose a deixava bem por uma hora. Agora, a parte engenhosa: um tubo de pastilhas de menta, único item comestível considerado aceitável em um tribunal britânico. Abriu cuidadosamente a embalagem de papel de alumínio, tirou seis pastilhas, colocou meio comprimido no centro de cada uma e embrulhou novamente.

Ninguém nunca iria saber.

O detetive superintendente Swainton havia saído do prédio, deixando Peterson segurar a barra sozinho. Grantham também havia

ATESTADO DE ÓBITO

desaparecido, aumentando as suspeitas de Jenny de que ambos estivessem mancomunados. Peterson sentou-se no banco das testemunhas com ar de homem resignado a ter seu dia arruinado. O sorriso galanteador havia sumido. Ele aparentava cansaço e parecia carregar em sua postura encurvada o peso dos cadáveres que se amontoavam ao longo de seu corredor mortuário.

— O senhor fez uma necropsia no corpo de Katy Taylor na manhã de 1º de maio, aproximadamente 24 horas depois de ela ter sido encontrada. Está correto?

— Sim, está.

— O que o senhor sabe sobre as circunstâncias de sua morte?

— Apenas o que a policial Campbell me disse. Que foi encontrada sentada, com uma seringa ao seu lado.

— O que a necropsia revelou?

— A primeira questão foi a hora da morte. A condição do tecido indicou que ela estava morta há um período entre cinco e sete dias, mas era impossível ser mais preciso do que isso. O corpo chegou em posição quase fetal, mas assim que as roupas foram removidas, ficou claro que o sangue havia se acumulado nas nádegas, na parte de baixo do abdome, nos pés e calcanhares, áreas mais próximas do chão, indicando que ela estava sentada antes da morte. O exame dos órgãos internos mostrou que a menina sofreu uma parada cardíaca, condizente com uma overdose de drogas. Pedi um relatório hematológico, que confirmou a presença de uma grande dose de diamorfina não digerida: heroína. Era impossível dizer o quanto ela injetou, mas tive vários casos similares nos últimos seis meses, o que sugere que haja algum tipo particularmente puro de heroína nas ruas. Ouvi dizer que ficou muito barata ultimamente.

— Poderia dizer se ela injetou a droga em si mesma?

— Não.

— Usuários de heroína normalmente injetam a droga sozinhos?

— Sim. A menos que sejam particularmente inexperientes.

— Poderia dizer se Katy era uma usuária experiente de heroína?

— Ela não tinha nenhum dos sinais óbvios: emaciação, por exemplo...

Jenny olhou para a frente e viu Andy Taylor levantando a mão timidamente, tentando chamar sua atenção. Jenny acenou a ele com a cabeça e fez um gesto a Alison, para que fosse ver o que ele queria.

— Espere um momento, Dr. Peterson.

Alison chegou perto de Andy Taylor. Tanto ele quanto a Sra. Taylor falavam vigorosamente com sussurros, inflexíveis a respeito de algo. Alison foi até Jenny e passou a mensagem: Katy era usuária de maconha e cocaína, mas sempre declarou que ela e os amigos nunca haviam tocado em heroína. A noite em que foi parar no hospital fora resultado de ter fumado crack, com o qual não estava acostumada. Fazia sentido: heroína era uma droga complicada de se usar por via intravenosa, e o próprio ato de preparar as seringas já era um problema para uma garota de 15 anos. Uma carreira de cocaína era uma forma muito mais fácil de ter um barato.

Uma conclusão repentina e muito óbvia veio à mente de Jenny, que se voltou novamente a Peterson.

— Estou certa em presumir que, para ser fatal, essa dose de heroína foi injetada diretamente em uma veia?

Ele considerou a pergunta por um instante. Jenny pensou ter presenciado um leve titubeio. Talvez o raciocínio dele estivesse indo na mesma direção que o dela.

— Eu diria que é mais do que provável.

— E uma garota não acostumada a injetar heroína teria dificuldades para encontrar uma veia sozinha, não é? Todos já vimos enfermeiras experientes errarem ao tentar tirar amostras de sangue.

Os jurados confirmaram com a cabeça.

Peterson foi obrigado a concordar.

ATESTADO DE ÓBITO

— Não é uma coisa muito fácil de se fazer.

— Mas uma vez *dominada* a técnica, uma overdose acidental é cada vez mais improvável. É certo afirmar isso?

— Suponho que sim.

— Estou tentando dizer, Dr. Peterson, que é mais provável que Katy tenha sido injetada com uma dose fatal por uma outra pessoa que soubesse o que estava fazendo.

— É possível.

— Há testes, não há? Que poderiam ter confirmado se ela havia usado heroína antes? Análise de cabelo, por exemplo.

O legista mexeu-se desconfortavelmente em sua cadeira, cruzou e voltou a descruzar os braços.

— Sim.

— O senhor fez esses testes?

— Não.

— Por que não?

Ele balançou a cabeça vagamente.

— Não me pareceram relevantes.

Jenny quis retomar com uma observação inteligente, mas desta vez conseguiu resistir ao ímpeto. Havia um pensamento importunando em algum lugar de sua mente, uma conexão que não estava conseguindo fazer. Então lembrou: unhas. Ela havia lido o suficiente sobre medicina legal nas poucas semanas desde sua indicação para saber que, enquanto o DNA pode degradar-se muito rápido quando exposto ao ar, não acontecia o mesmo com as fibras. Se Katy tivesse sido drogada forçadamente, era provável que tivesse reagido e, no processo, coletado sob as unhas fibras das roupas do agressor. Tanto o serviço de perícia da polícia quanto um legista poderiam tirar amostras e pedir testes detalhados para determinar a proveniência de qualquer fibra recuperada. Tudo isso era caro, certamente, e agora que todos os aspectos do trabalho da polícia tinham orçamento apertado, tais testes eram raros.

131

— Dr. Peterson, o senhor recolheu amostras de debaixo das unhas de Katy para analisar fibras ou DNA estranho?

— Não. Eu não o faria sem pedido específico da polícia. Seria preciso contato com o serviço de perícia.

Jenny apostava que o departamento de polícia também não havia se dado o trabalho de testar fibras. Mesmo se tivesse, ela não confiaria nos resultados. Estava presa em um buraco de evidências. Tanto a polícia quanto Peterson tinham feito o bastante para se resguardarem, mas ninguém fizera o suficiente para provar como, exatamente, morreu Katy. Havia testes que deviam ter sido pedidos e não foram, testes que mesmo um mês depois ainda podiam ser feitos, se Jenny estivesse disposta a tomar uma medida drástica.

Olhou para os rostos torturados de Andy e Claire Taylor e pegou uma de suas pastilhas.

Retirou-se para o escritório e reuniu forças enquanto, do outro lado da porta, Alison orientava os jurados a atravessarem a área verde da vila até o pub, onde um almoço estaria esperando por eles. Ouvindo a conversa animada enquanto saíam na tarde morna, Jenny tentou juntar seus pensamentos fracionados. A batida na porta veio antes que estivesse pronta. Virou-se e falou:

— Entre.

Alison abriu a porta, segurou-a para Andy e Claire e acompanhou-os para dentro da sala. Claire parecia ainda mais pálida do que antes, traumatizada pela manhã no tribunal.

Andy fazia cara de forte, mas sua expressão era tensa e cansada. A depressão de Claire o consumia tanto quanto o próprio inquérito. Ele disse:

— A Sra. Trent disse que queria falar conosco.

— Sim... Desculpem. Eu lhes ofereceria uma cadeira, mas é meio apertado aqui.

Ele deu de ombros.

ATESTADO DE ÓBITO

— Tudo bem. — Passou o braço pela cintura de Claire, percebendo que não haviam sido chamados para escutar boas notícias. Ela não dizia nada, os olhos, sem foco, virados na direção da janela.

Jenny disse:

— Sei que ambos entendem que o motivo da condução de um inquérito é determinar da melhor forma possível a causa precisa da morte. Ouviram as evidências apresentadas, e espero que tenham chegado à mesma conclusão que eu: que nem a polícia nem o legista fizeram todo o possível para descobrir se Katy estava sozinha ou com outra pessoa quando morreu, ou mesmo se sua morte foi acidental. — Ela hesitou. Mesmo com o tranquilizante, podia sentir o coração batendo contra as costelas. — Receio que meu predecessor, o Sr. Marshall, tenha falhado em não pedir certos testes que poderiam esclarecer muita coisa... Além de examinar as fibras, ele podia ter pedido uma análise do cabelo. Isso teria mostrado que tipos de droga Katy usou, e quando; o cabelo é como um calendário químico. Essa informação poderia nos ajudar a descobrir de onde as drogas vieram, talvez até *de quem* vieram... Os testes ainda podem ser feitos.

Claire olhou para cima com severidade e lágrimas nos olhos.

— Não. Não vai tocar nela. Não vou deixar.

Alison olhou para Jenny como se dissesse "Eu avisei".

— Sra. Taylor, precisamos descobrir se houve alguma perversidade na morte de sua filha.

— Sabia que ia querer fazer isso. *Sabia*. Não vou perturbar Katy. Não está certo. — Ela saiu de perto do marido.

Andy disse:

— Amor, apenas ouça...

— Não há nada para ouvir. Eu não queria nada disso. Não está fazendo bem para ninguém. Por que não pode deixá-la em paz? — Brigando com as lágrimas, atravessou a porta, forçando Alison a sair do caminho.

Andy segurou-a pelo pulso.

— Claire...

— Vá para o inferno. Não vou fazer isso. — Ela se soltou e saiu chorando.

Jenny disse:

— Sr. Taylor...

Ele a interrompeu.

— Está tudo errado.

— Se apenas me deixar explicar. Prefiro ter sua cooperação...

— Diga isso à minha esposa. — Ele seguiu os passos de Claire, batendo a porta com força ao sair.

Jenny ficou olhando para o vazio. Sentiu-se como uma motorista que acabara de atropelar um pedestre inocente, como se o sofrimento dos Taylor fosse sua culpa.

Alison disse:

— Não está pensando mesmo em desenterrá-la?

— Não acho que tenha outra escolha.

— O que acha que vai encontrar?

— Não sei. Essa é a questão. Preciso de um legista de outra região, alguém que não esteja envolvido com a máfia local.

— Terá que ser alguém do País de Gales. Há o professor Lloyd, de Newport.

— Ótimo. Pedirei uma exumação. Agradeceria se pudesse tomar as providências o mais rápido possível.

— Tem certeza disso? Uma exumação... O Sr. Marshall nunca...

— Talvez, se tivesse feito, não estivéssemos aqui agora.

— Se quer um conselho, deixaria essa decisão para mais tarde... quando estiver mais calma.

Jenny retrucou:

— Quando eu quiser um conselho seu, pedirei.

Alison ficou tensa e virou-se para a porta com excessiva calma.

— Faça como achar melhor, Sra. Cooper.

OITO

ELA NÃO ANUNCIARA O MOTIVO do recesso. Pretendia, na medida do possível, manter a exumação em segredo e fora do olhar do público. Quando Hartley levantou-se e exigiu saber o motivo pelo qual eles estavam sendo dispensados até a manhã de segunda-feira, Jenny disse:

— Para a execução de novas investigações.

Ela não tinha obrigação de dizer a ele ou ao júri, e ele se ressentiu profundamente disso. Assim que ela deixou o salão, o advogado se aproximou de seu capanga, Mallinson, e de dois outros homens que chegaram durante o intervalo para o almoço. Ela imaginou que seriam advogados do Consórcio do Hospital Distrital de Severn Vale, reunidos às pressas para considerar as implicações da necropsia incompleta feita por Peterson. Hartley poderia estar pedindo notas e registros, desesperado para isolar e destruir qualquer evidência incriminatória.

Do lado de fora, Grantham esperava sentado em sua Mercedes (um carro luxuoso para um funcionário público municipal), falando ao telefone. Lançou um olhar furtivo quando Jenny passou por ele. Ela considerou parar e perguntar o que ele tinha a ver com o inquérito, mas conseguiu se conter. Nos dez minutos em que haviam conversado cara a cara em seu escritório, ela soube tudo o que precisava sobre Grantham: era um homem pequeno, com uma mentalidade ainda menor e um alto conceito de si mesmo. Não havia motivo para falar com uma pessoa dessas. Ela teria de mostrar por meio de ações quem mandava ali.

Sua obstinação durou pouco. De volta ao escritório, recebeu um e-mail de Josh, do Ministério da Justiça, dizendo que o departamento de TI estava sobrecarregado e ele só poderia instalar o novo sistema mais de um mês depois. Saindo do aparelho de fax, outras dezenas de relatórios de óbito e uma breve carta do departamento de finanças da autoridade local pedindo a prestação de contas do ano anterior relativa ao gabinete do investigador forense.

Jenny sentou-se à sua mesa, olhou com mau pressentimento para a pilha de papéis desorganizados que Marshall, de forma otimista, chamava de "livros", e decidiu que seu tempo era muito precioso para ser gasto com o tedioso trabalho administrativo. Colocou a papelada no chão, longe de sua vista. Alison poderia resolver aquilo depois.

Inteirando-se da última batelada de mortes locais e sentindo o medicamento perder o efeito, cada descrição breve e impessoal carregava sua própria história trágica. Homem, 28 anos, asmático crônico, suspeita de insuficiência respiratória. Homem, 85 anos, corpo parcialmente decomposto encontrado no chão da cozinha, causa desconhecida. Mulher, 53 anos, alcoólatra, suspeita de hemorragia cerebral. Mulher, 41 anos, paciente psiquiátrica, cai/pula da sacada do nono andar. Esses eram os vinte por cento da população cuja jornada corpórea terminou no necrotério. Fins humilhantes aos quais cabia a Jenny fornecer algumas ligeira dose de dignidade.

Após apenas quatro dias no cargo de investigadora forense, ela já era a representante terrena de cinquenta almas que partiram de forma traumática. Apesar de saber apenas partes de suas histórias, ela sentia as presenças. Muitas vezes durante as longas horas no

ATESTADO DE ÓBITO

consultório do Dr. Travis, gastas tentando compreender a natureza da ansiedade inexplicável que se arrastava pelos vãos sombrios de sua mente, ela havia descrito o fenômeno como medo da morte. O psiquiatra a instara a reunir memórias de infância que envolvessem a visão dos corpos de seus avós, esperando que essas memórias fossem a chave de algo, mas não eram. Ela tentou explicar que a sensação era algo muito maior do que aquilo: um sentimento de fatalidade universal. Ele lhe disse que muitas pessoas que sofriam de ansiedade usavam a mesma linguagem para descrever seus sintomas. Às vezes, ela conseguia acreditar que sofria de um mau comum, mas havia ocasiões (e ela nunca ousou lhe contar isso) em que ela realmente acreditava que o que entrou em colapso não fora seu sistema nervoso, mas a barreira delicada que separava a vida cotidiana da realidade do mal.

Durante as piores épocas, enquanto David dormia profundamente ao seu lado, ela pegava sua Bíblia com capa de couro e procurava palavras que a fizessem dormir em paz. Sempre abria por acaso em Mateus 7:14: *estreita é a porta, e apertado o caminho que leva à vida, e poucos há que a encontrem.* Ela fechava os olhos e rezava com determinação, pela primeira vez desde que era criança, para que encontrasse o caminho apertado e fosse tirada do sofrimento. O divórcio tinha trazido algum alívio; deixar o trabalho, um pouco mais; tanto que não sentira necessidade de rezar havia vários meses, mas, quase sem se dar conta, ela migrara para uma nova carreira que lidava com nada mais que todos os seus medos reunidos. Ocupando a mesa de um homem morto, lidando apenas com os mortos, ela ousava perguntar a si mesma se aquelas orações estavam em processo de serem atendidas; se ela havia sido levada para aquele lugar por um motivo.

Com esforço, obrigou a mente a voltar ao presente e escreveu uma série de e-mails em seu laptop, pedindo necropsias para os recém-falecidos. De alguma forma estranha, era reconfortante re-

M.R. HALL

duzir aqueles horrores a uma série de tarefas administrativas. Aquilo devolvia a ela um senso de controle. Talvez, pensou ela, todas as pessoas que lidam com a morte, na verdade, tenham horror a ela.

Ela havia organizado a mesa ao ponto até de contemplar a contabilidade quando Alison voltou. Estivera falando com um agente funerário de confiança, o Sr. Dawes, sobre as questões práticas envolvendo a exumação de um corpo. Era um procedimento muito incomum, executado apenas duas vezes nos trinta anos de carreira dele. A formalidade pedia que fosse feito durante a noite, depois que os portões do cemitério fossem fechados. A polícia em geral gostava de estar presente, embora não houvesse necessidade para isso, e alguns parentes preferiam estar por perto. Ter um sacerdote a serviço também era considerado recomendável. Dawes e seus homens providenciariam uma escavadeira mecânica para remover grande parte da terra, mas os metros finais seriam removidos manualmente. Se tudo corresse conforme o planejado, o caixão seria desenterrado em uma hora. Os homens então o transportariam para o necrotério do hospital em Newport.

Tentando manter tudo na esfera profissional, Jenny perguntou em que condições os restos mortais estariam. Alison disse que Katy havia sido enterrada em um caixão maciço que provavelmente não teria se deteriorado no período de pouco mais de um mês. O corpo em si estaria mais degradado, mas grande parte do tecido ainda estaria disponível para exame. Como os caixões modernos eram bastante herméticos, a decomposição levava muitos meses. Dawes havia explicado que poderia demorar até dez anos para um cadáver se transformar em esqueleto.

Jenny instruiu sua assistente a tomar as providências necessárias e voltou ao computador para esboçar ordem pedindo que a exumação ocorresse na noite seguinte.

Alison disse:

ATESTADO DE ÓBITO

— Está absolutamente certa de que quer seguir em frente?

Jenny abriu sua cópia do Jervis e consultou o índice, procurando por "exumação".

— Não se trata de querer, eu não tenho escolha. Não acusei diretamente Swainton ou Peterson de negligência, mas é o que tudo indica.

— Parece que é muito cedo em sua carreira para fazer algo tão drástico quanto desenterrar um corpo.

Jenny encontrou a página que queria e ergueu o olhar. Havia mais do que preocupação no rosto de Alison. Ela parecia perturbada, perplexa.

— Você me disse que algo havia acontecido nas últimas semanas de vida de Harry Marshall, essas foram suas palavras. O último ato dele como investigador forense foi escrever o atestado de óbito deste caso quando deveria ter aberto um inquérito. Pense no que isso significa.

— Ele obviamente não se sentia bem. Pode ter sido um erro... Talvez não pudesse encarar outro inquérito?

— Na noite em que morreu, ligou para você quase à meia-noite. Eu não quis dizer nada, mas há alguns anos aconteceu algo parecido comigo. Eu tinha uma amiga de universidade que estava deprimida e tirou a própria vida. Sabia que eu estava preocupada com ela mas, horas antes de fazer aquilo, me disse que estava bem, que estava se recuperando.

— A senhora não sabe se foi isso o que aconteceu. — Havia um tom de pânico na voz de Alison.

— Não. Mas se ele soubesse que ia morrer, fez tudo exceto deixar uma instrução explícita para assegurar que seu sucessor levasse o caso adiante. Assinou um atestado de óbito que não poderia passar sem ser questionado e trancou o arquivo em sua gaveta. Mesmo se achasse que voltaria ao trabalho na manhã seguinte, o que o arquivo estava fazendo ali? De quem ele o estava escondendo?

— Não de mim.

— Certo. E ninguém mais tem acesso a este escritório, não é?

Alison balançou a cabeça.

— Então, a menos que haja mais alguma coisa que você ache que eu deva saber, continuarei a aplicar a lei e ver aonde ela nos leva.

No número dos Taylor, ninguém respondia, mas em algum lugar nos arquivos Jenny encontrou uma nota com o telefone celular de Andy. Ele respondeu com o som de maquinaria pesada ao fundo, dizendo que fora trabalhar no turno da noite nas fundações de alguma obra em Sharpness. Quando Jenny perguntou se podia encontrar-se pessoalmente com ele ou com a esposa, ele disse que ela podia encontrá-lo no canteiro de obras, pois faria um intervalo às 19 horas.

Jenny conseguiu se orientar e encontrar o caminho em uma área que não conhecia bem, na zona rural do sul de Gloucestershire, seguindo as placas que a conduziram pelas vias à margem do estuário até chegar ao canteiro de obras. O local situava-se próximo do sarcófago de concreto que era a antiga usina de energia nuclear Berkeley. A noite estava escura; o ar pesado pela neblina e uma garoa fraca. Um céu sombrio fundia-se com a água turva do rio Severn, que corria em direção ao mar na maré baixa.

Ela seguiu por um trecho de estrada de terra e chegou a uma construção pré-fabricada que servia como recepção do canteiro de obras, próximo a uma cerca de arame farpado de 3 metros de altura com placas alertando que a área era vigiada por cães e guardas de segurança. Do outro lado da cerca, escavadeiras abriam uma estrada, sem dúvida destinada ao que viria a ser Berkeley II. Ainda não havia permissão para uma nova usina nuclear na região, mas a

ATESTADO DE ÓBITO

opinião local era que certamente sairia em breve. A visão de Jenny sobre o assunto era direta: se eram tão seguras, por que não construí-las bem no meio de Londres?

Um segurança com capacete de proteção e colete refletivo indicou que estacionasse em uma lamacenta área de cascalhos e chamou Andy Taylor ao portão pelo rádio. Jenny desceu do carro e ficou olhando para o rio enquanto esperava por ele. Embora estivessem em junho, o vento era frio; seu leve sobretudo não a mantinha muito aquecida, nem impedia que a chuva lhe atingisse a pele. Ela sentiu um prazer incompreensível ao encolher-se no meio de uma pequena ventania para observar um bando de gansos voando contra a corrente em formação perfeita, uma façanha de graça e beleza que não podia ser igualada por seres humanos.

Andy Taylor chegou na entrada dirigindo uma picape. Saiu da cabine usando galochas e uma jaqueta laranja fluorescente por cima de calças sociais, camisa e gravata. Andou pelo perímetro interno do arame farpado e parou perto de Jenny, com a cerca entre eles.

— Se eu passar pelo portão, terei de bater o ponto para sair e depois novamente para entrar. Isso gera problemas.

— Certo. — Ela podia perceber que ele estava disposto a fazer o que fosse necessário para acabar logo com aquilo. O homem olhava rapidamente para a recepção, como se aquele encontro fosse, de alguma forma, ilícito. — Gostaria que houvesse alguma outra forma de fazer isso, Sr. Taylor...

Ele a encarou com um rosto inflexível. Um sopro de vento frio chicoteou suas faces.

— Quando vai acontecer?

— Amanhã à noite. Às 23 horas. O senhor tem o direito de estar lá, se quiser.

Ele balançou a cabeça, dizendo não.

— Pelo amor de Deus, não conte à minha esposa. Eu me entendo com ela. — Virou-se e seguiu na direção da picape.

Jenny disse:

— Ela se culpa, não é? Qualquer mãe se culparia.

Andy parou e deu meia-volta, rapidamente voltando a encará-la, com emoção incontida saindo pelos poros.

— Trabalhamos todas as horas que Deus nos deu para ter uma casa perto de uma boa escola. Claire trabalhava à noite, fazia de tudo. E o que aconteceu? Nossa filha de 13 anos ficou cada vez mais perturbada e envolvida com drogas, até sua morte. Minha esposa *não* se culpa. Culpamos os professores, a polícia, os políticos, cada um desses malditos hipócritas que passam a vida dizendo às outras pessoas o que é melhor para elas, mas não sabem diferenciar o certo do errado. São eles a quem culpamos.

Ele puxou com força a porta da picape, entrou e arrancou, levantando lama e brita.

A chuva começou a apertar, e nuvens escuras e pesadas apareceram. O céu encheu-se de relâmpagos, e o trânsito começou a andar a passos de tartaruga na ponte Severn, com placas de alerta surgindo na penumbra. Jenny segurava o volante com as duas mãos, rígida de tensão. No meio do caminho, encontrou uma parede de neblina. O trânsito lento dos carros à sua frente desapareceu no nada. Ela ligou o rádio e tentou se distrair com música, mas as canções banais não eram suficientes para expulsar o pânico crescente. Seu coração acelerava, respirar era um esforço, a estrada flutuava diante de seus olhos. Convencida de que seria arrastada para fora da ponte e arremessada no agitado rio, fez o possível para continuar rastejando para a frente, mas de alguma forma ela ficou firme e conseguiu chegar ao outro lado.

Subindo a estrada escorregadia desde a via expressa, saiu da neblina, e os sintomas da claustrofobia começaram a ceder. Ela se

ATESTADO DE ÓBITO

encheu de alívio por não ter sucumbido a um ataque de pânico, mas ficou desesperada em pensar que essa perspectiva tenha voltado a assombrá-la. O Dr. Travis teria dito que era sinal de estresse excessivo. Para ela mais parecia um distúrbio psicológico que havia começado naquela manhã, antes do início do inquérito. Era como se, ao longo do dia, ela tivesse sido atingida por um terremoto mental que abrisse fendas escuras e profundas grandes o suficiente para engoli-la.

Tentou entender aquilo. No fundo de sua ansiedade, havia algo apavorante mas vagamente familiar. Carregava um ar de completo desespero. Ela segurou a palavra "desespero", como havia ensinado o Dr. Travis. Que imagem lhe vinha à mente?

Era Katy. A fotografia da menina sentada nos arbustos. Fazia-a se lembrar de sua própria adolescência, quando saía nervosa de casa e andava quilômetros e quilômetros sem rumo, com a raiva e a insegurança destilando-se em entorpecimento e um desejo incontrolável de se libertar.

Parecia egoísmo comparar suas próprias emoções juvenis às de uma criança morta, mas isso fez com que Jenny questionasse se, caso alguém tivesse se aproximado dela nesse estado e oferecido uma seringa cheia de heroína, ela teria aceitado por vontade própria.

A resposta era não. Mesmo em seus momentos mais sombrios, a centelha da vida sempre havia sido forte nela. Instintivamente, sentiu que com Katy também era assim. Apesar de sua rebeldia, ela se vestia bem, era ativa, tenaz. Algo lhe dizia, e não era nada além de sua intuição, que Katy não estava pronta para morrer. A atmosfera a seu redor, e ao redor de Danny Wills, era de tragédia pesada mas não inevitável.

Era isso que sentia: o horror e a injustiça da vida interrompida. Isolando este pensamento, ela sentiu uma enorme pontada de solidão. O vale, coberto por nuvens baixas e escuras, tornara-se sombrio e sinistro; os bosques de carvalho, um local onde as almas agitadas vagavam confusas. Ela pisou fundo no acelerador. Sozinha na estrada sinuosa, cada forma na cerca viva agora era uma presença ameaçadora, cada sombra, um fantasma. De relance, viu um tremeluzir pelo retrovisor, quase esperando ver uma figura no banco de trás, pronta para sentir dedos poderosos apertando seu pescoço. A presença imaginária ficou tão forte que ela olhou para trás para procurá-la. Quando viu que não estava lá, teve certeza que havia se abaixado atrás do banco. Procurou com a mão esquerda e sentiu um espaço vazio. Sabia que era paranoia, que era sua imaginação pregando-lhe peças, mas não tornava aquilo menos real. Bateu no volante com o punho, frustrada: tinha 42 anos e se assustava com espectros invisíveis como se fosse uma criança.

Quando ela dobrou a esquina para Tintern, seus fantasmas se retiraram, fazendo-a se sentir vazia e estúpida. Pegou a saída à esquerda, montanha acima na direção de sua casa, tentando encher a mente com alguns pensamentos triviais tranquilizadores. Havia comida na geladeira? O que precisava ser feito no jardim? Não. Droga. Ela deveria ter passado no supermercado em Chepstow. Tudo o que tinha em casa eram alguns enlatados, massa, e um pé de alface murcho. E o vinho tinto havia acabado. Aquela não era uma noite que poderia passar sem bebida.

Com o álcool em mente e pensando nos 20 quilômetros do caminho de volta até o supermercado, ela diminuiu a velocidade para passar pelos carros estacionados do lado de fora do Apple Tree. Normalmente, não consideraria ir a um pub sozinha, mas, entre os veículos, reconheceu o Land Rover de Steve. Se ele estivesse lá, ela poderia mudar de ideia e ir até o bar comprar uma garrafa de vinho para levar para casa. E agora, o que ela mais precisava era vencer sua timidez.

O bar estava agradavelmente cheio. Sem música, um murmurinho relaxado de conversas. A decoração era básica mas simpá-

ATESTADO DE ÓBITO

tica. Piso de madeira, barris virados para baixo servindo como mesas, ao redor das quais grupos de homens se reuniam com seus copos de cerveja. Várias cabines privadas onde casais comiam refeições substanciosas. Sem receios, ela se moveu pela multidão amistosa e aproximou-se do bar. Espremeu-se em um espaço perto de dois homens robustos e joviais que tinham aparência e cheiro de quem havia passado o dia com o gado. Ela viu uma jovem de cabelo escuro recebendo dinheiro de um cliente que pagava sua conta do outro lado do bar. Percebeu que ele, cujo rosto estava escondido atrás de uma viga, tocou suas mãos ao entregar-lhe o dinheiro. A jovem, não resistindo, deixava ligeiramente seus dedos se prolongarem, como se aceitasse relutantemente um pedido de desculpas. Assim que a moça se virou, pensativa, Jenny viu que era Steve quem ela servia. Ele a viu e levantou a mão em sua direção, com os olhos alternando-se entre Jenny e a garota. Ela sentiu um clima, ou pelo menos um estranho frisson, entre os dois.

Jenny pediu uma garrafa de vinho tinto, qualquer um que estivesse um pouco acima do mais barato, e analisou a garota enquanto ela pegava a bebida em uma prateleira embaixo do balcão. Não havia nem um pouco da alegria da juventude nela. Seu corpo era esguio, mas não muito bem cuidado; o cabelo, que poderia ser um ponto forte, estava preso atrás das orelhas. Jenny esboçou uma biografia imaginária: criada na região, inteligente o suficiente para ir à universidade, mas apaixonada e grávida aos 18 anos. Dez anos depois, estava solteira, lutando, desesperada para que um homem a resgatasse, mas muito orgulhosa para reconhecer.

Percebeu que a garota a examinava ao voltar com a garrafa de vinho tinto chileno, perguntando-se o que uma mulher vestida com trajes da cidade estaria fazendo ali sozinha. O olhar dizia que aquele era seu território, e que outras mulheres que estivessem atrás do mesmo prêmio que ela não eram bem-vindas.

Mas talvez aquilo fosse apenas sua imaginação. Sua mente ainda estava acelerada. Seria necessário quase a garrafa inteira para acalmá-la. Jenny agradeceu-a educadamente e seguiu para a saída.

— Ei!

Ela olhou para trás e viu Steve indo em sua direção, com um copo de cerveja meio vazio nas mãos. Ele a alcançou antes que chegasse à porta.

— Oi.

— Steve. — Jenny notou que a garota atrás do balcão os observava enquanto anotava o pedido de outro cliente.

— Prometi a um colega que lhe daria um recado. Seu nome é Al Jones, ele tem um carregamento de lajotas que dariam um bom pátio em seu quintal. Acabaram de chegar de uma antiga capela.

— Não sei se posso arcar com um pátio agora. Estou feliz com a grama, especialmente agora que posso chamar aquilo de gramado.

— Ele fará um bom preço. Quinze mangos por lajota... você não vai conseguir preço melhor.

— Para um homem que não trabalha, você parece um vendedor pertinaz.

— É só uma ideia. Sem pressão. — Ele deu um gole na cerveja. — Posso pegar uma bebida para você?

— Talvez uma outra hora.

— Foi você quem me deu o dinheiro. Também pode aproveitá-lo. — Ele percebeu seu olhar inconsciente parar o bar. — Annie é uma velha amiga. Não é a mais amigável delas, passou por maus bocados com o ex, que bebeu o dinheiro da hipoteca e batia nela.

— Ninguém tem segredos por aqui?

— Não. E o que as pessoas não sabem, logo inventam. — Sorriu. — Já passamos de limites que só Deus sabe no que se refere a fofocas, então não há motivos para não aceitar meu convite por causa do que os outros falam.

ATESTADO DE ÓBITO

— Que ótimo. E eu pensando que se tratava de um lugar amigável.

— Ninguém faz por mal. — Ele apontou com a cabeça para uma cabine vazia. — Conte-me. Queria saber desse seu trabalho. — Ele sorriu, inocente e encantadoramente.

— Não posso ficar muito tempo.

— Bebida?

— Bloody Mary. Um bem grande.

Ela se sentou de costas para o bar, fora da linha de visão de Annie. O toque das mãos dela com as de Steve foi mais do que um gesto entre velhos amigos, contava toda uma história: Annie querendo mais do que sexo casual de um pseudonamorado e Steve, viciado na vida de solteiro, sem vontade de se comprometer.

Ele voltou com a bebida e um uísque para ele e sentou-se na cadeira do outro lado, perto da parede (Jenny reparou), onde Annie teria dificuldade para vê-lo.

— Então passa seus dias investigando por que as pessoas morreram.

— Mais ou menos. Mas, pensando bem, não me lembro de ter dito nada sobre a minha profissão.

— Você ainda não entendeu, não é? Soube quem você era uma noite antes de mudar-se para cá. *Divorciada, atraente, de Bristol, foi recém-indicada investigadora forense.*

— O que mais disseram sobre mim?

— Quer mesmo saber?

— Manda.

— Seu marido é um médico pomposo que fugiu com uma enfermeira.

— Uau. Quase certo. — Ela mexeu nos cubos de gelo em seu copo e tomou um grande gole. — Foram enfermeiras, na verdade.

— Às vezes eles erram... disseram que tem filhos.

— Tenho, sim, um filho. Ele tem 15 anos e vive com o pai em Bristol.

— Desculpe-me.

— Tudo bem. Não é segredo. Funciona bem para nós desse jeito. Ele tem provas para fazer, não pareceu certo fazê-lo se mudar.

— Deve ser duro.

— É claro que é.

— Olha, eu não quis...

— Deixa pra lá. Na verdade, espero que venha viver comigo aqui em breve. Acho que ele iria gostar.

— Não há muitas casas noturnas.

— Bristol não é longe, e ele pode convidar os amigos. Talvez eu transforme o velho moinho em um alojamento de hóspedes.

— Conheço um bom construtor.

— Imagino que sim. — Ela deu outro gole, a vodca entrando em seu organismo, começando a ajudá-la a relaxar.

— Pedi que preparasse um dos bons.

— E preparou.

Os olhos dele seguiram para o bar.

— Não temos nada. Somos só amigos.

Jenny fez um gesto com a cabeça, sem saber como responder.

— Você imagina como é em uma vila pequena. É fácil as coisas ficarem intensas.

— É o que estou vendo. — Ela começou a perceber que ele estava bastante bêbado, não tanto a ponto de não saber o que falava, mas definitivamente sem freios.

— Saímos algumas vezes depois que ela se separou do marido, mas nunca daria certo. Ela quer *coisas*. Eu não estou interessado nisso. É por isso que moro na floresta. Para manter tudo simples.

— Acha que consegue viver desse modo para sempre?

ATESTADO DE ÓBITO

— Não se pode saber se não se tentar. Você deve ter vindo para cá em busca de algo.

— Acho que sim.

— Encontrou?

— É muito cedo para dizer. Espero que sim.

Ele tomou um gole de uísque e olhou para ela por cima da armação dos óculos.

— Importa-se se eu lhe disser algo pessoal, Jenny?

Ela estava certa de que ele diria de qualquer forma, então por que se dar o trabalho de se opor?

— Vá em frente.

— Há algo triste em você. Vi isso em seu rosto no jardim.

— Eu tinha acabado de falar ao telefone com meu marido.

— Ainda está apaixonada por ele?

— Não. E isso não é da sua conta. — Ela quis parecer séria, mas soou irônica. Corou, depois riu, tentando encobrir o fato.

— Só um pouquinho então, não é?

— Não. Nem um pouco. Ele é um idiota arrogante.

— Já entendi.

Agora ele a estava provocando. Ela não conseguia entender como se deixou ficar tão amigável com alguém que mal conhecia.

— Não temos nada em comum. Ele passou anos me oprimindo e julgando e, durante, todo esse tempo, dormia com qualquer mulher que dissesse sim.

— Parece um verdadeiro cavalheiro.

Ela deu outro gole grande.

— E ele ainda espera que eu apareça em sua casa para o almoço no fim de semana e fique lá sentada enquanto sua namorada de 25 anos fica sorrindo à sua volta, como uma serva agradecida.

— Isso foi profundo.

— Você perguntou. — Jenny olhou para seu copo: estava vazio.

— Mais um?

— Melhor não.

— Acho que lhe faria algum bem.

— Tenho uma garrafa de vinho na qual me afogar na frente da TV. — Ela começou a levantar-se da mesa.

Steve disse:

— Você acredita em carma?

— Como assim?

— A Annie vem me dizendo há meses que eu carrego um mau carma por nunca ter feito nada por ninguém.

— Diga a ela que fez um bom trabalho em meu jardim.

— Vou confessar uma coisa: dei uma boa olhada em você antes de aparecer lá. Eu estava parado nos arbustos enquanto você falava ao telefone. Você está certa, ele realmente parece um idiota. — Olhou-a com curiosidade, como se ela representasse algum tipo de desafio. — Que tal se eu me oferecesse para ir com você até a casa de seu marido?

— Por que você faria isso?

— Apoio moral. Pode até me render um bom carma.

— Você mal me conhece.

Ele engoliu o resto de seu uísque.

— Para mim, não parece que seja assim. Parece para você?

Jenny disse:

— Vou pensar.

Ela pegou sua garrafa de vinho e saiu.

Steve gritou para ela:

— Me avise se quiser que me barbeie.

NOVE

UMA CHUVA FINA CAÍA DE um céu sem lua, molhando os túmulos excessivamente decorados na seção do cemitério na qual os novos corpos são recebidos. Vários policiais uniformizados aguardavam junto aos portões trancados. Na estrada de acesso, perto de onde trabalhava uma escavadeira, estavam estacionados um carro fúnebre e uma série de veículos particulares, em um dos quais um sacerdote de péssima aparência tomava chá de uma garrafa térmica. Todo o cenário era iluminado por lâmpadas.

Enquanto esperava, Jenny andava pela fileira de novas lápides, ao abrigo de um guarda-chuva. Alguns dos túmulos eram protegidos por minicercas feitas com estacas e cobertos com pedras coloridas; muitos tinham fotografias dos falecidos. Fazia quase vinte anos que ela não ia a um cemitério, e as coisas haviam mudado. As mensagens religiosas não haviam desaparecido; as campas eram santuários a vidas comuns, decorados com tacos de golfe, copos de cerveja favoritos e estatuetas de Frank Sinatra. A vida após a morte, quando mencionada, era contemplada como um tipo de Disneylândia com trilha sonora de elevador, um lugar onde os mortos se reuniriam para sempre, um bar aconchegante.

Ali não existia medo de Deus ou do diabo.

Alison aproximou-se, enrolada em um sobretudo que a cobria até os tornozelos e usando um chapéu combinando.

— Estamos quase prontos para a remoção, Sra. Cooper.

Jenny seguiu-a de volta ao longo da fileira de lápides enquanto dois dos homens de Dawes baixavam um coveiro jovem e nervoso no buraco e lhe entregavam uma pá. Ele a fincou no solo pegajoso e atingiu a tampa do caixão com uma pancada oca e destrutiva. Dawes, homem de aspecto tenso, usando terno preto e capa de chuva, gritou que ele tomasse cuidado e aconselhou que cavasse com delicadeza, mostrando através de mímica como o trabalho deveria ser feito. Por um momento, faltou coragem ao jovem, e, então, desviando o olhar, colou a pá com cuidado perto da tampa brilhante, envernizada. Mal havia espaço dos lados para que ele se afastasse do caixão; ninguém parecia ter pensado no tamanho que o buraco deveria ter para que o coveiro passasse a corda por baixo do caixão e ele pudesse ser içado. Enquanto os agentes funerários discutiam seu dilema, Jenny notou os faróis de um carro nos portões do cemitério. Um policial se aproximou da janela do motorista.

Alison disse:

— Ah, não. Tomara, que não sejam os pais.

O policial voltou ao portão e o destrancou, acenando para que o carro entrasse.

— O que ele está fazendo agora? Eu disse que ninguém mais poderia entrar.

Jenny disse:

— Vou até lá. Fique aqui e certifique-se que tudo saia certo.

Ela caminhou pela grama úmida para chegar ao grande veículo preto que estava estacionando perto da van dos agentes funerários. Já vira aquela Mercedes antes. Frank Grantham desceu. Jenny o alcançou antes que ele pisasse na grama.

— Terei que pedir para o senhor se retirar, Sr. Grantham. Dei instruções precisas para que não deixassem ninguém entrar.

— O que pensa que está fazendo aqui, Sra. Cooper?

ATESTADO DE ÓBITO

— Seção 23 do Estatuto do Investigador Forense...

Grantham levantou a voz para ela:

— Foi o que pensei ter contratado — uma investigadora forense, não uma maldita violadora de túmulos.

Jenny esforçou-se para permanecer calma.

— Não lhe devo satisfações, mas esta é uma investigação legítima e necessária. Estou apenas fazendo o que o meu predecessor, por quaisquer que tenham sido suas razões, não fez.

— Vou lhe dizer o que é isso: é repugnante. — Jenny podia sentir o cheiro de álcool em seu hálito. — E meu departamento não vai pagar por isso de jeito nenhum, então você deve parar agora mesmo. — Ele parecia irado o suficiente para bater nela.

— Eu pedi uma vez, agora estou mandando. O senhor não está autorizado a ficar aqui. Por favor, saia ou terei que pedir que a polícia bote-o para fora.

— Este lugar é propriedade do município. Tenho tanto direito de estar aqui quanto a senhora.

— Esta operação está sob jurisdição da Coroa. Qualquer tentativa de obstruí-la é crime.

Grantham olhou para ela com desprezo, a chuva empapando os fios de cabelo grisalho em sua testa.

— A senhora perdeu a sanidade.

Ele a tirou do caminho e partiu na direção do túmulo. Jenny o perseguiu.

— Como ousa? Como *ousa*? Quem pensa que é? Saia.

— Se alguém deve se retirar, é a senhora. — Ele gritou para Dawes e seus homens: — Parem o que estão fazendo.

Rostos confusos olhavam para cima enquanto ele os pressionava. Alison surgiu:

— Frank?

Jenny segurou a manga de seu casaco, impedindo que ele prosseguisse, e atirou:

153

— Talvez o senhor tenha algum problema com mulheres em posição de autoridade. É bom ir se acostumando. Sou a investigadora forense aqui, e o que eu digo é o que vale. Caia fora deste cemitério ou passará a noite na delegacia.

Grantham olhou para ela assombrado.

— Está louca.

— Se não se retirar em um minuto, farei denúncia por obstruir uma investigadora forense no cumprimento do dever e por desacato. O senhor escolhe.

Grantham olhou para Alison, esperando que ela fosse em seu auxílio.

Jenny disse:

— Poderia acompanhar o Sr. Grantham até a saída?

Grantham disse:

— Pensei que fosse mais sensata a ponto de não se meter nesse tipo de absurdo, Alison.

De forma discreta porém firme, Alison disse que talvez fosse melhor se ele deixasse a investigadora seguir com seu trabalho.

Grantham balançou negativamente a cabeça.

— Não acredito nisso. Não acredito.

Jenny virou-se para Alison:

— Parece que ele não entendeu a mensagem. Traga um dos policiais.

Alison hesitou por apenas uma fração de segundo, antes de colocar a mão no bolso e tirar um rádio.

— Certo — disse Grantham. — Mas estou avisando, Jenny, isso vai colocá-la em uma situação bastante difícil. O Ministério da Justiça vai ficar sabendo de tudo isso.

— Certamente que vai.

Ele a olhou com profundo desprezo e voltou para o carro, escorregando várias vezes na lama. Foi uma figura pequena, ensopa-

ATESTADO DE ÓBITO

da e patética que se sentou no banco do motorista e seguiu desorientado na direção dos portões.

Jenny disse:

— O que ele pensou que estava fazendo ao vir aqui? Não tem direito de interferir no trabalho de um investigador forense.

— Ele é assim mesmo. Está acostumado a ser o rei de seu próprio castelinho. Se não gosta de algo, pensa que pode simplesmente se meter.

— Marshall tinha que se sujeitar a isso?

Com um tom de arrependimento, Alison disse:

— Receio que ele não fosse muito bom em enfrentar valentões.

Jenny olhou novamente para o túmulo onde os homens estavam parados, esperando instruções.

— Quem deu ordem para pararem? Vamos lá. Quero esse caixão fora daí.

Ela acordou de um sono pesado e sem sonhos às 10 horas. Eram quase 2 quando voltou do cemitério, apreensiva e agitada. Ela ficaria na cama, desperta e incomodada com cada ruído, até que apagou com dois comprimidos para dormir quando já eram quase 4 horas. Demorou um instante para perceber que foi o telefone que a acordou, e que ele ainda tocava. Levantou-se da cama e procurou um roupão. Mais dormindo do que acordada, cambaleou pelas escadas, perguntando-se quem poderia estar tão desesperado para querer falar com ela na manhã de um sábado. Abriu a porta do escritório e levantou o fone.

— Alô.

— Bom dia, Sra. Cooper. Aqui é Tara Collins, do *Post*. Conversamos no começo da semana.

— Como poderia esquecer?

— Desculpe-me por ligar para sua casa. O número estava na lista.

— Está? Não deveria.

— Estou ligando para perguntar se a senhora gostaria de fazer algum comentário sobre a exumação do corpo de Katy Taylor. Acredito ter ocorrido na noite passada.

— Quem lhe deu essa informação?

— Infelizmente não posso contar. A senhora entende...

Não, ela não entendia, mas era ridículo achar que um acontecimento tão raro e mórbido ficaria de fora dos jornais. Alguém que participou do processo deve ter pego o telefone e vendido a história por algumas centenas de libras. Provavelmente algum dos coveiros. Talvez até um dos policiais que ficaram no portão.

Ela sabia que teria de dizer alguma coisa para evitar especulações vazias ou uma manchete sensacionalista como: "Investigadora forense não se pronuncia sobre motivo da exumação." Disse:

— Para determinar a causa da morte, o corpo será reexaminado e testes exploratórios serão feitos. Não estou procurando nada em particular, apenas certificando-me de que a investigação seja completa.

— Eu soube que ela morreu cinco dias após ser liberada do Centro Portshead.

— Foi quando ela desapareceu.

— Não lhe parece algum tipo de coincidência?

— Eu lido com provas factuais.

— Sabia que Danny Wills e Katy se conheciam? Ambos frequentaram aulas de consciência contra as drogas no Grupo de Apoio a Jovens Infratores. Justin Bennett trabalhou com os dois.

Jenny tentou manter a fachada profissional, mas uma sensação perturbadora movia-se nela.

— Como eu disse, não trabalho com especulações.

— Em off por um instante — disse Tara, lançando mão de um tom de conspiração —, não acha que há uma conexão que vale a

ATESTADO DE ÓBITO

pena ser analisada? Eu, se pudesse, tentaria encontrar alguns adolescentes que os conheciam, mas não tenho acesso. Você tem.

Mesmo apenas meio acordada, ela não ia cair nessa história de conversa em off.

— Verá que minha investigação seguirá um passo de cada vez. Não posso dizer nada além disso.

— Está ouvindo isso? — Jenny ouviu um clique abafado.

— É meu gravador sendo desligado, juro por Deus. Nada disso será veiculado. Veja, eu fico grata por ter tido o trabalho de reabrir o caso de Danny Wills mesmo que um inquérito já tenha sido conduzido, mas o que está fazendo agora facilita as coisas. Acredite em mim, falei com garotos que estiveram em Portshead. Há drogas, sexo, o lugar é podre. Acha que gangues de rua são ruins, lá dentro não dá para escapar delas. Ninguém sai melhor daquele lugar. Qualquer coisa pode ter acontecido com ela. Estamos falando de uma prostituta linda de morrer, de 15 anos de idade e problemas com drogas... ninguém seria uma presa mais fácil.

A sensação de formigamento subiu pela coluna de Jenny até sua cabeça. O que Tara estava lhe dizendo fazia muito sentido, é claro. Ela havia passado a maior parte de sua carreira abismada com o estado perigoso dessas instituições que deviam servir para ajudar crianças vulneráveis, mas a perspectiva de enfrentá-las e ir tão fundo a apavorava: era exatamente dessa sujeira que esperara se livrar tornando-se investigadora forense. Andy Taylor acertara em cheio quando dissera, no canteiro de obras, que o sistema não conseguia diferenciar certo e errado. Havia algo quase demoníaco a respeito de adolescentes criminosos: eles eram cativantes, assustadores e imprevisíveis. Era necessário uma vontade de ferro e um enorme senso moral para lidar com eles, mas ela raramente havia encontrado um homem ou uma mulher trabalhando nessa área que tivesse essas qualidades.

Jenny disse:

— Da última vez que nos falamos, Srta. Collins, você me ameaçou. Sei que esses casos são comoventes, mas nem você nem ninguém vai me dizer o que fazer. Farei meu trabalho da melhor forma possível. Nenhuma linha de inquérito pertinente deixará de ser explorada. Agora, se me der licença, preciso tomar o café da manhã.

— Só mais uma pergunta...

Jenny desligou o telefone. Ela esperava que a jornalista ligasse de volta no mesmo momento, mas o telefone continuou em silêncio. Andou até a cozinha com a cabeça cheia de possíveis conexões entre Katy e Danny Wills, nenhuma delas agradável. O telefonema de Tara Collins com certeza a havia despertado.

A caminho da segunda xícara de café forte e depois de escrever páginas de perguntas em um caderno, ela se lembrou do almoço com David e Ross... e Deborah. Havia falado rapidamente com Ross pelo telefone na noite anterior, enquanto ia supervisionar a exumação, e ele estava de saída para se encontrar com amigos e, supostamente, jogar boliche. Ele havia sido monossilábico em relação às provas e ainda mais taciturno sobre o almoço de hoje. Quem poderia culpá-lo? David provavelmente fizera alarde sobre uma "reunião familiar" e uma "conversa séria", algumas das frases prontas que ele dizia no mesmo tom lúgubre aos pobres pacientes quando falava sobre cirurgias de ponte de safena. Ela imaginou a cena ao redor da mesa da sala de jantar e encolheu-se.

Uma terceira xícara de café e meio temazepam apenas cortaram o efeito um do outro. Ela vestiu umas roupas velhas e saiu para o jardim, para ver se ali se sentiria melhor.

Em apenas três dias, a grama já havia crescido vários centímetros e as ervas daninhas no caminho haviam crescido ainda mais. Ou ela teria de arrumar energia e vontade para cortar grama e arrancar mato todas as semanas no verão ou isso lhe custa-

ATESTADO DE ÓBITO

ria uma pequena fortuna em mão de obra. Ela respirou o ar leve e úmido. Tudo ainda estava molhado pela chuva da noite anterior, e agora que o sol finalmente saíra, nuvens de vapor estavam subindo. A umidade era comparável à de uma floresta tropical; o jardim parecia pesado e opressivo, cada folha e lâmina de grama pareciam sobrecarregados. Ela andou até o moinho em ruínas, encostou-se nas pedras frias e observou o riacho. A água estava uns 15 centímetros acima do normal, e cheia de lama. Havia passado de um córrego inofensivo a uma torrente capaz de afogar uma criança.

Ela ficava furiosa por David deixá-la tão assustada. Ele era apenas alguns anos mais velho que ela, embora sempre tenha conseguido parecer seu pai. Pior do que seu pai, na verdade, que agora era um idoso frágil em uma casa de repouso em Weston-super-Mare. Em todos os anos de casamento, ela nunca havia conseguido estar em iguais condições; era sempre a parte desfavorecida, sempre errada. Apenas na educação de Ross ela havia seguido seu próprio caminho. Sempre fora inflexível na opinião de que ele deveria frequentar a escola local e crescer no meio de crianças que não achassem que dinheiro ou vantagens caíam do céu. Ela tinha de admitir que aquilo não foi um sucesso incondicional e que os fracassos na escola deram a David uma agulha com a qual ele não perdia uma oportunidade para espetá-la, mas pelo menos Ross não havia se tornado arrogante ou distante. Provas sempre poderiam ser refeitas.

Ela voltou para dentro, tomou um banho e passou quase uma hora tentando escolher uma roupa que lhe permitisse enfrentar a inevitavelmente atraente Deborah sem parecer ter se esforçado muito. Acabou vestindo uma calça jeans justa e uma blusa preta com um decote bem sutil. Colocou um colar prateado (um que havia comprado para si mesma depois do divórcio) e brincos combinando. Com maquiagem discreta mas bem aplicada, ela aparentava ser dez anos mais jovem, e bastante sexy, o tipo de mulher que faria uma putinha de 25 anos parecer um lixo. Calçou um par de sapatos pretos de salto alto que lhe deram uns sete centímetros a mais. Ela olharia David quase olho no olho.

Vestida para uma batalha, desceu as escadas e parou para uma olhada final no espelho do corredor. Ela mal reconhecia o rosto que a olhava de volta. Parecia forte, confiante, maduro, mas por trás da máscara ela estava uma pilha de nervos, e o que é pior: David perceberia. Quase todos pensavam que ela havia apenas se cansado dos tribunais e optado por uma mudança; ele sabia a verdade, que dentro dela ainda havia uma pessoa debilitada emocionalmente.

Enquanto pegava as chaves do carro e verificava novamente as portas e janelas, o pânico começou a se manifestar. Todos os sintomas de sempre borbulharam e se estabeleceram. Ela considerou passar aquele dia dopada até o osso, mas sua regra sempre foi não tomar os comprimidos nos fins de semana. Ela teria quebrado a regra naquela manhã quase sem pensar; mais comprimidos agora significariam que ela era dependente. Meses atrás, quando estava em um estado muito mais frágil, havia jurado que isso nunca iria acontecer. Saiu pela porta da frente e chegou até o carro, mas não conseguiu entrar. O que ela sentia era medo: simplesmente não podia enfrentar o dia. Bateu com o punho no teto. *O que estava errado com ela?* Estava indo discutir o futuro de seu filho, mas estava tão ferrada e ensimesmada que não conseguia ir além de suas próprias inseguranças.

Merda. Merda. Merda. Era uma viciada. Teria de se drogar e se arrastar pela vida da melhor forma possível. Contanto que visse Ross entrar seguramente na vida adulta, ela teria cumprido seu papel. Era só isso que importava, sua única responsabilidade. Todo o resto era irrelevante. Ela pegou o frasco de remédios, forçou a tampa e a girou. Só restavam três. Como isso aconteceu? Lembrou-se de ter derrubado as pílulas no chão do escritório do salão comuni-

ATESTADO DE ÓBITO

tário. Metade de seu suprimento havia desaparecido pelas rachaduras das tábuas. Havia pensado em comprar mais pela internet, mas esqueceu completamente. Agora, só poderia pegá-las no posto na terça-feira, e precisaria de pelo menos duas para sobreviver à segunda-feira. Isso deixava-a com apenas uma para aquele dia. Se a tomasse agora, o efeito passaria até a hora do almoço, mas não conseguia nem pensar em dirigir até lá sem o medicamento, muito menos o martírio que se seguiria.

Ela pensou em ligar para cancelar, alegando motivos de trabalho, mas David perceberia na hora. No fundo, sabia que esse almoço era um teste que ele estava armando: poderia ela, uma mulher que até pouco antes frequentara um psiquiatra duas vezes por semana, realmente dizer que havia reassumido o controle de sua vida? Poderia ser confiável para tomar decisões sobre o futuro de seu filho?

Segurou o comprimido nas mãos na agonia da indecisão. Uma picape Toyota nova e lustrosa passou na alameda e buzinou, uma figura vagamente familiar acenou com a mão. Era Rhodri Glendower com uma amiga no banco de passageiro. Jenny sorriu e acenou de volta, tocada pelo gesto amigável. Rhodri provavelmente se gabava da história de tê-la resgatado do atoleiro, mas ela não tinha dúvidas de que ele a ajudaria novamente se houvesse necessidade. É o que fazem as pessoas decentes.

O carro desapareceu na estrada, deixando-a com o pensamento louco de que, talvez, a resposta para seu dilema estivesse em outro de seus bem-intencionados vizinhos. Steve havia tomado algumas doses quando se ofereceu para acompanhá-la, mas pareceu sincero.

O que ela tinha a perder? O máximo que podia acontecer era ele dizer não.

* * *

O que disse foi claro, e que precisava de apenas alguns minutos para vestir roupas limpas e passar uma lâmina de barbear no rosto. Assim, sem nenhum pingo de surpresa. Ele a deixou ao pé da escada acariciando o cachorro e gritou que havia cerveja na despensa, caso ela quisesse. Ele não se importava de dirigir.

Ela aceitou a oferta. Cinco minutos depois, estava sentada no banco de passageiros do Golf, um pouco embriagada pela Grolsch que ainda estava tomando, e escutando Bob Marley no som do carro enquanto Steve enrolava um cigarro com as mãos e dirigia com os pulsos. Ele usava uma camisa de algodão sem colarinho e um blazer de linho amarrotado com botas de lona, traje que parece ter lhe servido bem durante vários anos. Elegante o suficiente para fazê-lo parecer descolado, sem ser desleixado.

Ele disse:

— Você pareceu tão surpresa. Eu já estava esperando.

— Então deve me conhecer melhor do que eu mesma. Eu não pretendia chamá-lo.

— Sério? — Ele lambeu o papel e olhou para ela, colocando o cigarro na boca.

— Sério.

Tirou uma caixa de fósforos do bolso do paletó.

— Alguma objeção?

— Vá em frente. O funeral é seu.

— Vou lembrar de você em meu testamento.

Steve acendeu o cigarro e abriu um pouco o vidro. Jenny não disse nada, mas gostava do cheiro da fumaça. Levava-a de volta para seus dias de estudante, quando o mundo parecia estar cheio de infinitas possibilidades e as responsabilidades ainda estavam muito além do horizonte. Em vez disso, ela disse:

— Então está me acompanhando por causa de seu carma?

Steve tragou e soltou a fumaça pela fresta.

ATESTADO DE ÓBITO

— Por isso, e porque gosto de você. — Ele viu que a constrangeu e disse: — Não *dessa* forma... Eu gosto de você. Foi o sentimento que tive quando a conheci. Pensei que podíamos nos tornar amigos — Ele deu um sorriso tímido. — Desculpe-me, deveria escolher as palavras com mais cuidado. É isso que dá viver sozinho... esquece-se de como as pessoas reagem às coisas.

Ela ligou para David de seu celular para avisar que estava levando um amigo, mas quem atendeu foi Deborah, que disse que não havia problema, havia comida de sobra. Quando chegaram à entrada de tijolos e estacionaram ao lado do Jaguar de David, Jenny o viu espiar pela janela da sala para dar uma olhada no rival. Nos dez segundos que se passaram antes que abrisse a porta, ele havia tirado o suéter com gola em V e arregaçado as mangas da camisa para revelar os musculosos antebraços, enrijecidos por anos de squash e musculação na academia que ele construiu no porão.

Ele abriu a porta com um másculo "Oi".

Jenny, ainda tonta por causa da cerveja disse:

— David, este é Steve, um dos meus vizinhos. Deborah disse que eu podia trazê-lo.

— Sem problemas. Prazer em conhecê-lo, Steve — e apertou sua mão com força.

Jenny pôde vê-lo observando o terno e os sapatos desmazelados e visivelmente relaxando. Ele podia lidar com outro homem, contanto que pudesse se sentir superior.

Steve disse:

— Prazer em conhecê-lo, David. Achei que ela precisava de um motorista... quase foi parar embaixo de um trator um dia desses.

Jenny disse:

— Ele tem sido muito gentil.

— Ótimo. — David analisou o homem mais jovem mais uma vez e acenou para que entrassem. — Deixe-me pegar uma bebida para vocês.

Ele os levou à cozinha integrada à sala de jantar, decorada com móveis caros, que incorporava uma estufa com vista para um grande porém bem-cuidado jardim nos fundos. A casa conseguia ser tanto extravagante quanto sem sentimento, tão imaculada quanto uma sala de cirurgia, mobília de bom gosto, moderna e cara, mas sem floreios ou peculiaridades. Era desprovida de enfeites ou quaisquer outros objetos que pudessem atrair poeira; as poucas pinturas eram modernas e abstratas. Era o que um designer de interiores poderia chamar de sereno e o que Jenny chamaria de morto. O jardim, também, havia sido destituído de vida: um bem-cuidado gramado em forma de rim ornado com arbustos. Nada que crescesse demais ou fizesse algo tão frívolo quanto florescer de forma extravagante ou derrubar folhas. Ela havia vivido aqui com David por mais de dez anos e nunca se sentiu em casa.

Deborah era uma loura franzina, mais perto dos 30 do que dos 25 anos, e estava ocupada na cozinha. Usava um avental azul sobre um belo vestido de verão. Era bem o tipo de David, e tinha um sorriso gentil e submisso. Uma mulher cujo principal desejo na vida era agradar seu homem. Era providencial para ele. Deborah secou as mãos no avental (que Jenny agora reconhecia como um presente de Natal desprezado dado pela mãe de David) e correu para cumprimentá-los.

— Olá, Jenny. Sou Deborah.

Jenny disse:

— Oi. — Elas pegaram nas mãos uma da outra. Deborah era muito insegura para um cumprimento forte.

— Este é meu amigo Steve.

Steve disse um "oi" radiante e foi direto dando-lhe um beijo na bochecha. Deborah pareceu gostar.

ATESTADO DE ÓBITO

Corando um pouco, ela disse:

— O almoço fica pronto em um minuto. Atrasei-me um pouco com a salada de arroz.

— Sem problemas.

— Ross deve estar por aí. Devo chamá-lo?

David, servindo taças de Pinot Grigio perto da reluzente geladeira, disse:

— Com certeza deve estar bem descansado. Consegui tirá-lo da cama há apenas meia hora.

— Tenho certeza de que foi muito gentil — disse Jenny.

Antes que David pudesse revidar, Steve interveio primorosamente:

— Meio-dia e meia não é tão ruim para um garoto de 15 anos. Eu lembro que dormia até umas 16 horas.

— Meu filho não é tão preguiçoso.

Deborah deu um sorriso doce ao levar uma tigela de salada de arroz até a mesa.

— Adolescentes. Éramos todos assim.

Um instante de um estranho silêncio se seguiu enquanto David entregava as taças. Jenny podia ver que ele estava desesperado para saber quem e o que Steve representava para ela, mas era muito cauteloso para atacar com perguntas diretas. No decorrer dos anos, ele chegou a considerá-la irracional, imprevisível e propensa a explosões inaceitáveis. Sua maior prioridade era evitar a todo custo uma cena na frente de Deborah.

Foi ela que quebrou o impasse.

— David me disse que você está morando perto de Tintern. É uma região muito bonita.

— Bem diferente da cidade.

Steve disse:

— As pessoas são muito esquisitas. Estranhos aparecem em sua porta pedindo trabalho. — Ele olhou para Jenny.

Ela ficou grata pela deixa.

— Steve tem uma fazenda nas montanhas. Ele arrumou meu jardim. Se as ervas daninhas crescessem mais um pouco eu não conseguiria olhar pela janela.

Cauteloso novamente, David disse:

— Ah, que tipo de fazenda?

— É mais como um sítio. Estou há dez anos lá em cima tentando levar uma boa vida.

David pareceu desconcertado.

— Você quer dizer que é autossuficiente?

— Essa era a ideia. Quase funciona.

Jenny disse.

— Ele era arquiteto.

— Não exatamente. Larguei a faculdade no último ano. — Ele apontou com a cabeça para o jardim. — Importa-se se eu for lá fora para fumar um cigarro?

David balançou a cabeça e apontou para o jardim. Deborah rapidamente abriu um armário e voltou com um pires para ele.

— Cinzeiro.

— Obrigado. — Saiu pelas portas francesas e foi para o pátio, fechando-as atrás de si.

Deborah olhou para David e sorriu nervosa para Jenny.

— Vou ver onde está Ross, tudo bem? — Ela deixou a sala às pressas; os dois ficaram sozinhos.

David armou um sorriso, esperando explicações.

— Ele é apenas um amigo. Ofereceu-se para me acompanhar, só isso.

— Eu disse alguma coisa?

Ele não precisava dizer nada. Jenny podia ver perfeitamente. Havia arrumado um jovem alternativo para servir de namorado como forma de rebelião infantil contra ele, a vida cheia de pressão que tiveram e as responsabilidades maternas que não havia conse-

ATESTADO DE ÓBITO

guido executar. Ela não aguentaria uma explicação muito longa. Ele não acreditaria na verdade de qualquer forma.

— E quanto a você e Deborah? É sério?

— Parece estar indo no caminho certo.

— Ela e Ross se dão bem?

— Ela é muito boa com ele. Mais paciente do que eu.

Jenny quis dizer que era porque ela era quase uma adolescente, mas segurou. Estava determinada a manter o nível e o controle. David veria um lado diferente dela hoje. Estava aqui como uma igual.

Ele perguntou:

— Como é ser uma investigadora forense? Devo dizer que é um cargo no qual nunca a imaginei. Você sempre disse que não queria ser juíza.

— Não tem nada a ver com o trabalho de juiz. Sou mais uma investigadora. Juízes arbitram argumentos contrários; eu tenho de descobrir a verdade.

— Estressante?

— Nada que eu não possa aguentar.

— Sua saúde deve ter melhorado.

— Estou bem.

Ele acenou com a cabeça, parecendo quase satisfeito por ela.

— Fico feliz.

Ela se sentiu uma fraude. Ainda estava tomando remédios e se assustando com sombras. As entrelinhas da pergunta de David eram: *Pelo seu bem, espero que não esteja se enganando. Desmoronar em meio a um inquérito que estivesse conduzindo como investigadora forense realmente seria o fim de sua carreira.* Estava aflita e sentia pequenas palpitações. Tomou um grande gole de vinho e se perguntou se não deveria ter tomado o temazepam.

Deborah voltou trazendo Ross. Ele usava jeans largos e uma camiseta de mangas compridas. O cabelo, escuro como o dela e na altura dos ombros, ainda estava amassado do lado sobre o qual ele havia dormido.

David resmungou, desaprovando.

— Não encontrou o pente?

— Não. Oi, mãe.

— Oi, querido. — Ela lhe deu um abraço que ele não correspondeu, constrangido na frente de Deborah e do pai.

Ele notou Steve no pátio, enrolando seu cigarro.

— Quem é aquele?

— Steve, um vizinho meu.

— Sei.

— Ele se ofereceu para me trazer, só isso.

Ross debruçou-se sobre a mesa.

— O que tem para o almoço?

Entre eles, Deborah e Steve fizeram um grande esforço para manter o papo ameno durante o almoço. Discutiram o trabalho dela como enfermeira-chefe, suas três irmãs (que já estavam casadas e com filhos e não entendiam por que ela não havia feito o mesmo) e a bênção das compras via internet. Até onde Jenny sabia, Steve não tinha computador, mas nem se notava. Ela e David se esforçavam para fazer observações leves e não controversas, mas Ross permanecia quieto e emburrado na ponta da mesa. Ela veio o caminho todo preocupada com a reação do filho à presença de Steve (nunca havia tido um namorado desde o divórcio), mas ele parecia muito concentrado em si mesmo para se importar.

Quando Deborah estava servindo morangos com merengue, David já havia bebido o suficiente para tocar no assunto que motivara a reunião.

Longe de ser um diplomata, lançou o tema sem avisar.

— Bem, Ross, posso dizer que fiquei muito impressionado com esses seus supostos professores. Se eu tinha alguma dúvida de que

ATESTADO DE ÓBITO

você deveria fazer seus exames finais em outro lugar, aquela reunião de pais e mestres respondeu.

Jenny, tensa, disse:

— Na verdade, ainda não decidimos o que vai acontecer.

— E se eu estiver feliz onde estou?

David esvaziou o copo.

— A questão é que, mesmo hoje em dia, se você quiser fazer faculdade de medicina, precisa tirar só notas máximas.

— Nunca disse que queria estudar medicina.

— Você me disse...

— Você me disse que era o que *você* queria.

— Ele não tem de decidir neste minuto, tem? — disse Jenny.

— A questão é se ele está na escola certa. Ele tem de estar em um lugar que o deixe feliz.

— Já disse. Quero continuar onde estou.

David suspirou:

— É um erro, Ross. Eles não lhe oferecem nenhuma perspectiva. Tratam você igual aos garotos de escola pública. Se você conseguir emprego como gerente de supermercado, vão achar que é uma história de sucesso.

Jenny disse:

— Podemos não levar para o lado emotivo?

— É do futuro dele que estamos falando. Não há segundas chances na educação. Essa é uma decisão que vai afetá-lo pelo resto da vida.

— Acha que eu não sei? Não sou estúpida.

— Eu não disse que você era.

— Como se precisasse.

Deborah disse:

— Quem quer morangos com merengue caseiro?

Steve levantou seu prato com avidez.

— Eu, por favor.

169

— Ross?

Ele abanou a cabeça e empurrou o prato.

Jenny disse:

— Por que não deixamos essa discussão para depois? Ninguém quer criar caso com isso.

— Para quê? Ninguém me ouve mesmo.

David disse:

— Não é verdade, Ross. Somos seus pais, caramba. Se não tomarmos a melhor decisão agora, você nos culpará pelo resto da vida.

— É, vocês sabem mais sobre tudo, não? — Ele se levantou e saiu pela porta.

— Ross? Aonde você vai?

— A lugar nenhum.

Ele saiu para o pátio, bateu a porta e foi pisando duro pelo jardim, refugiando-se na área gramada, depois dos arbustos, onde ninguém podia vê-lo.

David, que estivera olhando para a mesa em um esforço para não explodir, levantou os olhos e saiu de sua cadeira.

— Não posso permitir esse tipo de comportamento.

— Deixe o menino. Por favor. Apenas lhe dê um tempo.

— Você quer que ele saia bem dessa? Que tipo de mensagem isso transmite?

Deborah e Steve trocaram olhares. Ela disse:

— Por que você não come os morangos primeiro? Ele estará mais calmo em um minuto.

David resmungou e, relutante, sentou-se novamente.

— Por que você não me deixou mandá-lo para Radley desde o início...

Jenny largou a colher e olhou para ele furiosa. Steve colocou uma das mãos em seu joelho. Ela o afastou.

— Por que eu não deixei? Eles teriam estragado o menino mais rápido do que nós o fizemos. — Saiu da mesa e foi atrás de Ross.

ATESTADO DE ÓBITO

Ela o encontrou sentado no banco, na parte secreta do jardim que ela insistira em manter quando o projeto de paisagismo fora feito, logo depois que eles se mudaram. A fantasia que ela tinha era de pequenos momentos a dois, escondidos da babá e dos vizinhos por uma densa cerca viva feita de coníferas, e dos três jardins adjacentes por uma parede semicircular de bambu. Ela e David haviam se sentado ali, juntos, talvez uma única vez. Seu principal uso havia sido como um lugar de refúgio para momentos de irritação e mau humor.

— Tem lugar para mim?

Ele deu de ombros, e então moveu-se um pouco para o lado, abrindo espaço. Ela se sentou ao seu lado, sem que nenhum dos dois dissesse uma palavra por algum tempo. Ela sabia como ele se sentia: ser julgado por David era esmagador. Havia sido ruim o suficiente ser sua esposa, ser seu filho devia ser devastador.

— Desculpe-me por essas coisas sempre acabarem mal. Eu não queria que... Você sabe como é o seu pai. Ele não percebe como é duro.

Ross mexia distraído em uma lasca de madeira.

— Você não tem de inventar desculpas para ele.

— Ele se preocupa com você. Só isso.

— Sei.

Jenny estudou seu rosto. Nos seis meses desde que ela deixara a casa, ele havia mudado. Não dava mais para chamá-lo de menino. Era um jovem homem, 1,82m de altura e o corpo atlético do pai. Um dia, se transformaria em um bom partido, mas ainda teria vários dolorosos anos de desenvolvimento de autoconfiança pela frente.

— Não falei com seu pai sobre isso, mas estava pensando se não gostaria de ir morar comigo quando estiver cursando o último ano.

— Ir para a faculdade lá? Esqueça.

— Não, em Bristol. Eu o levaria quando estivesse indo para o trabalho. E logo você estará dirigindo.

Ele olhou para ela, desconfiado.

— Você me daria um carro?

— Nada muito caro. Mas sim, por que não? Você poderia convidar seus amigos... — Meu Deus, ela estava sendo manipuladora, mas não podia evitar. Estava funcionando. Tinha sua atenção pela primeira vez em muitos meses. — Você ainda está namorando a Gina?

— Lisa.

— Desculpe-me...

— Tudo bem. — Ele continuou cutucando o banco. Ela o observou pensando na oferta, ponderando entre a inconveniência de morar no campo e escapar de seu pai. — Você quer dizer que ela poderia ficar lá nos fins de semana e tal?

— Pode levar quem você quiser, contanto que seus amigos não sejam muito loucos.

Ela parecia estar ganhando. Ele fez um gesto com a cabeça.

— Vou pensar no assunto.

— E quanto ao último ano? Seu pai quer que você faça uma entrevista no Clifton College.

— Não vou mudar de escola. De qualquer forma, por que ele quer isso?

— Ele estudou lá.

Ross chutou a grama.

— Você está realmente conseguindo me convencer.

— Ele acha que lá você terá os melhores professores.

— Eu não quero uma vida como a dele. Ele nem teve uma.

O telefone de Jenny tocou. Ela o pegou no bolso da calça e olhou a tela, era Alison.

— Só um minuto. É do trabalho. — Apertou o botão para atender. — Oi, Alison.

ATESTADO DE ÓBITO

— Desculpe atrapalhá-la, Sra. Cooper. O professor Lloyd acabou de ligar. Ele fez a necropsia em Katy Taylor e quer falar com a senhora.

— Ele não pode me ligar?

— Ele perguntou se a senhora poderia ir até lá se encontrar com ele. Acho que quer mostrar algo.

— Agora?

— Foi o que ele disse.

— OK. Diga que estou saindo de Bristol. Chegarei em cerca de uma hora.

Ross levantou do banco.

Jenny disse:

— Ligo quando estiver saindo. — E desligou o telefone. — Ross, já desliguei. Vamos conversar.

— Você tem que trabalhar.

Ele seguiu de volta para a casa.

O almoço não tinha dado em nada. Nenhuma decisão sobre o futuro de Ross havia sido tomada, e David e Jenny despediram-se de forma amarga. Ross recusou-se a sair do lugar para dizer tchau, e apenas um dos merengues de Deborah havia sido comido. Se não fosse por Steve, Jenny estava certa de que aquilo teria se transformado em uma briga feia. Ela sempre odiara a casa e a cozinha pretensiosa, mas ver outra mulher, e mais jovem, sentindo-se tão à vontade ali fez com que se sentisse irracionalmente excluída e ressentida. Ela estava usando o *seu* avental, e cozinhando com as *suas* panelas. E agora a dócil, domesticada Deborah seria mandada para o andar de cima para conversar com Ross como se fosse a razão em pessoa.

Steve havia conseguido sobreviver ao martírio com apenas uma taça de vinho, e agora a levava gentilmente para Newport enquanto ela olhava para a estrada em silêncio.

— Imagino por que vocês se separaram.

Jenny estava olhando para as vacas pastando em um campo, imaginando se elas haviam se acostumado com o trânsito.

— Por quê?

— Todas as vezes que ele serviu vinho, colocou a rolha de volta na garrafa.

— Não notei.

— Você está tão acostumada que não percebe mais. E quando tiraram os pratos, ele fez com que ela os limpasse antes de colocar na lavadora. Nem precisou dizer nada, falou apenas com o olhar que fez para ela.

— E ela limpou?

— Sem questionar.

— Ele é maníaco por controle.

— Acho que ninguém ia querer um cirurgião cardíaco excêntrico.

— Alguém deve gostar.

Steve pensou naquilo por um instante e, então, disse:

— Posso fazer uma pergunta? Como é fazer sexo com um homem assim?

— Você não deveria estar tendo esse tipo de pensamento. Atrai carma ruim.

DEZ

Steve recusou a oferta de ir com ela ao necrotério do hospital de Newport, um imponente edifício em estilo vitoriano em uma colina com vista para a cidade. Ela o deixou no carro, fumando um cigarro, ouvindo *The Best of Jimi Hendrix*, e prometeu que não demoraria. Steve disse para demorar o tempo que precisasse, ele não estava com pressa.

O necrotério ficava no local tradicional, no porão, atrás de uma porta sem sinalização que tinha de ser aberta por um comando na portaria. Ela havia lido que, embora o roubo de corpos fosse raro, era muito comum ocorrer furto de joias, especialmente anéis, dos cadáveres. Havia histórias de dedos decepados com alicate de poda. O necrotério de Newport, assim como o de Vale, tinha problemas de armazenamento. Seguindo as placas para a sala de necropsia, passou por um mal iluminado corredor subterrâneo. Encostadas à parede à sua direita havia uma fileira de macas alinhadas, cada uma carregando um familiar envelope plástico branco em forma de corpo. Ela tentou não olhar, concentrando-se no emaranhado de canos e fios expostos que serpenteavam ao longo da parede à esquerda: as artérias irregulares do velho hospital. Seus passos ecoando nas paredes de azulejos encardidos eram o único som.

Uma porta se abriu à sua frente. O professor Lloyd, homem de aparência excêntrica na faixa dos 60 anos, saiu de sua sala entusiasmado vestido de maneira informal. Ele tinha uma desgrenhada cabeleira branca e usava um pincenê torto tipo meia-lua, equilibrado em um nariz pequeno e pontudo.

— Sra. Cooper?

— Sim.

— Fico feliz que esteja aqui. Foi muito interessante, realmente muito interessante. Gostaria de entrar e ver?

— Hum...

— Não é sensível, é? — Ele riu. — Espere.

Ele entrou novamente no escritório e ressurgiu com dois conjuntos de aventais cirúrgicos limpos e luvas de borracha. Ele entregou um de cada para Jenny.

— O relatório de necropsia que seu escritório me enviou, o que foi escrito por Peterson, dizia realmente só aquilo?

— Sim. Por que pergunta?

— A senhora verá. Mas devo dizer que estou extremamente surpreso, sempre o considerei muito metódico.

Ele colocou as luvas e o avental rapidamente e seguiu pelo corredor.

— Ela está aqui.

Ele passou pelas portas vaivém e entrou na sala de necropsia. Jenny foi atingida por uma corrente de ar fétido. Colocando seu avental, ela respirou fundo e o seguiu.

O corpo estava tão decomposto que nem parecia mais humano. Não fosse pelo fortíssimo cheiro, estava mais parecido com restos mumificados que se veem em museus do que com um cadáver recente. Ele estava descoberto sobre a mesa. A pele, onde estava intacta, era preta ou de um verde-musgo escuro. Como os músculos e a gordura subcutânea haviam se decomposto, ela parecia ter derretido até o esqueleto. O tecido dos seios e das coxas havia se desfeito totalmente e apodrecido até o osso. As mãos permaneciam

ATESTADO DE ÓBITO

esguias, mas a pele se soltara e começava a se desprender dos pulsos e sair pelos dedos.

Tudo isso era suportável, mas a visão do rosto de Katy fez Jenny recuar. O cabelo ainda era louro, mas o couro cabeludo estava descascando na frente do crânio. As pálpebras haviam sido corroídas, assim como os olhos, deixando duas horríveis cavidades ocas. A cartilagem do nariz estava virtualmente intacta, mas o tecido mais frágil dos lábios se decompusera, revelando dentes brancos e alinhados, que pareciam presos a um sorriso trincado.

Aparentemente alheio ao cheiro, o professor Lloyd inclinou-se sobre o corpo e estudou de perto o que sobrava das feições de Katy.

— Eu queria ter dado uma olhada nela antes. Não importa... pelo menos dá para ter uma ideia.

Jenny colocou uma mão enluvada no rosto e respirou pela boca.

— O que o senhor descobriu?

— Deixe-me contextualizar. Sabemos que a causa primária da morte foi uma overdose de heroína, mas, se estou certo, o que estamos realmente procurando é alguma pista do que aconteceu antes de a droga entrar em sua corrente sanguínea.

Ela confirmou, desejando que ele andasse logo.

O professor pegou um instrumento fino que parecia algo que um dentista usaria para tratar de uma cárie, e o usou como indicador.

— A primeira coisa que notei foi uma lasca faltando no dente da frente. — Tocou o dente da esquerda.

Ela se preparou e olhou. Certamente faltava uma lasca de cerca de dois milímetros no canto de baixo do lado esquerdo.

— Os cantos estão irregulares, sugerindo que foi quebrado recentemente. Claro que a lasca pode ter sido causada por qualquer coisa, mas... — ele foi até o balcão de aço ao lado da pia, pegou um recipiente e balançou diante dela — aqui está a lasca que falta. Adivinhe onde a encontrei?

— Não tenho ideia.

— No fundo de sua boca, entre o molar e a bochecha. A reação humana normal é cuspir qualquer corpo estranho para fora da boca, mas a lasca de dente ainda estava lá, o que eu diria ser uma ótima indicação de que ela levou um golpe, e com uma força considerável.

— Quando?

— Com certeza não muito antes de morrer. E, para o fragmento ainda estar em sua boca, eu diria que há uma grande chance de que ela estivesse inconsciente quando isso aconteceu, ou que a pancada, ou pancadas, a tenham deixado assim.

— Por que Peterson não apontou isso?

— Para ser sincero, ninguém presta muita atenção nos dentes durante uma necropsia de rotina, às vezes não se presta atenção alguma. Não temos o privilégio do tempo. — Ele recolocou o recipiente cuidadosamente no balcão. — Então, temos uma possível pancada. Agora precisamos de provas para confirmar. Mesmo no estado em que está, o corpo nos deu não apenas uma, mas duas novas pistas. — Ele apontou para o ombro direito que, ao andar até o outro lado da mesa, Jenny notou ter sido substancialmente dissecado, revelando a junta. — Eu estava procurando por evidências de luta, e encontrei. A senhora terá que olhar com cuidado. — Apontou com seu instrumento indicador para a zona central da junta. — Dois dos ligamentos glenoumerais foram rompidos.

Jenny viu alguns pedaços de tecido fibroso, mas não poderia identificá-los como ligamentos.

O professor Lloyd estava cada vez mais animado.

— Isso é consistente com ferimento devido a um puxão violento, como quando o pulso é forçado para cima atrás das costas. E tem também o cabelo. — Ele abaixou o indicador e, segurando

ATESTADO DE ÓBITO

gentilmente o crânio com as duas mãos, inclinou-o para a direita. — Consegue ver? — Apontou o dedo para uma região do couro cabeludo que estava preta, sem cabelos. — Está faltando um tufo de cabelo. É um bom pedaço. Sua assistente disse que não foi encontrado pela polícia na cena.

— Não. Não vi nenhum registro.

— O cabelo dela é bem comprido. Não é óbvio à primeira vista, mas quando você considera o contexto, começa a construir uma imagem: seu pulso forçado para cima atrás das costas, o agressor puxando tão forte seu cabelo que um punhado é arrancado. Uma vez que não foi encontrado perto do corpo, a violência deve ter acontecido em outro lugar.

— E a pancada no rosto?

— É mais provável que tenha acontecido na cena do crime, ou que tudo tenha acontecido de uma vez. Impossível dizer.

— Antes de a droga ser injetada?

— Sim... — O professor Lloyd endireitou-se, encarando-a com um olhar intenso, sério. — Última coisa: nosso laboratório foi bom o suficiente para testar as várias amostras dela esta manhã, e voltaram resultados interessantes. Como a senhora sabe, o cabelo nos dá um histórico químico de sessenta a noventa dias sobre o corpo. Descobrimos que Katy fumava maconha e usava cocaína regularmente, quase ininterruptamente nesse período, mas não heroína. Amostras de sangue e de tecido são um pouco menos confiáveis a esse ponto, mas foi detectada heroína, em grande concentração. Estimamos que seja por volta de 2 mil miligramas.

— O que isso significa?

— É o suficiente para matar um cavalo pequeno.

Jenny esqueceu-se do cheiro. O que ela tinha agora eram evidências de assassinato.

Ela disse:

— Há algum jeito de dizer se houve violência sexual?

O professor Lloyd deu um sorriso pesaroso e balançou a cabeça.

— Receio que haja alguns segredos que os mortos levam consigo.

— Como o senhor acha que ela morreu?

— Muito provavelmente lutando com um agressor muito brutal e determinado. Alguém armado com uma grande dose de heroína, que planejou suas ações muito deliberadamente.

— Pode me entregar um relatório até amanhã e depor em meu inquérito na segunda-feira?

— Certamente.

Jenny olhou para o corpo e pensou na fotografia sorridente sobre a lareira de Andy e Claire Taylor. O que as garotas jovens e bonitas tinham, que faziam os homens matá-las?

Tudo o que disse a Steve foi que estava lidando com a morte não esclarecida de uma menina de 15 anos. Ele não comprava jornais e ela não havia visto nenhum aparelho de televisão em sua casa, então, era provável que não soubesse nada sobre o caso. Diferente de alguns advogados, ela sempre havia levado a sério o dever de confidencialidade. Como investigadora forense, isso era ainda mais importante. A experiência lhe havia ensinado que não se pode confiar a ninguém os segredos profissionais, nem aos entes queridos. David também, apesar de todos os seus defeitos, nunca tagarelou sobre seus pacientes. Eles não conversavam à noite, na cama. Nos últimos anos, eles não faziam quase nada na cama.

Steve deixou-a sentar ali, sem perturbar seus pensamentos sobre sexo, morte e o que significava para ela estar no meio de um terrível assassinato quando tudo o que queria era uma vida calma. Ela havia escolhido a certeza, um emprego e uma casa onde ficaria por várias décadas, mas no espaço de uma semana descobrira-se no meio do caos e estava ansiosa. Ansiosa daquela forma profunda e tumultuada que estivera nos meses que antecederam seu colapso. Era como a melancolia que penetrava na mente

ATESTADO DE ÓBITO

quando uma tempestade se armava no horizonte: sentia-se a pressão no espírito muito antes de saber o que estava vindo. E ultrapassava todas as camadas: não havia estado de felicidade, alegria, embriaguez ou entorpecimento por drogas que oferecessem uma saída. Puxava como uma pedra pesada amarrada ao redor do pescoço.

Steve saiu da pista dupla e partiu para o interior, atravessando a encosta do vale Usk que levava na direção da cadeia de montanhas que o separava do vale do Wye, do outro lado. Era uma paisagem pouco povoada, com campos e pradarias de um verde profundo dividida por densas cercas vivas e salpicada por árvores, um cenário permanecera igual por centenas de anos. Ele abriu o vidro e respirou o ar fresco que cheirava a canabrás e grama. Disse.

— Não acho que viveria sem isso. Era o que eu mais odiava quando morava em Bristol... o cheiro do lugar.

Jenny, tentando se livrar de seus pensamentos sombrios, respondeu:

— Sei o que você quer dizer. — Ela abriu sua janela e colocou o rosto no vento, fechando os olhos.

— Quer dar uma volta? Tem um lugar aqui em cima que eu gostaria que conhecesse.

— Com esses sapatos?

— Coloquei umas botas aí atrás.

— Colocou? Quando?

— Quando estávamos saindo. Sabia que não tinha trazido.

— Você não sabe o meu número.

— Posso imaginar olhando para você. Você calça 39, como minha ex. — Ele apoiou um cotovelo na janela aberta, de bem com o mundo. — Qual o problema, tem algo melhor para fazer?

Pararam em uma passagem no topo de um monte, perto de um pequeno vilarejo que ele disse chamar Llangovan. Virou-se para o banco de trás, onde havia guardado uma sacola com dois pares de botas de couro de cano curto.

— Ela deixou as botas de propósito, disse que se as levasse ficaria se lembrando da época em que andava pela lama, como uma camponesa.

Jenny, nunca confortável usando peças descartadas de outras pessoas, tirou os saltos e colou um pé descalço dentro do couro.

— Essa foi sua história.

— Como assim?

— Nenhuma mulher gosta de pensar que será esquecida.

Ele a levou por uma trilha que circundava um campo de ovelhas, contornando uma floresta que ficava no cume do monte. Enquanto andavam, ele apontava pontos de referência e falava sobre árvores, da forma como o carvalho e a faia eram plantados lado a lado para que a copa larga da faia privasse o carvalho de luz e o obrigasse a crescer para o alto, em linha reta, sem galhos despontando e estragando a madeira. Grande parte do vale do Wye foi plantado para se obter madeira para navios e carvão vegetal para abastecer as siderúrgicas que se instalaram ao longo do rio na época vitoriana. Quando a indústria morreu, os bosques sobreviveram. Era uma rara e bela parte do mundo onde a natureza recuperou uma paisagem que já foi industrial; ele tomou isso como um sinal de esperança.

Pararam no ponto mais alto do campo e sentaram-se na grama para apreciar a vista dos 24 quilômetros até a silhueta lilás das montanhas Brecon Beacons. A vasta extensão do céu tinha muitos humores: partes limpas e azuis, com fiapos de cúmulos e aglomerados de pesadas e cinzentas nuvens de chuva. Suas sombras eram levadas indolentemente pelos campos, revelando e escondendo o sol. De vez em quando, um raio brilhante de luz penetrava as nuvens mais densas e lançava um feixe dourado para a terra. Steve disse que isso chamava "luz de Deus"; via-se

ATESTADO DE ÓBITO

isso em cartões sentimentais, mas com razão: nada feito por um ser humano seria tão belo. Talvez esse tenha sido o motivo pelo qual ele desistiu da arquitetura: seus prédios apenas estragariam o que não pode ser melhorado.

Jenny disse:

— Você é bem romântico, não é?

Ele se deitou no chão, olhando para o céu.

— Alguém tem de ser.

— Você consegue ser realmente feliz sem ter nenhum dinheiro?

— Sim e não.

— Por que não volta e se capacita, faz algum trabalho ético? Todos querem edifícios ecológicos nos dias de hoje. Você ficaria rico.

— Estou pensando no assunto. — Ele se virou e apoiou-se no cotovelo, olhando para ela. — Ou devo dizer que você me fez pensar no assunto.

Jenny, sentindo uma onda de timidez, perguntou:

— O que foi que eu fiz?

— Nada em particular... Apenas me lembrou de que há um mundo lá fora.

Jenny puxou a grama com os dedos, nervosa com o olhar dele. A qualquer momento ela esperava que ele estendesse a mão e a tocasse, e não tinha ideia do que faria caso isso acontecesse.

Ele se sentou, com as pernas à sua frente, inclinando-se para trás com o apoio das mãos.

— Você acha difícil relaxar, não é? Não consegue apenas apreciar a vista?

— Tenho muita coisa na cabeça.

Com um projeto de sorriso, ele levou as mãos aos olhos para fazer sombra e olhou para o vale.

— Vou tirar uma preocupação de sua cabeça: não estou tentando fazer sexo com você. Serei honesto, não recusaria, mas acho que podemos seguir bem sem isso.

Jenny, envergonhada, disse:

— Você foi admiravelmente direto. — Nossa, ela parecia tensa.

— Imaginei que ia gostar. — Ele sorriu, levantou-se e limpou as folhas grudadas na roupa. — Acho que deve estar querendo voltar.

Ele estendeu a mão. Ela hesitou por um instante, e então aceitou, deixando que a levantasse.

Sentou-se em frente ao seu laptop no sábado à noite. O site que escolheu era hospedado na Irlanda. Pagou uma taxa extra para que os comprimidos fossem entregues no fim de semana. Combinou de pegar o pacote no depósito da companhia em Avonmouth, às 8 horas de segunda-feira, para que não tivesse de dar o endereço de sua casa ou arriscar ficar sem os remédios até terça. Ela assinou o protocolo com um garrancho ininteligível. A única coisa que a ligaria à compra tecnicamente ilegal eram seus registros de cartão de crédito, mas o site prometia que a entrada em suas declarações seria *Presentes por correio*. Havia encomendado dez frascos com comprimidos de 30mg, dizendo para si mesma que aquilo era tudo de que iria precisar.

ONZE

A ATMOSFERA NO SALÃO ERA tensa, beirando o hostil; uma ocasião para dois temazepans. O número de jornalistas havia aumentado para preencher as quatro fileiras de assentos, e uma van da emissora de TV com antenas para transmissão via satélite estacionara do lado de fora. A Andy, e a uma Claire Taylor pálida como um cadáver, haviam se juntado vários amigos e parentes com expressões iradas. Hartley e Mallinson haviam enchido sua mesa com uma quantidade impressionante de arquivos e livros de direito. Não se via Grantham, mas o Dr. Peterson respondera à segunda intimação e estava sentado ao lado de uma jovem séria com um bloco de notas azul apoiado no joelho, que Jenny presumiu ser uma advogada. Alison havia informado o detetive superintendente Swainton de que os procedimentos do dia poderiam ser de seu interesse, mas recebeu uma resposta curta e grossa: ele estava muito ocupado para comparecer, assim como seus policiais.

O professor Lloyd aprumou-se no banco de testemunhas vestindo um terno de três peças e uma gravata-borboleta com o nó malfeito saboreando seu momento como centro das atenções. Colocou os óculos de leitura com cuidado para ler o juramento e recitou cada palavra com precisão excessiva.

No domingo de manhã, Jenny havia recebido por e-mail seu cuidadoso e meticuloso relatório. Apenas ela e Alison viram o documento. Decidira não fazer circularem cópias até que ele apresentasse suas descobertas no tribunal para ver a reação de Peterson e pegar Hartley, o máximo possível, desprevenido. Seu plano era passar a manhã escutando as evidências da medicina legal e qualquer explicação que Peterson pudesse oferecer para seu fracasso em apontar o que o professor Lloyd descobrira tão facilmente. O passo seguinte seria procurar possíveis criminosos. Uma nova intimação estava seguindo para Justin Bennett e a inspetora responsável pelas internas da ala feminina do Centro Portshead. Jenny queria saber como Katy Taylor conseguira manter o consumo de maconha e cocaína durante o tempo que passou no centro.

Antes de começar a interrogar a testemunha, Jenny virou-se para o júri e explicou que, como devem ter visto na imprensa local, ela pediu recesso na quinta-feira para que o corpo de Katy Taylor pudesse ser exumado e reexaminado por um legista do Ministério do Interior. Este era um legista experiente, especialista em detectar evidências de crimes, frequentemente chamado para conduzir necropsias para a polícia ou investigadores forenses. Os jurados ouviram com seriedade. A novidade de seu estranho papel público em um remoto salão comunitário havia acabado. Suas expressões disseram a ela que esses oito cidadãos estavam agora sentindo o peso real de sua responsabilidade.

Ela dirigiu-se ao professor Lloyd:

— Professor, o senhor é o legista do Ministério do Interior designado para a cidade de Newport, no condado de Gwent?

— Sou.

— O senhor fez uma necropsia no corpo de Katy Taylor no sábado 23 de junho?

— Fiz.

— E escreveu um relatório com a data de 23 de junho, detalhando suas descobertas?

ATESTADO DE ÓBITO

— Sim.

Ela olhou para Peterson. Ele estava sentado, aparentando calma, mas seus olhos estavam arregalados e apreensivos. Era um homem que sabia que sua reputação estava em jogo.

— Antes de entrarmos em detalhes, professor, o senhor poderia, por favor, ler seu resumo para o júri?

— Certamente. — Alison foi à frente e entregou-lhe uma cópia. Ele limpou a garganta, fez uma pausa, e então leu em voz alta: — Embora concorde com as descobertas de meu colega do Hospital Distrital de Severn Vale, Dr. Peterson, de que a causa imediata da morte tenha sido overdose de diamorfina (heroína), no decorrer de meu exame descobri provas substanciais e convincentes de agressão física séria e violenta...

Houve um barulho na galeria pública, algo entre uma respiração fraca e um lamento entorpecido. Jenny olhou para cima e viu Andy Taylor apertando a mão de Claire. O Dr. Peterson segurava nervosamente as barras das mangas de sua camisa. Sua advogada anotava rapidamente todas as palavras.

— Essas provas se apresentam em três partes. Primeiramente, os ligamentos glenoumerais do ombro direito estavam rompidos, indicando que o braço direito fora empurrado com alguma força atrás das costas. Isso deve ter sido extremamente doloroso, e é difícil imaginar uma explicação inocente. Em segundo lugar, um tufo de cabelo de aproximadamente três centímetros de diâmetro foi traumaticamente arrancado da área occipital traseira esquerda do couro cabeludo — ele apontou para uma área entre o alto do pescoço e a parte de trás da orelha esquerda —, levando à conclusão aceitável de que o cabelo foi puxado durante uma altercação física. Vale notar que o cabelo arrancado não foi encontrado junto ao corpo.

Jenny viu o olhar de desespero reprimido tomar o rosto de Peterson. Ela queria saber o que se passava em sua cabeça, se ele simplesmente não havia visto, ou se havia omitido deliberadamente as provas de uma morte violenta.

— Em terceiro lugar, havia uma pequena lasca faltando a um dos dentes da frente. As bordas estavam irregulares, sugerindo um trauma recente. Eu encontrei a lasca entre a bochecha e a gengiva. Em minha opinião, ela recebeu uma forte pancada na parte da frente do rosto. O fato de não ter engolido ou cuspido a lasca indica que estava inconsciente ou sem sensibilidade, ou antes da pancada, ou como resultado dela.

Claire Taylor soluçou. Uma mulher que parecia ser sua irmã passou lenços de papel pela fileira. Os rostos dos amigos e da família eram a imagem do sofrimento, da perplexidade e da traição. Peterson olhava, sem expressão, para o chão em frente à sua cadeira.

Todo o salão escutava em um silêncio lúgubre (interrompido apenas pelas fungadas de Claire Taylor) enquanto Jenny deixava o professor Lloyd prosseguir com o detalhamento de suas descobertas. Ele descreveu como a dose de heroína havia sido tão grande que, se Katy tivesse tentado injetar em si mesma, teria morrido ou ficado inconsciente antes de a seringa chegar à metade. Estava convencido de que uma outra pessoa havia administrado a droga, talvez até dois indivíduos: um forçando seu braço e segurando seu cabelo enquanto o outro enfiava a agulha.

Jenny perguntou:

— O que o senhor diz das fotografias que a polícia tirou do corpo no lugar onde foi encontrado?

— Ela deve ter sido colocada naquela posição. Como eu disse, seria impossível que ela injetasse aquela quantidade de heroína, e depois colocasse a seringa a seu lado. Eu esperaria encontrar a agulha ainda em seu braço e a seringa pela metade.

— Há algo mais na fotografia que tenha chamado sua atenção?

ATESTADO DE ÓBITO

— Suas roupas pareciam consideravelmente intactas dado o nível de violência ao qual fora submetida. Posso supor que o ataque tenha sido rápido e cruel. E bem planejado.

— O senhor acha que foi premeditado?

— Adquirir e preparar aquela quantidade de heroína requer algum cuidado. Acho que se pode dizer que qualquer um com tal grau de conhecimento estaria plenamente ciente de que tamanha dose causaria sua morte.

Ela então pediu que ele falasse dos resultados da análise do cabelo. O teste confirmava, sem sombra de dúvidas, que aquela havia sido a única dose de heroína que Katy havia recebido, pelo menos nos noventa dias que antecederam sua morte. Ele concordava com a conclusão do Dr. Peterson sobre a morte ter ocorrido entre cinco e sete dias antes de o corpo ser encontrado e que, por causa do início do rigor mortis, era mais do que provável que ela tenha sido colocada na posição sentada sob o arbusto logo após ter morrido.

Jenny notou que isso significava que Katy provavelmente havia morrido na terça-feira, 24 de abril, dois dias depois de ter desaparecido de casa. Ela precisava saber onde Katy estivera na noite de domingo, dia 22, e segunda, 23 de abril, e com quem. Os dois dias que passou desaparecida eram críticos.

Jenny terminou de interrogar o professor Lloyd perguntando o que pode ter acontecido para que ele e o Dr. Peterson tenham chegado a conclusões tão diferentes. Ele pensou por um instante e então, após uma pausa estudada, disse:

— Inicialmente eu estava inclinado a adotar um ponto de vista caridoso. Os exames de sangue padrão que ele pediu foram menos precisos que as análises que eu fiz, então ele não poderia saber com muita exatidão a quantidade de heroína que havia em seu corpo. Isso eu posso entender. Ele é um homem que trabalha sob muita pressão, que provavelmente faz meia dúzia de necropsias por dia, mas, em minha opinião, mesmo em um caso no qual uma morte violenta seja uma possibilidade remota, um legista razoavelmente competente deveria ter feito exames mais detalhados do que os que ele fez.

— O senhor está surpreso por ele não ter encontrado o dente lascado?

— Um pouco.

— E o tufo de cabelo?

— Talvez um descuido mais compreensível.

Ele olhou para Peterson sem um pingo de remorso ou constrangimento. Jenny sabia o que isso significava: suas palavras haviam sido calculadas para parecerem razoáveis, mas o que ele estava realmente dizendo a ela era que, na melhor das hipóteses, seu colega havia sido descuidado, e, na pior, negligente ou mesmo cúmplice da ocultação deliberada de provas.

— Obrigada, professor. Se puder aguardar, o Sr. Hartley pode querer fazer algumas perguntas.

Hartley, que ainda estava escrevendo uma longa anotação sobre as observações finais do professor Lloyd, terminou sem pressa o que estava fazendo, deu uma olhada na página como que se certificando de uma conclusão óbvia, e levantou-se sem nenhum senso de urgência em particular.

— Professor — começou Hartley —, é verdade que o senhor fez uma perícia completa no corpo de Katy Taylor a pedido da investigadora forense, Sra. Cooper?

— Sim.

— E o senhor, consequentemente, estava ciente do fato de estar procurando, e bem poderia encontrar, provas que levassem à conclusão de que a morte de Katy fora suspeita.

— Concordo apenas com a primeira parte de sua pergunta.

Hartley sorriu.

— E se eu entendi bem, o senhor concluiu que o mais provável é que sua morte tenha ocorrido em condições suspeitas?

ATESTADO DE ÓBITO

— Sim.

— Obrigado, professor. — Hartley voltou-se para Jenny. — Senhora, estou certo de que não terei de lembrá-la da regra 26, subseção (1) das Regras do Investigador Forense de 1984.

Ainda um pouco ignorante de todos os detalhes das Regras do Investigador Forense, Jenny abriu sua cópia do Jervis com um mau pressentimento.

— Diz que, se o chefe de polícia pedir que o investigador forense adie um inquérito justificando que uma pessoa possa ser acusada de assassinato ou homicídio culposo relacionado à morte em questão, o investigador deve adiá-lo por um período de 28 dias. Como representante do comandante da polícia, eu, pelo presente ato, peço tal adiamento com efeito imediato.

Jenny olhou para a regra, verificando se dizia o que ela pensava que dizia.

— Sr. Hartley, essa regra aplica-se somente quando o chefe de polícia contempla a acusação de um indivíduo específico. Ela existe para evitar que dois processos judiciais ocorram ao mesmo tempo. Como não há um suspeito, eu pressuponho, que esteja prestes a ser acusado pelo assassinato ou homicídio culposo de Katy Taylor, eu tenho total direito de continuar com este inquérito.

— Fui instruído de que, à luz dessas evidências, o Departamento de Investigação Criminal deseja reabrir sua investigação. É normal, diante das circunstâncias, que o investigador forense adie e espere o resultado das investigações criminais e os procedimentos, se houver algum.

— Sr. Hartley...

— Se me permite terminar, senhora. — Jenny cedeu e deixou-o continuar.

— A função do adiamento é dupla. Não apenas evita que a investigação da polícia sofra com a publicidade que este inquérito possa atrair, mas também assegura que, quando o inquérito for retomado, tanto a senhora quando o júri tenham o benefício de quaisquer provas obtidas pela polícia. Tenho inúmeras autoridades que apoiam meu argumento, caso queira falar com elas — ele acenou na direção de uma grande pilha de documentos fotocopiados —, mas acho que irá concordar que se trata primeiramente de onde ficam os interesses da justiça. Com certeza *devem* ficar junto ao reinício da investigação policial.

— Adiarei para considerar sua requisição, Sr. Hartley.

Jenny levantou-se e se retirou, com sua cópia do Jervis, para o escritório. Ela olhou as Regras do Investigador Forense novamente com uma sensação de fracasso. Hartley estava certo. A polícia tinha o direito de pedir um adiamento quando houvesse chance de que uma pessoa (que não precisava ser especificada) pudesse ser acusada por um crime relacionado à morte investigada. Se ela se recusasse, a polícia podia pedir que o diretor da Promotoria Pública interviesse e solicitasse um. Novamente, ela não tinha de colaborar, mas arriscava criar um grande incidente diplomático.

As regras e o procedimento tinham um propósito direto e simples: assegurar que a polícia investigasse os crimes, e os investigadores forenses, as causas das mortes. Quando a investigação forense levantasse provas de um crime, o espírito dessas regras, senão uma interpretação estrita delas, exigia que ela ficasse de fora e deixasse a polícia assumir. Seu inquérito seria retomado quando a polícia decidisse que nenhum crime foi cometido ou que ninguém seria acusado, ou se um suspeito fosse acusado, no final de um julgamento criminal.

O problema era, o que acontecia quando a investigadora forense não confiava na polícia? Se, por qualquer razão, eles não conseguissem executar seu trabalho de maneira apropriada, ela seria o único impedimento. Ninguém mais tinha a capacidade necessária, ou os recursos, para exigir respostas.

ATESTADO DE ÓBITO

Alison bateu na porta e entrou.

— A senhora está bem? Pareceu ter visto um fantasma quando ele pediu o adiamento.

— Sabia que ele estava planejando algo. Não carregou tantos livros para o tribunal para se mostrar.

— Ele está certo, no entanto, não está? A senhora não pode continuar se o Departamento de Investigação Criminal tiver uma investigação ativa.

— Eu poderia, mas isso não me faria muito popular junto ao Ministério da Justiça. — Suspirou. — O que você acha que está acontecendo?

— A senhora os desmascarou, Sra. Cooper. Ninguém gosta disso.

— E quanto à sua teoria de que o detetive superintendente Swainton estivesse sendo pressionado?

— Não sei... Provavelmente estava apenas sendo emotiva. Sei muito sobre os rapazes do departamento. Não consigo imaginar nenhum deles sendo desleixado em um caso como esse, especialmente depois da segunda necropsia. O que a senhora precisa saber é o que Katy estava fazendo nos dias que antecederam sua morte, é isso que eles tentarão descobrir.

— Você realmente acredita que podemos confiar neles, mesmo depois do que aconteceu com Harry Marshall?

Alison olhou para a porta, verificando se estava fechada.

— Na minha visão, a senhora poderia derrubá-los, mas fora as descobertas do professor Lloyd, não tem nada a que se apegar. O júri *pode* voltar com um veredito de homicídio, mas aonde isso leva... ainda é preciso que a polícia encontre o criminoso.

— O que você sugere?

— Dê-lhes o adiamento e use o tempo para investigar por aí, colher mais algumas declarações... eles não podem impedi-la de fazer isso.

— E enquanto isso a verdade é enterrada cada vez mais fundo?

— Conheço uns homens no departamento, velhos amigos de Harry. Vou dar uma palavrinha com eles, ver o que eles estão sabendo.

Jenny considerou as alternativas. Além de destruir potencialmente sua carreira, recusar o adiamento não a levaria a lugar nenhum tão cedo. O que ela queria era a verdade mais pura, e Alison estava certa, havia poucas chances de desvendá-la no tribunal nos próximos dois dias. E se a polícia realmente estivesse envolvida em qualquer tipo de encobrimento, as chances de ela desenterrar os fatos sozinha eram inexistentes.

Jenny voltou para sua cadeira na frente do salão. Hartley olhava para ela com expectativa, uma bateria de autoridades legais preparadas para o caso de sua decisão não ser favorável.

— Considerei o pedido em nome do chefe de polícia, Sr. Hartley, e estou preparada para um recesso de 14 dias.

Hartley levantou-se com um sorriso satisfeito.

— Obrigado, senhora.

— No entanto, antes de fazê-lo, gostaria de ouvir novamente o Dr. Peterson. Poderia se aproximar, por favor?

Ela não deu a Hartley tempo para se opor. Ele trocou um olhar com Mallinson, que deu de ombros, como se dissesse que não tinham nada a temer.

A advogada de Peterson inclinou-se para a frente e sussurrou instruções. Ele se levantou, andou até a frente do salão e sentou-se na cadeira das testemunhas, com os olhos fixos em Jenny.

— Dr. Peterson, o senhor ouviu o depoimento do professor Lloyd. Tem alguma explicação sobre o motivo pelo qual não notou os três fatores que o levaram a concluir que Katy Taylor sofreu uma morte violenta?

Com uma voz calma e equilibrada, e um sutil e bem ponderado pedido de desculpas, ele disse:

ATESTADO DE ÓBITO

— O professor Lloyd estava certo em dizer que eu estava, e ainda estou, sobrecarregado com o trabalho. De vez em quando, coisas passam despercebidas, embora isso não devesse acontecer. A polícia me informou que suspeitava que Katy Taylor havia morrido por overdose de drogas, e minhas análises confirmaram isso. Não foi sugerido que sua morte tenha sido violenta, portanto, não fiz os exames detalhados que o professor Lloyd foi instruído a fazer. Dissecação do ombro, por exemplo, não é um procedimento comum em uma necropsia. — Ele olhou para o professor Lloyd, que estava sentado na primeira fileira dos assentos públicos. — Estou grato a meu colega por compartilhar suas descobertas, e à senhora por ter solicitado um segundo exame. E por consideração à Srta. Taylor e sua família, espero sinceramente que a investigação policial seja bem-sucedida. Eles contam com minha profunda solidariedade.

De volta ao pequeno escritório auxiliar, Jenny guardou livros e papéis em sua pasta com uma sensação de anticlímax. Depois de toda a ansiedade e antecipação, ela havia passado apenas um dia e meio no tribunal. Sentia-se mal por Claire e Andy Taylor. Primeiro o choque de uma exumação, depois saber que a filha provavelmente morrera de uma forma violenta, e agora um adiamento. Sua agonia devia parecer infinita.

Quando sua indignação com o que na hora pareceu uma emboscada cínica de Hartley começou a passar, ela concluiu ter tomado a decisão certa. Teria um intervalo para entrevistar testemunhas em seu próprio ritmo e tentar entender quais foram as razões de Marshall, se é que houve alguma, para não conduzir um inquérito. Talvez ela tivesse se precipitado ao imaginar uma conspiração, sendo levada muito facilmente pela emoção da morte chocante de uma adolescente. Fechando a pasta, tomou a decisão de cuidar de sua investigação da maneira mais desapegada e profissional possível.

Ela era a investigadora forense, uma imparcial e perspicaz esclarecedora da verdade.

Enquanto colocava o sobretudo que, julgando pelos cada vez mais frequentes chuviscos na janela, ela estava feliz em ter trazido, ouviu uma batida na porta atrás dela.

— Entre, Alison. — Ela olhou pela janela, atraída por um raio no horizonte. — Tudo arrumado?

Uma voz respondeu:

— É Tara Collins.

Jenny virou-se e viu uma mulher com mais de 30 anos, pouco mais de 1,50m de altura, com olhos impetuosos e determinados e cabelo curto e escuro. Ela usava um terninho com calça social, estava vestida de forma elegante, mas não com roupas caras. Jenny lembrou-se de tê-la visto sentada no tribunal naquela manhã e havia pensado que era algum tipo de advogada. Os jornalistas distinguiam-se pelo desleixo e bocejos frequentes.

— Tem um minuto?

— Não posso discutir o caso...

— Não é sobre o caso. Não diretamente, pelo menos. Falei com sua assistente e ela disse que tudo bem.

Jenny era cautelosa.

— Terá de ser breve...

Tara entrou na sala e fechou a porta.

— Eu estava em casa escrevendo uma matéria sobre a exumação de Katy e este inquérito quando liguei para a senhora no sábado. Dez minutos após desligarmos, a polícia apareceu e me prendeu por suspeita de fraude de cartão de crédito. Uma piada. Eu fui enquadrada. Passei o fim de semana em uma cela na delegacia. Soltaram-me sob fiança às 6 horas de hoje. Serei julgada amanhã cedo... acusam-me de ter defraudado a Western Union em 25 mil libras.

— Eles têm provas?

ATESTADO DE ÓBITO

— Aparentemente meu laptop tem sido usado para transferir dinheiro para alguém em Nova York, de quem nunca ouvi falar. O dinheiro vem de cartões de créditos roubados que dizem que eu usei para entrar no website da Western Union. A melhor parte é que as autoridades dos EUA podem pedir que eu seja extraditada. Quem quer que tenha planejado isso tudo, realmente se empenhou.

— Quem deu queixa?

— Foi uma pista anônima, isso é tudo o que eles dizem. E eles levaram meu computador e drives de backup. Todo o meu trabalho está ali, anotações de pesquisa, transcrições de entrevistas. Tudo.

Jenny sentiu uma dormência se espalhar a partir da ponta de seus dedos.

— Há alguma razão em particular para achar que isso está relacionado ao caso de Katy?

— Tenho feito ligações, tentando descobrir quão bem Katy e Danny se conheciam. Eu lhe disse que eles frequentaram a mesma aula de consciência contra as drogas promovida pelo Grupo de Apoio a Jovens Infratores em dezembro.

— Como ficou sabendo disso?

— Com uma garota chamada Hayley Johnson. Ela era amiga de Katy, tem um estilo de vida parecido, mas é um pouco mais velha, tem 18 anos.

— Parece interessante.

— Vou ver se a encontro novamente... é um pouco difícil de achar, está sempre se mudando. — Tara colocou a mão nos cabelos e deixou escapar um suspiro de frustração. — Veja, quero que saiba que normalmente não fico paranoica. Se acha que sou louca, prefiro que me diga logo de cara para que eu possa dar mais detalhes.

Jenny balançou a cabeça.

— Vou acreditar em você. Tem bons advogados? Eles têm de ser capazes de verificar a história dessas transações.

— Estou cuidando disso, não se preocupe.

— Então, como posso ajudá-la, Sra. Collins?

Tara disse:

— Não desista dessa história antes de encontrar uma resposta.

Doze

DOIS ADOLESCENTES HAVIAM MORRIDO E, segundo Tara Collins, não apenas suas mortes estavam relacionadas, como alguém muito determinado e muito organizado estava tentando evitar uma investigação. Estas eram alegações poderosas, e Jenny lutava para encontrar algum sentido nelas. Agora que estava conseguindo controlar seus temores irracionais, a visita da jornalista a havia desestabilizado novamente. Não disse a Alison nada do que Tara lhe falara e pediu que ela passasse o dia fora comprando móveis novos para o escritório. Queria um tempo a sós para pensar.

De volta à Jamaica Street, trancou a porta que separava a recepção do corredor, fechou as venezianas da janela de sua sala e sentou-se sob uma lâmpada com um bloco de anotações e uma caneta. Havia o calhamaço diário de relatórios de óbitos para analisar, mas isso teria de esperar. A menos que fizesse um planejamento, sua ansiedade aumentaria a ponto de paralisá-la. Ela começou a anotar seus pensamentos.

As evidências do professor Lloyd haviam provado de forma satisfatória que Katy havia sido violentamente imobilizada, golpeada no rosto e injetada com uma dose letal de heroína. Isso podia ou não ter acontecido no local onde o corpo foi encontrado, mas parecia provável que tivesse ocorrido em outro lugar e que o corpo tivesse sido deixado ali, ou, mais precisamente, colocado cuidadosamente sob os densos arbustos. Isso significava que seu agressor, ou agressores, tinha um bom conhecimento do lugar (a área era obscura), o que podia servir de apoio para a teoria de que ela fora assassinada por um homem que saía com prostitutas; mas por que a violência se ela se prostituía por vontade própria? De qualquer forma, sua morte provavelmente acontecera em 24 de abril e ela desaparecera de casa cinco dias após sair do Centro Portshead. A polícia agora concentraria esforços em rastrear seus movimentos e contatos naquele período. Com um pouco de sorte, Alison conseguiria informações internas com os ex-colegas e elas poderiam ficar a par dos desenvolvimentos. Se surgissem provas e, por algum motivo, a polícia não revelasse ou não averiguasse, Jenny investigaria pessoalmente.

Sem atrair muita atenção para si, desenvolveria algumas linhas de inquérito por conta própria. Ela queria falar com os Taylor para descobrir se tinham alguma ideia de onde Katy podia ter estado nos dois dias em que ficou desaparecida. Talvez soubessem mais do que admitiram e, por razões particulares, tivessem decidido manter certas coisas em segredo. Agora que sabiam como a filha encontrara seu fim, com certeza estariam abertos a partilhar tudo que sabiam. Ela também queria falar com Justin Bennett novamente, com a inspetora responsável do Centro Portshead e com Hayley Johnson, a amiga evasiva de Katy que, segundo Tara, mudava-se frequentemente, usando drogas e vendendo o corpo para pagar por elas.

Até agora tudo bem. Ela tinha testemunhas para procurar e entrevistar, evidências para reunir. Ações sólidas, práticas: tarefas esperadas de uma investigadora forense competente.

Virando a página, escreveu três nomes que representavam tudo o que era perturbador e intangível sobre o caso: Danny Wills, Peterson e Harry Marshall.

ATESTADO DE ÓBITO

A conexão de Danny e Katy era uma que ela podia explorar dentro da lei. Uma vez que eles haviam se conhecido no passado e que as evidências provaram que Katy estava usando drogas no período em que esteve em Portshead, era lógico supor que existisse alguma conexão relativa a drogas entre eles. Talvez ambos devessem dinheiro para o mesmo traficante. Cobrar dívidas por meios violentos, inclusive assassinato, estava se tornando comum na cidade. Hayley Johnson poderia ajudar com uma visão de dentro do submundo adolescente. Jenny sabia que era um mundo labiríntico em sua complexidade e lírico em seu melodrama. Seus códigos de lealdade, temores e rixas só poderiam ser entendidos com conhecimento interno.

A necropsia de Peterson permanecia sendo um enigma. Mesmo deixando de lado o fato de não ter enviado um relatório escrito até o momento em que foi obrigado, suas ponderações foram suspeitosamente breves. Ele havia sido muito habilidoso ao elogiar o professor Lloyd no tribunal (quase a convencera de que apenas cometera um erro inocente), mas a impressão que tinha dele não era a de um homem negligente. Ela já havia conhecido muitos profissionais preguiçosos, pessoas que se contentavam em bater o ponto até a aposentadoria, mas nenhum deles ainda era atlético aos 40 e poucos anos. Ele devia estar irritado, ou até resignado, com a precariedade do Serviço Nacional de Saúde, mas ainda tinha os olhos brilhantes de um homem aberto a um novo desafio. O caso de Katy não deixaria de despertar seu interesse. E se ele havia percebido sinais de violência, devia ter tido uma razão muito convincente para não mencioná-los. Ao lado de seu nome, Jenny colocou um enorme ponto de interrogação.

Harry Marshall representava outro problema. Um homem que normalmente remava a favor da maré mas que, apenas alguns dias antes de assinar o atestado de óbito de Katy, em uma quebra flagrante das normas, havia ameaçado sacudir as bases da cidade.

Ela traçou uma linha ligando os nomes de Marshall e Peterson. Eles haviam sido colegas próximos. Trabalhavam na base da confiança. Harry aceitava a palavra de Peterson e o sistema ultrapassado dele, funcionara dessa forma durante décadas. Parecia provável que Peterson estivesse envolvido de alguma forma no que quer que estivesse acontecendo, pelo menos indiretamente, mas não iria falar. Ainda no meio do tempo de carreira, com esposa e família para sustentar e proteger, ele faria todo o possível para resguardar sua posição.

Harry também tinha dependentes, muita coisa pelo que viver. Não havia motivos para pensar que sua morte tenha sido algo além de um acontecimento terrivelmente imprevisto, mas ainda havia a sensação de que fora mais do que mera coincidência. Mesmo os ataques cardíacos quase nunca eram totalmente aleatórios. Cave um pouco mais e poderá encontrar algo que tenha desencadeado um sentimento de depressão ou desesperança no falecido. Quantos homens haviam morrido logo depois de se aposentarem? Jenny parou, largou a caneta e tomou um gole de chá, agora quase frio, que estava intocado sobre a mesa. Os papéis e arquivos desorganizados de Harry ainda estavam no chão, cercando-a por todos os lados. Ali ela poderia encontrar alguma pequena pista.

Deixou as anotações de lado e colocou os papéis sobre a mesa. A pasta da contabilidade ainda esperava por sua atenção, mas era muito tediosa até para ser aberta. Ela a devolveu ao chão e voltou-se para a coleção de recortes de jornal de Harry em busca de um ponto de ligação. Passando os olhos sobre os artigos, de vez em quando viu menções ao nome dele ou a algo que tivesse dito: havia casos de acidentes industriais, mortes em estradas, operações médicas tragicamente mal-sucedidas, várias mortes na prisão, um espancamento brutal que levou à morte de um jovem negro pelas mãos de policiais, e inúmeros suicídios impressionantes. Os recortes mais recentes falavam da morte de Danny Wills. Em todos, Danny era

ATESTADO DE ÓBITO

retratado como um jovem bandido perigoso cujo fim era esperado, e até aplaudido. Um artigo, escrito por um jornalista determinado a manchar o nome de Simone Wills, apontou que ela não havia registrado os nomes dos pais de três de seus filhos, citando um conhecido que deu a entender que os pais eram provavelmente os traficantes que vendiam drogas para ela.

O fato de Harry ter se dado ao trabalho de ler e recortar esses artigos dizia alguma coisa, mas Jenny não conseguia definir o quê. Poderia ser apenas que ele ainda fosse uma personalidade vaidosa (como sugeria o bico de Mick Jagger em sua foto de faculdade) e os recortes alimentassem seu ego. Não havia nenhum artigo, no entanto, sobre a morte de Katy Taylor. Ainda que a descoberta de seu corpo tenha sido amplamente noticiada, ele não havia guardado um único recorte. Talvez o fato de não ter conseguido abalar a cidade no inquérito do caso de Danny Wills tenha esvaziado temporariamente seu ego. Ou talvez sua cabeça estivesse ocupada com outras coisas.

Alison voltou das compras e apressou-se em contar as novidades. Disse que havia levado a sugestão de Jenny ao pé da letra e encomendado duas novas mesas e cadeiras executivas tão bonitas que fariam o resto do escritório parecer uma vergonha. No caminho, havia feito algumas ligações e agendado a visita de alguns decoradores para fazer orçamento. Pessoas que ela havia contratado para sua própria casa e que haviam oferecido bons preços.

Jenny deixou a corrente de coisas triviais passar por ela e então, quando Alison terminou de falar, disse:

— Quero que você me traga os registros médicos de Harry Marshall.

Alison pareceu chocada com o pedido.

— Para quê?

— Ainda não sei bem.

M.R. HALL

— Mas a senhora não tem poderes para isso. Não está investigando sua morte.

— Não. Mas estou investigando a morte de Katy, e o motivo para que ele tenha assinado seu atestado de óbito é algo que preciso entender.

— Ele não faria nada errado de propósito, Sra. Cooper. Ele não era assim. Era um homem decente.

Gentilmente, Jenny disse:

— Entendo seus sentimentos em relação a ele e prometo lidar com isso com sensibilidade. Pode não dar em nada.

— O que quer que eu diga ao médico.

— Escreverei uma carta solicitando que ele entregue as anotações sobre o Sr. Marshall. Ele tem o dever legal de colaborar. Se houver algum problema, telefone que eu falarei com ele.

Alison, até então muda, disse:

— E os decoradores?

— Falamos com eles outro dia.

Estabilizada pelo terceiro comprimido em dez horas, Jenny arrastou-se pelo trânsito lento até a casa dos Taylor. Ela tocou a campainha três vezes e estava prestes a desistir quando Claire abriu a porta. Seu cabelo estava amarrotado, como se tivesse estado deitada. Estava enrolada no cardigã de sempre e tremendo levemente. Seu rosto estava mais fino, como se não estivesse comendo.

— Desculpe incomodá-la, Sra. Taylor. Achei que deveria explicar a situação. Seu marido está em casa?

Ela balançou a cabeça, enterrando as mãos nos bolsos do cardigã, com os braços junto ao corpo.

— Posso voltar quando ele estiver.

Claire pensou por um instante, e então deu um passo para trás, convidando Jenny para entrar.

ATESTADO DE ÓBITO

Ela seguiu Claire pelo pequeno corredor até a cozinha. Tigelas e xícaras usados no café da manhã ainda estavam na pia. A atmosfera era pesada e abafada, todas as janelas estavam bem fechadas. Claire indicou-lhe uma cadeira na pequena mesa de jantar. Jenny agradeceu e se sentou. Claire permaneceu de pé, no canto, perto do fogão, mantendo o máximo de distância possível entre as duas.

— A senhora entende que eu adiei o inquérito para permitir que a polícia tivesse tempo para reabrir a investigação.

Ela afirmou com a cabeça.

— Nesse meio-tempo, receio que o corpo de Katy tenha de permanecer no necrotério, caso os legistas precisem fazer mais algum teste.

Outra confirmação com a cabeça. Cada segundo passado diante de Jenny era claramente doloroso.

— Também estou investigando por conta própria. Estou particularmente interessada em descobrir com quem Katy pode ter estado quando sumiu de casa.

Claire deu de ombros, um gesto quase indiferente.

— Ela nunca nos dizia onde estava. Poderia ser qualquer lugar.

— O nome Hayley Johnson significa algo para a senhora?

Jenny pôde ver que significava algo, e que a associação não era boa. Claire disse:

— Acho que ouvi Katy falando com ela ao telefone. Uma de suas amigas drogadas, suponho.

— Sabe onde posso encontrá-la?

— Andy disse onde as crianças ficam, na pracinha...

— É aonde Katy costumava ir?

— Às vezes... Acho que havia garotos mais velhos envolvidos também. Garotas que moravam sozinhas e tal. Katy mal podia esperar para ter sua própria casa.

Jenny sorriu, aliviada por Claire finalmente estar se abrindo um pouco.

— Katy tinha telefone celular?

— Andy não deixava. Ela teve um, mas recebemos uma conta de 300 pratas. Foi o fim. Não sei se ela comprou um com seu próprio dinheiro. Acho que ia tudo para as drogas.

— Consegue se lembrar do que aconteceu no domingo, Sra. Taylor? Quero saber sobre a última vez que viu Katy.

Claire olhou pela janela, sua linguagem corporal voltando à postura defensiva. Jenny esperou. Houve um momento de silêncio antes que ela falasse.

— Ela havia reclamado do toque de recolher no sábado à noite, mas conseguimos mantê-la em casa. Andy e eu fomos deitar por volta das 23 horas. Ela já tinha dormido. Levantei às 6h30 do dia seguinte e ela não estava mais em casa. Foi a última vez que a vimos.

— A briga de sábado à noite foi feia?

— Não mais do que o normal.

— Katy levou algo consigo? Uma mala, roupas?

Claire negou com a cabeça.

— Nada que eu tenha notado. Apenas a roupa que estava usando quando foi encontrada. Pode ser que tenha levado um casaco.

— O que acontecia com Katy quando ela ficava um tempo sem usar drogas?

— Ela ficava difícil, brigona. Agredia, xingava...

— Ela estava assim no sábado?

— Estava apenas gritando, de forma até moderada. O fato de ela ter ficado em casa... achamos que o toque de recolher estava funcionando, que ela ia respeitar.

— A senhora notou mudanças nela desde que saiu do Centro Portshead.

ATESTADO DE ÓBITO

— Sim... estava mais quieta. Definitivamente mais quieta. Aí é que está... — Ela interrompeu e enxugou os olhos na manga. — Ambos realmente estávamos achando que estava dando certo.

— Desculpe-me fazê-la passar por isso, mas essas informações são muito úteis para mim...

Claire acenou com a cabeça e pegou um rolo de papel-toalha.

— Vocês foram procurá-la no domingo?

— Andamos pela pracinha, e só... A questão é que não podíamos fazer nada. Conversamos isso com os assistentes sociais nos últimos anos: não se pode usar força física contra seu próprio filho. Se Andy tentasse, ela ameaçava ligar para o disque-denúncia ou para a polícia. Ela ligaria sem pestanejar. Já tivemos polícia aqui, serviço social, todos nos tratando como se fôssemos os culpados... É claro que eu queria enfiá-la no carro e dirigir para as montanhas ou algum lugar onde pudéssemos endireitá-la, mas na hora você não ousa. Você tem medo de seu próprio filho...

Jenny disse:

— Se importaria se eu desse uma olhada no quarto de Katy? Claire deu de ombros.

— Fica no segundo andar, em frente às escadas.

Jenny deixou Claire na cozinha e subiu a estreita escadaria até o pequeno patamar. Havia quatro portas. Uma, entreaberta, dava para o quarto do casal; as cortinas estavam fechadas, a cama desfeita. Ela abriu a porta do outro lado e entrou em um quarto de solteiro, muito organizado. Sua primeira reação foi de surpresa. Encontrou a usual coleção de pôsteres que as meninas costumam colar nas paredes, secador de cabelo, maquiagem sobre a penteadeira que também servia de escrivaninha, uma TV, aparelho de som, alguns livros. Poderia ser o quarto da melhor aluna da classe. Não cheirava a fumaça de cigarro, o papel de parede estava intacto, a coleção de revistas na prateleira era relativamente inocente. As roupas no armário estavam penduradas e dobradas de forma organizada. Jenny abriu gavetas e abaixou-se pra olhar embaixo da cama. Era a mesma coisa: nada que gritasse, ou mesmo que sugerisse, que ela fosse uma delinquente.

Ela ouviu Claire subindo as escadas e parando no patamar.

— Importa-se se eu não entrar?

— Não. — Jenny deu uma última olhada ao redor e saiu do quarto para se juntar a ela. — Está muito organizado, Sra. Taylor.

— Ela era organizada, na maioria das vezes... Parte dela ainda era nossa garotinha. Não acho que ela soubesse o que era. Drogas, amigos que achava que tinha de impressionar, não sei o que a afetava tanto.

— A senhora não tocou no quarto desde o acontecimento?

— Não. Está como ela o deixou.

— Era sempre assim?

— Ela o manteve organizado desde que voltou para casa, na quarta-feira. Era como se estivesse tentando fazer um esforço.

— Ela usou drogas nesse período?

— Não que eu saiba. E normalmente eu percebia só de olhar para ela, mas parecia estar limpa. Sábado à noite foi quando, eu imagino, ela sentiu falta... É a única coisa que consigo imaginar.

Fazia sentido. Apesar de toda sua rebeldia, Katy vinha de um lar sólido. Sabia o que era a vida em família e como as pessoas normais viviam. Mesmo para uma garota que havia aprendido a fazer programas para pagar pelas drogas, passar seis semanas no Centro Portshead deve ter sido um choque. Sim, fazia sentido ela ter tentado se comportar quando saiu de lá. E quando se está acostumado a usar drogas diariamente, quatro dias sem uma dose é o tempo que leva para a necessidade ficar aguda. Ela podia imaginar a menina acordada de madrugada, arrumando o quarto, querendo se endireitar novamente, desesperada para agradar o pai e a mãe, e durante todo o tempo lutando com o irresistível ímpeto de se drogar.

ATESTADO DE ÓBITO

Jenny disse:

— Katy alguma vez mencionou um garoto chamado Danny Wills, cerca de um ano mais novo que ela?

— Danny Wills que se enforcou no Centro Portshead?

— Sim.

— Ela o conhecia. Estudaram na mesma escola fundamental, em Oakdene, Broadlands. Desde aquela época ele já era um problema.

— Ela vinha passando algum tempo com ele ultimamente?

— Não antes de ter sido levada, até onde eu sei. Quando ela saiu do Centro, disse tê-lo visto no refeitório antes de sua morte. Disse que ele estava com uma aparência péssima, como se tivesse brigado. Ela falou que havia muitas brigas lá.

— Ela disse mais alguma coisa?

— Não... Por quê?

— Meu escritório lidou com o caso dele.

Claire olhou para ela com desconfiança.

— Katy pode ter tido seus problemas, mas não era da mesma laia que Danny. Ele já estava fora de controle aos 8 anos. Ela tinha uma casa razoável, pais que a amavam.

Jenny havia tocado em um ponto delicado.

— Eu notei isso. Notei que vocês a amavam muito. Descobrirei o que aconteceu com ela, Sra. Taylor. Eu prometo.

A chuva fora de época havia voltado e a praça, um grande nome para uma área de menos de um hectare, verde desgastada e malcuidada, estava praticamente vazia. Jenny levantou a gola de sua capa de chuva e saiu em busca de adolescentes desregrados. Não havia nenhum. Ela achou guimbas de cigarro, latas de cerveja vazias, garrafas de refrigerante alcoólico e, perto dos bancos que ficavam no canto mais afastado dos portões, várias camisinhas usadas, jogadas nos canteiros abandonados. Era deprimente, mas não chocante, apenas um pouco pior do que ela havia sido. Jenny havia bebido sua cota de álcool, fumado baseados quando lhe ofereciam, e provavelmente teria experimentado cocaína se o garoto certo aparecesse com a droga debaixo de seu nariz. Havia sexo também, mas sob condições um pouco mais satisfatórias, e grande parte com a crença de que seria o caminho para o amor eterno.

Andando pela grama molhada até a saída, ela viu duas garotas, por volta dos 14 ou 15 anos, entrando na praça, acendendo desajeitadamente os cigarros e andando em sua direção com ar superior, seguindo para os bancos. Ambas usavam algo parecido com um uniforme de escola, uma falava ao celular.

Jenny dirigiu-se à mais alta das duas, que não estava ao telefone, uma menina mestiça, de cabelos escuros e rosto bonito.

— Com licença. Você conhece Katy Taylor?

— Que foi que você disse?

— A menina que morreu no final de abril. Ela costumava ficar por aqui.

A garota fez uma pose agressiva, levantou um lado do quadril.

— Não sei de que merda você tá falando.

— Hayley Johnson?

A outra menina desligou o telefone e perguntou para a amiga:

— O que ela quer?

Jenny disse:

— Estou tentando encontrar pessoas que conheciam Katy Taylor. Sou a investigadora forense. Estou investigando sua morte.

A menina com o telefone disse:

— Não sabemos de porra nenhuma — e saiu andando. Sua amiga a seguiu, passando perto de Jenny e batendo nela com o ombro.

Jenny colocou a mão no bolso da jaqueta, tirou um cartão e estendeu na direção delas.

ATESTADO DE ÓBITO

— Olha, rola dinheiro. Cem libras para qualquer um que possa me dizer onde Katy estava no domingo, dia 22, e na segunda, 23 de abril. Também quero falar com Hayley Johnson. Se vocês a virem, entreguem meu número.

Ela ofereceu seu cartão à menina mais alta.

— Parece que ela foi assassinada. Vocês poderiam me ajudar muito.

As duas garotas trocaram um olhar, sua ousadia amainando um pouco.

— Peguem o cartão. Pensem a respeito.

Foi a garota que estava no celular que estendeu a mão, pegou o cartão, e depois jogou-o no chão.

Eram quase 20 horas e ela ainda estava em sua mesa. Havia finalizado os relatórios de óbito do dia (já se habituando com os detalhes repulsivos) e cogitava abrir o livro de contabilidade para ver quão grande e fatigante seria a tarefa que a esperava. Conseguira colocá-lo sobre mesa e virar a primeira página quando ouviu a porta abrindo e Alison dizendo:

— Olá? Sra. Cooper?

— Estou aqui.

Ela apareceu na porta segurando um grande envelope pardo.

— O setor de cirurgia havia devolvido os registros para o arquivo central do hospital. Tivemos sorte de conseguir encontrá-lo... a moça demorou horas para achar. Já estavam preparados para seguir para o picador de papel. — Ela entregou o pacote por cima da mesa.

Jenny abriu o envelope e tirou uma pasta de papelão gasto. O nome e a data de nascimento de Marshall estavam escritos na frente, em um tipo de letra cursiva que não era mais usado havia décadas.

Alison disse:

— Há registros que datam de 6 meses de idade.

Jenny virou as frágeis páginas, sorrindo das anotações superficiais feitas pelo médico de família de Marshall:

"Tosse, moderada. Assegurei à mãe (preocupada) que não era coqueluche."

"Reclama de dores de estômago, apenas nos dias de semana!"

— Os registros mais recentes são, em sua maioria, sobre sua pressão sanguínea. Ele estava tomando estatinas para o colesterol.

Jenny virou um bloco de páginas empoeiradas e encontrou as anotações mais recentes. Ela podia sentir o nervosismo de Alison.

Harry visitara o médico a cada seis meses, aproximadamente, nos últimos dois anos, para medir o colesterol, e o problema estava diminuindo. O último exame, um mês antes de morrer, marcava respeitáveis 4.5, dois pontos abaixo do que ela esperaria de uma vítima cardíaca. A última anotação tinha data de 27 de abril, menos de uma semana antes de sua morte, e três dias antes do inquérito do caso Danny Wills. Dizia: "Sintomas de depressão, sensação de estar sobrecarregado, insônia, COTT, ansioso em relação à capacidade de exercer seu trabalho. Aconselhado a tirar longas férias no verão (de acordo). 4 x 50mg de amitriptilina durante duas semanas e depois retorno."

Alison disse:

— O que significa COTT?

— "Cansado o tempo todo." São sintomas clássicos de depressão. Ele prescreveu um antidepressivo calmante, uma baita dose.

— Bem que eu imaginei.

— Você falou com a Sra. Marshall sobre isso?

— Não. Por que falaria?

Jenny colocou as folhas de volta no envelope.

— Talvez eu deva.

— Para quê?

— Porque seria útil saber quantos comprimidos sobraram.

— Não. A senhora não deve.

ATESTADO DE ÓBITO

Jenny olhou para ela, surpresa pelo agudo tom de alarme em sua voz.

Alison disse:

— Deixe-me falar com seu médico primeiro. Não há motivos para chatear a Sra. Marshall e as meninas.

— Alison, há algo que você precisa entender. Eu vou descobrir o que aconteceu com Harry Marshall, e se for uma informação relevante, vai se tornar pública. Não trabalho, nem nunca trabalharei, protegendo a reputação de ninguém se ela aparece no caminho da justiça.

Alison a encarou com um olhar de acusação.

— A senhora será grata aos amigos um dia, Sra. Cooper. E amigos de verdade não faltam mesmo depois de sua morte.

O telefone tocou perto da meia-noite, acordando Jenny com um susto quando mal acabara de pegar no sono. Telefonemas inesperados sempre faziam-na pensar que algo terrível podia ter acontecido com Ross. Ele mal falara algo além de resmungar na última sexta-feira, durante a conversa que tinham duas vezes por semana, e isso fez com que ela se sentisse vazia e rejeitada. Ela segurava no corrimão enquanto descia as escadas, lutando contra os efeitos de meia garrafa de vinho tinto e um comprimido para dormir. Entrou no escritório, quase sem conseguir focar, e pegou o fone.

— Alô?

— Aqui é Alison, Sra. Cooper. Não sabia se devia incomodá-la...

— O que foi?

— Passei quase toda a noite com a Sra. Marshall, conversando. Ela ainda está muito abalada, é claro... Eu mencionei os comprimidos, mas ela não sabia nada sobre eles. Fiz uma pesquisa e descobri que são remédios que não podem ser misturados com álcool, mas Harry ainda estava tomando seu gim com tônica toda noite. Achamos que ele nem havia comprado os remédios.

— Ela não encontrou nenhum vidro de remédio em suas roupas ou em outro lugar?

— Não. Nada, apenas as estatinas. Ele as guardava em uma gaveta na cozinha.

— Você mencionou a ligação que ele fez para você na noite em que morreu?

— Não quis mencionar.

— Mais alguma coisa?

— Não. Como eu, ela notou que ele estava aborrecido, mas não conversava com ela sobre seu trabalho. Ela disse que isso a deprimia.

Não é de se estranhar que Harry gostasse tanto de seu gim. Sozinho o dia todo com os mortos e ninguém com quem descarregar durante as noites.

— Certo. Obrigada.

— Então, o que a senhora acha? — Alison parecia bem esperançosa de que Jenny dissesse que aquilo acabaria ali, que a morte de Harry havia sido trágica, mas claramente natural.

Jenny disse:

— Vou pensar nisso. Boa noite, Alison.

Ela desligou o telefone e despencou em uma cadeira. A sala girava lentamente. Em meio à confusão mental, tentava imaginar o que essa informação significava. Ou Harry havia tomado tanto gim junto com antidepressivos que acidentalmente acabou com uma trombose, ou ele havia tomado todos os comprimidos, jogado os frascos no vaso sanitário, pegado o telefone e ligado para se despedir de Alison, talvez até fazer uma declaração de amor, e perdido a coragem no último minuto. Enquanto os comprimidos começavam a fazer efeito em seu corpo, ele subiu as escadas, vestiu o pijama, desejou uma boa noite para a esposa e deitou calmamente para morrer.

TREZE

DEPOIS DE SETE BOAS HORAS DE SONO, Jenny decidiu enfrentar o mundo com um único comprimido, partido ao meio. Metade com o café da manhã e outra guardada para o almoço. Ela pensou em deixar o resto em casa, mas ainda não estava pronta para abandonar seu porto seguro. Em vez de deixá-los, guardou-os no compartimento mais escondido de sua bolsa, dificultando o acesso a eles.

Sua primeira parada foi no escritório do Grupo de Apoio a Jovens Infratores de Severn Vale, um edifício sombrio da década de 1970 que ficava no meio de uma série de lojas de conveniência, manicures e lanchonetes, a poucos metros do conjunto habitacional de Broadlands. Ninguém atendeu a campainha quando ela chegou, às 9 horas, e já havia tomado duas xícaras de café morno em uma espelunca do outro lado da rua quando avistou uma figura desengonçada, parecida com Justin, abrindo a porta da frente meia hora depois.

Ele demorou um bom tempo para atender o interfone, precisando de um total de quatro tentativas.

— Quem é?

— Jenny Cooper, investigadora forense do distrito de Severn Vale. Tenho mais algumas perguntas para lhe fazer, Sr. Bennett.

— Certo... Estou esperando um cliente.

— Tenho certeza que ele pode esperar.

— Não podemos marcar um outro horário mais conveniente? Jenny perdeu a paciência.

— Estou conduzindo um importante inquérito, Sr. Bennett. O senhor tem obrigação legal de colaborar. Por favor, deixe-me entrar.

Houve uma breve pausa. Ele abriu a porta.

O escritório de Justin era como ela imaginava. Minúsculo, desorganizado, escondido no fim do corredor do primeiro andar. Ele estava sentado à sua mesa, apreensivo, usando jeans e uma camiseta da Lil' Kim, tentando parecer ocupado, juntando papéis manchados de café em uma pilha.

— Como posso ajudá-la?

— Estou tentando descobrir onde e com quem Katy Taylor estava nos dias que antecederam sua morte.

— Não tenho ideia. Só a vi uma vez depois que saiu do Centro Portshead, na quarta-feira... além de ter passado por ela no corredor na sexta.

— Quando ela ia à aula de Recuperação do Vício?

— Isso mesmo.

— Neste prédio?

— No andar de cima. Temos uma sala de reunião.

— Sei. — Jenny tirou um bloco de notas da pasta e abriu em uma página em branco. Notou que Justin estava olhando para o bloco, desconfiado. — Você disse, em depoimento, que vocês conversaram sobre os termos do contrato dela naquela quarta-feira. Falaram também sobre o tempo que ela passou no Centro Portshead?

— Devo ter perguntado como ela lidou com aquela experiência. Não me lembro da conversa exata.

Ela fez uma anotação.

— Ela disse que usou drogas (maconha e cocaína) durante todo o período? Parece que havia um bom suprimento.

ATESTADO DE ÓBITO

— Não. Ela não mencionou isso. — Cruzou e descruzou os braços, com problemas para encontrar uma posição confortável.

— Ela esteve aqui antes do Natal, não esteve? Para um curso de consciência contra as drogas? Ela estava em liberdade assistida na época por posse de haxixe com intenção de tráfico.

— Acredito que sim.

— Tinha algum contato com ela nesse período?

— Não diretamente. Sabia quem ela era... seu nome era citado nas reuniões do grupo, só isso.

— Foi discutida a possibilidade de Katy estar se prostituindo?

— Acho que sim.

Jenny fez uma anotação e olhou para ele.

— Posso ver o arquivo dela, por favor? Gostaria de levá-lo comigo.

— O quê? Agora?

— Considerando que ela está morta, não acho que você precisará mais dele.

— Preciso pedir autorização. Meu chefe está para chegar.

— A única autorização de que precisa é a minha, Sr. Bennett. O arquivo, por favor.

Justin se levantou, hesitante, de sua cadeira e foi até um gaveteiro. Jenny manteve os olhos nele, verificando se não tentaria subtrair algum documento. Ele tirou uma pasta-arquivo e colocou-a sobre a mesa. Ela a abriu e tirou o punhado de papéis, não mais de vinte folhas avulsas. Todas eram formulários de múltipla escolha, além de um relatório digitado, escrito antes da sentença de Katy. Ela deu uma olhada e viu que não havia nada que ainda não soubesse.

— Você não escreve nenhuma observação pessoal?

— Normalmente, não.

— Por quê?

Ele deu de ombros.

— Apenas não é assim que costumamos fazer.

Jenny olhou para os formulários. Eram todos planejados para assegurar que os critérios fossem respeitados, as reuniões, frequentadas, e as medidas apropriadas, tomadas. Frequentemente, referia-se ao jovem infrator como "cliente". Às vezes encontravam-se notas escritas, mas a ênfase era para que se mantivesse tudo o mais impessoal possível. Essas formalidades desalmadas e burocráticas diziam que a instituição estava mais preocupada em proteger a si mesma e seus funcionários do que seus clientes. Um dos documentos era o contrato de Katy com o Grupo de Apoio a Jovens Infratores, no qual ela prometia respeitar seu toque de recolher, ir à escola, chegar pontualmente nas reuniões e frequentar as aulas de Recuperação do Vício. Havia também uma cláusula sobre entender suas responsabilidades com a sociedade, respeitar as pessoas e as leis. Belas palavras.

Jenny enfiou os papéis de volta na pasta.

— Tem alguma ideia de quem eram suas companhias quando ela saiu do Centro?

— Não.

— Não falou com ela sobre isso? Você deve ter muito conhecimento local.

— Como tentei explicar para a senhora no tribunal, meu trabalho é ganhar a confiança do jovem, e não agir como uma figura autoritária.

— E como ganha essa confiança?

Sua pergunta pegou Justin desprevenido. Ele gaguejou:

— Tento fazer com que eles me vejam como alguém com quem possam falar... honestamente.

— Mas não faz perguntas?

— Conquistar a confiança é um processo.

Jenny quis dizer "e enquanto isso ela está nas ruas, sendo morta".

— Diga-me quem você acha que eram as companhias de Katy.

— Não poderia dizer. Eu não sei.

ATESTADO DE ÓBITO

Ela estava perdendo a paciência. Mesmo como advogada a vários passos de distância dos serviços de rua, ela tinha de conhecer personalidades e reputações. Justin era parte da vizinhança, o que ele fazia todos os dias era encontrar os criminosos adolescentes mais persistentes das redondezas.

Ela o fixou com o olhar.

— Por que está mentindo para mim, Justin?

Suas bochechas coraram e seu pomo de adão levantou e afundou em sua garganta.

— Não estou. Não sei quem eram seus amigos... Ela não se abria muito comigo.

— Sério? — Jenny manteve o olhar sobre ele. — Ela andava com Danny Wills, não é? Quando eram mais novos, estudaram na mesma escola, frequentaram a mesma aula de consciência contra as drogas aqui, em dezembro, e encontraram-se novamente no Centro Portshead. Ele morreu quando ela ainda estava lá.

— Ela não o mencionou.

— Ele foi um de seus "clientes" também, não foi?

— Sim...

— Não pensou em dizer que sua morte fora uma pena? Se ela o havia visto em Portshead? Se estava triste?

— Não falamos sobre ele.

Jenny o fez suar por um momento. Não sabia o que pensar dele. Era um mentiroso ou apenas um burocrata nato, com habilidade na arte da autopreservação?

— A que horas reuniu-se com Katy na quarta-feira?

— No fim do dia. Por volta das 17 horas, eu acho.

— Isso explica muita coisa — disse Jenny, e então deixou que ele tirasse as próprias conclusões. Ela fechou o bloco de notas e abriu sua maleta. — Vou levar o arquivo de Danny também.

* * *

Ela olhou o arquivo ainda sentada no carro, que estava estacionado em frente a uma agência de apostas onde idosos brancos e jovens caribenhos desempregados pareciam estar forjando um vínculo improvável. Um aglomerado permanente ficava do lado de fora fumando cigarros, encontrando motivos de sobra para fazer piadas. O arquivo não era muito feliz. Era mais grosso que o de Katy, mas tão impessoal quanto o dela. Quase não havia pistas de quem era Danny Wills, além da lista de contravenções que ele havia cometido. Lendo aquelas páginas, ninguém poderia obter nenhuma ideia sobre o que se passava na mente de um adolescente infeliz que cresceu sem um pai ou qualquer tipo de segurança. A boa notícia para Justin Bennet e seus chefes era que o formulário que dizia "Comportamento Reincidente" não voltaria a ser marcado. Não havia campo para registrar uma morte. Se eles fossem hábeis o suficiente, Danny até poderia entrar para as estatísticas anuais como um caso de sucesso.

O que mais a perturbava era a falta de informações pessoais: interesses, amigos, habilidades dos adolescentes. Era como se Harry Marshall tivesse sido o único funcionário público a fazer uma tentativa genuína de entendê-lo, quando fez seu relatório pré-inquérito. O que ela havia descoberto essa manhã deixou-a com raiva. Sem pensar, Jenny pegou o meio comprimido que estava guardando para mais tarde e o tomou. Engolido com um gole de Coca-Cola Diet, fez com que se sentisse um pouco melhor, mas não muito.

Ela observava os homens do lado de fora da agência de apostas, ralé feliz, todos fumando, amigos reunidos. Ocorreu-lhe como deve ser rápido fazer amizades na prisão. Adolescentes assustados como Katy ou Danny não devem ter evitado um rosto familiar no refeitório. Devem ter conversado.

ATESTADO DE ÓBITO

Abriu seu bloco de anotações, encontrou a página onde havia começado a esboçar uma cronologia e circulou as datas significativas:

14 de abril — *Danny é encontrado morto*
17 de abril — *Katy é liberada de Portshead*
22 de abril — *Katy desaparece*
27 de abril — *São receitados antidepressivos a Marshall*
30 de abril — *Corpo de Katy é encontrado*
  Inquérito de Danny é aberto
1º de maio — *É dado veredito de suicídio*
2 de maio — *Marshall assina atestado de óbito de Katy*
3/4 de maio — *Marshall morre*

Ela olhou para a lista, tentando encaixar Marshall na equação. Simone Wills dissera que seu humor havia mudado cerca de três dias antes do inquérito, mais ou menos na mesma época que ele foi ao consultório do médico. Alison comentara que ele estivera aborrecido um pouco antes disso, provavelmente devido aos altos e baixos dos sintomas; mas poderia um acontecimento ter despertado sua decisão de começar a tomar remédios? Katy Taylor estava desaparecida na época (morta, na verdade), mas, até onde Jenny sabia, seu nome era desconhecido para Marshall antes de 30 de abril, quando seu corpo foi descoberto.

Ela tentou usar um dos truques dos advogados, que consistia em olhar para os fatos a partir de todos os ângulos, levantando hipóteses. Uma delas saltou aos seus olhos: *E se* Marshall tivesse descoberto uma conexão entre Danny e Katy entre os dias 22 e 27? *E se* ele soubesse, ou suspeitasse, que ela estava morta? Se ele tivesse estabelecido uma ligação, se fosse algo devastador que ele simplesmente não conseguia enfrentar, explicaria tanto a superficialidade de seu inquérito sobre a morte de Danny quanto a

M.R. HALL

evasiva em abrir um inquérito no caso de Katy. E tinha também Tara Collins. Ela não havia desistido de investigar nenhum deles e agora estava enfrentando falsas acusações criminais. Tinha de haver um fator comum.

Simone Wills tinha um menino de 2 anos no colo e a irmã de 3 anos dele aos pés. Estava parada na porta, com os cabelos despenteados, vestindo a camiseta larga e as calças de moletom que usara para dormir. Todos os três pareciam precisar de um banho.

— Tem um momento, Sra. Wills?

Simone suspirou e afastou a menina de 3 anos, que estava puxando sua perna.

— Se não se importar com a bagunça.

— Só vou incomodá-la por cinco minutos.

Resignada, Simone seguiu pelo corredor cheio de brinquedos e roupas de crianças e levou Jenny até a sala. O ambiente não via limpeza há algum tempo; havia pratos sujos e pacotes de batata frita no sofá e nas poltronas. Ela deixou o menino mais novo em um cercadinho e abriu espaço no sofá. O garoto gritava e balançava as barras enquanto sua irmã, do lado de fora, o cutucava com uma espada de plástico.

— Ignore-os. Vão ficar gritando de qualquer jeito.

— A senhora é muito ocupada.

— Nem me fale. Agora estou sozinha também. — Ela tirou um maço de cigarros baratos do bolso. — Ali se foi. — Pegou um cigarro e acendeu.

— Ah. Sinto muito.

— Eu não. Ele não era bom com as crianças. Na terra dele, se as crianças fazem barulho, os pais lhes tiram o couro. Eu disse que se ele tentasse fazer isso com um dos meus, seria preso por maltrato infantil. Ele me chamou de prostituta branca. — Ela deu uma tragada e segurou a fumaça por um bom tempo. Quando soltou,

ATESTADO DE ÓBITO

estava quase clara, filtrada por seus pulmões. — Ele é egípcio. Nunca mais vou sair com um tipo assim. Prefiro ter um jamaicano.

Jenny fez um gesto com a cabeça por empatia, observando os novos alto-falantes para iPod de Ali em cima da TV.

Simone sorriu e tossiu.

— Ele esqueceu de levá-los. E pode esquecer, foi o meu dinheiro que pagou.

Jenny disse:

— Prometi à senhora na semana passada que leria o arquivo de Danny. Eu li, e tenho algumas perguntas. Alguma vez ele mencionou uma menina chamada Katy Taylor? Talvez você tenha lido sobre ela. Esteve em Portshead na mesma época que ele. Ela morreu uma semana depois de sair de lá.

A expressão de Simone ficou séria.

— Eu conhecia Katy. Ela estudava na Escola Fundamental de Oakdene com ele. A família morava aqui, mas depois se mudou. Ela perdeu o rumo, não foi?

— Ela tinha alguns problemas. O que a senhora sabe sobre a menina?

— Danny nunca falou dela, mas eu a vi aqui pela região algumas vezes.

— Com quem?

— Não sei direito. Com um bando de meninas, uma vez. Não lembro quem eram.

— Hayley Johnson?

Simone parecia indiferente.

— Nunca ouvi falar.

— Qual foi a última vez que viu Katy?

— Não a vi desde que saiu... Janeiro, fevereiro?

Não era muito, mas já era alguma coisa. Katy estivera novamente circulando pelo local que frequentara durante a escola fundamental, provavelmente na companhia de antigos colegas de classe. Jenny poderia colocar Alison ou seus amigos da polícia para tentar descobrir quem eram.

— A outra pergunta é sobre o Sr. Marshall. A senhora disse que ele mudou antes do inquérito, parou de falar com a senhora.

Simone deu uma tragada curta e irritada no cigarro.

— Isso mesmo. — As crianças estavam gritando cada vez mais alto, querendo atenção. Ela gritou para o mais novo: — Cale a boca, Sam.

Ele nem olhou. Os dedos da garotinha estavam do lado de dentro das barras e ele tentava mordê-los.

Jenny esperou por uma pausa na gritaria.

— Qual foi a última conversa que teve com ele?

— Meu Deus, que barulho! — Simone colocou as mãos sobre as orelhas, tentando pensar. — Pelo telefone... na sexta-feira.

— Consegue se lembrar sobre o que foi?

— Nossa assistente social, Ruth Turner, queria falar com ele. Ela havia tentado ligar, mas ele não tinha retornado a ligação.

— Quem é ela?

— Ela examinava as crianças e tal. Nunca teve muito contato com Danny, e sim com os mais novos, mas foi ela que quis que ele se consultasse com um psiquiatra.

— Quando?

— Antes de ir para Portshead.

— O que Marshall disse?

— Que ele telefonaria para ela. Mas eu não acho que o tenha feito.

Simone encontrou uma lata de refrigerante vazia no chão e usou como cinzeiro.

— Tem o número dela?

— Em algum lugar...

— Eu descubro. Ela trabalha fora do centro de família?

— Sim. — Ela berrou com o garotinho. — Sam, se você não parar de chorar, trago Ali de volta.

ATESTADO DE ÓBITO

Ele parou de gritar e soltou os dedos da irmã.

— Obrigada, Simone. Vou deixá-la em paz.

Jenny levantou-se do sofá, o tapete esfarrapado grudando na sola de seus sapatos.

Simone disse:

— Ah, tem algo que me esqueci de contar da última vez, sobre o que aconteceu antes do inquérito.

Jenny parou na porta.

— É?

— Sabe que a imprensa descobriu sobre a minha ficha e tal? Também descobriram que estes dois foram levados sob tutela quando eram bebês.

— Podem ter descoberto isso com algum de seus bem-intencionados vizinhos.

— Talvez. Mas no domingo, um dia antes do inquérito, os policiais vieram e viraram a casa de cabeça para baixo. Disseram que meu filho de 12 anos, Scott, havia sido visto traficando.

— Eles encontraram algo?

— De jeito nenhum. Ele não é como o irmão. Vai para a escola e tudo. O garoto estava morrendo de medo... — ficaram com ele na delegacia por três horas.

— Teve sorte de Ali não ter um estoque guardado em casa.

— Ele tinha. Adivinha quem teve de andar por aí com um pacote de 55g enfiado naquele lugar metade do dia? Um jamaicano teria engolido tudo e ninguém nunca saberia a diferença. Eles podem até transformar uma batida policial em uma festa, esses rapazes.

Jenny sorriu.

— Achei que tivesse dito que o pai de Danny era de Trinidad e Tobago?

— Trinitários são diferentes. Eles são do mal.

* * *

Deve ter levado uma dúzia de tentativas para rastrear o número de telefone de Ruth Turner pelo quadro de ligações da prefeitura, mas finalmente uma mulher com voz angustiada atendeu o celular, com muito barulho de trânsito ao fundo.

Jenny, sentada em seu carro ainda na frente da casa de Simone, disse:

— É Ruth Turner quem está falando?

— Quem é?

— Jenny Cooper. Investigadora forense do distrito de Severn Vale.

— *Quem?*

Jenny, falando mais alto, disse seu nome novamente.

— Ah. Certo. — Ela se acalmou. — Como posso ajudá-la?

— Gostaria de falar com você, esta manhã se possível.

— Bem... Estou fora do escritório, entre dois compromissos.

— Posso encontrá-la em algum lugar. Onde quiser. É urgente.

Ruth Turner demorou um momento para responder, e então disse:

— Vou passar por Clifton em meia hora. Conhece um lugar chamado Dino's?

— Eu encontro.

A assistente social demorou quase uma hora para chegar no pequeno café italiano, deixando Jenny com Dino, que ficava tentando oferecer-lhe o cardápio do almoço, fitando-a por cima do bigode com um olhar que dizia que podia preparar algo extraespecial para ela.

Quarenta e dois anos era uma idade interessante. Se estivesse arrumada, ainda podia ser a fantasia de um jovem, mas também os mais velhos tentavam a sorte, aqueles com barrigas grandes e pelos no rosto. Ela pensou em Steve pela primeira vez desde o fim de semana. Havia sido bom ter alguém sólido ao seu lado na casa

ATESTADO DE ÓBITO

de David. "Sólido". A palavra havia surgido em sua cabeça, mas não parecia se encaixar. Steve optara por uma vida alternativa e estava desperdiçando seus talentos saindo por aí em busca de trabalhos de jardinagem. Isso não era sólido. Ainda assim, era bom saber que um homem mais jovem e bonito estava atraído por ela. Ela imaginava o que teria acontecido se ele a tivesse tocado quando estava deitado na grama.

— Sra. Cooper?

Jenny acordou de seu devaneio e viu uma mulher que aparentava ter a sua idade, bem acima do peso e com visual ultrapassado. Mechas tingidas de castanho por todo lado, sem maquiagem.

— Oi, Ruth. — Jenny apontou a cadeira à sua frente.

Ruth gritou para Dino, que estava no balcão:

— Um café com leite desnatado, Dino.

Ele assentiu levemente com a cabeça, sem retribuir seu sorriso. Ela pendurou sua bolsa enorme, que também servia como maleta, no encosto da cadeira e sentou-se, dando um suspiro dramático.

Jenny não queria ouvir sobre sua manhã ocupada, então foi direto ao assunto.

— Estou investigando a morte de Danny Wills. Acredito que você seja a assistente social da família.

— Sim, mas achei que o inquérito já estivesse terminado.

— Isso depende. Meu predecessor não estava muito bem quando o conduziu. Tenho de me certificar que ele levou em conta tudo o que deveria.

— Ele nunca atendeu meus telefonemas. Eu teria gostado de falar com ele.

— É isso o que eu gostaria de saber. O que aconteceu?

— Eu não estava com a família Wills há tanto tempo, apenas alguns meses, mas Simone me falou de Danny e seu relatório présentença, e sobre como ele estava reagindo, ficando deprimido. Bem, considerando os tempos difíceis que ele estava passando, pensei que gostaria de ser avaliado por um psiquiatra antes que o tribunal considerasse colocá-lo sob custódia. — Ela fez uma pausa e suspirou novamente. — Não sei se tem ideia de quanto tempo essas orientações demoram, Sra. Cooper...

— Trabalhei com direito da infância por 15 anos. Fui chefe da equipe de direito de North Somerset.

— Então sabe como funciona. — Pareceu aliviada. — Eu fiz uma solicitação a um de meus colegas e chamei o Grupo de Apoio a Jovens Infratores. Como é o nome dele?

— Justin Bennett.

— Sim. — Ela olhou Jenny como se dissesse: *esse mesmo.* — Ele falou que veria o que podia fazer, mas nada aconteceu. Duas semanas se passaram e de repente Simone me liga em pânico, dizendo que tinham acabado de levá-lo preso e que ela tinha medo de que ele machucasse a si mesmo.

Uma garçonete jovem e desajeitada chegou com o café de Ruth. Dino estava ocupado cumprimentando um bonito casal de 20 e poucos anos que havia acabado de chegar, e levando-os até uma mesa. Ela deu um gole e limpou a espuma dos lábios com as costas da mão.

— Eu estava superocupada naquele dia, tinha uma audiência de custódia, mas liguei algumas vezes para a recepção do Centro Portshead e finalmente consegui falar com alguém. Na verdade, acho que era uma enfermeira.

— Há menção a uma enfermeira chamada Linda Raven no arquivo de Danny.

— O nome parece familiar. Ela disse que ele receberia uma avaliação psiquiátrica como parte dos procedimentos de recepção. Eu perguntei se seria feita por um psiquiatra. Ela disse que não, mas que os procedimentos eram perfeitamente apropriados. Foi tudo o que consegui saber. — Ela interrompeu, sua expressão dizia a Jenny que se sentia culpada pelo papel que exerceu na histó-

ATESTADO DE ÓBITO

ria. — Receio não ter tido tempo de ir atrás disso. Sabe como é quando se está no tribunal... Quando soube que Danny havia se enforcado, tentei ligar para o Centro Portshead novamente, mas ninguém quis falar comigo. Finalmente consegui chegar ao conselho de saúde local, de onde me disseram que naquele momento não estavam prestando serviços psiquiátricos ao centro devido a uma contenda relativa a contratos. Até onde descobri, o conselho e a companhia que administra o Centro Portshead não concordavam sobre os custos de ter um psiquiatra de plantão.

— O que acontece com um interno com problemas psiquiátricos?

— Boa pergunta. Toda a equipe médica do centro vem de uma empresa privada. Um psiquiatra deveria ser parte do pacote. Eu reclamei que todas as crianças deveriam ser atendidas por um psiquiatra na chegada, mas não é exigido.

— Danny foi colocado em uma cela de observação por vários dias, vestido com algo que meu predecessor descreveu como "uma manta de cavalos".

— Receio que seja essa a ideia que têm de cuidados psiquiátricos. Era isso o que eu queria que fosse investigado no inquérito. Queria ter dito ao Sr. Marshall que, se houvesse um psiquiatra no local, eles poderiam ter visto os sinais e feito algo. No mínimo teriam administrado alguma medicação.

— Pensou em mandar essa informação para ele por escrito? — perguntou Jenny.

— Sabe como é, estava tentando fazer cem coisas de uma vez. — Seu telefone tocou. Ela o tirou da bolsa e atendeu uma ligação sobre uma criança cujo médico achava ter sido queimada de propósito com água quente pela mãe.

Jenny terminou de tomar seu *ristretto* duplo e tentou não julgar a assistente social de forma tão dura. Pelo menos ainda estava no sistema, firme e forte. Ela não havia surtado e se escondido.

Enquanto Ruth se aprofundava em seu telefonema angustiante, Jenny rasgou o canto de uma folha de seu bloco de notas e escreveu "por favor, pode colocar por escrito tudo o que me falou e me enviar?". Ela empurrou o bilhete sobre a mesa, junto com seu cartão. Ruth fez um sinal positivo. Jenny deixou uma nota de 5 libras e saiu enquanto Dino estava ocupado anotando um pedido. Ele levantou os olhos e piscou para ela. Alto o suficiente para que ele ouvisse, Jenny disse:

— Esquisito.

Alison estava cuidando das contas, tentando separar em pilhas organizadas por mês os recibos que cobriam sua mesa. Jenny ainda não havia pisado no capacho quando ela pegou um grosso punhado de papéis e disse:

— Foram sete hoje.

Tentando equilibrar a pasta, a bolsa e um sanduíche que comprara para levar para o escritório, Jenny pegou os relatórios de óbito daquela noite e os relatórios de necropsia do dia anterior.

— Pelo menos Peterson conseguiu se organizar. Está enviando os relatórios em 24 horas.

— Muito bom para ser verdade. Não vai durar muito. — Ela esvaziou outro envelope de recibos variados, deixando Jenny ver o que ela estava tendo de aguentar.

— Agradeço por estar olhando todas essas coisas.

— Alguém precisa fazê-lo.

Jenny deu um sorriso amarelo e seguiu para sua sala.

— Não quer saber como anda o trabalho da polícia, Sra. Cooper?

Jenny parou na porta e perguntou:

— Soube de alguma coisa?

— A Delegacia de Costumes acha que podem ter encontrado algumas fotos de Katy andando pelo Conjunto Habitacional

ATESTADO DE ÓBITO

de Broadlands na segunda-feira. Não estão muito claras, então o Departamento de Investigação Criminal vai enviá-las para o laboratório.

— Sozinha ou com alguém?

— Isso é tudo o que eu sei. E nem deveria saber.

— Agradeço muito. De verdade.

Alison fez um gesto grave com a cabeça e voltou para os recibos. Jenny abriu a porta de sua sala com o ombro, pensando que estava trabalhando com sua assistente por menos de 15 dias e sabia apenas duas coisas sobre ela: era casada e havia sido apaixonada por Harry Marshall. Havia muitas perguntas que ela queria fazer, mas Alison nunca lhe dava chance. Parecia proposital e quase perverso, como se estivesse constrangida pelo que Jenny já sabia a seu respeito, mas ao mesmo tempo determinada a deixar claro que ainda estava sofrendo.

O almoço tardio de Jenny foi um comprimido e o último sanduíche ressecado da lanchonete, comido com pressa em sua sala. Passando os olhos na edição do *Post*, ela encontrou uma pequena reportagem sobre a presença de Tara Collins no tribunal. Dizia que ela fora libertada sob fiança por acusações de fraude de cartão de crédito e que deveria comparecer novamente dentro de 15 dias. Não havia menção alguma ao fato de ela ser uma repórter do jornal, ou de ter alegado inocência. Mesmo medicada, ler o jornal a deixou ansiosa. Ela não pensara muito em Tara no dia anterior, mas lá estava, preto no branco: ela podia pegar cinco anos de prisão. E por que motivo? Por investigar duas mortes suspeitas?

Empurrou a papelada para um lado e ligou o laptop. Depois de seu encontro com Ruth Turner, Jenny tinha o suficiente para dar início ao processo de condução de um segundo inquérito sobre a morte de Danny Wills. A lei era clara. Sob a seção 13 do Estatuto do Investigador Forense de 1988, o Supremo Tribunal poderia re-

M.R. HALL

vogar o veredito de um inquérito anterior e solicitar um novo se o primeiro não fosse satisfatório por insuficiência de investigação ou se novos fatos ou evidências fossem descobertos. Aquilo era o suficiente: Marshall se recusara a convocar uma testemunha que tinha provas vitais sobre a falta de cuidados psiquiátricos tanto antes quanto depois que Danny fora sentenciado. Havia dois obstáculos no caminho: o tribunal precisaria ser convencido de que o resultado seria diferente se o inquérito fosse refeito de maneira adequada e, antes mesmo de chegar ao tribunal, ela precisava da permissão da procuradora-geral para prosseguir.

Essa parte da burocracia tinha de ser negociada com cuidado. A procuradora-geral era uma política com responsabilidade especial pelos interesses públicos (leia-se *do governo*). Qualquer pedido que cheirasse a comoção, afronta ou potencial constrangimento nem chegaria a passar do funcionário que abre os envelopes. A carta de Jenny teria de ser seca como poeira e focada em uma objeção incontestável: a assistente social da família havia tentado sem sucesso obter a avaliação de um psiquiatra para um adolescente mentalmente transtornado. Ele fora enviado a uma instituição que o colocara em observação para evitar o suicídio mas que mesmo assim não providenciara um exame psiquiátrico. Se essa evidência tivesse sido ouvida, um veredito de morte causada por negligência seria altamente provável.

Ela fez um rascunho, leu e releu sua carta legalista e tentou conceber como a procuradora-geral, parte de um governo que alega colocar as crianças em primeiro lugar, poderia pensar em recusar seu pedido. Não podia. Os fatos eram muito fortes. A solicitação tinha de ser aprovada.

Na grama começavam a nascer margaridas novamente, e as ervas daninhas estavam reaparecendo entre as plantas. Passava das 20 horas e ela mal conseguia tirar a rolha da garrafa, muito menos con-

ATESTADO DE ÓBITO

templar o jardim. Como era terça-feira, esperava voltar para casa e ver que Steve estivera lá novamente. Secretamente, torcera por encontrá-lo ainda ali, para recepcioná-la com aquele sorriso.

Encheu a taça grande até a borda. Tanto, que precisou tomar um gole antes de erguer o copo até a boca. Alguns outros goles e estava quase vazia. O que importava? Ninguém estava olhando. Ela encheu novamente. Faria a segunda taça durar. O vinho era bom. Um Chianti. Por que não apreciar?

Após outro refil, ela podia estar sentada em seu próprio paraíso particular. As folhas dos freixos cintilavam, o céu estava da cor do Mediterrâneo. Quando podia se sentir tão bem consigo mesma, quem precisava da companhia?

A segunda garrafa era um tinto francês barato, com tampa de rosca. Nada mal, no entanto. Ela estava relaxada, curtindo a si mesma. Sentiu vontade de fumar um cigarro e lembrou-se de um maço de emergência que guardava na última gaveta da cozinha. Acendeu um no fogão elétrico, e voltou para fora, com uma taça na mão, sem sentir nem um pouco de frio. Sentada em seu jardim no pôr do sol, com os pés descalços na grama úmida, um riacho correndo ao lado, o que poderia ser melhor? Esqueça Steve. Se ela quisesse um homem, poderia encontrar algo muito melhor.

Ela acordou na penumbra. Sua cabeça estava doendo, e ela tremia. Olhou ao redor, desorientada, e percebeu que ainda estava no jardim, com duas garrafas vazias de vinho à sua frente. Foi para dentro. Seu telefone estava piscando no balcão da cozinha. Pegou-o e lutou para enxergar: *Chamada perdida. Ross. 20h25.* Merda. Como aquilo havia acontecido? Que horas eram? Ela olhou para o relógio: 3h50.

Quando ela deitou no travesseiro, os pássaros começaram a cantar. Milhares de pequenos desgraçados.

CATORZE

ELA CONSEGUIU CHEGAR À SUA mesa às 10 horas, abastecida com aspirina, temazepam e cafeína. Felizmente, Alison não estava no escritório para ver seu estado. Jenny ficaria brava consigo mesma se tivesse energia, mas estava destruída, cada pequeno movimento fazia sua cabeça latejar. Era uma grande e profunda ressaca que, de acordo com experiências anteriores, duraria o dia todo, e até o dia seguinte. Forçar-se a vomitar várias vezes não havia adiantado. Ela se sentia muito fraca para comer e seus pulmões estavam doloridos por causa dos dez cigarros que havia fumado. A última vez em que esteve assim foi na manhã do dia seguinte ao que deixou David. Como isso tinha acontecido?

Sobre sua mesa estava uma pilha de recibos presos por um clipe, um livro contábil em que Alison tentara registrá-los e uma folha impressa com o relatório que Ruth Turner havia enviado por e-mail, repetindo a história que contara no dia anterior. Além disso, havia um longo bilhete cheio de perguntas que precisavam ser respondidas e um formulário detalhado que devia ser submetido ao auditor da prefeitura. Ela colocou a contabilidade de lado e voltou-se para a nova pilha de relatórios que tinha apanhado na mesa de Alison. Continham a habitual seleção de casos deprimentes de hospital: uma mulher de 90 anos que se sufocara com a

ATESTADO DE ÓBITO

dentadura e um trabalhador rural de 35 que caíra em uma fossa, rachara a cabeça e se afogara.

Era tudo o que ela queria. Ler sobre uma morte no esgoto.

Tentou concentrar-se no trabalho mas, ao ler os relatórios de necropsia do Dr. Peterson, podia sentir o cheiro de sua sala de procedimentos. Lutando contra uma onda de náuseas, ela foi até a cozinha para fazer mais café. Enquanto estava apoiada no balcão, tentando calcular quantas aspirinas a mais seria seguro tomar, Alison chegou, atarefada e empolgada.

— A fita chegou do laboratório. Eles acham que conseguiram uma imagem de Katy às 23 horas do domingo, entrando em um carro azul, um Vectra.

Jenny tentou ao máximo parecer animada.

— Eles não têm certeza?

— Aparentemente, a imagem está um pouco granulada. É de uma câmera de segurança do lado de fora de um prédio.

— Alguma chance de podermos dar uma olhada?

— A informação ainda não se tornou pública. Em teoria, não sabemos de nada. A senhora pode ligar para o Swainton e perguntar como vai indo a investigação.

— Vou pensar um pouco. Não quero deixá-lo ainda mais na defensiva.

Alison, aliviada, disse:

— Tenho a sensação de que vão chegar a um resultado.

Jenny misturou uma segunda colher de café instantâneo em sua xícara.

— Pelo menos não tivemos mais dificuldades com Grantham. Não sei qual é o problema dele.

— A senhora. Ele gosta de estar no controle.

— Você fala como se tivesse ouvido alguma coisa.

Alison pegou uma caneca, não querendo ser pressionada. Jenny disse:

— O que foi?

— Nada em particular... Mas pegou mal para ele, não é? Todos sabem que ele e Harry eram próximos. Se houve algo errado no modo com que Harry conduziu o inquérito de Katy, irá refletir nele.

— Azar. — Jenny pegou o café e seguiu para sua sala.

— A senhora pegou o recado do escritório da procuradora-geral?

— Não.

— Deixei junto com as contas. Eles vão mandar alguém para conversar sobre sua carta. Agendei para o meio-dia.

A dor de cabeça ainda não havia melhorado quando Adam Crossley chegou, cinco minutos antes da hora marcada. Na verdade, todos os líquidos que tomou só fizeram com que piorasse, inchando seu cérebro. Crossley, 30 e poucos anos, ambicioso, do tipo ex-militar, estava animado e alerta, renovado depois de um voo de primeira classe à custa dos contribuintes. Para tornar o dia ainda mais alegre, ele trouxe uma jovem colega, Kathy Findlay, uma jovem ruiva, atraente e pedante, que se sentou em um canto e ficou fazendo anotações. Durante o papo furado obrigatório que costuma preceder o assunto principal, Crossley explicou que era um advogado criminalista que havia sido convidado a trabalhar por dois anos na procuradoria-geral para ajudar a coordenar um programa de mudanças radicais. Ele gastou muita conversa de administrador, falando sobre "otimização" e "concentração e foco", mas em resumo queria dizer que o departamento estava sendo colocado sob controle político. "Esqueça a lei", ele poderia ter dito, "no futuro a política virá em primeiro lugar."

Assim que mencionou "advogado criminalista", Jenny identificou o seu tipo. Não era inteligente o bastante para o direito comercial, provavelmente levava uma vida medíocre advogando e estava

ATESTADO DE ÓBITO

destinado, se tivesse sorte, a passar seus últimos anos como juiz do Tribunal da Coroa. Um advogado de baixo nível, sedento por um pouco de poder.

Delicadezas concluídas, e já presumindo poder chamá-la pelo primeiro nome, Crossley disse:

— Li sua carta, Jenny. Ela levanta alguns pontos significativos.

— Foi por isso que escrevi. — Sua ressaca a estava deixando irritadiça.

— Tem uma cópia das evidências da Sra. Turner?

Entregou a declaração que estava em sua mesa. Crossley sentou-se em silêncio por um momento, lendo-a em detalhes. Kathy Findlay bateu sua caneta no bloco de notas e olhou pela sala, com um olhar de leve repulsa.

— Muito interessante — disse Crossley. — Posso levar para acrescentar aos meus registros?

— Claro.

Ele colocou a folha em sua pasta.

— Você entende que refazer um inquérito é uma medida bem drástica. A procuradora-geral terá de ser convencida de que um veredito alternativo seria um resultado altamente provável.

— Um centro de detenção juvenil prendeu um garoto que precisava passar por um psiquiatra, conforme fora avisado pela assistente social da família, e não o submeteu a consulta alguma. Eles nem ao menos tinham acesso a um psiquiatra devido a uma disputa contratual. Para mim, isso parece uma clara falha em seu dever legal de proporcionar cuidados médicos.

— Mas como pode ter certeza de que a presença de um psiquiatra teria feito alguma diferença? O garoto ainda poderia ter se matado.

— Um psiquiatra o teria isolado ou medicado.

— Muitas pessoas diagnosticadas adequadamente como doentes, do ponto de vista médico, se matam.

Jenny sentiu um golpe.

— Estamos falando de uma prisão para crianças operando sem acesso a um psiquiatra. Isso não o preocupa?

— É certamente lamentável, mas ainda não fui totalmente convencido...

— Talvez o júri de um Tribunal de Investigação fosse.

Crossley encostou-se na cadeira e cruzou os dedos. O sorriso foi substituído por um franzir de testa.

— Era isso o que me preocupava, Jenny. Que estivesse pessoalmente envolvida no caso. Notei que tem um passado no direito de família.

Ela poderia ter pulado na mesa e acertado um soco nele.

— O que me preocupa, Sr. Crossley, é que alguém o tenha mandado aqui com medo de que eu possa constranger o governo expondo falhas graves nas prisões privadas que o sistema tanto preza.

— Devo dizer que você está dando todos os indícios de parcialidade.

— O investigador forense não é imparcial como aqueles juízes que você conhece no Tribunal da Coroa, é um detetive com um dever predominante: descobrir a causa da morte. Meu predecessor falhou em não chamar testemunhas vitais. Se você optar por não me autorizar a pedir permissão ao Supremo Tribunal para rever o caso, realmente vou constrangê-lo. Vou pedir revisão judicial e sairá na imprensa que o seu departamento tentou ficar no meu caminho.

— Está nos impondo um motivo muito infame, próximo da paranoia.

— Diga-me se estou errada.

— À luz da declaração da Sra. Turner, vejo que podemos ser favoráveis a seu pedido, mas você precisa entender que temos interesse de que qualquer inquérito siga os mais altos padrões. Você estará sob o olhar examinador do Ministério da Justiça.

— O tempo deles seria melhor gasto examinando suas prisões.

ATESTADO DE ÓBITO

— Você está realmente irritada com tudo isso, não está?

— Danny Wills era um garoto doente. Quem não se irritaria?

Crossley deu um sorriso desconfortável.

— Se realmente tem intenção de convocar esse inquérito novamente, pelo menos pode conduzi-lo em um local melhor. Ligue para o ministério, eles encontrarão um tribunal adequado para você. Não queremos que o povo pense que estamos administrando um sistema de terceiro mundo. — Ele se levantou da cadeira. — Espero que estejamos entendidos.

Alison acompanhou Crossley e sua jovem colega até a saída e recomendou um restaurante italiano onde certamente conseguiriam uma mesa para almoçar. Pela porta parcialmente aberta que dava para a recepção, Jenny podia ouvi-la chamando-o de *Sr.* Crossley e desejando-lhe uma boa viagem de volta a Londres, fazendo de tudo para reparar os danos.

Ela apareceu alguns minutos depois, com um punhado de e-mails impressos. Olhou para Jenny de um jeito agora conhecido, aquele que dizia que ela estava preocupada, mas que, na verdade, o que queria era dar sua opinião.

— Espero que lhe deixem seguir em frente, Sra. Cooper.

— Eles não têm escolha. Caso se recusem, irei direto ao Supremo Tribunal, em busca de revisão judicial.

Aquele olhar novamente.

— A senhora parece cansada.

— Se tem algo a dizer, diga logo.

— A senhora foi um pouco agressiva.

— Ele foi agressivo. Eu fui honesta.

— Essa será a única chance que lhe darão, sabe disso.

— Não consigo imaginar um caso melhor para isso, você consegue?

* * *

239

O telefone tocou quando dois carregadores estavam tentando passar com uma mesa pela porta de seu escritório. Ela estava espremida contra a estante de livros, pedindo a eles que tivessem cuidado enquanto pisavam em arquivos e tiravam pedaços de tinta das paredes. Ela apanhou o telefone antes que um deles tropeçasse no fio.

— Jenny Cooper.

— Sra. Cooper, aqui é Isabel Thomas, coordenadora da escola de Ross.

— Ah, olá.

— Infelizmente tivemos um problema. Ross está bem, mas não está em boas condições.

— Ah... — Seu coração estava saindo pela boca. — O que aconteceu?

— Não sabemos muito bem. Um funcionário o encontrou na hora do almoço. Ele está intoxicado.

— Bêbado?

— Não. Acho que é algum tipo de droga. Como a senhora sabe, a política da escola é informar à polícia...

— Por favor, não faça isso. Foi uma situação atípica.

— Vou deixar passar desta vez, mas tenho a impressão de que vem acontecendo há algum tempo.

— Ninguém me disse nada.

— É apenas uma impressão, só isso... Estou com ele aqui em minha sala. Tentei entrar em contato com seu marido...

— *Não*. Estou a caminho.

QUINZE

ELA NÃO DEIXOU DE PERCEBER a ironia quando engoliu outro comprimido antes de entrar no prédio. Escolas a intimidavam, na melhor das hipóteses: a sensação de estar sendo julgada enchia a atmosfera desses locais. Seus passos reverberavam pelos corredores imundos. O ar era parado, pesado e tinha um leve cheiro de água sanitária e da lasanha que evidentemente fora servida no almoço. Ela passou por algumas salas de aula, umas organizadas, outras beirando o tumulto, onde professores imploravam para crianças indisciplinadas ficarem quietas. Aquilo trouxe de volta lembranças de seus dias de escola em um colégio para patricinhas: sempre no limite, sempre esperando pela severa repreensão ou pela dolorosa zombaria. Parecia uma prisão. Ela esperava que a experiência de Ross envolvesse menos pressão, mas podia sentir a tensão no ar. Diferente, mas não menos intimidante.

Isabel Thomas, uma mulher com 30 e tantos anos, enérgica e impessoal, estava andando pelo corredor, do lado de fora de sua sala, falando ao telefone. Quando Jenny se aproximou, ela desligou e olhou para o relógio, como se dissesse "por que demorou tanto"?

— Sra. Thomas?

— Ele está aqui dentro, mas antes queria uma palavrinha com a senhora. — Conduziu-a alguns metros adiante no corredor, onde não pudessem ser ouvidas. — Ross não disse nada, mas tenho quase certeza de que ele está fumando maconha. Outro funcionário da escola encontrou algumas pontas de baseado, e ele tinha papel e tabaco nos bolsos.

Jenny sentiu uma onda de alívio.

Pelo menos não foi nada pior.

— Alguns de seus professores notaram que ele tem estado um pouco distraído nas aulas recentemente. Vi nos registros que ele faltou muito este ano.

— Verdade? Não tinha ideia.

— Então ele não tem ficado em casa?

— Acho que não... Na verdade, ele mora com o pai na maior parte do tempo.

— Vocês se separaram no começo do ano, não foi? Muitas vezes, é um período de crise para os adolescentes.

— Vamos cuidar disso. Tenho certeza de que é apenas uma fase.

— Recomendo que procurem ajuda profissional para ele, se puderem. Normalmente esse tipo de coisa resulta em expulsão imediata.

— Não pode fazer isso. Nem sabemos ainda o que aconteceu.

— Tive que contar para a diretora. A decisão é dela, mas no caso de Ross acho que ela pode ser persuasível.

— E como ele fica?

— Ela vai ligar para a senhora, mas pode-se presumir que ele esteja suspenso até segunda ordem.

— Ele ainda tem provas para fazer.

— Ele terá permissão para fazê-las, mas não para continuar nas dependências da escola.

— Isso é um exagero.

— Sinto muito por ter sido o seu filho, Sra. Cooper, mas poderia ter acontecido com qualquer um. — Ela fez um olhar de falsa simpatia. — É melhor levá-lo agora.

* * *

ATESTADO DE ÓBITO

Ross estava encostado no banco de passageiros, os olhos semifechados, enquanto Jenny ia para o banco do motorista. Parecia em paz, nem um pouco agitado pelos acontecimentos da tarde. Ela olhou para ele: estava totalmente chapado, provavelmente se sentindo nas nuvens.

— Aonde quer ir? Para a casa do seu pai ou a minha?

— Tanto faz. Você decide. — As palavras escaparam de sua boca.

Ela considerou as alternativas. O que quer que escolhesse, o dia terminaria em uma briga feia com David a culpando por estragar a vida de seu único filho. Fazia sentido levar Ross de volta para sua própria casa, onde ele poderia dormir até o efeito da droga passar, mas isso seria um recado para seu pai dizendo que ela não podia aguentar. E se fosse para haver um confronto, preferia que fosse em seu próprio território, sem Deborah na plateia.

Ross cochilou enquanto ela dirigia para fora da cidade e pegava a estrada a caminho da ponte Severn. Ligou para Alison, disse que seu filho estava doente e que ela não poderia voltar ao escritório até o dia seguinte. Mais do que feliz por ter se provado indispensável, Alison prometeu cuidar de tudo e enviar por fax qualquer documento de caráter urgente. Quando chegaram a Chepstow, Ross já dormia um sono profundo. Quando eles pararam em Melin Bach, Jenny tentou acordá-lo, mas ele não se mexeu. Então ela estacionou mais perto da entrada, e deixou-o no carro.

Eram quase 18 horas quando ele acordou do torpor e cambaleou para fora do carro. Jenny veio da cozinha com a segunda jarra de café e o viu se apoiando no capô, tonto, tentando descobrir onde estava.

— Como está se sentindo?

Ele coçou a cabeça.

— Enjoado.

— Venha se sentar. Vou pegar uma xícara.

Ele se inclinou sobre a mesa, esfregando os olhos, evitando o olhar da mãe. Ela entrou na cozinha para pegar uma caneca e alguns biscoitos. Saindo de uma viagem tão grande, ele estaria faminto.

Ela o deixou se sentar em paz, enquanto puxava ervas daninhas perto das plantas e arrancava os botões mortos de rosas semisselvagens. Queria que ele soubesse que não estava sendo julgado, que ela não era um monstro como seu pai. Nenhum dos dois disse uma palavra durante mais de dez minutos, mas ela podia senti-lo saindo gradualmente da vala profunda em que havia acordado. Ela nunca diria isso, mas acreditava que entendia o seu estado melhor do que ele. Como Jenny, Ross era sensível e introvertido. Caso se sentisse atacado, revidaria e diria coisas que não queria. Caso se sentisse aceito, se abriria e a deixaria entrar.

Ele foi o primeiro a quebrar o silêncio com um "Sinto muito" resmungado.

Jenny se levantou e virou-se para ele com um sorriso.

— Está tudo bem. — Ela deu a volta na mesa, limpando as mãos sujas no jeans que havia vestido enquanto ele dormia. — Está se sentindo um pouco melhor?

Ele fez que sim com a cabeça. No rosto, uma expressão cansada.

— O que achou deste lugar?

Ele olhou para cima e observou em volta, apertando os olhos contra a luz clara do início da noite.

— Diferente.

— Gostou?

— Gostei. É legal.

Eles se sentaram em silêncio por mais um momento, e então Jenny pegou em sua mão.

— Não está se sentindo mal?

— Estou bem. — Ele puxou a mão. — Você falou com o papai?

ATESTADO DE ÓBITO

— Deixei uma mensagem para ele.

— Ele sabe?

— A Sra. Thomas ligou para a secretária dele primeiro. Eu disse que você estava comigo e que ligaríamos para ele mais tarde.

— Merda... Estou suspenso?

— Enquanto a diretora decide o que fazer, mas você pode fazer as provas. A Sra. Thomas acha que podemos convencê-la a deixá-lo ficar, se você quiser.

— Não sei o que quero.

Jenny disse:

— Não vou passar um sermão contra as drogas, depois de todas as decisões legais que tomei no decorrer dos anos, mas se você pudesse me dizer o que está acontecendo...

Ela esperou enquanto ele olhava para a xícara de café vazia.

— Fumei um pouco de erva, só isso.

— Onde você arranjou?

Ele deu de ombros.

— Com um colega. O que importa?

— Por algum motivo em particular?

Ele pensou por um momento, e então balançou a cabeça.

— Isso teve algo a ver com o fim de semana? Você sabe que eu sinto muito por aquilo.

— Eu não sei... Não sei por que fumei. Apenas senti vontade.

Ela acreditou nele. Mas também acreditou que ele quis escapar do inferno de ter o pai pressionando-o para se tornar algo que ele não era.

— Você não tem de fazer o que seu pai diz. Foi fácil para ele porque sempre quis ser médico. Algumas pessoas levam mais tempo para decidir.

Ross, em silêncio, pegava migalhas de biscoito do prato.

— Até onde eu sei, você pode decidir ser o que quiser, quando quiser.

M.R. HALL

— Posso abandonar os estudos?

— Dentro do razoável. — Ela arriscou um sorriso, mas não recebeu outro de volta. — Olha, aquilo que eu disse sobre você morar aqui... Acho que seria divertido se viesse para cá no verão. Poderia pensar nas coisas sem nenhuma pressão.

— Você não gosta muito da Deborah, não é?

— Não tem nada a ver com ela. É que até agora eu não tinha uma casa adequada.

— O papai também não falou nada daquele cara que você levou lá em casa.

— Steve é apenas um amigo. Ele cuida do jardim.

Ross olhou para a grama alta.

— Sei.

— É verdade.

— Eu não ligo. Pelo menos ele não tem metade de sua idade.

— Se eu estivesse em um relacionamento com alguém, acredite, você seria o primeiro a saber.

— Bem, se você arranjar um namorado, tente manter a parte física fora da minha vista. É nojento ver um cara de 50 anos apalpando...

— Certo. Posso imaginar. — Ela tentou apagar aquilo de sua mente. — Sei que essa história minha e de seu pai é complicada, mas você entende que eu sempre quis ficar com você, não é?

Ross olhou para a mesa. Ela sentiu a onda de emoção que o atingiu.

— É.

Eles ficaram em silêncio, e Jenny de repente se sentiu muito culpada, furiosa consigo mesma por ter entrado em colapso naquela época. Dois anos mais e ele teria ido para a faculdade, pronto para seguir seu caminho por conta própria. Depois de um tempo, ela disse:

— Então você vem no fim do semestre?

ATESTADO DE ÓBITO

— Se você quiser.

— E vai me prometer que não vai mais fumar aquilo?

— Pensei que não ia me passar sermão.

— Eu não seria uma boa mãe se não estivesse preocupada.

— Agora é um pouco tarde para isso. Já estou estragado, né?

Ela olhou para ele, magoada, tentando descobrir se aquilo era genuíno ou da boca para fora e se perguntando se havia algo que pudesse fazer para melhorar as coisas.

A atenção de ambos foi chamada pelo som de um motor poderoso subindo a rua. A BMW série 7 de David parou atrás do Golf de Jenny. Ross se encolheu quando ele saiu do carro e bateu a porta.

— Eu falo com ele.

David andou pela grama, ainda vestindo calça social, camisa e gravata. Jenny levantou-se para enfrentá-lo. Era o momento que vinha temendo o dia todo. Ela havia preparado meia dúzia de bons argumentos para segurá-lo, mas não conseguia se lembrar de nenhum.

— Não fique bravo, David, estamos resolvendo.

Ele parou ao lado da mesa, seu rosto alternando entre diferentes emoções até que se deteve em uma racionalidade contraída.

— Não tenho nenhuma intenção de ficar bravo. Se as coisas precisam ser conversadas, sempre acreditei em fazer isso de modo racional. — Ele olhou para Ross, avaliando-o como um paciente. — Imagino que esteja se sentindo um pouco mal?

— Não está tão ruim.

Ele foi na direção de uma cadeira.

— Posso?

— Por favor.

David sentou-se ao lado de Ross e de frente para Jenny. O sorriso afável que ele fingia era irritante.

— É um belo lugar este que você tem. Com certeza é tranquilo.

247

Jenny arrependeu-se de ter tomado tanto café. Seus nervos pareciam estar à flor da pele.

— Estava dizendo para Ross que ele iria gostar de passar um tempo aqui no verão.

— Por que não? Pode fazer bem a ele sair da cidade.

Ross olhava para a mesa.

David olhava para ele, reconhecendo sinais familiares.

— Não vamos esclarecer isso se não falar conosco, amigão.

Jenny disse:

— Acho que devemos dar a ele um pouco de tempo.

Ross deu um pulo e jogou a cadeira no chão.

— Por que vocês sempre falam de mim desse jeito? Não sou uma criança, porra.

Ele atravessou o gramado pisando duro, sentou-se no banco de trás do carro de David e bateu a porta.

David disse:

— Era tudo o que eu precisava. Seis horas seguidas na sala de cirurgia e recebo um telefonema dizendo que meu filho é viciado em drogas.

— Ele fumou um baseado. Não é o fim do mundo.

— Poderia ser o fim de sua educação.

— Não seja tão melodramático.

— O que você sugere que façamos? Nada? Ele não é o único garoto do mundo com pais divorciados.

— Ele é sensível.

— Não me diga.

— Por que ele não fica aqui por alguns dias?

— Enquanto você está fora, trabalhando.

— Você sai para o trabalho também.

— Deborah pode tirar uns dias de folga. — Ele se levantou. — Ela é bastante sensata.

Jenny, ferida, disse:

ATESTADO DE ÓBITO

— Espero que sim. Se nosso filho for parecido com o pai...
— Não seja tão infantil.

Jenny ficou parada perto do riacho e ouviu o carro de David descendo a colina, sentindo sua fúria em cada alto e baixo do motor, imaginando Ross no banco de trás, inerte, olhando pela janela. Sentindo-se aprisionado mas muito assustado para enfrentar o pai, preferindo esquecer o que aconteceu em vez de desafiá-lo. Foi exatamente como ela se sentiu quando começou a perder o controle. David a havia tratado como um de seus pacientes mais neuróticos. Quando ela surtava ou tentava descrever as sensações aterrorizantes que pareciam surgir do nada, ele a via como um conjunto de sintomas a serem reprimidos. Nunca perguntou sobre seus pensamentos mais profundos, ou se ela era atormentada pelo passado. Ele parecia ser capaz apenas de ver a vida como uma série de linhas retas. Qualquer desvio deveria suprimido.

Havia um frio incomum na brisa, o ar cheirava a terra molhada. Isso somou-se a seu sentimento de desesperança. Ela era um fracasso como mãe e como pessoa. Tão presa em seu emaranhado de problemas que não conseguia cuidar do próprio filho. Quando ousava olhar no centro obscuro daquilo que estava dentro dela, sentia como se algo realmente diabólico, uma entidade que só podia ser descrita como um câncer, tivesse se instalado. Essa sensação era muito forte naquela noite. Até as árvores pareciam malignas. Sua mente continuava reprisando imagens de um pesadelo recorrente: ela estava em um canto de um cômodo familiar mas estranhamente distorcido da casa onde passara sua infância, uma rachadura se abria na parede revelando um espaço secreto negro e aterrorizante que ameaçava sugá-la...

Ela entrou novamente na casa, tentando voltar ao normal e livrar-se do sentimento de fatalidade iminente.

* * *

Procurou a garrafa de vinho mas, ainda de ressaca, voltou a guardá-la. Tentou cozinhar, mas sentiu como se alguém a observasse pelas janelas sem cortinas. O barulho no andar de cima era de um fantasma, a velha que morara aqui incomodando-se com sua presença, mexendo em suas coisas. Pegou os comprimidos mas ficou preocupada em desmaiar e acordar na calada da noite com a velha a seu lado, sentir o cheiro de suas roupas mofadas e sua fúria.

Apoiando-se no balcão da cozinha, seus batimentos cardíacos se transformaram em passos no quarto do andar de cima. Eles se arrastavam pelas escadas e começavam a descer, ambos os pés pisando no mesmo degrau, antes de seguirem para o próximo. Virou-se para a porta, olhos na fechadura, esperando que a maçaneta fosse levantada. Houve um rangido na sala. Ela pegou as chaves do carro e fugiu pela porta dos fundos.

Embora ainda fosse junho, estava muito frio para haver pessoas sentadas nas mesas da varanda em frente ao Apple Tree. Jenny foi até a porta do bar e olhou pelo vidro. Tinha menos gente do que em sua visita anterior, alguns homens em pé, alguns casais nas mesas. Steve estava sentado em um banco, e Annie vinha falar com ele entre um atendimento e outro. Jenny esperou ali, muito assustada para entrar ou para ir para casa sozinha. Ela continuou olhando pela janela, esperando que Annie se distraísse. Demorou uma eternidade. Quando, finalmente, ela entrou na cozinha, Jenny entrou, chamou a atenção de Steve e saiu novamente. Andando para lá e para cá na varanda, esperando para ver se ele viria, sentiu-se como uma adolescente. Estúpida.

Ele saiu, tirando tabaco e papel dos bolsos da jaqueta, concentrando-se em enrolar o cigarro. Ela estava sentada ao lado de uma mesa estilo piquenique e, agora que ele estava ali, não sabia o que dizer.

ATESTADO DE ÓBITO

Ele disse:

— Como vai?

— Desculpe atrapalhar sua noite.

— Estava mesmo precisando fumar. — Espalhou tabaco no papel, enrolou com uma das mãos e lambeu. — Chamam isso de país livre. Você tenta agir como se fosse, e o colocam na cadeia tão rápido que seus pés nem tocam no chão. — Ele fez uma concha com as mãos e acendeu um fósforo.

Jenny disse:

— Já não ouvi isso antes?

Steve sorriu.

— *Sem destino.* — Ele se encostou no parapeito de madeira e tragou a fumaça de cheiro doce. — É um bom filme, mas Peter Fonda sempre teve a aparência de quem carregava um cabeleireiro junto com ele o tempo todo. Todo mundo que já usou um capacete sabe o que ele faz com o penteado.

— Eu sempre pensei apenas que ele era bonito.

— Acho que ele era, mas foi Nicholson que roubou a cena. Um advogado alcoólatra vestindo um paletó com marcas de suor. acorda em uma cela, compra sua liberdade e parte com hippies em motocicletas... Depois apanha de caipiras até a morte enquanto está dormindo.

— O homem que ousou ser diferente.

— Uma coisa perigosa de ser.

Jenny olhou para ele, vestindo calça cargo manchada de lama e camisa verde desbotada, cabelo caindo nos olhos e a expressão dizendo que não iria fazer nenhuma pergunta, dependia dela.

Ela disse:

— Fiquei assustada em minha casa.

— Uhum.

Ela suspirou, desejando que não precisasse incomodá-lo com aquilo.

— Ross fumou maconha na escola. Tive de levá-lo para minha casa esta tarde. Meu marido veio pegá-lo, imagine... Eu estava sozinha na cozinha e comecei a achar que tinha um fantasma no andar de cima, é loucura...

— Que tipo de fantasma?

— A velhinha que morava ali.

— Joan? Ela não era do tipo que assombra.

— Eu sei. É coisa da minha cabeça...

Ele aspirou o cigarro.

— Você teve um dia duro. Qualquer um estaria abalado.

— Eu devia ir embora, parar de aborrecê-lo. — Ela se levantou da mesa e seguiu pra o pequeno lance de escadas que levava à rua.

Havia descido até embaixo quando ele disse "Ei" e foi atrás dela.

Ela se virou. Ele tirou o cabelo do rosto e disse:

— Quer que vá com você e dê uma olhada na casa?

— Eu já abusei muito de você.

— Você me tirou do bar para dizer isso?

Jenny olhou para a porta do bar.

— Acho que já estou bem.

— Tem certeza? — Ele jogou o cigarro quase inteiro fora, foi em sua direção e colocou os braços em seus ombros. — Acho que não está.

Ela se apoiou no peito dele e sentiu uma mão acariciando sua cabeça.

— Não sei como estou.

— De qualquer forma, bebi muito para dirigir. Dê-me uma carona até a sua casa, é metade do caminho até a minha.

Aconteceu sem nenhum deles dizer uma palavra. Ela havia procurado sua mão enquanto andavam na direção da porta da frente, um gesto que fez com que ambos soubessem o que aconteceria em seguida.

ATESTADO DE ÓBITO

Depois, permaneceram no escuro por um bom tempo, com os dedos se tocando. Então Steve disse.

— O fantasma foi embora agora?

Jenny disse:

— Acho que sim.

— Que bom. — Ele saiu da cama e vestiu sua calça cargo com as costas fortes viradas para ela, sob a luz do luar. — Vou indo então. Se eu não der comida para o cachorro, ele vai comer minhas galinhas.

— Não quer que eu leve você?

— Vou andando. É apenas 1,5 quilômetro pelo bosque. Eu gosto de escutar as corujas.

Então, ele colocou a camisa, inclinou-se e beijou-a na boca. As últimas palavras que disse a ela antes de ir foram:

— Você é uma mulher linda, Jenny, apenas não sabe disso.

Ela ouviu seus passos pela rua e pensou no que ele dissera. Com a doença, sua alegria havia desaparecido. Lembrou-se da sensação que um prisioneiro deve ter em relação à liberdade. Uma coisa do passado, inatingível. Ela queria aquilo de volta. Queria sair de sua cela.

Pelo menos estava viva e ainda podia relaxar com sexo. Pelo menos não estava como Danny Wills, morto, enforcado por um lençol amarrado. Ela o imaginou, suas características de menino, e Katy Taylor, e Marshall. Os três estavam mortos, o seu era o único coração que ainda batia. Colocou a mão no peito e sentiu a vida dentro de si.

Agradeceu em silêncio e dormiu um sono inquieto.

DEZESSEIS

O BILHETE NO BALCÃO DA cozinha dizia: *não é a resposta para os seus problemas, mas talvez seja um passo. Você decide. Steve.* Ela leu aquilo várias vezes enquanto tomava seu café, tentando entender o que significava, o que ela queria que significasse. Concluiu que ele provavelmente estava tão confuso quanto ela, mas mais acostumado a esse tipo de situação. Foi esperto o suficiente para não passar a noite em sua casa e ter de enfrentar a conversa constrangedora pela manhã.

"Você decide." O fato de ter jogado a responsabilidade para ela dizia que ele não queria compromisso, que estava feliz em serem amigos (*pau amigo*, era como os adolescentes chamavam nos dias de hoje), mas sem achar que ele procurava por algo mais. Mas no fim de semana ele havia falado sobre seu carma, querendo ajudá-la, como se sentisse que o destino a tivesse posto em seu caminho. Ela não acreditava em carma, um *sistema*; a vida era mais aleatória do que isso. Ela acreditava no bem e no mal, espíritos que entravam e saíam da vida das pessoas, talvez por um motivo, talvez não.

Dobrou o bilhete e guardou-o em sua bolsa, muito supersticiosa para jogá-lo fora, decidindo que sua vida já era cheia demais sem um relacionamento. Ter um homem em sua cama era divertido, uma distração. Se ela pudesse escolher o momento, seria um bom negócio. Por que não aproveitar um pouco?

ATESTADO DE ÓBITO

Levou seus pensamentos consigo para dentro do carro e estava quase na ponte quando percebeu que não tinha tomado um comprimido. Uau! A noite anterior tinha sido mesmo revigorante.

David ligou quando ela chegava ao semáforo do centro da cidade. Pela primeira vez, o som de sua voz não fez com que o peito de Jenny apertasse. O fato de ele ter parecido razoável ajudou.

— Obrigado por ter buscado Ross ontem. A diretora acabou de me ligar: tecnicamente, ele está suspenso, mas como é época de provas, não fará muita diferença. Se pudermos assegurar que não vai acontecer de novo, ela não o expulsará.

— Já é alguma coisa. Como ele está?

— Está bem. Tivemos uma longa conversa ontem à noite... Não havia percebido como o divórcio o havia abalado. Acredito que seja normal que as crianças se sintam responsáveis de alguma forma.

— O que ele disse?

— Que o divórcio o havia deixado chateado, sentindo-se inseguro em relação a si mesmo.

— Podíamos fazer alguma coisa...

David fez uma pausa.

— Disse a ele para aguentar alguns dias e prometi que nós três iríamos sentar juntos para conversar sobre o que vai acontecer.

O tom humilde em sua voz a surpreendeu. Ela não lembrava quando fora a última vez que o havia escutado.

— Onde ele está agora?

— Estudando. Prometeu ficar com a cara nos livros o dia todo. Olha, preciso ir, tenho uma cirurgia em dez minutos. Tchau, Jenny.

Ela apertou o botão vermelho de seu telefone, sentindo uma pontada de ciúmes. Ross mal falara com ela, mas havia passado a noite abrindo-se com o pai. Por que ele não podia ter falado com ela sobre sua insegurança? Será que ele a via como a causadora de tudo isso? Claro que sim. Foi ela quem saiu de casa, quem tinha acessos de gritaria e quebrava louças. Pensar nisso lhe deu vontade de chorar, mas esta era exatamente a reação que incomodava Ross. Ele precisava que ela fosse forte, que retomasse o total controle sobre si mesma.

Dali por diante, faria desta sua missão: ter autocontrole.

Ela chegou ao escritório um pouco antes de Alison e viu que as novas mesas haviam sido organizadas e tudo estava limpo e arrumado. Já parecia uma ambiente mais profissional. Ligou o computador ultrapassado da assistente e verificou os e-mails. Primeiro, havia uma mensagem formal de Adam Crossley. A procuradora-geral havia considerado sua solicitação sobre pedir autorização ao Supremo Tribunal para abrir um novo inquérito a respeito da morte de Danny Wills, e decidira concedê-la, mas com a ressalva de que fosse conduzido em uma sala de audiência profissional nos Tribunais de Bristol. Crossley terminou com uma ameaça velada: "Tenho confiança de que sua investigação será razoável, meticulosa e moderada. Observaremos com interesse."

Jenny cuidou de algumas questões administrativas, e então esboçou o pedido para o Supremo Tribunal, solicitando a revogação do veredito do inquérito de Danny Wills e a autorização para iniciar um novo interrogatório. Ela telefonou para o escritório do Tribunal de Justiça, em Londres, e insistiu para que um funcionário da seção de agendamento marcasse uma audiência perante um juiz para dali a dois dias. Com a permissão da procuradora-geral, isso seria mais ou menos uma formalidade. Ela mandaria um advogado iniciante para despachar com um juiz, que leria seu depoimento e daria a sentença.

Entregou a Alison os documentos formais com instruções de que fossem enviados imediatamente para os Reais Tribunais de

ATESTADO DE ÓBITO

Justiça. Ela pretendia abrir o inquérito na manhã de segunda-feira, pegando a todos de surpresa. Alison disse que já havia recebido uma ligação de um curador dos Tribunais de Bristol dizendo que havia sido contatado pelo escritório da procuradora-geral, perguntando se poderia disponibilizar uma sala de audiência.

Parecia que o sistema havia decidido que, se não podia impedi-la, faria de tudo para mantê-la sob observação minuciosa. Investigadores forenses haviam causado muitas dores de cabeça no passado recente: o inquérito sobre a morte da princesa Diana havia se arrastado por mais de dez anos e passado por cinco forenses, e o investigador de Oxfordshire, que havia ousado investigar as mortes de soldados britânicos no Iraque descobriu que os corpos foram levados para jurisdições de colegas mais inclinados a aceitar as explicações do exército. Jenny não seria forçada a ignorar a horrível verdade. Ela a exporia, mas mantendo o equilíbrio e a dignidade. Se a mídia a procurasse, apresentar-se-ia como uma mulher elegante, determinada e intelectual, nunca com mais do que um leve vestígio de preocupação no tom de voz.

Ela perguntou a Alison se estava sabendo mais alguma coisa sobre a investigação policial da morte de Katy Taylor.

— Sei apenas que ainda estão procurando pelo carro. A placa poderia ser falsa, o que significa que eles estão rastreando todos os Vectras azuis de Bristol. Pode levar dias.

— Eles encontraram algum amigo de Katy? Ela não deve ter ficado andando sozinha pela rua.

— Não que eu saiba. Grupos de jovens são os mais difíceis de se ter acesso.

— Deve haver prostitutas trabalhando naquela região. Se Katy tivesse entrado nessa...

— Eles estão tentando, acredite, mas ninguém gosta da polícia por lá. Terão de morrer pelo menos três meninas para que comecem a falar. A maioria deve estar feliz pela concorrência ter diminuído.

— Sério?

— Passe alguns meses na rua, Sra. Cooper, e vai se surpreender ao ver como a vida pode valer pouco.

Jenny voltou para o escritório com os relatórios de óbito que chegaram durante a noite, mas não conseguia se concentrar. Seus pensamentos voltavam-se para os adolescentes cujos caminhos se cruzaram com Katy e Danny Wills. Alguém lá fora deve saber se havia uma ligação entre eles, ou se Marshall havia tocado em um ponto delicado o suficiente para sufocá-lo de tal modo que a morte fosse a única saída. Ela cogitou várias possibilidades mórbidas, mas nenhuma parecia possível. Se um crime estava na base de tudo, por que Marshall esquivou-se?

A única pista que ela tinha era a menina que Tara Collins havia mencionado, Hayley Johnson. Depois que Tara foi ao seu encontro, no inquérito, ela tem esperado uma ligação, sem sucesso. A coisa mais racional a fazer seria mencionar o nome de Hayley à polícia, mas ela ainda tinha uma perturbadora desconfiança neles. Também não confiava completamente em Tara; até onde sabia, ela podia ser uma fraudadora de cartões de crédito, e não havia hesitado em ameaçar expor os registros médicos de Jenny. Mas, para conseguir falar com Hayley, teria de apelar para um dos dois.

Decidiu ligar para o número de celular que Tara deixara com ela no salão comunitário. Tocou sete, oito vezes até que uma voz cautelosa atendeu.

— Tara?

— Sim. — Ela parecia péssima.

— Aqui é Jenny Cooper. Como está?

— Não muito bem... — Sua voz estava trêmula, toda a confiança havia se esvaído.

ATESTADO DE ÓBITO

— Por causa das acusações?

— Por isso, e por ter sido agredida a noite passada. Alguém me atacou.

— Quem?

— Não vi. Alguém surgiu atrás de mim no escuro, bateu na minha cabeça, bem na frente da minha casa. Acho que eram dois.

— Alguma testemunha?

— Não. Ninguém que vá dizer alguma coisa.

Jenny fez uma pausa, avaliando o que estava ouvindo, preocupada em manter uma distância, cuidadosa, no caso de Tara estar inventando coisas para enganá-la.

— O que você acha que eles queriam?

— Eu estava com minha bolsa. Eles não a levaram. Tudo o que eu sei é que estava tentando descobrir de onde vinham essas transações com cartão de crédito. Um técnico de computador que eu consultei acha que meu endereço ISP foi invadido.

— Alguém roubou sua identidade?

— Minha identidade online, pelo menos. Roubaram o dinheiro, e então jogaram as evidências no meu computador. Sei que foi isso que aconteceu, mas vai ser difícil provar.

— Quem você acha que está por trás disso?

— Vamos colocar desta forma: foi quando eu comecei a fazer perguntas sobre Katy Taylor que vieram as acusações. Alguém não quer que eu estabeleça uma conexão.

— Acha que é seguro falarmos ao telefone?

— Duvido.

— Talvez seja melhor nos encontrarmos.

Ela parou no estacionamento do supermercado em Bradley Stroke, uma nova cidade na década de 1970, agora um subúrbio a nordeste de Bristol. Cinco minutos depois, passou um Fiat Panda branco com Tara ao volante. Ela viu Jenny e estacionou em uma vaga na frente. Saiu do carro mancando, com o lado esquerdo do rosto inchado. Jenny inclinou-se e abriu a porta.

Tara entrou com algum esforço.

— Devo ter trincado a bacia quando caí.

— Seu rosto também não parece muito bem.

— Acabei com minhas chances de arrumar alguém por algumas semanas. — Ela deu um dolorido meio sorriso.

Jenny se perguntava se sua preferência era por homens ou mulheres.

Seu instinto sugeriu que era a segunda opção. Não havia nada de feminino em Tara, e ela tinha aquele distanciamento emocional que algumas mulheres gays têm.

Jenny disse:

— Não a teria arrastado até aqui se você tivesse preferido.

— Fico feliz em sair de casa. Estou de licença desde que fui acusada.

— Já era a história de "inocente até que se prove o contrário".

— Quem inventou esse mito? Meus cartões de crédito foram congelados também. A polícia deve tê-los avisado. Desgraçados. — Seus olhos examinaram o estacionamento, checaram instintivamente os espelhos, estava em guarda desde que fora atacada.

— O que você não podia dizer pelo telefone?

— Queria perguntar sobre a garota que você mencionou, Hayley Johnson. A polícia não a encontrou até agora, pelo que eu sei, e eu gostaria de falar com ela primeiro.

— Só encontrei com ela uma vez. Estava trabalhando nas ruas em Broadlands.

— O que mais sabemos sobre ela?

— Tem 18 anos, é mestiça, acho que disse que veio de Plymouth.

— Ela conhecia Katy?

ATESTADO DE ÓBITO

— Disse que a viu fazendo alguns programas, entrando e saindo de carros. Elas conversaram, nada significativo.

— Quando a encontrou?

— Há uns dez dias, mas ela disse que não via Katy desde antes de ir para o Centro Portshead.

— Você acreditou nela?

— Não sei. Ela foi um pouco evasiva, não acreditou que eu não era da polícia.

— Como você a localizou?

— Dirigindo por aí. Tenho de conhecer a região.

— Gostaria de falar com ela, ver o que pode me dizer sobre os clientes, os carros que eles dirigem, se Katy tinha algum cliente regular.

— Tem em mente algum carro em particular?

— Talvez.

Tara olhou para ela, e depois para a janela, dando a Jenny a impressão de ter quebrado sua confiança por reter informação.

Jenny disse:

— Só sei que a polícia está procurando um Vectra azul. É tudo o que tenho.

Tara esperou um momento antes de responder. Era Jenny que a estava procurando e Tara precisava que ela soubesse disso.

— Como eu disse, foi difícil tirar algo de Hayley. Estava tentando ganhar sua confiança.

— Acha que pode localizá-la para mim?

— Depende. — Ela olhou para Jenny, desafiando-a. — O que está fazendo no caso de Danny Wills?

Jenny disse:

— Como posso confiar em uma mulher que ameaçou publicar meus registros médicos?

Tara inclinou a cabeça, cedendo neste ponto.

— Não nos conhecíamos.

Jenny sustentou o olhar, escolhendo ignorar o que pudesse estar subentendido no que ela havia acabado de dizer.

— Estou de volta ao caso. E se tudo der certo, semana que vem abrirei um novo inquérito.

Tara pareceu surpresa.

— Eu realmente estava errada a seu respeito.

A Seção de Agendamento havia se superado. Eles não apenas lhe concederam uma audiência prontamente, como também listaram-na no Registro do Tribunal do Distrito de Bristol para às 9h30 da manhã de sexta-feira, meia hora antes do horário normal em que se inicia o expediente dos tribunais. Jenny chegou esperando encontrar um exército de advogados representando a Coroa e a UKAM, mas a UKAM não tinha representantes e a Coroa enviou apenas um advogado inexperiente e barato. O grupo de Jenny consistia em um escrivão adolescente, enviado para registrar a audiência pela modesta firma de advocacia que ela havia contratado, e uma jovem advogada séria, que parecia ter passado a noite em claro dominando os princípios do direito investigativo. Apenas um repórter estava sentado na galeria.

O Sr. Justiça, Aden Chilton, um cruel e esnobe intelectual com quem ela já batera de frente muitas vezes em discussões agressivas sobre a custódia de várias crianças desafortunadas, mal a reconheceu ao entrar na sala de audiência vestindo toga vermelha e toda a vestimenta para a ocasião. Ele disse que havia lido a declaração da investigadora forense e estava inclinado a conceder o pedido se não houvesse objeção. O agradecido jovem conselheiro da Coroa balançou a cabeça e disse:

— Não, meu senhor.

E o caso foi encerrado.

Jenny olhou para o repórter e o viu bocejar pela milésima vez, não demonstrando nenhum interesse em fazer anotações.

ATESTADO DE ÓBITO

Ela saiu da sala de audiência e disse adeus aos perplexos advogados, com um sentimento cada vez maior de desconfiança. Um sistema que frequentemente conspirava para manter famílias preocupadas e desesperadas no limbo durante meses havia realizado o milagre de conceder seu desejo em menos de 72 horas. Parecia muito bom para ser verdade, o que significava que provavelmente era.

Foi questão de educação pedir para Alison telefonar meia hora antes para avisar aos funcionários do Centro Portshead de sua chegada e, para garantir, enviar por fax uma cópia da ordem do tribunal para o escritório da diretora. Sua visita era irregular (investigadores forenses não visitam com frequência a cena de uma morte e, ainda menos frequentemente, aparecem sem ter marcado uma hora), mas ela estava em seu direito legal. Os amplos poderes que o direito consuetudinário dava aos investigadores forenses para causas de morte a autorizavam a insistir, com suporte da polícia, se necessário, na total cooperação de todas as testemunhas em potencial e no acesso ilimitado a todas as evidências relevantes. Ela havia passado a noite anterior debruçada sobre os livros até ter certeza de sua base: o Centro Portshead não tinha opção senão abrir suas portas a ela.

Ela chegou com um clima frio, sóbrio e chuvoso, que quase não havia mudado durante todo o mês, e descobriu que não havia nenhum ser humano na entrada do centro de detenção juvenil. Andou por um caminho pavimentado desde o estacionamento cercado até sólidos portões de aço vigiados por uma série de câmeras de circuito fechado de televisão suspensas em postes altos. A parede externa de concreto era tão alta que apenas os tetos dos prédios dentro do perímetro eram visíveis. Uma pequena parte do inferno urbano no interior.

Ela tocou o interfone e não obteve resposta. Apenas na quarta tentativa, uma voz atendeu perguntando seu nome e profissão.

— Jenny Cooper, investigadora forense do distrito de Severn Vale. Estou aqui para falar com a diretora.

Silêncio. A voz voltou vários minutos depois, dizendo:

— Não há nada agendado no sistema. A senhora terá de ligar para outro departamento e marcar uma hora.

Jenny disse:

— Sou uma funcionária da justiça em missão oficial. A diretora foi notificada sobre minha chegada.

— Sem agendamento ninguém entra. — Um clique. A comunicação cessou.

Ela pressionou o botão do interfone por cinco segundos ininterruptos.

A voz voltou, desta vez impertinente.

— A senhora já foi avisada sobre o procedimento.

Mantendo a calma, ela disse:

— Escute aqui, quem quer que seja você. Ligue para a sala da diretora e diga que a Sra. Cooper, a investigadora forense, está aqui. Se eu não estiver do outro lado deste portão em dois minutos você vai almoçar na delegacia.

Jenny esperou no portão, agitada, sentindo o efeito do comprimido que tomara mais cedo passar rapidamente. Não havia como tomar outro ali, diante das câmeras.

Vários minutos frustrantes se passaram até que o portão fosse aberto. Uma mulher que aparentava ter a mesma idade que ela, vestindo um terninho preto de corte fino, estava do outro lado. Seu cabelo imaculadamente penteado e a maquiagem extravagante foram explicados pelo sotaque americanizado com o qual ela a cumprimentou.

— Bom dia, Sra. Cooper. Sou Elaine Lewis. Como posso ajudá-la? — Ela não fez nenhuma menção de convidá-la para entrar.

— Acredito que tenha recebido um telefonema do meu escritório e uma cópia da autorização do tribunal concedida esta manhã.

ATESTADO DE ÓBITO

— Acabaram de me entregar. Estava em uma reunião.

— Vim para inspecionar a cena da morte. — Ela passou para o lado de dentro do portão. — Se a senhora puder mandar alguém me mostrar o local.

— Toda a minha equipe está ocupada. Esta é uma instituição extremamente atarefada.

— Então talvez a senhora mesma possa me acompanhar. Como parte de minha investigação, precisarei entender em detalhes os procedimentos pelos quais Danny Wills passou aqui.

— Essa informação já foi concedida.

— Estou conduzindo um inquérito totalmente novo, Sra. Lewis. Está começando agora, neste momento.

Elaine Lewis pareceu chocada.

— Não sei se gosto do seu tom.

— Não precisa gostar. Tem obrigação legal de colaborar com todos os pedidos de evidências, incluindo uma inspeção total destas dependências.

— Isso é novidade para mim. Terei de falar com nossos advogados.

— Eu preferia olhar as instalações sem a necessidade de uma escolta policial, mas se quiser que façamos desse modo, depende da senhora. — Jenny deu um sorriso afável.

Fria, Elaine Lewis disse:

— Verei se minha assistente está livre.

Ela se virou e se afastou rapidamente, fazendo sinal para uma das câmeras de segurança. Jenny a seguiu em seu próprio ritmo enquanto o portão se fechava atrás dela.

Elaine passou seu crachá pelo leitor e elas entraram pela porta principal do centro de recepção, um prédio de tijolos aparentes, com dois andares. À esquerda, havia uma área sinalizada como "Recepção de Internos", cuja entrada era uma porta de aço maciço com uma pequena janela de observação. Jenny conseguiu ver

265

um adolescente do outro lado, que não parecia ter mais do que 13 ou 14 anos.

Elaine Lewis disse.

— Pode esperar aqui. Alguém virá em um minuto. — E passou por uma porta que levava a um corredor à direita, onde placas diziam: "Administração", "Segurança" e "Diretoria". Jenny foi deixada como uma prisioneira em um saguão vazio. À sua frente, havia uma porta que dava para um pátio ao redor do qual ficavam os outros prédios do centro, mas esta também só abria com um crachá.

Ela odiava ficar trancada em qualquer lugar, e sentiu a agitação familiar da claustrofobia. Olhou para as paredes e tetos, procurando por câmeras, e avistou apenas uma, acima da porta que dava para o pátio. Virou de costas para ela, enfiou a mão na bolsa e achou um temazepam entre os vários que estavam soltos em um compartimento de sua bolsa. Ela tossiu, levou a mão à boca e colocou o remédio.

Sua ansiedade diminuiu só de sentir o comprimido na língua. Engoliu-o e seu coração começou a desacelerar. Andou na direção da porta de aço e olhou pela janela, esperando não ser notada. Três garotos estavam sendo examinados por dois enfermeiros, um homem e uma mulher, ambos vestidos com uniformes médicos da prisão: jaquetas justas abotoadas, na altura da cintura, que não podiam ser agarradas com facilidade. Dois garotos asiáticos de 14 ou 15 anos estavam sentados em cadeiras de plástico, enquanto um menino branco mais novo era atendido. O enfermeiro estava olhando dentro de suas orelhas e a enfermeira fazia perguntas que lia em uma prancheta. Ela parecia impaciente com as respostas, como se ele não estivesse entendendo. Não gostando de ter alguém mexendo em suas orelhas, o garoto sacudia a cabeça e o enfermeiro a segurava com sua mão gorducha, forçando-o a ficar parado.

ATESTADO DE ÓBITO

A porta que saía para o corredor administrativo se abriu e uma jovem grande e desinteressada apareceu. Disse que seu nome era Sue e que a Sra. Lewis lhe havia pedido para mostrar o lugar a Jenny.

Pensando "quem diabos essas pessoas pensam que são?", Jenny disse:

— Sou uma investigadora forense conduzindo uma inspeção formal. Preciso de acesso livre a todas as áreas dessa instituição. Vamos começar pela unidade masculina.

Sue, um muro de pedras, olhou para ela com desinteresse e seguiu, arrastando os quadris, para a porta que levava ao pátio.

A unidade era um prédio comprido e térreo, com quarenta quartos minúsculos, vinte de cada lado do único corredor. De um lado da unidade ficava uma abafada sala para os funcionários e um ambiente comum para os internos, com aparelho de TV. Do outro lado, ficavam os banheiros e os chuveiros, de uso compartilhado. Cada quarto tinha uma cama, um armário de aço, um vaso sanitário, também de aço, uma cadeira plástica e uma mesa. Todos os móveis, com exceção da cadeira, eram presos ao chão. As janelas das celas tinham grades e ficavam permanentemente fechadas. Algumas delas continham objetos pessoais (pôsteres, um rádio), mas não era a maioria. Sue, que achava qualquer tipo de comunicação um esforço, disse que se tratava do sistema de privilégios. Apenas internos exemplares ganhavam um rádio.

Os adolescentes estavam em aula, então a unidade estava vazia, salvo por duas jovens que faziam a limpeza. Jenny olhou para o teto e notou cúpulas pretas, semicirculares, onde ficavam as câmeras de segurança. Sue disse que todos os monitores ficavam em uma sala no corredor administrativo, perto da diretoria. Ela não sabia quantos funcionários estavam trabalhando na noite em que Danny morreu.

Jenny olhou pela janelinha de vidro reforçado que dava para o quarto onde Danny fora encontrado enforcado. Tinha cerca de 3 metros de comprimento por 2 de largura. O armário ficava na ponta da cama, na parede à sua esquerda, deixando um espaço de menos de 30 centímetros entre ele e a janela. O vaso sanitário era do lado oposto, no canto direito; alguém sentado nele ficaria olhando para a porta. Pendurado à esquerda das grades, pressionado contra o armário, o corpo de Danny deve ter ficado parcialmente escondido, mas era preciso ser cego para não ter visto nada da posição onde ela estava.

Elas seguiram para a unidade feminina. A disposição era idêntica, com a diferença de haver portas nos cubículos onde ficavam os vasos sanitários, altas o suficiente para preservar algum recato, e divisórias entre os chuveiros. Não era muito. Não havia privacidade ali; nenhum lugar onde uma criança pudesse se esconder, ou perder-se em sua imaginação.

Cruzaram o pátio novamente e passaram pelo bloco educacional, onde os internos eram divididos em quatro turmas. Jenny olhou pelas janelas das portas das salas de aula: crianças vestidas com uniformes azul-marinho idênticos e tênis pretos, professores lutando para manter o controle. Eles tinham uma energia que podia ser sentida de longe: desafiadora e hostil.

Sue encostou-se na porta do refeitório e cruzou os braços enquanto Jenny olhava o local. Na maior parte do tempo, era um ginásio, mas em um dos lados havia mesas e bancos dobráveis, encostados na parede. Atrás de uma janela passa-pratos, havia duas cozinheiras, que conversavam em uma língua que soava eslava e aqueciam refeições congeladas que seriam servidas em bandejas plásticas vermelhas: o buraco maior era para o prato principal, o menor para a sobremesa. Copos e talheres eram feitos do mesmo material.

Pela janela, ela notou um homem saindo de trás da pia com uma chave inglesa. Usava o cabelo à escovinha e tinha feições redondas e atarracadas, olhos e bochechas parecidos com os das

ATESTADO DE ÓBITO

cozinheiras. Ela se lembrou do funcionário da manutenção que encontrara o corpo de Danny.

Jenny foi até o balcão.

— Com licença. O senhor por acaso é o Sr. Smirski?

O homem olhou para os lados. Jenny deu um sorriso para desarmá-lo e viu que ele passava os olhos sobre ela.

— Não, desculpe-me — disse ele com forte sotaque.

— Poderia me dizer onde posso encontrá-lo?

O homem deu de ombros.

— Ele voltou para a Polônia.

— Quando?

Ele olhou desconfiado.

— Sou uma investigadora forense. Preciso fazer algumas perguntas a ele, sobre um garoto que morreu aqui em abril.

Ele se virou e disse algo para as cozinheiras em uma língua que Jenny imaginou ser polonês e, então, começaram a discutir calorosamente entre si. Ela ouviu os passos de Sue, arrastando-se em sua direção, indo ver o que era todo aquele barulho.

Jenny disse:

— Ele não pode ter ido há muito tempo.

Uma das mulheres pareceu ganhar a discussão e trocou mais algumas palavras com o homem, que se virou para ela e disse que achavam que ele tinha partido há cerca de três semanas.

— Alguma ideia do motivo?

O homem traduziu e a mulher fez que não com a cabeça. Ninguém parecia saber. O homem disse:

— Poloneses estão sempre indo e vindo. É assim mesmo.

Sue chegou perto de Jenny.

— Está tudo bem?

Jenny disse:

— Depois virei pegar declarações de seus funcionários. Preciso falar com Jan Smirski. Ele trabalhava na manutenção em abril.

Sue disse:

— Os funcionários da manutenção são contratados por uma empresa terceirizada. A senhora terá que falar com eles.

— Farei isso.

A última parada foi a recepção e o centro médico. A enfermeira estava sentada, lendo uma revista, quando Sue tocou a campainha. Ela apertou um botão que abria a porta, irritada por ter que interromper a leitura das fofocas sobre celebridades. Antes que Sue abrisse a boca, Jenny se anunciou como investigadora forense e perguntou se ela era a enfermeira Linda Raven, a pessoa que examinou Danny Wills quando ele foi admitido.

A enfermeira, uma mulher com pouco menos de 40 anos, era quase bonita, mas tinha duros olhos cinzentos e dificilmente sorria. Ela disse que sim, era ela, e pegou sob a mesa uma ficha que disse ser de Danny. Acrescentou que o outro investigador, o Sr. Marshall, havia visto o documento quando veio ao centro, em abril. Jenny deu uma olhada, sem medo de deixar a enfermeira Raven e Sue esperando em silêncio enquanto demorava o tempo necessário para absorver o conteúdo. Não encontrou nada de novo, apenas o essencial das declarações de Danny e o registro dos trinta minutos de comentários que haviam sido feitos enquanto ele estava em uma cela de observação. As anotações eram breves e revelavam pouca coisa: *Interno sentado na cama. Respondeu ao cumprimento.* Havia muitas perguntas que Jenny gostaria de ter feito à enfermeira Raven, mas elas podiam esperar pelo inquérito, melhor deixá-la imaginando.

Guardou a ficha em uma pasta e colocou-a debaixo do braço.

— Vou ficar com isso. Gostaria de ver a cela onde estava Danny.

A enfermeira olhou para Sue, que apenas levantou as sobrancelhas. O que podia fazer? Raven pegou seu crachá, passou pelo leitor e deixou Jenny e Sue passarem por mais uma porta de segurança,

ATESTADO DE ÓBITO

feita de aço, que levava a um corredor sem janelas como aqueles que ficavam debaixo de muitos pátios em todo o país: do lado direito, meia dúzia de celas, cada uma com uma janela de observação e um quadro branco onde era escrito o nome do ocupante. Era quente ali dentro, o cheiro era de desinfetante e suor. O enfermeiro que Jenny havia visto antes examinando o menino estava sentado dentro de uma cabine envidraçada no fim do corredor, assistindo a um pequeno aparelho de televisão.

Jenny perguntou:

— Quantos garotos ficam aqui?

A enfermeira Raven respondeu:

— No momento, apenas um.

Jenny percorreu a série de celas. As de números um, dois e três estavam vazias. Ela parou em frente à quarta e viu um garoto negro deitado na cama, usando uma camisola branca de um tecido que parecia papel e cobria seu corpo do pescoço aos joelhos. Por baixo, estava nu e descalço. A cela estava vazia, salvo por um vaso sanitário e uma bandeja de metal com o almoço intocado, no chão. Ele tinha o tamanho de um homem, mas as feições ainda eram de menino, a pele, macia. Estava deitado perfeitamente imóvel, olhos semicerrados, olhando para o teto, mãos cruzadas sobre a barriga. O quadro branco dizia que seu nome era "Leonard Medway".

Jenny disse:

— Esse jovem passou por um psiquiatra?

— Sim. O contrato foi fechado. Ele está tomando medicamentos antidepressivos.

— O que há de errado com ele?

— Tentou se suicidar na cela da delegacia.

— Por que ele está aqui?

— Cerca de 25 furtos e agressão a um policial.

— O que aconteceu com a camisola pesada que Danny Wills vestia?

— Só é necessária quando eles tentam se ferir. Leonard não apresenta perigo.

O garoto colocou a mão embaixo da camisola, puxou-a um pouco e começou a se masturbar. Jenny desviou o olhar. Sue e a enfermeira Raven olharam por um instante.

Sue disse:

— Ele não deve estar tão deprimido.

DEZESSETE

JENNY DEIXOU O CENTRO PORTSHEAD com um sentimento de frustração que, enquanto dirigia de volta para a cidade, foi crescendo gradualmente, até se converter em fúria. Ela xingou os carros que monopolizavam as pistas da autoestrada e buzinou para os motoristas que diminuíam a velocidade antes de se aproximar dos semáforos. Ela não se importava que eles pudessem ouvi-la ou ver os gestos pelo retrovisor. Danem-se todos.

Deixar-se tomar pela ira fez com que se sentisse bem. Durante toda a inspeção ela quisera protestar, dar um tapa na cara daquela gorda imbecil da Sue e dizer "olhe, vocês mantêm crianças prisioneiras aqui, crianças que tiveram o azar de descender de pessoas como Simone Wills. E o que fazem? Trancam-nas e humilham-nas, transformam-nas em jovens amargos e violentos que só querem brigar e machucar alguém, qualquer pessoa". Lidar com esse tipo de gente, um segurança estúpido, a arrogante Elaine Lewis e a enfermeira que prostituiu sua profissão para agir como carcereira, trouxe de volta lembranças de anos de fúria impotente. Sua mente foi tomada por uma procissão de rostos esquecidos pelo tempo e sofrimentos enterrados: assistentes sociais que deixavam crianças passarem a noite sozinhas em celas de delegacia, muito preguiçosos para tirá-los de lá; funcionários de instituições que olhavam para o outro lado enquanto os colegas abusavam de adolescentes; juízes que se recusavam a criticar o sistema, mesmo quando suas falhas levavam a violência e morte. Ela bateu no para-choque do carro de trás quando estacionou. Ouviu um estalo, mas não se importou. Se alguém cruzasse seu caminho agora, o mais provável era que apanhasse.

Quase derrubou a porta da recepção e prontamente começou a ditar instruções a Alison. O inquérito começaria na segunda-feira, Simone Wills deveria ser informada imediatamente. Elaine Lewis, a enfermeira Raven, Darren Hogg (o operador de circuito fechado de TV) e os funcionários de inspeção da unidade masculina deveriam ser intimados a comparecer. Elaine Lewis deveria fornecer informações sobre o paradeiro de Jan Smirski e detalhes dos internos que ocupavam os quartos de ambos os lados do aposento de Danny até o fim do expediente. A empresa que forneceu as câmeras de segurança deveria nomear representantes para irem ao tribunal e fazerem uma declaração com informações detalhadas sobre quando foi reportado o defeito nas câmeras da unidade masculina. Quando terminou, entrou em sua sala e começou a trabalhar sobre uma pilha de papéis que estavam acumulados sobre a mesa, atacando cada relatório de óbito e de necropsia como uma pugilista profissional enfrentando tudo o que aparecesse pela frente. Por duas horas altamente produtivas, ela se sentiu selvagem e invencível. Nada nem ninguém ficaria em seu caminho.

No fim da tarde, Alison bateu cuidadosamente à porta e entrou com alguns recados. Ainda cheia de adrenalina, Jenny ouviu impaciente, disparando respostas como se a assistente estivesse desperdiçando seu tempo. Alison teve paciência, receosa do humor perigoso da chefe. Depois de terminadas as questões menores, ela disse ter uma notícia boa e uma ruim sobre Portshead. A boa era que eles haviam fornecido o endereço de Terry Ryan, um adolescente de 15 anos preso por roubo, que ocupara uma das celas vizinhas à de Danny. Ela havia falado com a mãe do garoto, que disse que ele poderia comparecer ao inquérito na terça-feira se saísse sob

ATESTADO DE ÓBITO

fiança na segunda (ele fora detido com um mandado de prisão preventiva). A outra cela aparentemente estivera vazia durante aquele período. A notícia ruim era que a empresa que empregava Jan Smirski não tinha ideia de onde ele estava. Ele havia entregado a carta de demissão há algumas semanas, dizendo que precisava voltar para seu país para resolver problemas familiares. Não deixou endereço. Ela tentara pesquisar seu nome na internet, mas existiam muitos Jan Smirski na Polônia, e os poucos que havia conseguido localizar por telefone não falavam inglês. Jenny pediu que ela se empenhasse mais, arranjasse seus dados bancários por meio do empregador, fizesse tudo o que um policial faria para encontrar alguém. Alison concordou, um pouco ressentida, e depois disse que havia recebido um e-mail de Grantham ameaçando cortar o financiamento a menos que Jenny enviasse a prestação de contas dentro de sete dias.

— Por que diabos não temos um contador?

— Grantham não quer pagar por isso.

— Então ligue para ele e diga que contrataremos um mesmo assim.

— Preferiria que a senhora mesma fizesse esse tipo de ligação, Sra. Cooper.

— Não estou pedindo, Alison, estou dando instruções. É assunto de trabalho. Faça a ligação.

— Também preferiria que não falasse comigo desse jeito, se não se importar.

— De que jeito?

— Como se eu fosse algum tipo de empregada. Não sou. Quando o Sr. Marshall comandava esse escritório nunca adotou essa atitude.

Jenny respirou fundo.

— Não estou adotando uma *atitude*, estou apenas pedindo que faça uma simples ligação. Não me importa qual tipo de relação tenha com Grantham. Trata-se de uma questão estritamente profissional, e se ele levar para o lado pessoal, é problema dele, não seu.

Alison manteve sua posição, a expressão em seu rosto dizia que alguma coisa estava para sair de seu peito.

— Não se trata dele, Sra. Cooper, trata-se da senhora. Não gosto de ter de falar isto, mas desde que assumiu o cargo achei-a extremamente ríspida, e às vezes rude mesmo. Parece estar muito brava, e, em minha experiência, essa não é uma característica que ajude nesse tipo de trabalho.

— Bem, já que estamos sendo sinceras uma com a outra, devo dizer que acho que você cria muitos obstáculos, é muito resistente a aceitar novas ideias, e dá todos os indícios de não gostar de ter a mim como chefe.

— A senhora também não fez nenhum esforço para tornar as coisas melhores.

— Talvez seja porque estou aqui há duas semanas e não fiz nada além de recolher a sujeira que o Sr. Marshall deixou para trás.

— Foi uma escolha sua.

Jenny explodiu:

— O que esperava que eu fizesse? Deixasse como estava? Fingisse que Marshall fez um bom trabalho? Não me interessa quais eram seus sentimentos por ele, ele foi negligente, oras!

— Ah, vá tomar um comprimido. — Alison girou a maçaneta da porta.

— O que você disse?

Alison virou-se.

— É evidente que a senhora não consegue aguentar. Todos sabem que deixou seu último emprego porque surtou. — Ela saiu, batendo a porta.

— Volte aqui e se desculpe, ou está demitida.

ATESTADO DE ÓBITO

Alison não respondeu. Jenny ouviu-a pegar suas coisas e sair pisando forte pelo corredor. Momentos depois, ouviu passos irritados do lado de fora, descendo a rua.

Grande coisa. Podia passar sem ela. Estava cansada de pessoas lhe dizendo o que fazer.

Era quase meia-noite e seu sangue ainda estava quente. Havia passado a noite no escritório, em sua casa em Melin Bach, estudando o caso de Danny Wills, planejando seu interrogatório e encontrando os buracos que Elaine Lewis não conseguiria tapar. Em sua mente, não havia dúvidas de que o inquérito resultaria em um veredito de morte causada por negligência bruta e carência de cuidado. Isso deixaria Elaine Lewis e toda a sua equipe de funcionários expostos à fúria da mídia e à vergonha pública. Perguntas seriam feitas no Parlamento, acusações judiciais viriam em seguida. Seu nome seria sinônimo de luta destemida pela verdade e pela justiça. Não importava que seu filho a rejeitasse, ou que Steve não tivesse feito nada além de deixar uma mensagem. Nada poderia abalá-la. Ela era uma força da natureza.

Serviu meio copo de vodca com gelo e bebeu em sua mesa enquanto acessava o e-mail profissional. Havia uma mensagem de uma companhia aérea de baixo custo que dizia que um Sr. J. Smirski havia comprado um bilhete de ida para Poznan em 30 de maio, mas não tinham seu endereço na Polônia. Um tal Sr. Mason, da Sectec Ltda, escreveu dizendo que estaria no tribunal na segunda-feira, e Ruth Turner confirmou que compareceria. Irritada por causa de Smirski, Jenny estudou quais seriam seus poderes para intimar testemunhas no exterior. O processo era intricado e exigia que ela fizesse uma solicitação por meio de uma corte civil, cuja jurisdição, diferentemente da dela, se estendesse por toda a União Europeia. Levaria semanas até que conseguisse que ele testemunhasse. Decidiu arriscar seguir em frente sem ele. Se as evidências não fossem firmes o suficiente, sempre poderia adiar e tentar rastreá-lo.

Continuou a trabalhar ferozmente, parando apenas para voltar a encher seu copo. Já eram mais de 2 horas quando, com a mente ainda cheia de belicosidade, o álcool venceu e ela se arrastou para o andar de cima, para dormir.

Ela sonhou novamente com a rachadura na parede do quarto de sua infância. Só que desta vez era mais detalhado: havia uma criatura humana ali, escondido em uma esquina, fora de seu campo de visão. Imaginava-o como um homem de rosto deformado e roupas mofadas que, a qualquer momento, a chamaria para a escuridão e fecharia a parede para que ninguém jamais soubesse para onde foi. Ela virava a cabeça na direção da porta e da segurança de seus pais do outro lado, mas seu corpo recusava-se a acompanhar, suas pernas eram pesadas como granito. Sentia a presença se aproximando da rachadura, ouvia o arrastar de pés na poeira entre as vigas. Puxava as pernas com as mãos, mas elas permaneciam fixas nas tábuas.

No sábado de manhã, Jenny acordou sentindo-se pesada e assustada, carregando um peso que se recusava a ficar mais leve enquanto se lavava, vestia e tentava preparar o café da manhã sem fazer nenhum movimento brusco. O dia estava nublado, e sua mente, letárgica. Várias xícaras de café não seriam suficientes para acabar com a inércia. Ela tentou sentar-se no jardim, mas as sombras projetavam-se persistentemente sobre ela.

A vividez das sensações de seu sonho começou a assustá-la. Lembrou-se de que o Dr. Travis uma vez lhe dissera que a mente produzia imagens perturbadoras apenas quando estava perturbada, e que por si só não significavam muito, mas eram um sinal de alerta de que o cérebro estava sobrecarregado. Sabia que estava estressada, mas tentou se tranquilizar com o pensamento de que, da última vez

ATESTADO DE ÓBITO

que isso acontecera, ela não era tão forte: ainda estava mentindo para si mesma, achando que poderia salvar seu casamento. As coisas estavam fundamentalmente melhores agora, ela havia se reorganizado, sabia aonde estava indo. O que estava sentindo era um abalo menos intenso, a parte incontrolável de sua mente testando sua determinação. A resposta era entrar de cabeça, apostar tudo no inquérito e sair triunfante no final.

Voltou para a cozinha, engoliu um temazepam e levou uma xícara de chá de ervas para sua mesa. Não levantou os olhos até quase 15 horas, quando os fantasmas finalmente haviam ido embora.

Alison estava esperando no lobby dos Tribunais de Bristol quando Jenny chegou, às 8h30 de segunda-feira. Vestindo um terninho preto, ela passava uma atmosfera de dignidade ferida.

— Como não disse nada, Sra. Cooper, pensei que seria apropriado que eu viesse pelo menos hoje, isto é, se minha presença for necessária.

— Temos muitas coisas para conversar, você não acha?

— Agora, Sra. Cooper?

— Não acho que seria apropriado. Podemos nos encontrar no escritório depois dos procedimentos de hoje.

— Muito bem. A senhora precisará de mim no tribunal?

Jenny estudou seu rosto, sua expressão ferida e desafiadora, a emoção por trás dos olhos que ela lutava para não deixar transparecer.

— Onde ouviu aqueles boatos sobre mim?

— O Gabinete Central de Bristol sabia tudo sobre a senhora mesmo antes de chegar. O Sr. Hamer, o juiz substituto lá, disse-me que havia saído sob licença médica devido a estresse depois de seu divórcio.

— Grantham?

— Pelo que sei, ele foi pressionado a permitir sua indicação.

— Por quem?

— O que se ouviu falar foi que a senhora era uma boa advogada. Havia trabalhado 15 anos no serviço público, e o ministério queria mais mulheres no cargo de investigador forense.

— Entendo.

A facilidade com que fora indicada estava explicada: seus chefes de North Somerset haviam falado com os responsáveis e a ajudado a arrumar uma posição segura. Eles tinham o ministério a seu lado, usaram o artifício de haver poucas mulheres no cargo e obrigaram Grantham e seus colegas das autoridades locais a dar o emprego a ela. Não tinha nada a ver com seus méritos. Havia sido uma recompensa pelos longos e mal pagos anos de trabalho como advogada estatal. E mesmo que ela não tenha sido informada de nada, de alguma forma deveria entender e portar-se de acordo, em agradecimento. As autoridades locais e o ministério estavam esperando uma investigadora forense grata e obediente, e se ela não entrasse no jogo, eles sempre poderiam explodir a bomba de seu histórico psiquiátrico e afastá-la do cargo. Eles pensaram que podiam controlá-la.

Alison disse:

— Posso preparar a sala de audiência, Sra. Cooper?

Um pouco estupefata, Jenny fez que sim com a cabeça.

Alison passou pela porta, e estão parou e disse:

— Ainda não há nada a relatar sobre o inquérito de Katy Taylor. Houve um assassinato e vários estupros no fim de semana. O Departamento de Investigação Criminal está muito atarefado no momento.

A sala de audiência, que normalmente abrigava julgamentos criminais, era pequena, moderna, mas ainda assim formal. Jenny sentou-se em uma cadeira giratória grande, de encosto alto, disposta bem acima do nível do chão. Longe de fazê-la sentir-se importante, aqui-

ATESTADO DE ÓBITO

lo a fez sentir-se responsável, parte do sistema. Havia algo vagamente subversivo no salão comunitário; aqui ela se sentava sob a insígnia real, cercada pelos paramentos da profissão.

Olhou para os bancos cheios de gente. Simone Wills e várias de suas amigas (mulheres com muita pele tatuada à mostra) sentaram-se na frente da galeria pública. Ao lado delas, estava Tara Collins, com seu rosto machucado, agora em vários tons de roxo. A maior parte dos outros lugares estava ocupada por jornalistas que não couberam no único banco reservado à imprensa. Jenny estimou que houvesse quase vinte deles. Também na galeria pública, estavam duas figuras vestidas de terno: uma mulher de meia-idade e um homem um pouco mais jovem, razoavelmente atraente. Ela imaginou que fossem servidores públicos, funcionários do ministério que haviam sido enviados para avaliar sua probidade e imparcialidade. Nos bancos da defesa, representando a UKAM Soluções de Segurança Ltda., estava seu velho amigo, Sr. Hartley, obviamente um frequentador assíduo dos inquéritos de Bristol. Desta vez, estava sendo instruído por uma jovem e glamourosa consultora ruiva, cujo fichário impecavelmente encadernado levava o nome de uma prestigiosa firma de advocacia de Londres. Atrás deles, vários engravatados da UKAM, executivos com suas camisas listradas e bronzeados de campo de golfe. A família Wills estava representada por um nervoso advogado novato, praticamente recém-formado, que participava gratuitamente, como voluntário do Centro de Direito de North Bristol. Um júri de oito homens e mulheres, vários deles claramente desajustados, estavam na tribuna do júri. Ela suspeitou que fossem os piores dos piores, jogados para ela por sagazes funcionários do tribunal que trabalhavam em outros locais daquele prédio.

Com os nervos estabilizados por 30 miligramas de temazepam, abriu o inquérito destacando os fatos descobertos sobre a morte de Danny Wills. Ela explicou ao júri que, como havia sido cremado, não fora possível que um legista realizasse novos exames. Eles teriam de confiar no relatório do Dr. Peterson, que declarava que Danny havia morrido por asfixia devido a estrangulamento, tendo sido encontrado pendurado por uma faixa feita com lençóis presa nas grades da janela de sua cela. Seu trabalho agora seria escutar as evidências e decidir onde, quando e como Danny chegara até a morte. Possíveis veredjtos poderiam incluir acidente (uma ocorrência completamente sem intenção, com resultado fatal; infortúnio) um risco corrido deliberadamente que levou à morte não intencional; suicídio; assassinato; um veredito aberto (em que as evidências não levam a uma conclusão definitiva); e negligência (uma grande falha em prover necessidades básicas da vida, incluindo atendimento médico, a uma pessoa em posição dependente).

A primeira testemunha chamada foi Simone Wills. Diante de tanta gente, Simone falou em um tom quase sussurrado e muito emotivo, tendo de parar frequentemente para enxugar as lágrimas. Jenny a acompanhou, estimulando-a a falar diretamente para o júri. Ela contou a eles tudo sobre a infância de Danny, sua relação turbulenta com os vários homens de sua vida, e a forma como, apesar de todos os esforços, ele foi atraído para a contravenção até que, no final, recebesse a inevitável sentença de custódia. Quando ela começou a descrever seus telefonemas desesperados para a diretoria do Centro Portshead, o júri já estava do seu lado. Na última fileira, uma mulher enxugava as lágrimas enquanto Simone dizia que sabia, *simplesmente sabia*, que havia algo muito errado com seu filho. E quando contou ter visto os dois policiais em sua porta trazendo a terrível notícia, mais duas juradas começaram a chorar. Isso pareceu dar força a ela: pelo menos havia conseguido comover as pessoas que importavam, e elas estavam sentindo sua dor.

Hartley disse não ter perguntas para Simone, mas habilmente deu-lhe suas condolências com tamanha sinceridade que um soluço da mulher mais chorosa da última fileira pôde ser ouvido.

282

ATESTADO DE ÓBITO

Ruth Turner chegou, irritada após ter cruzado a cidade ao sair de reuniões matutinas, bem a tempo de ser a segunda testemunha. Confiante, com muitos anos de experiência, ela fez um relato simples, porém compassivo, da problemática família Wills, pintando Simone também como vítima: uma jovem que lutara para construir um lar seguro para seus filhos, mas que havia sido desapontada repetidas vezes por homens irresponsáveis. Ela descreveu a angústia da jovem mãe quando, durante sua primeira aparição diante da Vara da Infância e da Juventude, foi dito a Danny que esperasse uma sentença de custódia, e contou como ela havia tentado, sem sucesso, fazer com que o Grupo de Apoio a Jovens Infratores o encaminhasse a um psiquiatra como parte de sua avaliação pré-sentença. Quando repetiu os detalhes de seu telefonema à enfermeira Linda Raven (a ligação em que foi informada de que não havia um psiquiatra disponível, nem mesmo para atender uma criança com suspeita de tendências suicidas), houve olhares de indignação até nos rostos dos jurados menos promissores.

Jenny foi direto ao ponto:

— Tem certeza de que a enfermeira Raven lhe disse que não havia possibilidade de Danny ser atendido por um psiquiatra?

— Ela disse que o centro comunitário de saúde local se recusara a fornecer um.

— Mas não havia nada que impedisse que os donos do Centro Portshead contratassem um por conta própria?

— Claro que não.

— Até onde sabe, mesmo quando Danny foi colocado em uma cela de observação por três dias, ele nunca foi psiquiatricamente analisado?

— Isso mesmo.

— O que aconteceria, digamos, em um lar infantil administrado pela prefeitura, se uma criança fosse suspeita de ser suicida?

— Ela passaria por consulta com um psiquiatra assim que possível.

— E se isso não fosse feito?

— Obviamente constituiria negligência séria.

— O Centro Portshead é obrigado a fornecer cuidados psiquiátricos?

— É uma condição que figura em seu contrato com o Conselho de Justiça Juvenil. Não há exigência de que todo interno seja avaliado, mas quando há um problema, o Centro tem o dever legal de convocar um psiquiatra.

Hartley levantou-se com o agora familiar sorriso que mostrava seu dente de ouro e perguntou a Ruth Turner se Danny, pelo que ela sabia, tinha histórico de doença ou perturbação mental. Ruth disse que não, não tinha.

Hartley disse:

— Então, com que bases telefonou à enfermeira Raven e insistiu para que ele fosse atendido por um psiquiatra?

— Com base no que sua mãe me contou.

— A Sra. Wills é medicamente qualificada?

— É claro que não.

— Ela o levou ao médico para expressar suas preocupações sobre a saúde mental do rapaz?

— Ela tinha seis crianças para cuidar.

— E o mais velho estava prestes a ser levado sob custódia pela primeira vez. Não acha que, se sua ansiedade fosse assim tão grande, ela teria considerado Danny prioridade?

— Esperávamos que o Grupo de Apoio a Jovens Infratores o encaminhasse para uma consulta.

Hartley era a paciência em pessoa.

— Isso não sugere que sua preocupação consistia mais em livrá-lo da custódia do que no estado real de sua saúde mental?

Hesitante, Ruth Turner disse:

ATESTADO DE ÓBITO

— Vendo em retrospecto, talvez eu devesse tê-la obrigado a levar o garoto ao médico.

— Mas não obrigou. E nem insistiu no pedido para que ele fosse avaliado por um psiquiatra depois do telefonema que fez à enfermeira Raven. Em vez disso, a senhora desistiu dele, não foi?

Ela ficou em silêncio por um bom tempo.

— Eu cuido de muitos casos. Gostaria de ter acompanhado, mas tecnicamente Danny não era mais minha responsabilidade, uma vez que estava sob custódia.

— Tamanha era sua preocupação com seu frágil estado de espírito que você, então, lavou suas mãos?

— Não. Eu fiz o que pude no tempo que tinha disponível.

Hartley acenou com a cabeça e disse:

— Tenho certeza de que todos nós sabemos o que é isso.

Ao passo que Ruth Turner descia, humilhada, do banco de testemunhas, Jenny sentiu como se estivesse olhando para um abismo. Nem por um momento havia passado por sua cabeça que a declaração da assistente social pudesse ser usada para reforçar a posição da UKAM, mas foi isso o que aconteceu. Hartley a havia acusado de oportunismo sentimental, de reclamar sobre a falta de um psiquiatra sem de fato acreditar que Danny estivesse doente. Seus argumentos haviam até convencido o júri: houve olhares acusatórios na direção de Simone quando souberam que ela não levou Danny ao médico. A mulher que estava chorando agora franzia a testa como se dissesse *"Que tipo de mãe era ela?"*.

Jenny tomou um gole de água e chamou a enfermeira Linda Raven para fazer o juramento, dizendo a si mesma que, embora Hartley estivesse diminuindo sua desvantagem, ele ainda não podia esquivar-se do que aconteceu na unidade de detenção. Não havia desculpas para o corpo não ter sido encontrado antes do amanhecer.

Linda Raven leu o juramento com a mesma expressão intocável e imparcial que Jenny observara no centro de recepção.

Respondeu às perguntas preliminares com um tom de voz impassível e sem arrependimentos, confirmando que ela era a enfermeira-chefe do Centro Portshead, com total responsabilidade pela avaliação médica dos recém-chegados. Estava no cargo há três anos, desde a abertura da instituição, e antes disso havia passado 13 anos trabalhando para o Sistema Nacional de Saúde, sendo que nos últimos quatro foi chefe da enfermaria do departamento de emergências do hospital de Vale. Quando lhe perguntaram os motivos por ter saído do Sistema Nacional de Saúde, disse que foi atraída pelo salário e pela oportunidade de trabalhar com gerenciamento.

Jenny perguntou:

— Pode descrever a natureza da avaliação que fez em Danny Wills?

— Foi um questionário médico padrão aprovado pelo Departamento de Saúde e pelo Serviço Prisional. Registramos o histórico básico, perguntamos se estão sofrendo de qualquer sintoma físico ou mental, se têm alergias. Também cruzamos os dados com os registros do Serviço Nacional de Saúde; se não conseguimos on-line, ligamos para o hospital e falamos com enfermeiras ou médicos.

— A avaliação psiquiátrica é parte desse processo?

— Não. Se há algum problema de saúde, encaminhamos os jovens a um médico; temos consultas duas vezes por semana. Se for urgente, chamamos plantonistas.

— Mas não foi chamado um psiquiatra para Danny daquela vez.

— A empresa para a qual trabalho tem um contrato com o Serviço Nacional de Saúde para o fornecimento de uma série de serviços. Na época, o centro comunitário de saúde local retirou a verba para serviços psiquiátricos prestados fora de certas clínicas. Houve uma disputa que durou várias semanas, período durante o qual se recusaram a fornecer cobertura. Não poderíamos ter os serviços de um psiquiatra se chamássemos um.

ATESTADO DE ÓBITO

Sua resposta foi polida e bem ensaiada, expressada de uma forma que ela não formularia sozinha: *período durante o qual.*

— A senhora teria achado bom que Danny fosse atendido por um psiquiatra?

— Não. Ele não apresentava nenhum problema em particular, o que pode ser visto em sua ficha. Era uma decisão limítrofe mantê-lo ou não sob observação.

— O que a levou a tomar aquela decisão?

— Todos os internos com histórico de abuso de drogas passam por uma vistoria detalhada para assegurar que não levam narcóticos consigo. Quando meu colega foi examiná-lo, Danny tentou impedir e foi violento.

— O que ele fez?

— Quer que eu repita as palavras exatas que ele usou?

— Sim, por favor.

— Quando o meu colega, o enfermeiro Hamilton, disse que poderia usar de força para fazer a vistoria, Danny disse "Vá em frente, pode me matar, porra. Eu me mato antes de deixar que vocês, seus vadios, coloquem as mãos em mim". Assim que ele disse essas palavras, configurou-se ameaça de autoagressão. Nosso procedimento foi mantê-lo em observação por 72 horas.

— Foi feita a vistoria?

— Sim.

— Foi usada força?

— Dois funcionários de inspeção o contiveram enquanto o enfermeiro Hamilton conduziu o exame.

— Houve também exame interno?

— Sim, houve.

— E como Danny reagiu?

— Assim que o exame terminou, ele foi detido em uma cela de observação, onde continuou a gritar e a xingar por várias horas, até que se acalmou. — A enfermeira Raven virou-se para o júri e disse: — Gostaria de destacar que, depois da vistoria, ele não fez mais nenhuma ameaça de se matar.

— Mas a primeira ameaça foi levada a sério o suficiente para fazê-lo vestir uma camisola acolchoada sem mangas, própria para prevenir a autoagressão.

— Ele havia sido violento. Esse é o procedimento padrão.

Jenny não fez mais nenhum progresso. A história cuidadosamente preparada pela enfermeira Raven, na qual não havia incoerências óbvias, dizia que Danny ficara em observação meramente por ter pronunciado uma ameaça de agredir a si mesmo que, embora tecnicamente fizesse dele um suicida em potencial, era de fato uma resposta hostil à indignação de ter seu traseiro inspecionado por um enfermeiro. Quando fez seu interrogatório, Hartley enfatizou esse ponto várias vezes, levando a enfermeira Raven a confirmar que não houve mais nada no comportamento de Danny que sugerisse que o rapaz fosse uma ameaça a si mesmo.

Quando ele terminou, Jenny perguntou:

— Se houvesse um psiquiatra disponível na época, você teria solicitado uma avaliação de Danny?

— Duvido muito. Depois das primeiras horas, ele estava cooperando perfeitamente. Está anotado no registro de observação.

— Mas a senhora havia recebido uma ligação de Ruth Turner, assistente social da família, dizendo que ele precisava ser atendido por um psiquiatra.

— Muitos internos têm problemas psicológicos, é por isso que infringem as leis. Poderíamos manter dez psiquiatras ocupados. E, em minha experiência com suicídios, eles costumam guardar os planos para si mesmos.

Alguns jurados fizeram gestos com a cabeça em reconhecimento. Na galeria pública, Simone Wills estava sendo confortada por uma mulher que vestia uma blusa apertada com a inscrição "Atriz pornô em treinamento", em glitter.

ATESTADO DE ÓBITO

Jenny agradeceu Raven e a dispensou, sentindo o chão escorregar sob seus pés. Ao ouvir a última resposta, ela se lembrou de quão astuciosa sua amiga e colega de quarto Cathy fora vários anos antes. Depois de ter ficado bêbada por uma semana inteira, na qual alegou ter dormido com dez homens, havia passado vários dias sóbria e em abstinência sexual até que resolveu sair de seu apartamento, bem-vestida, falando baixo e arrependida. Naquela noite, ela se jogou embaixo de um trem.

Jenny pediu um recesso para o almoço e retirou-se para a sala sem graça nos fundos do tribunal, pomposamente chamada de "Gabinete do Juiz". Não conseguiria ficar jogando conversa fora no refeitório judicial, o qual estava liberado para ela durante o período do inquérito, então pegou um minipacote de biscoitos que havia sido deixado em um carrinho para ela, junto com sachês de café, como aqueles de hotel, e um bule elétrico.

A manhã não havia feito sua investigação avançar. Ela se sentiu ingênua e tola por ter imaginado que o resultado seria diferente. Harry Marshall, que passara anos no cargo, não havia sequer arranhado a UKAM. Menos de dois meses antes, ele devia ter se sentado em uma sala como aquela e chegado à mesma conclusão deprimente: o sistema foi ajustado de forma que todos evitassem a responsabilidade. Por isso funcionava tão bem. Se uma ou duas crianças morressem, o que importava? A maioria delas não importava.

Alison, ainda fria e mantendo distância, chegou com um recado de Hartley. Elaine Lewis estava inevitavelmente impedida de comparecer e pediu permissão do tribunal para ser dispensada até a manhã do dia seguinte. Jenny disse que preferia ter sido avisada com mais antecedência, mas poderia contornar a situação. Em particular, estava feliz por não precisar encará-la aquela tarde. Já estava se sentindo exausta.

Alison disse:

— Aquela enfermeira estava mais confiante do que da última vez. Acho que ela foi instruída por alguém.

— Eu diria que sim.

— Talvez a forma como o Sr. Marshall lidou com este caso não lhe pareça tão estranha agora?

Ela olhou para Jenny e deixou a sala.

A tarde começou com um tom mais promissor. Um homem chamado Vince Mason, gerente de operações da Sectec Ltda., foi o próximo no banco de testemunhas. Apresentando um calhamaço de folhas impressas, tiradas do registro do atendimento aos clientes, ele foi inflexível em dizer que sua empresa não havia sido informada de nenhum problema com as câmeras no Centro Portshead até as 9 horas do dia 14 de abril, poucas horas depois que o corpo de Danny fora descoberto. Parte de seu contrato com a UKAM, explicou, era uma verificação regular do sistema a cada três meses. Seus engenheiros haviam estado lá 15 dias antes e encontraram tudo funcionando bem. Além do mais, garantiram que o equipamento seria consertado ou substituído dentro de 48 horas a partir da constatação de qualquer defeito. Era inconcebível que uma câmera reportada como defeituosa ficasse sem funcionar por uma semana.

Sem se deixar abalar pela segurança de Mason, Hartley perguntou se era possível que os funcionários da segurança do Centro Portshead tivessem reportado o defeito, mas que sua empresa tivesse perdido o registro, ou simplesmente não tivesse respondido. Mason disse que não, ele podia olhar nos registros, nenhum defeito havia sido reportado antes do dia 14.

— Os clientes reportam defeitos tanto por e-mail quanto por telefone, não é? — disse Hartley.

— Sim, alguns.

ATESTADO DE ÓBITO

A consultora jurídica de Hartley entregou a ele duas folhas de papel, as quais pediu que Alison passasse a Mason. Outra cópia foi feita para Jenny.

— O senhor vê que estas são mensagens de e-mails reportando um defeito na câmera do corredor principal da unidade masculina?

— Sim, senhor.

— Elas foram enviadas para seu endereço correto?

— Parecem ter sido.

— Pode fazer o favor de dizer ao júri as datas de envio?

Mason, confuso, estudou cuidadosamente os documentos.

— Aqui diz que são de 9 e 14 de abril, mas não sei se acredito. Não estão em nossos registros.

— Está dizendo que o seu setor de atendimento ao cliente não recebeu estes e-mails?

— Acho que não.

Hartley virou-se para Jenny.

— Senhora, a testemunha tem permissão de sair por alguns minutos para esclarecer a situação? Talvez alguns telefonemas possam resolver.

Jenny viu Tara Collins, na galeria pública, olhar para ela como se dissesse que ambas sabiam o que viria a seguir.

Jenny disse:

— Veja se esses e-mails foram recebidos, Sr. Mason.

Não foi surpresa quando, menos de cinco minutos depois, ele voltou ao banco parecendo desnorteado com a notícia de que os e-mails, no fim das contas, pareciam estar no sistema. Ele não tinha explicações para o porquê de não terem sido registrados ou acionados. Isso nunca havia acontecido antes.

Jenny disse:

— Pode ser que eles não tenham sido recebidos na época, e agora pareça que foram?

Mason disse:

— Não tenho ideia. Não sou especialista nessas questões.

Hartley interrompeu:

— Não sei o que está sugerindo, mas as datas de envio de e-mails há muito tempo têm sido aceitas nos tribunais criminais como evidências perfeitamente confiáveis.

Jenny disse:

— Eu decido sobre a confiabilidade das evidências, Sr. Hartley. Por enquanto, estou mantendo a mente aberta. — Com o canto dos olhos, ela viu Tara Collins sorrir.

Darren Hogg tinha a aparência de quem passou a vida em uma sala escura cercada de monitores. Sua pele tinha cicatrizes de acne e cor de comida de fast-food, e ele estava no banco de testemunhas, vestido em um uniforme com o mesmo orgulho que às vezes se vê em jovens policiais. Jenny pensou: um guarda de segurança profissional vivendo uma fantasia pouco saudável.

Ela perguntou:

— Estava trabalhando na sala de controle das câmeras nas primeiras horas do dia 14 de abril?

— Sim, estava.

— Que parte da unidade masculina podia ver?

— Apenas a entrada, senhora. A câmera do corredor principal estava dando pau há mais ou menos uma semana.

— O que foi feito a respeito?

— Eu enviei um e-mail à empresa que cuida das câmeras, assim como meu colega.

— Tem certeza de que enviou esse e-mail?

— Sim, senhora.

— Por que não reportou o defeito por telefone?

— Não podíamos usar a linha externa... devido aos custos.

— A diretoria foi avisada?

ATESTADO DE ÓBITO

Ele hesitou um pouco.

— Acho que meu colega avisou. É... Ele estava trabalhando no diurno aquela semana.

— Mas você não tem certeza?

— Não.

— Concorda que não ter aquela câmera em funcionamento era uma condição insatisfatória?

— É claro. Mas câmeras têm problemas o tempo todo.

— Tem certeza de que não há nenhuma fita com gravações daquele corredor nas primeiras horas do dia 14?

— Certeza absoluta.

— Quero que pense na seriedade da pergunta antes de responder, Sr. Hogg... Alguém, em algum momento, pediu que destruísse, alterasse, perdesse ou interferisse de qualquer forma em imagens que pudessem ser relevantes neste inquérito?

Ele pensou por um instante, e então balançou a cabeça.

— Não.

Jenny olhou para o júri. Alguns homens pareciam em dúvida.

— Imaginemos que a câmera estivesse funcionando. O que esperaria ter visto?

— Não muito. Apenas o funcionário da noite fazendo suas verificações.

— Com que frequência?

— A cada meia hora.

— O funcionário da noite deve percorrer o corredor, verificando através de cada janela a cada trinta minutos, durante toda a noite?

— Sim.

— Pelo que costuma ver, acontece de eles, às vezes, esquecerem de fazer uma verificação ou duas? Cochilam na sala dos funcionários?

— Não que eu tenha visto.

— Nunca?

— Não.

Os jurados céticos sorriram. Outros trocaram olhares. Hogg era o tipo de cara que venderia a mãe pela chance de usar um uniforme, e eles haviam percebido isso.

Jenny disse:

— Eu simplesmente não acredito que seja verdade, Sr. Hogg. Realmente nunca viu um funcionário da noite esquecer de uma verificação?

— Nunca, senhora.

Ela ouviu um dos jurados dizendo "Ah, tá bom".

A última testemunha do dia era Kevin Stewart, o funcionário de inspeção que estava no plantão noturno da unidade masculina. Um homem louro, com cabelos crespos, de uns 40 anos, com um forte sotaque de Glasgow. Seu paletó mostrava os ombros pontudos; o colarinho da camisa era muito grande para seu pescoço. Jenny sentiu o coração acelerar enquanto ele lia o juramento. Era ele quem tinha de ser encurralado. Tocou os dois comprimidos soltos em seu bolso e desejou sentir-se mais calma. Procurou o copo, mas impediu a si mesma de pegá-los, notando o tremor em sua mão. Stewart abaixou o cartão do juramento e virou-se para encará-la. Ela engoliu, forçando a saliva garganta abaixo.

Prosseguiram com as formalidades iniciais. Stewart disse que trabalhava em instituições para jovens infratores e em centros de detenção juvenis há quase vinte anos, sendo os últimos dois no Centro Portshead. Sua ficha era exemplar, e não havia nenhuma reclamação registrada contra ele. Normalmente, ele trabalhava no turno diurno, mas fora escalado para trabalhar à noite na semana em que Danny morreu porque vários membros da equipe estavam de licença médica. Ele estava ciente de que Danny fora posto em observação assim que chegou e que se recusava a sair de seu quarto,

ATESTADO DE ÓBITO

a não ser para comer. Disse que acontecia o mesmo com vários garotos, especialmente os que estavam ali pela primeira vez. A equipe de funcionários lidava com isso deixando-os se acostumarem ao lugar durante cerca de uma semana. Ao fim desse período, mesmo os casos mais difíceis acabavam se entediando por ficar tanto tempo sentados no quarto.

Jenny perguntou:

— O senhor falou com Danny Wills?

— Algumas vezes, quando começava o meu turno, às 22 horas. Eu chegava alguns minutos antes, ajudava a arrebanhar os internos que ainda não tinham se recolhido.

— O senhor o viu na noite do dia 13?

— Rapidamente. Ele estava em seu quarto, disse-me que o vaso sanitário estava entupido. Verifiquei e vi que estava demorando para esvaziar. Funcionava para os líquidos, mas não para os sólidos, se entende o que quero dizer. Falei que avisaria o pessoal da manutenção.

— Havia dois quartos vazios naquela noite. Por que não o transferiu para um deles?

— Não era nada tão sério que não pudesse esperar até a manhã seguinte. Não parecia valer a pena, pela burocracia.

— Quando o senhor chamou a manutenção?

— Logo depois que as luzes foram apagadas. Deixei um recado no correio de voz.

Jenny fez uma anotação.

— Alguém da equipe diurna lhe disse algo sobre ele?

— Dave Whiteside, ele estava no turno da noite, disse algo sobre ter começado a se misturar, a ir até a sala comum durante a noite. A senhora pode ver na seção de comentários da ficha de Danny.

Jenny pegou sua cópia do arquivo de progresso de Danny e verificou o registro diário. A ficha confirmava que ele havia passado o dia em seu quarto, ido até o refeitório para o jantar e "socializado na sala comum durante a noite". O comentário estava assinado por D. Whiteside.

Jenny disse:

— O que aconteceu quando as luzes foram apagadas?

— Certifiquei-me de que todos estavam na cama e desliguei as luzes no interruptor mestre.

— Os quartos então ficaram na escuridão?

— Não totalmente. Eles têm uma pequena luz noturna, para podermos ver lá dentro.

— Quantos funcionários estavam trabalhando na unidade masculina aquela noite?

— Apenas eu até o horário de acordá-los, às 7 horas. Às vezes, se tínhamos um grupo difícil, ficavam dois funcionários, mas aqueles eram calmos. Normalmente há duas funcionárias na unidade feminina; por algum motivo, as meninas arrumam mais encrencas à noite.

— O que fez nessas dez horas, Sr. Stewart?

— Passei pelo corredor a cada trinta minutos, assisti a um pouco de televisão, fiquei de olho nas coisas, em geral.

— Algum problema?

— Não. Foi uma noite tranquila.

— O senhor sabe que o legista descobriu que Danny morreu entre as 2 e as 3 horas?

— Foi o que me informaram.

— Mesmo que tenha sido mais perto das 3 horas, o senhor fez nove viagens de um lado para o outro do corredor sem notar o corpo do garoto pendurado nas grades da janela.

— Expliquei isso no primeiro inquérito, senhora. Olhei pela janelinha da porta e vi o que pensei ser Danny deitado sob as cobertas. Acontece que ele encheu algumas roupas e colocou ali. E, de qualquer forma, não poderia tê-lo visto pendurado porque o corpo estava ocultado pelo armário.

ATESTADO DE ÓBITO

— Inspecionei esse quarto na última sexta-feira, Sr. Stewart. O armário é preso na parede próxima à janela. Não se estende o suficiente no quarto para esconder um corpo, mesmo um corpo pequeno.

— Não lhe disseram? Só os fixamos na parede depois. Foi uma coisa que aprendemos aquela noite. Ele era um rapaz esperto, empurrou o armário a uma distância que o escondesse. Ouve-se muito isso na minha área de trabalho: quando alguém vai cometer suicídio, algo aflora. Um garoto que não sabe nem amarrar os sapatos de repente está fazendo nós e laçando ovelhas.

Outro comprimido entorpeceu parte da ansiedade que a havia consumido. Quando era tão aguda, os sintomas físicos eram os piores. Ela havia caminhado pelo centro da cidade até o escritório, tendo de parar a cada instante para tomar fôlego. Seu diafragma estava tão fechado que cada respiração era um esforço consciente. De cinco em cinco minutos, todo o seu sistema nervoso falhava como uma luz elétrica piscando durante uma tempestade. Quando isso acontecia, Jenny tinha a sensação de estar afundando, como se perdesse o chão e começasse a cair.

Mais meio comprimido foi um exagero, mas aliviou um pouco seu peito e deixou a respiração mais fácil novamente. Ela se sentou na beira de sua mesa e fechou os olhos, tentando relaxar, sentir seus membros pesados, imaginando a voz profunda e reconfortante do Dr. Travis.

O interrogatório do dia não poderia ter sido pior. As alegações de Simone e Ruth Turner sobre as tendências suicidas de Danny haviam sido pintadas por Hartley como parte de uma tentativa fracassada para evitar a punição que ele merecia. A enfermeira Raven havia se mostrado uma profissional preocupada e competente, que agiu com cautela excessiva ao manter Danny em uma cela de observação. A UKAM havia, de alguma forma, plantado e-mails nos computadores da Sectec, e Kevin Stewart lhe havia negado o único ponto que ainda deixava a porta aberta para um veredito de negligência. Nada que ela pudesse jogar sobre Elaine Lewis seria suficiente para evitar o inevitável veredito de suicídio. Sua única esperança era Terry Ryan, o garoto de 16 anos que ocupara a cela ao lado, mas uma vez que ele não havia demonstrado interesse em fazer uma declaração por escrito, apesar dos inúmeros telefonemas à sua casa, ela não tinha ideia do que o rapaz poderia dizer.

O que a deixava mais irritada era o fato de ter acreditado que seria diferente. O quanto havia se iludido? Isso a fez pensar que, em algum momento no meio do processo, ela havia perdido contato com a realidade, ficando encalhada em um mundo saído de sua imaginação, e que David e Ross apenas haviam feito de tudo para não contrariá-la.

Ela ouviu o barulho da chave na porta, que abriu e fechou. Alison deu alguns passos, e então parou. Jenny sentiu que ela estava parada, imóvel, no meio da recepção. Nenhuma das duas disse nada. O silêncio pareceu ter durado mais de um minuto antes que Alison fosse até a porta de sua sala e batesse.

Seus nervos contraíram-se com o barulho.

— Pois não?

Ela entrou aparentando ter acabado de ouvir notícias trágicas. Estivera chorando e, com a maquiagem escorrida, seus olhos eram claros e inexpressivos. As duas mulheres se olharam, sem que nenhuma soubesse como começar.

Alison foi a primeira. Estava calma e cheia de arrependimento.

— Tenho uma confissão a fazer, Sra. Cooper... Receio ter feito algo que não devia. Deixei meus sentimentos me dominarem. — Ela abriu a maleta que mantivera consigo no tribunal e tirou um documento. — Descobri isso depois que o Sr. Marshall morreu. Estava

ATESTADO DE ÓBITO

trancado na gaveta onde a senhora achou o arquivo de Katy Taylor... — Entregou os papéis.

Tinha uns dois centímetros de grossura, encadernado em espiral e marcado como "Confidencial". O título dizia "Proposta oficial de um centro de detenção juvenil para Bristol e região sudoeste". Abaixo, o logotipo da UKAM Soluções de Segurança Ltda. O conteúdo, mais de 120 páginas, consistia em projetos detalhados e levantamento de custos para a construção de uma instituição de detenção juvenil pensada para acomodar até quinhentos internos. Deveria localizar-se em uma área de 10 hectares de propriedade das autoridades locais, no nordeste da cidade, onde antes havia uma fábrica de cigarros. Jenny passou os olhos no resumo final e viu os custos de construção: oito milhões de libras. O custo anual de operações do primeiro quinquênio era de trinta milhões. A última página estava com data de 18 de janeiro.

Ela fechou o documento e colocou-o sobre a mesa. Seu diafragma apertado segurava os pulmões como uma prensa.

— Por que não me mostrou isso antes?

— Temia que ele estivesse metido em algum tipo de corrupção. Reclamava sempre de não estar ganhando o suficiente.

— Como ele recebeu isso?

— Não tenho ideia. Deveria ser algo confidencial entre o proponente e a Vara da Criança e da Juventude. Alguém deve ter deixado vazar.

— E ele nunca mencionou isso a você?

Ela fez que não com a cabeça.

— Escrevi minha carta de demissão. — Ela pegou sua maleta e tirou um envelope.

— Para que isso?

— Um jovem morreu e eu omiti evidências.

— Você quer que a UKAM acabe com a sua carreira também?

— Como pode confiar em mim agora? Nem eu confio em mim mesma.

— Você me entregou isso, não foi?

Alison olhou para ela, descrente.

— Não quer que eu vá?

Jenny disse:

— Faremos um acordo. Você guarda os meus segredos e eu guardo os seus. Os de qualquer outra pessoa são terreno livre.

Os acontecimentos do dia ficaram rodando em sua mente. Os truques sujos da UKAM e a cuidadosa orientação dada às testemunhas destruíram todas as suas tentativas de culpá-los. O que ela não havia considerado era até onde uma empresa comercial agressiva podia ir para se proteger. Um veredito de negligência não apenas resultaria em pequenas mudanças no sistema prisional do Estado, mas poderia ameaçar um negócio de dezenas de milhões de libras.

A proposta estava no banco do passageiro de seu carro como uma bomba não detonada. Marshall, assim como ela, havia lido aquilo e percebido que a vida de um contraventor de 14 anos não significava nada para a UKAM, se comparada aos negócios em jogo. Ele havia lido aquilo e ficado furioso. Ia fazer as bases da cidade estremecerem. Mas, em vez disso, quem estremeceu foi ele. Algo aconteceu entre o momento em que recebeu o documento e o que conduziu o inquérito fingido que o destruíra. Alison tinha medo de que ele tivesse sido corrompido, mas Jenny não acreditava nisso; a UKAM não correria o risco de Marshall procurar a polícia, eles eram mais espertos. O que quer que tenham feito, Marshall foi pressionado. Simone Wills havia sido crucificada pela imprensa, e sua casa, revirada às vésperas do inquérito a partir de uma denúncia mal-intencionada, e Tara Collins, que tentara estabelecer a relação entre as mortes de Danny e de Katy Taylor, descobriu-se associada a acusações de fraude que poderiam colocá-la em uma cadeia.

ATESTADO DE ÓBITO

O que estaria reservado para ela?, imaginou. Os calmantes que encomendou ilegalmente na internet? Seu registro médico? Ameaças a seu filho?

Jenny segurou o volante com as mãos escorregadias de suor e tentou manter-se viva enquanto cruzava a ponte Severn, presa no trânsito entre o canteiro central e uma pista cheia de caminhões articulados. Com o coração acelerando e todos os antigos sintomas de ansiedade aflorando, ela temeu estar tendo um surto.

Enfiou-se em seu velho jeans e andou descalça até o riacho. As pedras sob a sola de seus pés eram afiadas, mas a sensação logo foi amortecida pela água congelante. Parada no meio do córrego, com a água na altura das coxas, olhou para as folhas que balançavam no alto dos freixos e perguntou a Deus, que sempre tentou acreditar estar lá, como alguém que deveria sentir-se tão livre podia estar tão presa dentro de si mesma.

Permaneceu ali até começar a tremer, até que todo o seu corpo estivesse sentindo algo mais poderoso que o domínio de um medo intangível. Quando seus dentes estavam batendo tão forte que não podia mais segurar o maxilar fechado, voltou para a beira e sentou-se à mesa de tampo surrado. Vestindo roupas frias e molhadas, quase incapaz de segurar uma caneta, começou a fazer anotações em um bloco. Permaneceu ali, tremendo, recusando-se a ser abatida, até que estivesse muito escuro para enxergar.

DEZOITO

ELA ACORDOU SENTINDO-SE DISTANTE, COMO se não pertencesse a seu corpo. O rosto que olhava de volta para ela no espelho do banheiro não lhe parecia familiar. Teve de pressionar fortemente os dedos na pia para senti-los. O Dr. Travis uma vez lhe dissera o nome desses sintomas, mas ela havia deliberadamente decidido esquecer. Tudo o que sabia é que aquilo fazia parte da síndrome e que a assustava.

Quando se vestiu e tomou o café da manhã, a sensação começou a diminuir e ela lentamente voltou a sentir os dedos. Mas pensamentos paranoicos e indesejados surgiram para tomar o lugar da sensação anterior. Ela não queria tocar na faca do pão; viu-se evitando pisar nas divisões dos ladrilhos do chão da cozinha. Repetiu a si mesma que já havia passado por aquilo, que eram apenas sintomas de estresse normal que ela poderia vencer e superar se conseguisse enfrentar os próximos dias. Mas havia outra voz que dizia que era o fim, que ela estava afundando desta vez. Para sempre.

Retomou o controle do único modo que pôde, planejando meticulosamente a medicação do dia. Um comprimido agora, um logo antes de entrar no tribunal, outro antes da sessão vespertina. Para casos de emergência, repetiu o truque das pastilhas de menta com quatro metades do remédio, colocadas dentro da embalagem. Durante o caminho até a cidade, ensaiou alguns exercícios que o Dr.

ATESTADO DE ÓBITO

Travis lhe ensinara e conseguiu enterrar os pensamentos mais bizarros e perturbadores. Ela se lembrou do médico dizendo que, quando ela se sentisse assim, o mais importante era controlar as emoções, não ficar nervosa ou irritada. Se ela pudesse permanecer equilibrada, conseguiria passar o dia, e depois de conseguir da primeira vez, cada dia subsequente seria mais fácil. Ela sabia disso. Já havia escalado essa montanha antes.

Entrando na sala de audiência e mais uma vez tomando seu lugar no trono da justiça, quase sentiu-se ela mesma novamente. Só precisara da quantia certa de temazepam, vinte minutos de exercícios de relaxamento e nenhuma gota de cafeína. Estável. Lidando com a situação. O mesmo não podia ser dito de Simone Wills, que parecia brava e chorosa, e lançava olhares de ódio sobre os executivos da UKAM, que pareciam estar gostando da fuga de suas rotinas de escritório. Tara Collins estava sentada ao seu lado, oferecendo palavras de consolo. A mulher com a camiseta de "Atriz pornô" e a maioria de suas outras amigas não estavam lá, deixando espaços vazios nos bancos públicos. Os repórteres também estavam em menor número, mas os dois servidores públicos vestidos de terno ocupavam os mesmos lugares, ao fundo, com os blocos na mão e as canetas a postos. Hartley estava reclinado em sua cadeira, contando uma piada à sua consultora jurídica. A linguagem corporal dizia que ele estava se sentindo extremamente confiante e esperando que seu dia transcorresse sem nenhum obstáculo. Decidida a desapontá-lo, Jenny chamou sua primeira testemunha.

Elaine Lewis demorou alguns instantes para responder ao chamado de Alison. Entrou na sala e andou lentamente até a frente, dando a impressão de dominar o tribunal tão absolutamente como dominava sua prisão. Vestida em um elegante conjunto de calça e blazer com apenas um toque sutil de joias, subiu ao banco das testemunhas e leu o juramento sem um pingo de nervosismo. Cada palavra e gesto foi executado para expressar uma confiança implícita e inabalável. Simone Wills a encarou com olhar mortífero, mas ela permaneceu indiferente. Magnificente. Ciente da tensão em seu próprio corpo, Jenny sentiu uma ponta de inveja.

— Sra. Lewis, como diretora do Centro Portshead, a senhora aceita a responsabilidade final por todas as decisões operacionais?

Após um segundo, Elaine Lewis respondeu:

— É claro.

— Podemos mapear o progresso de Danny em sua instituição e as decisões que foram tomadas em relação a ele? Antes mesmo de o jovem chegar às suas dependências, seu escritório recebeu telefonemas da mãe do garoto e da assistente social da família alertando que seu estado mental era vulnerável.

— Sim. Temos procedimentos rigorosos para a avaliação de internos em sua chegada, programados para detectar tais vulnerabilidades. No caso de Danny, foi exatamente o que aconteceu. — Ela falou em tom suave e moderado, dizendo *Danny* como se se tratasse de seu próprio sobrinho.

— Quem atendeu os telefonemas?

— Minha assistente atende todas as minhas ligações. Não tenho uma linha direta.

— Ela transmitiu os recados para a senhora?

— Sou notificada de todas os comunicados relevantes. Não havia nada de extraordinário ou fora do normal naqueles feitos pela Sra. Wills e pela Sra. Turner. Embora tentemos ser receptivos com as famílias, o Centro Portshead *é* uma instituição penal.

— Está dizendo que tem uma política de não responder a ligações de familiares ou de profissionais preocupados?

— Seria incomum que eu respondesse pessoalmente, sim.

— A senhora fez alguma coisa em relação à informação passada nesses telefonemas? Entrou em contato com a equipe médica?

ATESTADO DE ÓBITO

— Não. Acredito plenamente no julgamento profissional de todos os nossos funcionários, e foi mais do que justificado nesse caso.

— Então a senhora considera as ligações histéricas e sem sentido?

— Não são as palavras que eu usaria. Eu diria que uma vez que o interno é recebido em Portshead, ele ou ela é nossa responsabilidade. Levamos esse dever extremamente a sério.

Jenny parou para fazer uma anotação, deliberadamente ditando o ritmo. Depois de um longo momento, sem levantar os olhos, ela disse:

— Como a senhora acha que um garoto de 14 anos, nu, mentalmente perturbado, sentiu-se ao ser vestido com uma camisola grossa parecida com uma coberta de cavalos e ao ser trancado em uma cela por três dias?

— Não sou uma profissional da área médica. Não gostaria de comentar. No entanto, trata-se de um procedimento autorizado, criado para assegurar que uma criança não se machuque.

— Criado para assegurar que uma criança *não consiga* se machucar fisicamente, não é? Não tem nada a ver com seu estado psicológico.

— Nossa prioridade é garantir o bem-estar *físico* de cada interno.

— Ele foi colocado na cela porque sentiu-se que havia risco que ele se autoagredisse. Trata-se de um distúrbio psicológico, e mesmo assim ele não foi avaliado por um psiquiatra. Não havia nenhum disponível.

— A senhora deve conhecer os protocolos que, por lei, somos obrigados a seguir. Eles foram seguidos. Em um mundo ideal, Danny teria passado por um psiquiatra, mas devido a circunstâncias que fogem de nosso controle, nenhum estava disponível naquele período.

— A senhora poderia ter contratado um.

— Se fosse considerado necessário, é claro que teríamos feito isso. Mas Danny não tinha histórico de doenças mentais e comportou-se perfeitamente bem durante o período que passou em observação. Ele não estava na categoria de internos para os quais normalmente teríamos chamado um psiquiatra.

— Não lhe perturba o fato de o garoto não ter passado por uma avaliação psiquiátrica?

— Todo o sistema prisional, adulto e juvenil, é imperfeito. No Centro Portshead, fazemos tudo o que podemos com o orçamento que o governo nos dá. Todos os aspectos de nossos procedimentos são rigidamente controlados e analisados.

As respostas ensaiadas de Elaine Lewis estavam começando a enervá-la, mas Jenny disse a si mesma que relaxasse e se dirigisse a ela sem emoção, para deixar a executiva de fala mansa se enforcar com sua própria corda.

— Sra. Lewis, como explica o fato de a câmera da unidade masculina ficar quebrada por uma semana? As câmeras não são parte de seu controle rígido?

— Isso não devia ter acontecido. Estão sendo tomadas medidas para que, no futuro, todos os defeitos sejam reparados em 24 horas.

— A senhora não considera muita coincidência que a câmera quebrada seja a única que poderia nos dizer se o Sr. Stewart cumpriu ou não as verificações a cada meia hora, como alegou?

— Não, não considero. E Kevin Stewart é um de nossos funcionários mais experientes e confiáveis.

Jenny olhou para o júri. Seus rostos estavam imóveis. Apesar da performance polida de Elaine Lewis, eles não estavam simpatizando com ela.

— E a senhora não considera estranho que um de seus funcionários mais experientes não tenha visto, não em uma, mas em nove tentativas, um corpo pendurado na janela?

ATESTADO DE ÓBITO

— Fiquei satisfeita com sua explicação de que o corpo não estava visível, e que, infelizmente, ele foi enganado para que acreditasse que Danny estava na cama. Seria perfeitamente possível ter câmeras nas celas, mas não acho que qualquer um de nós fosse querer isso.

— A senhora não aceita que seus sistemas, de alguma forma, contribuíram para a morte de Danny?

— Não.

— Não aceita nenhum tipo de responsabilidade?

— Não.

Ouviu-se um burburinho nervoso na galeria pública, com a voz de Simone Wills se destacando sobre as demais, e Tara Collins sussurrando a ela para que se acalmasse. Jenny deu-lhe um momento para se recompor, esperando que o fizesse sem armar um barraco. Os funcionários sentados atrás dela trocaram olhares, surpresos por Jenny não ter intervindo. Mas Simone, no final, acalmou-se, mantendo seus xingamentos para si.

Jenny olhou para as pastilhas de menta que deixara sobre a mesa e pensou em colocar uma na boca. Não, ela havia conseguido chegar até aqui sem fazer isso. Mexeu em alguns papéis e tirou sua cópia da proposta, sem deixar Elaine Lewis ver do que se tratava.

— Sra. Lewis, apenas para que o júri entenda completamente a situação, o Centro Portshead, assim como muitas outras instituições penais deste país, pertence e é dirigida por uma empresa privada, visando ao lucro, não é isso?

— Sim, isso mesmo. — Pela primeira vez, um tom defensivo aparecia em sua voz. Os olhos de Hartley se apertaram e ele inclinou-se para a frente em sua cadeira. Os dois servidores públicos que estavam no fundo da galeria levantaram os olhos de suas anotações.

— Se não gerenciar seus negócios de acordo com os padrões exigidos, corre o risco de perder a concessão. Há muito dinheiro em risco.

307

— Exatamente. E é por isso que não podemos nos permitir cometer erros.

— A senhora está ciente de que internos estavam usando drogas regularmente dentro do Centro Portshead?

Os olhos de Elaine Lewis dirigiram-se para Hartley. Jenny tomou como um sinal de que não estavam preparados para isso.

— Todas as prisões e instituições de custódia juvenil têm problemas com drogas. A não ser que evitemos qualquer contato físico com visitantes, é quase inevitável.

— Deixe-me dar um exemplo, Sra. Lewis. Havia uma menina chamada Katy Taylor que era uma interna no período em que Danny esteve no centro. Infelizmente, ela morreu um pouco depois de ter sido solta, e como parte da necropsia, seu cabelo foi examinado. Foi provado que ela esteve fumando maconha e crack quase diariamente dentro de sua instituição.

— Se estiver correta, isso é muito lastimável.

— Quase todo dia, em uma sentença de seis semanas. — Trata-se de muita droga.

Hartley ficou de pé.

— Longe de querer ditar o curso de sua interpelação, senhora, mas as drogas usadas ou não pela Srta. Taylor têm alguma relevância para este caso?

Jenny disse:

— O fato de internos estarem usando drogas diariamente contradiz a alegação de que Centro Portshead está acima de reprovações.

— *Uma* interna.

Jenny dirigiu-se para a testemunha.

— Não sabemos disso, sabemos, Sra. Lewis?

— Temos um regime de testes. Lidamos com isso da mesma forma que as prisões estatais.

ATESTADO DE ÓBITO

Jenny fez um gesto para que Hartley voltasse a se sentar. Relutante, ele obedeceu.

Ela disse:

— Danny era um usuário frequente de drogas. Ele usou alguma em Portshead?

— Não estou em posição de dizer.

— Então é possível que tenha usado?

— É claro. E sem sermos tirânicos, não é um problema que possamos erradicar totalmente.

Jenny abriu a proposta em uma página que havia marcado.

— A senhora reconhece estas palavras, Sra. Lewis? "O sistema de vigilância e testes mais avançado será empregado, baseado naqueles que se provaram bem-sucedidos no Centro Portshead, para assegurar que a instituição permaneça totalmente livre de drogas."

Os olhos da diretora recaíram diretamente sobre os executivos da UKAM, que já estavam inclinados para a frente em suas cadeiras, falando com Hartley e sua consultora jurídica.

— Perguntei se reconhece essas palavras.

Ela se recusou a responder, esperando que Hartley viesse resgatá-la daquela situação.

— Elas estão em uma proposta escrita por seus funcionários, tentando ganhar uma concorrência...

Hartley deu um salto.

— Senhora, meus clientes disseram que pode estar citando conteúdo de um documento comercial altamente confidencial, completamente irrelevante aos fatos específicos deste caso.

— Vou lhe dizer que conteúdo estou citando, Sr. Hartley...

— Senhora, por favor, permita-me debater sobre uma questão legal.

Jenny sentiu uma onda de adrenalina tomar seu corpo. Boa adrenalina, pela primeira vez. Ela iria enfrentar aquele idiota.

— Não. Por favor, sente-se. Quero ouvir a resposta da testemunha.

Os dois servidores no fundo da galeria estavam em uma conversa animada. A mulher concordou com a cabeça com seu colega e foi até a porta, pegando o telefone.

— Senhora, eu devo protestar firmemente. Isso é completamente impróprio. A intenção deste inquérito é descobrir quando, onde e como essa morte ocorreu.

— É exatamente o que estou fazendo, Sr. Hartley. E o senhor sabe perfeitamente que não tem o direito de me dizer que perguntas fazer neste tribunal.

— Espero que a senhora compreenda que isso pode lhe trazer consequências legais sérias no âmbito pessoal. Quebra de sigilo comercial...

Jenny interrompeu:

— Não é algo que eu deixarei atrapalhar um inquérito sobre a morte de uma criança. — Ela se voltou para a testemunha.

— A recusa em responder minhas perguntas é desacato à autoridade de um tribunal. A senhora entende?

— Sim.

— Reconhece aquelas palavras, Sra. Lewis?

Ela olhou para Hartley, que estava consultando um livro com pressa. Ele fez um sinal positivo com a cabeça.

— Sim, reconheço.

— O Centro Portshead não pode ser chamado de um lugar livre de drogas, não é?

— É uma questão de opinião.

— Sua companhia, a UKAM Soluções de Segurança Ltda., está participando de uma concorrência de milhões de libras pra construir um centro de detenção com quinhentas vagas nesta cidade, não está? Isso não é confidencial. A confidencialidade se resume aos números que constam da proposta. — Com o dedo, Jenny bateu na capa do documento.

ATESTADO DE ÓBITO

A testemunha recobrou a compostura.

— Naturalmente estamos participando. É um grande contrato com o governo. Somos líderes nesse campo.

— Vou colocar isso da forma mais delicada possível... A reputação de sua companhia como uma instituição segura para jovens é um componente vital para vencer essa concorrência, não é?

— É um dos elementos de nossa proposta, com o qual não preciso me preocupar.

Jenny olhou para os rostos dos jurados. A seleção desinteressante de desocupados da manhã do dia anterior agora estava unida em desprezo por aquela criatura corporativa e suas evasivas educadas. Satisfeita com o que havia conseguido, Jenny disse que não tinha mais perguntas. Hartley disse que também não tinha.

Jenny liberou Elaine Lewis do banco de testemunhas e pediu que Terry Ryan fosse chamado. Enquanto Alison ia até a porta do tribunal, um dos servidores, o rapaz, foi até ela e mostrou seu cartão. Alison olhou para o papel, e depois para Jenny, que fez sinal para que fosse chamar a testemunha. O homem olhou para a investigadora de um modo grave, como se ela devesse saber quem ele era. Ela ignorou.

Alison abriu a porta da sala de audiências e chamou Terry Ryan. Um garoto de 16 anos, magro, usando uma calça jeans caída e um colete do Ice-T, entrou, com um ar insolente. Ele tinha pelos no peito e queria que o mundo soubesse disso. Alison entregou o cartão do servidor para Jenny enquanto levava Terry ao banco de testemunhas. Dizia: *Simon Moreton, Serviço de Investigação Forense, Ministério da Justiça.* No verso, ele havia escrito um recado: *Pode fazer o favor de pedir um recesso para discutir a proposta assim que possível? Urgente.* Jenny olhou para o homem. Ele estava olhando para ela, na expectativa. Jenny colocou o cartão de um lado, e voltou-se para a testemunha.

Apenas 24 horas depois de ser liberado de uma detenção de uma semana, Terry parecia ter saído ileso da experiência. Ele havia passado a maior parte dos últimos quatro anos entrando e saindo de tribunais e parecia gostar da atenção, ainda mais porque desta vez não estava no banco dos réus. Jenny levou-o de volta à época em que esteve no Centro Portshead. Ele disse que estava cumprindo as duas últimas semanas de uma sentença de quatro meses por assalto quando Danny chegou à cela ao lado.

— Quando o viu pela primeira vez? — perguntou Jenny.

— Acho que o levaram no sábado. Ele estava em seu quarto quando voltamos de um jogo de futebol no ginásio. Não saiu de lá naquela noite.

— Danny ficou na unidade desde sábado até a noite da sexta-feira seguinte. Você falou com ele durante esse período?

— Um pouco, não muito. Nos chuveiros e tal...

— Como ele era?

— Quieto. Não falava muito. Não ia às aulas, foi ao refeitório, só isso.

— Por que ele não ia às aulas?

— Tinha problemas com isso, não sei...

— Você perguntou para ele?

— Não.

— Falou com ele no refeitório?

— Uma ou duas vezes. Perguntei por que ele estava lá, e tal...

— Como ele estava?

— De saco cheio. Todos ficam assim da primeira vez. Não conseguem acreditar.

— Ele tinha algum ferimento, aparentava ter estado em alguma briga?

— Não que eu tenha notado.

— Parecia aborrecido em qualquer medida?

Terry negou com a cabeça.

ATESTADO DE ÓBITO

— Ele não era um bebê, cara. Alguém dizia alguma coisa e ele olhava de um jeito, sabe, como se dizendo "não mexa comigo".

— Ele falou com mais alguém no refeitório?

Terry deu de ombros.

— Com algumas garotas, talvez. Ele não estava muito enturmado, sabe...

— Que garotas?

— Sei lá.

— Se o viu falando com garotas, deve lembrar quais eram.

— Não estava prestando atenção.

— Alguma vez ele falou com você sobre como se sentia?

Terry sorriu.

— Até parece...

— Você o via durante à noite, quando voltava das aulas?

— Não, ele só ficava sentado no quarto... Sem contar a última noite. Acho que ele saiu e foi ver TV.

— Ele contou que estava em uma cela de observação?

— Não. Eu não soube até que tudo aconteceu. Ele nunca abria a boca. Guardava tudo para si mesmo.

— Sem contar as garotas com quem conversou.

Terry deu de ombros.

Jenny olhou para Simone Wills. Ela parecia encorajada pelo que estava ouvindo, orgulhosa por seu garoto ter parecido forte.

— Terry, conte-me sobre a noite de sexta-feira, dia 13, quando Danny morreu. Como ele estava?

— Ele foi para a sala comum depois de voltar do refeitório. Estava vendo TV.

— Ele falou com alguém?

— Não exatamente. Estávamos apenas relaxando. Assistíamos a um desses programas de auditório, estávamos rindo, dando nota para as garotas que apareciam, e tal...

— Danny estava rindo?

— Sim. Talvez.

— O que aconteceu depois.

— Bom, TV desligada às 21h30, banho e cama.

— Teve algum contato com Danny nessa meia hora?

— Não.

— Então, quando as luzes foram apagadas, o que aconteceu?

— Deitei na cama para dormir.

— Ouviu algo vindo da cela de Danny?

Terry fez uma pausa, balançou a cabeça.

— Não tenho certeza...

— Do quê?

— Teve uma hora em que pensei ter ouvido alguém entrar lá, como uma porta fechando, talvez vozes.

Jenny sentiu um embrulho no estômago. *Vozes.*

— Que horas eram?

— Não sei, era tarde... Não sei se sonhei com aquilo...

— Que tipos de vozes você ouviu?

— Apenas uma voz, como alguém chamando, algo caindo... foi isso. Depois silenciou.

— Você disse que ouviu mais de uma voz.

— Eu sei... não tenho certeza... Acho que posso ter ouvido ele fazendo aquilo. Só sei que era tarde.

— Pode afirmar com certeza que ouviu mais de uma voz?

— ...Não. Foi mal.

— Então por que disse isso?

— Não sei.

Jenny não acreditava nele, mas se insistisse muito na questão pareceria desesperada. Como última jogada, ela perguntou:

— Havia muita droga dentro da unidade?

— Um pouco.

— De onde vinha?

ATESTADO DE ÓBITO

— As coisas acabam chegando. — Ele colocou os ombros para trás, desafiador. — Não espere que eu dedure. Prefiro ser preso novamente.

— Sabia se Danny tinha drogas?

Terry olhou para ela e afirmou com a cabeça, alisando o rosto com a mão, como se ela Jenny tivesse dado uma ideia que ele não tivera antes. Disse:

— É... Estava realmente muito relaxado, sabe. É... Talvez ele tivesse.

Isso foi tudo o que ela conseguiu de Terry. Se ele soubesse de mais alguma coisa, não diria. A identidade dos traficantes de Portshead era uma informação que valia mais do que sua vida. Jenny entendia sobre a cultura das drogas entre os adolescentes para saber que ele havia falado sério quando disse que preferia ser preso novamente em vez de dedurar. A lei das ruas, sustentada por ameaças de violência séria, tinha muito mais poder do que qualquer coisa que a polícia pudesse impor.

Hartley foi breve e eficiente em seu interrogatório, neutralizando qualquer dano que o vago testemunho de Terry tivesse causado a seus clientes. O rapaz repetiu mais uma vez que não podia afirmar ao certo se ouvira mais de uma voz, ou mesmo se não havia sonhado com tudo aquilo. Admitiu não ter ideia se Danny realmente tinha drogas naquela noite e disse que, na verdade, nunca havia parado para pensar nisso até o momento em que foi feita a pergunta.

Quando ele terminou, Hartley virou-se e sorriu para seus clientes, deixando-os saber que a ordem fora restaurada. Apesar da reação negativa do júri a Elaine Lewis, ele sabia que não havia motivos para que dessem um veredito que não fosse de suicídio.

Jenny fez um recesso para o almoço e retirou-se para o gabinete, a energia exaurindo-se de seus membros enquanto recobrava-se de seu pico de adrenalina. Pegou o comprimido que havia reservado para aquele momento, engoliu-o e desabou na cadeira. Tinha uma decisão a cumprir: ir em frente e começar a recapitular o caso para o júri, ou pedir um recesso e ganhar alguns dias para procurar mais evidências, talvez tentar encontrar as meninas com quem Danny falou no refeitório, ver se uma delas era Katy. Aquela palavra, *vozes*, ficava se repetindo em sua cabeça. Se houve outra voz, de quem seria? Ela não tinha informações suficientes. Se optasse pelo recesso, teria de dar uma justificativa. Ir pescar provas a esta altura dos procedimentos faria com que corresse o risco de parecer tendenciosa. Se fosse direto para a recapitulação, estaria indo na direção de um veredito de suicídio, e a UKAM escaparia sem nenhuma mancha em seu caráter corporativo.

Ela ouviu uma batida na porta. Virou-se e viu o homem que reconheceu como o servidor do fundo da galeria entrar sem esperar resposta. Sua expressão era austera.

— Sra. Cooper, Simon Moreton. Sou o responsável pelos investigadores forenses no Ministério da Justiça.

— Vi seu cartão. — Ela indicou que ele se sentasse. — O senhor sempre se intromete sem ser chamado?

Ele permaneceu em pé e ignorou sua pergunta.

— Não há uma maneira diplomática de dizer isso, então não vou nem tentar. A senhora foi alertada pela procuradora-geral de que a condução deste inquérito deveria ser sensata e moderada, mas receio que seu comportamento tenha nos dado sérios motivos para preocupação.

— Ah, é? Como, exatamente?

— O documento com a proposta, como sabe, não é apenas comercialmente delicado, mas também é extremamente sensível quanto ao aspecto político. Não é informação da arena pública, e não cabe à senhora colocá-la nessa posição. Não sei como conseguiu aquele documento, mas devo pedir que me entregue agora.

ATESTADO DE ÓBITO

— Achei que o investigador forense era independente do governo, Sr. Moreton. Não é para isso que o cargo existe?

— Tornar esse documento público pode colocar em risco nosso programa de construção de prisões. A senhora sabe como as pessoas, influenciadas pela mídia, acham desagradável a ideia de prisões gerenciadas pela iniciativa privada. E nem uma única frase daquela proposta é relevante para a morte de Danny Wills.

— Como investigadora forense, creio que sou a pessoa mais indicada para julgar isso, não acha?

— Terei que ser mais explícito, Sra. Cooper? Se continuar a ir além das questões que envolvem quando, onde e como ocorreu a morte de Danny Wills, estará provando-se inadequada para o cargo. E, para ser sincero, sua indicação foi altamente questionável desde o início, sobretudo devido a seu histórico médico. Ter deturpado as informações em sua ficha de candidatura à vaga foi um pecado grave o suficiente para que você seja afastada, sem indenização, sem direto a pensão, sem expectativas futuras de emprego na profissão jurídica e ou em qualquer outra. Ninguém vai querer uma mentirosa com más referências.

As paredes da sala sumiram. Ela não conseguia falar. Moreton estendeu a mão e pegou a proposta de sua mesa, onde ela a havia depositado.

— Também posso levar o documento sem o seu consentimento...

Ela olhou para a proposta e depois para o rosto dele, sem conseguir focar. Moreton esperou e, quando não houve resposta da parte dela, fez um gesto de confirmação com a cabeça.

Jenny o viu saindo. Quando a porta se fechou, a sensação tomou seu corpo, como uma morte inesperada. Ela lutou para ficar de pé, apoiou-se no canto da mesa, e então caiu no chão.

* * *

— Quanto tempo durou o ataque?

— Cerca de vinte minutos... Meu coração palpitava tão violentamente que não tive forças para levantar do chão. Minha assistente me encontrou.

— O que aconteceu com o inquérito?

— Foi adiado até a próxima semana. A explicação oficial é que tive uma intoxicação alimentar.

O Dr. Allen olhou para ela com uma compaixão genuína. Ele havia dirigido 80 quilômetros desde sua clínica em Cardiff para vê-la fora do expediente no consultório em Chepstow. O lado positivo é que ela estava de pé, andando e falando; ela até havia dirigido de Bristol até sua casa. Mas não podia mais fingir que o problema estava sob controle. Tivera seu primeiro ataque de pânico total em meses, e desta vez havia sido tão violento quanto os piores que já sofrera.

— Tem estado sob muito estresse?

— Sim.

— Eu avisei...

— Eu sei. Mas não posso parar agora. Estou bem no meio de dois casos importantes.

Ele deu um sorriso paciente.

— Tenho certeza de que sabe, mas essa ansiedade generalizada da qual você sofre pode ser classificada em três categorias. Pode acontecer quando uma pessoa está simplesmente sobrecarregada. Neste caso, quando a carga diminui, e com descanso, melhora gradualmente. Mas, às vezes é um sintoma causado por estresse pós-traumático, e, em outras vezes, não se pode apontar nenhuma razão perceptível. Andei analisando a fundo as anotações sobre você, feitas pelo Dr. Travis, e acho que ambos temos a mesma opinião. A causa imediata desses ataques foi tristeza generalizada e sobrecarga, mas também achamos que deve haver uma causa oculta. A falha de um ano em suas memórias de infância...

ATESTADO DE ÓBITO

As palavras do médico desencadearam um sentimento de que o fim do mundo estava para chegar. Ela tentou, sem sucesso, afastá-lo. O Dr. Allen percebeu seu desconforto.

— Se houve um trauma que você não foi capaz de processar, ele deve ter aumentado a sensibilidade com que responde ao enfrentamento ou à fuga. Então, em situações em que uma pessoa saudável possa sentir um estresse leve, você pode ser tomada, literalmente, por um medo paralisante.

— Já passei por tudo isso, Dr. Travis. Não sei dizer quantas vezes tentaram fazer regressão comigo.

— Sei como deve estar se sentindo apavorada neste momento, Jenny, mas, às vezes, quanto mais se desce ao fundo do poço, mais perto se chega da raiz do problema. A distância entre os dois é mais curta. Se puder alcançá-la, poderá entendê-la. Eu gostaria muito de fazer um exercício com você... O que tem a perder?

Ela não tinha vontade ou força para lutar. Esticou-se no divã e iniciou os movimentos para relaxamento do corpo, até sentir que estava afundando no chão. Era uma rotina que havia se tornado quase instintiva.

O Dr. Allen disse:

— Ótimo. Agora, se conseguir, gostaria que recapitulasse aquele sentimento de medo que a arrebata.

Não era difícil.

— Quero que se prenda a ele e volte para quando tinha 4 anos. Você era uma criancinha... Quero que me diga que imagens vêm à sua mente?

Era sempre a mesma.

— Estou em meu quarto. As paredes são amarelas. Há um tapete azul e amarelo-claro no chão. Estou sentada sobre ele, brincando com uma boneca... Ela tem cabelo curto e uma saia com estampa xadrez, preta e branca.

— Você está feliz?

— Sim. Muito.

— O que mais está acontecendo em volta?

— É inverno. Acho que deve estar nevando lá fora, mas meu quarto está aquecido. É aconchegante.

— E depois?

— Não sei... Talvez algumas vozes alteradas no andar de baixo. Meus pais brigavam muito.

Foi o mais longe que ela já havia conseguido chegar. Disse ao Dr. Allen que conseguia se lembrar da boneca, do tapete, do barulho do aquecedor, das meias brancas na altura dos tornozelos, do cheiro de comida que subia pelas escadas, mas nunca do que acontecia depois. Quando tentava forçar a lembrança, simplesmente se afastava e perdia o contato.

O Dr. Allen disse:

— Consegue escutar as vozes?

— Minha mãe gritando da cozinha, meu pai gritando em resposta. Acho que ele está na sala, posso ouvir a TV, então... — Teve um breve e forte tremor no corpo inteiro.

— O que foi?

Jenny prendeu a respiração, a imagem havia se perdido e ela estava de volta ao consultório do médico, com uma sensação atordoada, como se tivesse tocado em um fio desencapado. Ela abriu os olhos e balançou a cabeça.

— Um barulho... como um golpe.

— Onde? Em uma porta?

— Acho que sim.

— Na porta da frente?

— Pode ser...

— Podemos voltar lá?

Ela negou com a cabeça.

— É como se fechassem uma cortina, não consigo enxergar além disso.

ATESTADO DE ÓBITO

— Já havia escutado esse barulho antes?

— Não.

O Dr. Allen sorriu, satisfeito.

— Viu só? Chegamos a algum lugar. — Ele começou, empolgado, a fazer anotações. — É um avanço. Talvez seus pais possam ajudar. Eles ainda são vivos?

— Meu pai é, mas está em uma instituição. Ele tem Alzheimer. Não tem dado para tirar muito dele ultimamente.

— Tem irmãos ou irmãs?

— Não. Sou filha única.

— Seus pais nunca falaram sobre nenhum incidente?

— Eles se separaram quando eu tinha 7 ou 8 anos. Minha mãe se casou de novo. Depois disso, quase não tive mais contato com meu pai.

— Qual foi o problema entre eles?

— Apenas não davam certo juntos. Ele era um homem pé no chão, tinha uma oficina. Minha mãe sempre reclamou que não havia glamour em sua vida, então fugiu com um corretor de imóveis, imagine só.

— Pelo menos fizemos algum progresso. Se persistirmos, não ficarei surpreso se revelar tudo sozinha nas próximas semanas.

— O que devo fazer por enquanto?

— O ideal seria que tirasse umas semanas de folga.

— Não posso...

— Então terei de prescrever antidepressivos e betabloqueadores para tentar evitar outros ataques, mas precisa prometer que não vai misturá-los com nada. Não poderá tomar tranquilizantes quando quiser, e não terá tolerância ao álcool.

— Conseguirei trabalhar?

— A uns 85 por cento de sua capacidade normal.

Jenny pensou por um momento.

— Serve.

* * *

Ela engoliu a primeira dose dentro do carro, em frente à farmácia, na Chepstow High Street. Não tendo comido nada além do café da manhã, as drogas começaram a fazer efeito rapidamente. Era uma sensação da qual ela quase se esquecera. As coisas ficavam simples. A ansiedade se desintegrou, seu diafragma relaxou e ela não sentia mais seu coração batendo com tanta força. Era diferente do álcool, uma sensação mais sutil, sem euforia. Uma ausência, mais do que uma presença.

O Dr. Allen falou que não diria para ela não dirigir, mas pediu que tivesse cuidado. Se sentisse indícios de um ataque, teria de parar o carro. Tecnicamente, ele poderia ter suspenso sua carteira de motorista, mas preferia confiar nela. Era sua forma de dizer que eles tinham um trato. Ele daria uma folga, contanto que ela se comprometesse a desenterrar o trauma.

Jenny não queria pensar em seu próprio passado agora. Enquanto dirigia colina acima em direção à fronteira da cidade, sentiu-se bem ao volante. Ela tinha três dias livres, e mais o fim de semana, para descobrir mais evidências.

DEZENOVE

HAVIA DUAS MENSAGENS NA SECRETÁRIA eletrônica de sua casa. A primeira era de Alison, perguntando se Jenny gostaria que ela cuidasse dos casos comuns pelos dias seguintes: qualquer coisa que parecesse fora do normal seria enviada por e-mail. A sala de audiências estava reservada para a segunda-feira seguinte e todos haviam sido notificados sobre o recesso. Não havia nada para se preocupar, a não ser melhorar. Jenny sorriu quando ouviu aquilo, como se o que ela tivesse fosse apenas um resfriado.

A segunda era de Tara Collins, que pareceu preocupada. Ela soubera que Jenny estava doente e esperava que não fosse nada sinistro. Ouvindo suas perguntas no tribunal, percebera a conexão que a investigadora estava tentando fazer com Katy Taylor e andara espalhando que queria falar com Hayley Johnson. Um contato da jornalista havia deixado uma mensagem dizendo que a garota estava trabalhando nas ruas de Broadlands nas noites anteriores. Ela gostaria de tentar encontrá-la?

Jenny discou o número de Tara e foi direcionada para seu celular. Pelo som de fundo, com muitas vozes e música, parecia que ela estava em um bar.

— Oi, aqui é Jenny Cooper. Acabei de ouvir seu recado.

— Como está? Sua assistente disse que estava doente.

— Estou bem. Nada sério.

Tara pareceu aliviada.

— Ganhando tempo, certo?

— Mais ou menos.

— Imaginei. Aqueles imbecis achavam que estavam com o jogo ganho, não é? Não ficaria surpresa se soubesse que eles compraram até Terry Ryan. Um garoto como ele faria quase tudo por alguns gramas de cristal.

— *Cristal?*

— Metanfetamina, do tipo que se fuma.

— Estou muito desatualizada.

— Sabe como é a moda hoje em dia, seus tênis novos se transformam em peças ridículas antes mesmo de chegar com eles em casa. — Tara estava falante como nunca, como se tivesse tomado umas doses.

— Olha, eu queria falar com Hayley Johnson. Acha que eu poderia encontrá-la esta noite?

— Ainda é um pouco cedo. Ela só deve aparecer nas ruas depois das 23 horas.

— Tem alguma ideia de onde posso começar?

Tara disse:

— Se quiser, posso ir com você. Ela deve me reconhecer.

— Está bem. Onde quer que nos encontremos?

— Pode passar na minha casa. Moro no 15B da Alexander Road, Bradley Stoke.

— Vejo você às 23 horas.

— Tchau Jenny. Tchaaau. — Definitivamente, ela havia tomado várias doses.

Jenny desligou o telefone e imediatamente sentiu-se inquieta. Faltavam quase quatro horas. Ela pegou um sanduíche e uma xícara de chá de ervas, e então tentou se acomodar na escrivaninha e traçar uma cronologia dos fatos para ajudar a ordenar seus pensa-

ATESTADO DE ÓBITO

mentos. Passou por todas as principais datas novamente, mas continuava voltando ao mesmo ponto: Marshall dera início ao inquérito sobre a morte de Danny na segunda-feira 30 de abril. Foi na quinta ou na sexta-feira da semana anterior que Simone disse ter percebido a mudança em seu humor. Katy sumira de casa no domingo antes disso e havia morrido, ou sido morta, na segunda ou na terça. Se havia uma conexão a ser feita, a resposta estava no que acontecera na última semana de abril.

Ela ligou para a casa de Alison e pediu o número do telefone da Sra. Marshall. A assistente hesitou e foi evasiva, perguntando como Jenny estava, tentando descobrir por que queria aquilo. Jenny disse que estava bem e apenas queria perguntar à Sra. Marshall se ela se lembrava de Harry ter dito algo sobre os casos de Danny ou Katy.

Alison disse:

— Não lhe contei que eles nunca conversavam sobre trabalho? Ela achava que era mórbido.

— Não há mal nenhum em perguntar.

— Não vai dizer nada para aborrecê-la, vai, Sra. Cooper? Ela e as filhas ainda estão muito chocadas.

— O que acha que vou fazer? Contar a ela que você e Harry tinham um não caso?

— *Por favor.* — Ela abaixou a voz para um sussurro. — Meu marido está na sala ao lado.

— Alison, não lembra que temos um acordo?

— Apenas não quero que nada estrague as lembranças que ela tem dele. Era um homem tão bom.

Mary Marshall era uma mulher de cabelos grisalhos, baixa e tímida que aparentava ser mais velha do que Jenny imaginava. Poderia ter sido uma diretora de escola fundamental ou uma bibliotecária; vaidade certamente não estava entre seus pecados. Ela atendeu à porta de seu confortável e isolado lar, no verdejante subúrbio de Stoke

Bishop, mantendo a corrente de segurança fechada, com um terrier latindo insistentemente em seus calcanhares. Aliviada por não haver um ladrão mascarado em seu portão, enxotou o cachorro para a cozinha antes de voltar para deixar Jenny entrar.

— Desculpe-me pelo Sandy. Ele tem estado sempre em guarda desde que Harry se foi.

— Ele está fazendo um bom trabalho.

Mary sorriu e pediu que Jenny a acompanhasse por um corredor acarpetado até a sala de estar, onde duas adolescentes aparentemente sensatas assistiam a um documentário sobre a vida selvagem. A casa estava impecável, mas não fora redecorada desde a década de 1980.

Jenny recusou a oferta de uma xícara de chá ou algo mais forte, então Mary levou-a direto para o pequeno escritório que disse ter pertencido a Harry, fechando a porta ao entrar e trancando-a com chave. Não importa o que seria discutido, ela não queria que as meninas escutassem. Era uma casa, percebeu Jenny, onde as crianças deveriam permanecer crianças. Ela se sentou em uma das duas poltronas que pareciam ter sido estofadas em um curso para iniciantes. Mary sentou-se na outra. Ansiosa e inclinando-se para a frente com as mãos nos joelhos, perguntou em que podia ajudar.

— Deve ter lido no jornal que reabri o último inquérito que seu marido conduziu.

— Sim, eu vi. — Ela falou em um tom de leve reprovação, como se tivesse considerado uma ofensa pessoal.

— Tive a impressão, pelas anotações que ele deixou, que se preocupava muito com esse caso, mas quando chegou o momento da audiência, parece ter perdido o ânimo.

— Sei que estava muito insatisfeito com o caso. Odiava lidar com mortes em prisões. Ele foi, por muito tempo, membro da Anistia Internacional antes de sua indicação.

ATESTADO DE ÓBITO

Jenny assentiu com a cabeça.

— Ele falou algo sobre o caso para a senhora?

— Apenas de passagem. Ele tentava não trazer o trabalho para casa. Foi por isso que se tornou um investigador forense: para poder dedicar as noites e os fins de semana à família.

Jenny sentiu que o embargo às conversas sobre trabalho não haviam partido totalmente dele. Mary dava a impressão de ser alguém que não gosta de ser contrariada.

— Nos dias que precederam sua morte, ele lidou com o caso de uma garota de 15 anos chamada Katy Taylor. Chegou a mencionar algo sobre isso?

Mary ficou tensa. Ela havia lido sobre o caso no *Post* e sabia que Harry havia deixado a desejar.

— Não, não mencionou. E estou certa de que ele estava apenas tentando poupar a família. Às vezes, seguir as regras à risca não é a coisa mais compassiva a se fazer. Com certeza descobrirá isso conforme for ficando mais experiente.

Jenny deu um sorriso neutro. Tendo mantido o marido em rédeas curtas durante anos, Mary estava dando a Harry sua recompensa póstuma: santidade.

— Ele deixou um documento na gaveta de sua escrivaninha, algo que deve ter sido entregue por alguém, talvez um informante. Era uma proposta que a companhia que gerencia o Centro Portshead havia preparado para uma grande prisão juvenil... — Ela fez uma pausa para considerar suas palavras com cuidado. — O contrato valia dezenas de milhões. Se o inquérito de seu marido tivesse descoberto que a empresa, de alguma forma, pudesse ser culpada pela morte de Danny Wills, isso poderia tirá-los da concorrência... Eu gostaria de saber se ele mencionou alguma dessas coisas para a senhora?

Na defensiva, Mary retraiu as bochechas e balançou a cabeça.

— Não, não disse nada.

— A senhora reparou se havia algo em particular preocupando o Sr. Marshall?

— Nada além do normal... Ele parecia um pouco cansado, só isso.

— Eu realmente não queria tocar no assunto, Sra. Marshall...

— Deixei meus pontos de vista bem claros a Alison. Harry nunca tiraria a própria vida. Como eu, ele acreditava que suicídio era um pecado. Todos os tipos de suicídio, até a eutanásia no caso de doentes terminais.

— Na verdade, ia perguntar se ele já encontrou algum tipo de corporação corrupta antes e, caso tenha encontrado, como lidou com isso.

A expressão de Mary ficou um pouco mais relaxada.

— Ele odiava esse tipo de coisa, é claro que odiava. Era um homem de princípios. Sempre foi.

— Como acha que ele teria lidado com um documento delicado como esse? A verdade é que ele *não* o tornou público... o que me leva a pensar que deve ter tido uma razão muito importante, muito forte.

Mary sentou-se ereta.

— Se está sugerindo que ele, de alguma forma, deixou-se envolver, posso dizer agora mesmo que está fora de questão.

— É claro. — Jenny estava começando a achar que estava perdendo seu tempo, mas não conseguia acreditar que a viúva de Marshall era tão desinformada quanto estava querendo demonstrar. Em sua experiência, aqueles que buscavam refúgio na religião normalmente tinham mais consciência dos desvios inerentes ao ser humano do que a maioria das pessoas. Ela tentaria um ângulo diferente antes de desistir.

— Sei que seu marido era amigo próximo de Frank Grantham.

— Não. — Ela quase cuspiu a negação.

— Ah. Alison disse que eles tinham muito a ver um com o outro.

ATESTADO DE ÓBITO

— É diferente. Harry não tinha tempo para ele. Dizia que era um palerma intrometido.

— Mas ele aceitava suas condições. Grantham certamente me deu a impressão de estar acostumado a fazer as coisas do seu jeito no que se refere ao gabinete do investigador forense.

— Harry tinha esposa e quatro filhas, não podia arriscar fazer inimigos.

— Por que ele tinha medo de Grantham? Ele não tem nenhum poder legal sobre o investigador forense.

— Ele não tinha medo dele.

— Então por que seu marido deixou Grantham intimidá-lo?

Mary fechou os olhos por um instante, como se estivesse resistindo à dor.

— Acho que era porque Harry fazia muita coisa pela comunidade. Frank sempre foi muito influente e não tem medo de falar mal das pessoas. Se quer saber a verdade, meu marido achava que ele provavelmente era corrupto, mas foi discreto o suficiente para guardar essas suspeitas para si mesmo.

— Corrupto em que sentido?

— Não vejo como isso tudo pode ser relevante... Odeio fofocas.

— Por favor, Sra. Marshall. Pode ser importante.

Mary virou a cabeça para o lado enquanto falava, como se estivesse estudando os títulos dos livros na estante.

— É só ver onde Frank mora para perceber que não poderia ter tudo aquilo com seu salário. Ele não deve ganhar muito mais do que Harry ganhava.

— Harry acha que ele estava desviando dinheiro? De onde? Transações imobiliárias?

— É apenas especulação.

— Ele não disse nada específico?

— Não. Ele também não gostava de conversa fiada.

Jenny preparou-se.

— Desculpe-me por perguntar, Sra. Marshall, mas a senhora entende que eu tenho que pensar em todas as possibilidades... Notou alguma irregularidade nas finanças de seu marido desde que ele morreu, algum pagamento fora do comum, por exemplo?

— Acho que já sabe a resposta para essa pergunta, Sra. Cooper. — Mary olhou para ela como se dissesse que a conversa estava encerrada. — Já está na hora de colocar as meninas na cama.

Jenny deixou a casa dos Marshall com o sentimento de que, se Harry estivesse envolvido em algo ilícito, Mary haveria suspeitado, mas enterrado suas suspeitas tão fundo que não viriam à tona a não ser que ela ficasse senil. Era uma mulher determinada a ver o mundo do seu jeito, com Deus no topo da árvore, e todo o resto organizado em ordem decrescente de virtude de acordo com a frugalidade e a ausência de vida sexual. Jenny devia estar na fileira de baixo, apenas um ou dois ramos acima da menina que esperava encontrar à noite.

Tara, cheirando a vinho, sentou-se no banco de passageiros. Fez uma corajosa tentativa de fingir que estava sóbria, mas tropeçava nas palavras e segurava-se na alça acima da janela quando faziam curvas. Jenny estava começando a formar uma imagem dela: uma lésbica solteira que morava sozinha e colocava toda sua energia no trabalho. Havia algo autodestrutivo na jornalista, uma sensação de que estava se alimentando do drama da situação para ganhar a atenção que não estava ganhando de um relacionamento. Ela não estava totalmente feliz com sua preferência, e provavelmente bebia muito com alguma frequência, ia a alguns bares de lésbicas da cidade mas não era atraente o bastante para faturar alguém com regularidade. Era uma pessoa por quem se passaria reto. Intensa demais. Jenny sentiu um pouco de pena dela.

ATESTADO DE ÓBITO

Foram para Broadlands um pouco antes das 23h30. Grupos de garotos ficavam nas esquinas e reuniam-se em volta dos bancos de um playground detonado. Estavam bebendo, fumando cigarros, mas o clima era relaxado, com muitas risadas. Ninguém iria querer que seu carro quebrasse por ali, mas, se acontecesse, poderia perder a carteira, e não a vida.

Quando já estavam rodando por alguns minutos, Tara avistou duas garotas de saias curtas perto do meio-fio na entrada do conjunto habitacional. Disse para diminuir a velocidade enquanto passavam por elas. Jenny imaginou o que as meninas pensariam daquilo, duas mulheres mais velhas observando-as.

— Talvez devêssemos perguntar se viram Hayley — disse Jenny.

— Não. Elas telefonariam para alertá-la.

Jenny desacelerou um pouco, o suficiente para Tara dar uma olhada e balançar a cabeça em negativa.

— É aqui que elas costumam ficar, na entrada, para pegar o fluxo de passagem. Há uma série de estacionamentos atrás das lojas. É onde fazem os clientes estacionarem.

Elas deram a volta e passaram pelo conjunto habitacional mais uma vez. Alguns garotos pararam na frente delas, balançando os braços e fazendo cara de selvagens, tentando fazê-las parar. Jenny encontrou espaço suficiente para desviar deles, mas ficou nervosa por um momento. Tara, bancando a repórter experiente, disse:

— Eles estão apenas se divertindo.

Passaram novamente pelas mesmas duas meninas e viram que não tinham conseguido nenhum cliente até então. Tara imaginou que seria muito cedo para Hayley estar nas ruas, estão pararam em um posto de gasolina para comprar café, que tomaram no carro. Já passava da meia-noite e Tara estava quase fechando os olhos e não parava de falar repetidamente sobre as acusações contra ela, alegando que não apenas haviam armado para pegá-la, como seus te-

331

lefones foram grampeados e e-mails difamatórios foram enviados para seu chefe no jornal. Jenny tentou ser receptiva, mas era difícil saber onde terminavam os fatos e começava o delírio. Quando Tara começou a contar a história pela quarta vez, ela ligou o rádio, dizendo que queria ouvir as notícias.

Falando mais alto que o rádio, Tara disse:

— Sabe, há algo que não lhe contei, Jenny... — Ela sorriu com a presunção de alguém que aprecia seu conhecimento superior. — Como fiquei sabendo de seu histórico médico.

Jenny tomou um gole do café, sentindo a medicação perdendo o efeito e começando a achar Tara um pouco assustadora.

— Quer saber?

— Não particularmente.

— Eu contratei um hacker. Entrei em contato com esse garoto de 16 anos, não darei nenhuma pista, que conheci em uma sala de bate-papo. Dizia que podia ter acesso a tudo. É só dar um nome, e ele consegue extrato bancário, registros médicos, o que a pessoa tem buscado na internet ultimamente, é incrível. *E* ele acha que 20 contos é muito dinheiro. — Fez um gesto de constatação. — Não há mais segredos hoje em dia. A única coisa entre a verdade e a pessoa que quer descobri-la é o esforço que se está preparada para despender.

Jenny disse:

— O que o garoto sabe sobre você?

Tara fez uma pausa e olhou-a de lado.

— Parece que você está tentando descobrir algo.

— Foi apenas uma observação.

— Não há muito para saber... — Tara deixou a frase pela metade, esperando que Jenny fosse sondar mais.

Ela não sondou. A atmosfera no carro estava ficando tensa, e Jenny estava com um mal pressentimento de que Tara tentaria dar em cima dela. Não era preconceituosa, mas achou desconfortável a

ATESTADO DE ÓBITO

ideia de uma mulher ter aquele tipo de sentimento por ela. Era hora de prosseguir.

Vários outros carros também estavam passando devagar perto do conjunto habitacional, todos eles ocupados por homens sozinhos. Pelo que puderam supor, deviam estar seguindo na direção do único grupo de meninas que lá havia. Eram três ou quatro, que deixavam os motoristas desfilando perto do meio-fio, esperando a vez de serem atendidos.

Aproximava-se da 1 hora, e Tara estava quase dormindo. De repente, deu um ronco e deixou o queixo cair, tombando a cabeça sobre o peito. Ótimo. Ela havia perdido sua observadora, sua ansiedade estava voltando gradualmente e a noite não a havia levado a lugar nenhum. Fez um retorno com o carro e saiu de lá.

Um carro da polícia apareceu do nada. Saiu de uma rua lateral, com as luzes acesas, e ligou a sirene enquanto seguia pela estrada na frente delas.

Tara acordou com um susto.

— O que foi isso?

O carro da polícia pisou no freio e girou perto da calçada, alguns metros à frente de onde estavam, onde outra viatura havia encurralado uma caminhonete.

Jenny disse:

— Parece que alguém está sendo preso.

Ela diminuiu bastante a velocidade quando passaram pelo local. Um homem gordo e careca estava discutindo com um policial, enquanto outra oficial de polícia levava uma jovem, que vestia uma saia jeans, para um dos veículos.

Tara disse:

— É Hayley! É ela!

Jenny pegou o telefone e ligou para Alison.

* * *

Eram quase 2 horas quando Alison chegou à delegacia, cansada e irritadiça, e bateu na janela do carro para dizer que havia falado com o sargento da polícia e conseguido que entrassem por dez minutos nas celas. Jenny convencera Tara de que não havia motivo para ir junto e a deixara em casa.

Alison a acompanhou, passando pelo grupo de fumantes trêmulos nos degraus da entrada e pela recepção, onde várias mulheres bêbadas batiam no vidro do balcão. Alison cumprimentou com um gesto o ocupado oficial que estava de plantão, que abriu a porta de segurança que levava à parte interna da delegacia.

As celas eram no subsolo e seus ocupantes estavam se aquietando para passar o noite. Havia apenas alguns bêbados adormecidos, caídos em um banco e algemados a anéis de aço na parede, esperando para serem fichados. O sargento jogou para Alison um molho de chaves e cumprimentou Jenny, educado, mas sem querer se envolver. Tratava-se apenas de um favor a uma ex-colega.

Hayley estava encolhida no banco, segurando os joelhos. Uma garota bonita, ainda parecia muito nova para ser automaticamente rotulada como prostituta. Tinha uma cabeleira comprida, preta e espessa, e pele cor de oliva. Jenny imaginou que ela podia conseguir algo muito melhor do que andar pelas ruas de Broadlands. A menina olhou para cima com olhos sonolentos, e depois sentou-se. Sua saia cobria apenas um terço das coxas.

— Quem diabos são vocês?

Alison disse:

— Eu sou a Sra. Trent, assistente da investigadora forense, e esta é a Sra. Cooper, a própria investigadora.

Jenny disse:

— Nossa visita não tem nada a ver com o motivo de sua prisão hoje à noite, Srta. Johnson, e eu não tenho nada a ver com a polícia. Meu trabalho é descobrir causas de mortes. Estou investigando

ATESTADO DE ÓBITO

a morte de uma menina chamada Katy Taylor. Acho que deve tê-la conhecido.

Hayley olhou para Jenny, para Alison, e para Jenny de novo, suspeitando que se tratasse de algum truque.

— Têm um cigarro?

Alison enfiou a mão no bolso do sobretudo e pegou um maço meio amassado de Marlboro. Tirou um e acendeu para Hayley com um isqueiro de plástico.

Hayley deu uma tragada rápida e profunda, garantindo a dose de nicotina antes de começar a falar.

— Eu a vi uma ou duas vezes.

Jenny disse:

— Achamos que ela estava fazendo programas em Broadlands.

— De vez em quando.

— A polícia tem fotos dela entrando em um Vectra azul. Foi a última vez em que foi vista.

Hayley balançou a cabeça.

— Não conheço muito sobre carros.

Jenny disse:

— Não sei se é boa com datas, Srta. Johnson, mas Katy saiu do Centro Portshead no dia 17 de abril, uma terça-feira, depois de ficar presa por seis semanas. Ela sumiu de casa no sábado, dia 21, e sabemos que no dia seguinte já estava nas ruas novamente. Entrou no Vectra às 23 horas. Morreu, ou foi morta, em algum momento logo depois disso.

Hayley deu mais uma longa tragada.

— Acho que posso tê-la visto no sábado à noite.

— Onde?

— Na rua. Ela deveria obedecer a um toque de recolher, certo? Estava se divertindo com isso.

— Do que mais ela falou?

Hayley fez uma careta ao tentar se lembrar.

— Acho que estávamos falando sobre onde arrumar crack. Era o que ela curtia. Eu não chego perto daquilo. Se vai usar alguma coisa, certifique-se de que é puro, não misturado com porcarias.

Alison disse:

— E heroína?

— Não. Ela tinha o quê, 15 anos? Ainda estava brincando de viciada.

Jenny disse:

— Ela não disse se estava com algum tipo de problema? Ninguém a estava procurando?

— Acho que não.

— Ela falou sobre o período que passou em Portshead?

— Deve ter mencionado algo, como lá era chato...

— E sobre um garoto chamado Danny Wills, que também estava lá na mesma época, ela falou algo?

— Tem outro cigarro?

Alison entregou o maço.

— Pode ficar com eles.

— Obrigada. — Ela pegou outro e acendeu na guimba do primeiro. — Katy falou que um garoto se enforcou lá dentro e que ele estava brigando com os guardinhas. Alguma coisa sobre ele ter dito que ia fazer uma faca...

— Só isso? Tente se lembrar. É importante.

— É tudo o que eu sei. Lembro que ela disse que achava que ele ia esfaquear esse guardinha, mas então ele se enforcou. Ela estava triste por isso. Eram colegas de escola, ou algo assim.

Alison perguntou:

— Ela disse quem era o tal guardinha?

— Não me lembro... mas acho que disse que tentaria falar com alguém sobre isso.

Jenny disse:

ATESTADO DE ÓBITO

— Com quem? Vamos, Hayley. Tente.

Hayley coçou a cabeça e bocejou. Estava se esforçando.

— Seu oficial de condicional?

— Justin... Justin Bennett. Grupo de Apoio a Jovens Infratores.

— É... Pode ser.

Foi ideia de Alison esperá-lo na frente de sua casa, pegá-lo quando menos esperasse. Elas pularam do carro de Jenny quando ele saiu pela porta da frente de seu apartamento, no térreo de um prediozinho imundo de dois andares em Redlands.

Jenny disse:

— Bom dia, Sr. Bennett. Tenho algumas perguntas para lhe fazer. O que acha de uma carona para o trabalho?

Alison abriu a porta de trás do carro. Justin deu um passo para trás e balançou a cabeça.

— Podemos conversar aqui fora, se preferir, ou no meu escritório. O que você quer?

Alison disse:

— A Sra. Cooper está perguntando. Se eu fosse você, responderia.

Justin concordou com um meio termo. Ele entraria no carro e falaria, mas se recusava a ser levado a qualquer lugar. Sentado no banco traseiro, estava muito nervoso, incapaz de ficar quieto. Sob o efeito da medicação, Jenny notou que não se afetava pela ansiedade dele e imaginou por um momento se era assim que policiais ou carcereiros se sentiam, desprovidos de empatia.

Olhando para ele pelo espelho retrovisor, ela disse:

— Katy Taylor falou com você sobre Danny Wills depois que saiu de Portshead. Quer nos contar sobre isso?

Justin cruzou as mãos sobre o abdome.

— Ela falou?

Em um tom de voz que Jenny nunca havia escutado antes, Alison disse:

— Pode parar com a baboseira. Conte-nos o que sabe ou será preso por corromper o curso da justiça.

Justin disse:

— Ela pode ter mencionado o garoto em nossa reunião. Ele morreu quando ela estava presa, certo?

Alison disse:

— Ela disse mais do que isso, nós ficamos sabendo.

— Estou tentando me lembrar...

Alison olhou para Jenny.

— Ela lhe contou que Danny estava tendo problemas com um dos guardas e estava falando em arrumar uma faca para atacá-lo.

— Sim, estou me lembrando. Eles dizem tanta coisa...

— Quem era o guarda?

— Ela não disse.

— Essa resposta saiu muito rápido

— Ela não disse nenhum nome.

Alison virou-se em seu assento.

— A verdade, Justin.

— Esta *é* a verdade.

Jenny perguntou:

— Então por que não falou nada disso antes?

— Eu contei ao Marshall. Liguei para ele no dia em que Katy me disse.

— Que dia foi?

— Na sexta anterior ao seu desaparecimento, 20 de abril.

Alison disse:

— Foi quase uma semana antes de ele ter conduzido o inquérito sobre a morte de Danny.

Jenny disse:

ATESTADO DE ÓBITO

— Por que não *me* contou?

Justin esfregou a nuca com a mão.

— Fiquei com medo, está bem? Ela me diz isso e morre no dia seguinte. Depois eu conto ao investigador forense, e ele morre. Não é preciso pensar muito.

VINTE

Sua medicação, mais meio temazepam para completar a dose, deram a ela uma injeção de energia. Apesar de ter dormido apenas três horas, Jenny sentiu-se relaxada e decidida, pronta para qualquer coisa.

Alison entrou em sua sala com uma cópia digitada de uma declaração suplementar que havia conseguido com Justin no banco de trás do carro. Sentou-se em uma cadeira na frente da mesa e passou o papel para Jenny.

— O que vai fazer com isso?

— Quando retomarmos o inquérito, vou chamá-lo, juntamente com Hayley, para testemunhar — disse Jenny, com firmeza. — Depois, vou chamar novamente a equipe do Centro Portshead. Se, ainda assim, não chegarmos a lugar nenhum, vou chamar todos os adolescentes que estavam presos na época até acharmos o funcionário com quem Danny tinha problemas.

— Entendo por que está dizendo isso, Sra. Cooper, mas e se conseguirmos um nome e eles negarem tudo? Não temos provas concretas de nada ilícito...

— Estou falando de uma atmosfera de medo. Digamos que Danny estivesse difícil e intratável, e tentassem usar de força para conseguir que ele saísse de sua cela e fosse para a aula. Nesse caso, alguns dos outros garotos devem ter testemunhado. Ele era um

ATESTADO DE ÓBITO

menino vulnerável; se a forma como era tratado pelos funcionários fez com que surtasse, quero que o júri saiba.

— Onde acha que Katy entra nessa história?

— Ela conversou com Justin, que falou com Marshall na sexta-feira, 20 de abril. Marshall manteve segredo. A informação não foi mencionada no inquérito e ele não notificou a polícia, nem quando soube que ela estava morta. O que fez foi ir ao médico, que lhe receitou alguns comprimidos três dias antes do início do inquérito. Podemos presumir que, até então, já tinha uma cópia da proposta. Ele deve ter pensado da mesma forma que nós: algo na morte de Danny cheirava mal, mas havia muito em jogo para que a UKAM arriscasse que algo contra eles pudesse ser revelado.

Alison abaixou a cabeça. Parecia cansada depois de sua noite agitada.

— Qual a sua teoria?

— Alguém o persuadiu a fazer vistas grossas. Ele apressou todos os testemunhos na segunda-feira, mas então voltou ao escritório e soube que Katy Taylor fora encontrada morta. Sua necropsia foi feita na terça, e mesmo tendo de abrir um inquérito, ele assinou o atestado de óbito na quarta. Na quinta à noite, ele morreu... Você o conhecia. O que acha?

Alison olhou para ela com olhos tristes.

— Acho que eu estava com medo de que ele estivesse recebendo dinheiro de alguém, mas a Sra. Marshall disse que não há nada.

— Ele pode ter escondido, ou o acordo podia dizer que seria pago depois.

Alison saiu de sua cadeira e começou a andar.

— Não. Ele não teria feito isso. Por que ganharia dinheiro à custa de um prisioneiro adolescente? Ele não cogitaria nem por um instante.

— O que o dinheiro significaria para ele?

— O mesmo que para nós.

— Não leve a mal, Alison, mas acha que ele pode ter pensado em deixar a esposa?

Alison parou e deu meia volta.

— Está perguntando se íamos fugir juntos? Não seja ridícula.

— Eu preciso perguntar.

Com o rosto corado, Alison disse:

— Não havia sexo entre nós, e nunca haveria. Eu amo meu marido e Harry era dedicado à família.

— Desculpe-me...

Alison bufou por um momento, e então jogou-se novamente na cadeira, com emoções amargas à flor da pele. Ela ainda estava brava com ele, Jenny percebeu. Furiosa por ele fazê-la passar por isto.

— Então talvez houvesse uma ameaça — continuou Jenny, gentilmente. — Katy teve uma morte violenta. Talvez alguém tenha ameaçado as filhas de Harry. Isso seria suficiente?

— Ele não era um covarde. Teria ido à polícia.

— O que quer que tenha feito, foi suficiente para ele acabar se matando.

— Não sabemos disso.

Elas trocaram um olhar. A expressão de Alison denunciava quão vazio seu protesto parecia agora.

— Seria muito mais fácil se ele tivesse deixado um bilhete, mas deve ter tido suas razões — disse Jenny. — O que ele realmente fez foi deixar o arquivo de Katy e a proposta na mesma gaveta. Ele sabia que você seria a primeira pessoa a abri-la, certo?

— Sim...

— Sabendo o que eu sei sobre Harry Marshall, parece que deixou dois sinais de injustiça. Injustiça com a qual não conseguia viver.

— Não acha que devíamos falar com a polícia agora? — perguntou Alison, quase chorando.

ATESTADO DE ÓBITO

— Confia realmente neles? Mesmo sabendo como conduziram o caso de Katy?

— É uma situação muito grave para resolver sozinha. A senhora já está com problemas com o Ministério, e veja o que aconteceu com Tara Collins...

— Tara é muito precipitada. Sou muito mais fácil de se lidar.

— O que quer dizer com isso?

— Sejamos honestas. Eu consegui este emprego porque pensaram que eu era alguém que podiam controlar. Se não fizer o que esperam que eu faça e chegar a um veredito de suicídio na semana que vem, meu histórico médico de repente virá à tona e eu terei de sair por aquela porta de qualquer forma. Tenho quatro dias até o inquérito ser retomado. Posso aproveitar esse tempo procurando uma bomba para jogar sobre eles. Melhor.

— O que está pensando em fazer?

— Primeiro, vou falar novamente com Peterson. Não acho que ele esteja nos dizendo toda a verdade, nem algo próximo dela. — Jenny pegou sua pasta.

— Odeio ter de ficar falando nisso, Sra. Cooper... recebi outro telefonema sobre a prestação de contas.

— Danem-se as contas.

Ela conseguiu chegar ao hospital, depois de enfrentar o trânsito da hora do rush, apenas para ficar sabendo, por um assistente do necrotério, que Peterson havia saído mais cedo para ir à uma festa de aniversário infantil. Foram mais quarenta minutos de lentidão até Clifton, onde ficava a casa de quatro andares, em estilo georgiano, de Peterson. Ele abriu a porta vestindo jeans e uma camiseta polo cor-de-rosa, usando óculos escuros apoiados na cabeça. Ao fundo, muito barulho, animação, menininhas gritando e música pop tocando.

Sua expressão foi de surpresa, e depois de raiva.

— Meu Deus! O que quer aqui?

— Dez minutos de seu tempo.

— Esta é minha tarde de folga, pelo amor de Deus. É o aniversário da minha filha.

— Acredite, estou tão impaciente para ir embora quanto o senhor. Podemos conversar aqui, se preferir.

— Não estou acreditando... — Ele voltou para dentro, trocou algumas palavras com a esposa, que espiou a intrusa na passagem, e então voltou para a entrada da casa, saiu e fechou. — O que quer agora?

— É sobre a necropsia de Danny Wills.

— O que tem ela?

— Recebi muitos relatórios seus nas últimas semanas, está se saindo muito bem, mas o de Danny ainda está entre os mais curtos, o que é surpreendente, considerando as circunstâncias.

— Não havia muito a dizer. Era um garoto saudável que se enforcou.

Três garotas empolgadas vieram até a janela da frente e começaram a fazer caretas no vidro. Uma delas vestia fantasia de Barbie Princesa e tinha chocolate espalhado por todo o rosto. Jenny percebeu a semelhança com o pai.

Jenny disse:

— Talvez devêssemos dar uma volta.

Eles saíram do pequeno jardim e foram na direção de Downs, Peterson ressentido a cada instante.

Ela decidiu começar mantendo as coisas propositalmente vagas.

— Desde que depôs, conversei com outras testemunhas. Aparentemente, Danny discutiu com um dos funcionários de Portshead. Discussões bastante violentas.

— Não observei nenhum outro ferimento, se é isso o que está querendo saber.

ATESTADO DE ÓBITO

— Receio que não me passe muita confiança, dada a qualidade do exame que fez em Katy Taylor.

— Se tem algum problema com meu trabalho, por que não faz uma reclamação? Mas acho que o fato de comandar sozinho um dos mais movimentados necrotérios de hospital do país pesará bastante em meu favor.

— Tenho certeza de que sim, mas estou apelando para sua consciência.

— Deixe disso...

Eles viraram a esquina até a estrada principal ao longo de Downs. Peterson disparou à frente. Jenny apressou-se para seguir seu ritmo.

— Foram omitidas provas em ambos os casos, disso não restam dúvidas. Marshall sabia, e não seria um grande esforço de imaginação achar que o senhor sabia também.

— Está me parecendo o tipo de conversa que eu deveria ter na presença de um advogado.

— Não o estou acusando de nada, Dr. Peterson. Na verdade, estou preparada para lhe propor um acordo.

— A senhora realmente é um tipo raro. — Ele balançou a cabeça.

— Infelizmente, não posso exumar o corpo de Danny para examinar novamente. O senhor foi o único que o viu. A questão é que, se as evidências que tenho se consolidarem, serão feitas mais perguntas do que o senhor poderia responder sem se comprometer, mesmo considerando-se a sua reputação.

— Isso é muito baixo, Jenny. Tirar um homem da festa de aniversário de sua filha para ameaçá-lo.

— Não duvido que, no fundo, você seja um homem decente; afinal, aguenta todas as formas de sujeira do Serviço Nacional de Saúde. Acredito que Harry Marshall também era. Mas estou compelida a acreditar que alguém, ou algo, persuadiu vocês a não prestarem tanta atenção quanto deveriam. Isso lhe deixa duas opções: torcer para que eu não chegue ao fundo dessa história, ou me contar o que sabe e conversarmos sobre meios de salvar sua pele.

— Danny Wills se enforcou — gritou Peterson com uma fúria inesperada que fez Jenny dar um passo para trás. — Foi um caso resolvido. Tudo o que encontrei de significativo está no relatório. Se não gostou, a porra do problema é seu, é só o que tenho.

— Está muito agitado, Dr. Peterson.

— Saia da minha frente. — Ele saiu caminhando ao longo da calçada, pelo mesmo caminho que veio. — E não volte à minha casa a menos que tenha um mandado.

Era uma noite quente o suficiente para que ela se sentasse à mesa, no gramado, que estava se tornando rapidamente um matagal de novo, e tentasse analisar alguns casos de rotina que estavam se acumulando. Mais mortes em hospitais, uma senhora idosa e confusa atropelada por uma van do correio e um que acertou os cabos de força da rua com uma britadeira. Havia fotos do trabalhador morto, cada centímetro de sua pele estava queimado e preto.

Ela estava chegando ao fim da pilha e se perguntando se podia tomar meia taça de vinho tinto, quando sentiu um cheiro de fumaça vindo com a brisa. Olhou, e viu Steve. Ele estava apoiado num canto da casa, perto da entrada da garagem, fumando um grande cigarro enrolado. Jenny sentiu o cheiro novamente; não era apenas tabaco, havia um pouco de erva ali também.

Steve disse:

— Ocupada?

— Depende do que você tem em mente.

Ele deu alguns passos arrastados e sentou de frente para ela, a barba por fazer cobrindo-lhe o rosto. A pele estava queimada por trabalhar no sol. Deu um sorriso malicioso.

ATESTADO DE ÓBITO

— Adivinha o que eu encontrei nos fundos do meu jardim?

— Estou sentindo o cheiro. E uma investigadora forense a serviço de Sua Majestade não deveria estar falando com um homem que fuma essas coisas.

— Não acredito em leis. São feitas por pessoas que não podem se permitir ser livres.

— Você nasceu trinta anos depois do que deveria, meu amigo.

— Também não acredito muito em tempo. Acha que as árvores se importam em saber em que década estamos?

— Quanto dessa coisa você fumou?

— Quase o suficiente. É minha melhor safra até agora. — Ele ofereceu o baseado por cima da mesa, com a ponta virada para ela.

Jenny ficou tentada mas, conseguindo resistir, disse:

— Estava me perguntando o que havia acontecido com você?

— Tive de esperar pela safra anual para ter coragem de vir aqui.

— Sou tão assustadora assim?

— Não é você, sou eu. Não tenho prática.

— Nem notei, mas eu também não tenho.

— Há pecados piores. Já experimentou essa coisa?

— Meu filho já...

— É melhor para ele do que o álcool. Sem químicos, sem ressaca. Cultivado no bom e velho solo galês.

Ela o observou dando outra tragada, com um olhar sereno no rosto, seus membros soltos e relaxados, da forma como ela queria se sentir. E o cheiro daquilo era tão bom, levava-a de volta para as festas de muito tempo atrás, a sensação de despreocupação que era quase extasiante.

Ele olhou para ela, tentando-a.

Ela se inclinou para a frente e colocou os lábios ao redor do baseado, mas assim que tocou os dedos de Steve com a boca, afastou-se.

— Está com medo?

— Fumei uns cigarros na outra noite. Lembrei-me de como deixaram meus pulmões doendo.

Steve olhou para ela, vendo através de sua evasiva.

— Acha que sou má influência.

— Acho que está se divertindo ao tentar corromper uma funcionária pública.

— Deve ser mais ou menos isso.

— Em se tratando de mim, acho que não seria muito uma conquista.

Ele sorriu um pouco e jogou o baseado no chão.

— Como estão as coisas? Ainda não consigo imaginá-la como uma investigadora forense.

— Eu mesma quase não acredito.

— Descobriu o que aconteceu com aquela pobre menina?

— Não quero falar sobre isso agora. — Ela juntou seus papéis, tentando expulsar as imagens do corpo de Katy na bancada de necropsia do professor Lloyd.

Steve estendeu a mão e tirou os cabelos da frente dos olhos dela. Então chegou mais perto e deu-lhe um beijo no rosto.

Mais tarde, estavam nus na cama dela, rindo como um casal de adolescentes, embriagados pelo suspense de um toque não familiar.

Steve disse:

— Sabe que você é o assunto do momento no vale?

— Ah, é?

— Mulher bonita, que vive sozinha... É o tipo de coisa que alimenta a fantasia das pessoas.

— Espero que sejam fantasias vulgares.

— Obscenas. Devia ouvir o que você tem feito com Rhodri Glendower.

ATESTADO DE ÓBITO

— Só fiquei grata pela ajuda que ele me deu.

— Isso faz com que me sinta muito especial.

Ela rolou e ficou por cima de Steve, com os cotovelos cercando os ombros dele.

— Não ouse ficar carente agora que estou me divertindo tanto.

Ele levou uma das mãos até a parte de baixo de suas costas e acariciou-a, olhando em seus olhos.

— Nem sonho com isso.

Ela moveu a boca na direção da dele e beijou-o, tocando-o com cada parte de seu corpo.

Steve estava no andar de cima tomando banho e ela estava na cozinha, vestindo apenas um roupão, tomando seus remédios, quando alguém bateu na porta. Olhou para o relógio sobre o fogão: eram apenas 7 horas. Bateram novamente, mais alto, enquanto ela se corria pela sala para chegar à porta. Apertou o laço do roupão na cintura e abriu uma fresta da porta.

Um homem atarracado, de meia-idade, usando um terno cinza e sapatos tipo mocassim, segurava um crachá de identificação.

— Bom-dia, sou o investigador de polícia Owen Williams, de Chepstow. É a Sra. Cooper?

— Sim. — Ela viu duas jovens policiais, usando uniformes, paradas atrás dele, e duas viaturas estacionadas na rua. Seu primeiro pensamento foi em Ross.

— A senhora estaria com o Sr. Stephen Painter em suas dependências?

— Qual o problema?

Soando quase escusatório, ele disse:

— Receio que terei de falar com ele e fazer uma busca na casa, senhora. Tenho informações que me levam a crer que delitos tenham sido cometidos aqui.

— Informações de onde?

— Não posso revelar minha fonte no momento. Poderia nos deixar entrar, por favor?

— Ele está no banho.

— Podemos subir juntos então?

VINTE E UM

ELES MANTIVERAM JENNY E STEVE separados enquanto faziam busca na casa. Ela ficou na cozinha, e ele, na sala. Pela porta, Jenny pôde ouvi-lo dizendo que ela não tinha ideia de que ele estivera fumando erva cultivada em casa misturada ao seu tabaco, que aquilo não tinha nada a ver com ela. Williams disse para ele não se preocupar, que tudo seria discutido depois, na delegacia.

Eles encontraram as pontas apagadas na lixeira e o saquinho de Steve no bolso da calça. Enquanto as policiais escreviam as etiquetas de evidências e preenchiam os formulários de provas do crime, Jenny recebeu permissão para se vestir e dar um telefonema. Ela conseguiu pegar Alison antes de sair de casa, com a intenção de dizer-lhe a verdade, mas pegou-se inventando que teria de esperar por um encanador de emergência e logo chegaria ao escritório.

Ela foi no banco de trás do carro de Williams para Chepstow. Steve foi com as duas policiais. Williams teve o cuidado de deixá-los separados antes das declarações, mostrando às outras duas como um verdadeiro detetive lidava com suspeitos: com firmeza, mas com respeito. Serpenteando ao longo do vale, de Tintern a St. Arvans, Jenny ficou surpresa com o quão relaxada sentiu-se. Ela não conseguia saber se eram os novos remédios, ou se a situação era tão irreal que não conseguia levar a sério. Williams ouvia uma estação de rádio galesa: música pop ruim e canções monótonas, com palavras em inglês aparecendo de vez em quando. Ele perguntou a Jenny se ela falava galês. Ela disse que não, que sua família era da parte de trás do estuário de Somerset, mas desde que se mudou estava pensando em fazer aulas. Williams disse que ela deveria aprender, a única desvantagem era que, depois de falar galês por um tempo, o inglês soava tão duro quando o alemão, sem musicalidade.

Jenny disse nunca ter pensado por esse lado e, sentindo que estavam estabelecendo uma afinidade, perguntou:

— Quem lhe disse que Steve estava em minha casa?

— Sabe que não podemos revelar a identidade de nossos informantes, Sra. Cooper.

— Foi aquela garota que trabalha no Apple Tree, não foi? Annie?

Ele olhou para ela pelo retrovisor, com um sorrisinho discreto sob o bigode quase grisalho.

Jenny e Steve foram mantidos em salas de interrogatório adjacentes enquanto Williams passava pelo trabalhoso processo de colher as declarações, com uma policial ao lado em nome do decoro. Steve foi o primeiro. Jenny podia ouvir apenas uma conversa abafada pelas finas paredes, mas o fato de estar falando fazia com que ela supusesse que repetia o que dissera quando estavam na casa. Quando chegou sua vez, ela arriscou e disse que não tinha ideia do que ele estava fumando; que nunca lhe havia ocorrido que alguém pudesse usar drogas em sua presença. Williams ouviu educadamente, mas deixou claro com os olhos o que ele pensava.

Já passava das 11 horas quando ele entrou novamente na sala e disse que as evidências eram suficientes para que ele fosse obrigado a registrar queixa. Devido à quantidade de maconha que carregava, Steve seria acusado de posse com intenção de tráfico, e Jenny por permitir o uso em suas dependências. Ele soltaria os dois sob fiança

ATESTADO DE ÓBITO

e entregaria o caso para a Delegacia Central da região. Em uma ou duas semanas enviariam uma carta com a data da audiência.

Jenny disse:

— Como pode provar que eu *sabia* ou *acreditava* que ele estava fumando maconha?

— Isso é problema da Delegacia Central, Sra. Cooper.

— Eles vão tornar essas acusações públicas?

— Não tenho ideia.

Ela viu seu olhar enquanto juntava os papéis sobre a mesa, finalizando os trabalhos daquela manhã.

— Posso perguntar uma coisa? O senhor realmente quis fazer isso comigo ou alguém lhe mandou?

— Não sei o que quer dizer, senhora.

— Não leu os jornais? Estou no meio de dois inquéritos que não estão exatamente cobrindo de glória nossa polícia e sistema prisional.

Ele enfiou os papéis com as declarações em uma pasta.

— Isso é novo para mim.

— Posso ver que está achando isso tudo tão estranho quanto eu.

Williams virou-se para a policial:

— Poderia mostrar a saída para a Sra. Cooper?

Eles se encontraram nas escadarias em frente à delegacia. Steve levantou as mãos.

— Sinto muito.

— Esse deve ter sido o sexo mais caro que já tive.

— Não o melhor?

Ela olhou para ele, incapaz de rir, e disse:

— Tem ideia de quem chamou a polícia?

— Acho que foi a Annie. Eu passei no bar rapidamente antes de ir à sua casa... — Uma expressão de culpa surgiu em seu rosto.

— O que foi?

— Um dois rapazes que estavam lá, o Ed, disse que alguém tinha estado no bar no último final de semana perguntando por você.

— Quem?

— Um cara. Por volta dos 30 anos. Ele pensou que podia ser um policial, não fosse pelo corpo esbelto. Tonificado.

— O que ele queria saber?

— Se você frequentava o local, quem eram seus amigos. Ed achou que podia ser um ex-namorado metendo o bedelho.

— Ele mencionou você?

— Não contei a ninguém sobre nós.

— Pelo que me falou, nem precisa contar.

Ele tocou sua mão, segurando seus dedos.

— Sinto muito, Jenny.

— Não precisa ficar dizendo isso. Não foi culpa sua.

— O que você vai fazer?

— Pegar um táxi e comer algo.

Estava chovendo novamente, os últimos suspiros de uma pesada tempestade de verão, então sentaram-se na pequena mesa da cozinha. A apertada cena doméstica juntava-se à sensação de irrealidade; era como assistir ao dia estranho de outra pessoa acontecer. Tudo o que tinha para pôr em um sanduíche era queijo e alface. Ela se desculpou por sua despensa mal-abastecida e brincou dizendo que se ele quisesse uma namorada magra não podia esperar ser bem-alimentado. Ela disse "namorada" sem pensar e esperou pela reação de Steve, mas ele não falou nada. Sentado ali, comendo um sanduíche, ele parecia bastante confortável. Talvez estivesse tentando compensar o fato de ter destruído sua carreira.

Indagou novamente sobre o homem que fez perguntas sobre ela. Steve disse que aquilo era tudo o que sabia: um homem, nem jovem, nem velho, perguntando sobre seus hábitos.

ATESTADO DE ÓBITO

— Quem acha que é ele?

Olhou para ele enquanto tomava um gole de café.

— Posso confiar em você, não é?

— Acho que só fui responsável por sua prisão uma vez.

Ela colocou a xícara na mesa, sentindo-se perturbada consigo mesma por duvidar dele, ciente dos indesejados pensamentos obscuros que a assustavam em situações de tensão, circulando no coquetel químico em seu cérebro.

— Ninguém lhe perguntou nada sobre mim?

— Não. Relativo a quê? Seu trabalho?

— Por que veio até aqui naquele primeiro dia?

Ele parou de comer, com uma expressão de surpresa no rosto. Ela disse:

— Quero saber a verdade.

Demorou um pouco para ele encontrar as palavras.

— Certo... No dia em que se mudou, havia uma van alugada do lado de fora. Passei de carro e vi você na entrada, arrastando um grande cesto de plástico cheio de coisas... Achei que era uma mulher bonita. Foi um daqueles momentos...

— Que momentos?

— Quando sabe que algo vai mudar.

— Gostou de mim quando eu carregava um cesto de roupa suja?

— Se estamos sendo realmente honestos, devo dizer que foi mais do que isso... Eu sabia que tinha que tê-la.

— No sentido sexual?

— Em todos os sentidos.

— E olhe para nós agora. Vamos ser julgados juntos.

Steve olhou para a mesa.

— Não sei o que dizer... Vou assumir a responsabilidade, você não teve culpa... Talvez eu devesse ir agora.

— Jura que não armou essa para mim?

— Posso imaginar como aconteceu... Annie sabia que eu tinha erva, dei um pouco a ela. E ela deve ter ficado sabendo que eu vinha aqui. Passei por uns caras que eu conheço no caminho para cá. Eles devem ter contado a ela onde eu estava.

— Está dormindo com ela também?

— Não recentemente.

— Ela o odeia tanto assim para chamar a polícia?

— Foi Annie quem me contou sobre o homem... Ele lhe deu dinheiro.

— E você não me disse nada?

— Eu ia dizer... acabei me distraindo.

Jenny deixou escapar uma pequena risada. Depois riu novamente, mais alto, porém com lágrimas nos olhos. Tentou segurar, mas foi pega de surpresa e elas começaram a escorrer por sua face. Steve saiu de sua cadeira, deu a volta na mesa e a abraçou.

Mais tarde, quando retomou o controle de si mesma, contou a ele sobre Danny Wills e Katy Taylor, e o que acontecera com Harry Marshall e Tara Collins. Contou como havia começado com boas intenções, mas agora estava assustada. Steve perguntou o que podia fazer para ajudar. Jenny disse para ele não se culpar pelo que havia acontecido. A UKAM teria encontrado uma forma de atingi-la de um jeito ou de outro.

Pelo olhar de Alison, Jenny pôde perceber que ela já sabia. A assistente disse que jornalistas haviam telefonado e que a história já estava no site do *Post*: *Investigadora forense de Severn Vale pega com drogas*. Simon Moreton, do Ministério da Justiça, havia mandado um e-mail pedindo para Jenny ligar para ele. O funcionário da sessão de agendamento do Tribunal telefonara para dizer que haviam recebido um recado avisando que a sala de audiências não seria utilizada na segunda-feira, estava certo?. As coisas estavam

ATESTADO DE ÓBITO

acontecendo rapidamente. Ela também descobrira que o inquérito policial sobre o desaparecimento de Katy Taylor havia sido adiado por uma semana, porque policiais haviam sido desviados para a investigação de um ataque com bomba incendiária a uma mesquita.

Jenny disse:

— Se alguém chegasse e me oferecesse suborno agora para se livrar disso, não acho que demoraria muito para aceitar.

Alison empurrou pela mesa uma pilha de relatórios que haviam chegado durante a noite.

— Quer dar uma olhada?

— Posso fazer isso. — Ela pegou os papéis e foi para sua sala.

— Quer me contar o que aconteceu? — perguntou Alison, gentilmente.

Sem se importar, Jenny disse:

— Meu novo namorado estava fumando erva. Uma coisa levou à outra... A ex chamou a polícia, mas acho que alguém da UKAM tinha chegado a ela primeiro. Ela é uma mãe solteira que trabalha em um bar.

— A senhora tem uma vida emocionante.

— Quer trocar?

Alison dirigiu a ela um olhar maternal.

— O que eu digo se alguém perguntar algo?

— Você era policial, invente uma história.

Ela se sentou em sua sala, sabendo que devia entrar em contato com algumas pessoas: Simone Wills, Andy e Claire Taylor. Mas o que diria a eles? Desculpem-me, mas meu namorado maconheiro e eu estávamos apenas nos divertindo? Ela se sentiu como uma boba, humilhada. Não havia armação melhor: fazer a vítima pensar que ela mesma fora responsável por ser pega.

O primeiro telefonema foi de Moreton. Ele parecia constrangido.

— Fiquei sabendo que se meteu em uma bela confusão, Jenny.

Ela disse:

— Eu poderia lhe explicar como uma poderosa companhia do ramo correcional habilmente descartou meu predecessor, e agora está fazendo o mesmo comigo, mas não acho que iria acreditar.

— Receio ter de me preocupar com assuntos mais mundanos, como o que fazer com você enquanto essas acusações ainda estão pendentes.

— Não sou inocente até que se prove o contrário?

— É claro. Mas ambos sabemos que oficiais da justiça não podem continuar na função enquanto são objeto de acusações criminais.

— Se você falasse com as famílias de Danny Wills e Katy Taylor, acho que nenhuma delas veria problemas se eu continuasse.

— O Ministério veria, Jenny, mesmo nestes tempos modernos. Estou telefonando para dizer que a decisão foi tomada e que você receberá uma suspensão remunerada até a resolução de seu caso.

As palavras flutuaram em sua cabeça.

— O que vai acontecer com os inquéritos?

— Serão adiados. Obviamente, se for declarada culpada, outro investigador forense a substituirá no momento oportuno.

— E se eu for inocentada?

— Esperamos que aproveite o tempo fora do escritório para considerar suas opções. Se chegar à conclusão que talvez o cargo de investigadora forense não seja para você, estou certo de que prestaríamos assistência, fornecendo as devidas referências.

— Você faz a minha demissão soar como um ato de gentileza.

— Entendo que deva ser um momento muito difícil para você.

— Na verdade, sinto-me bastante calma, agora que sei quem são os bandidos.

Houve uma pausa antes que Moreton respondesse:

ATESTADO DE ÓBITO

— Estou lhe enviando um e-mail de confirmação, além de uma cópia impressa pelo correio. Gostaríamos que deixasse o escritório até as 18 horas.

Ela tentou adiantar a papelada. Seu orgulho lhe dizia para deixar uma mesa organizada para que quem quer que ocupasse o seu lugar não tivesse o prazer de dizer que ela comandava um gabinete negligente. Do lado de fora, podia ouvir Alison ao telefone, falando em voz baixa com colegas escandalizados que queriam saber os detalhes sórdidos. A seu favor, viu que Alison era leal, dizendo que tudo fora armação, que um amigo deve ter fumado algo, mas a investigadora não sabia. Depois de ouvir a história algumas vezes, a própria Jenny quase acreditou.

Ela trabalhou nos relatórios do dia em semitranse, assinando nove atestados de óbito, os quais entregou a Alison. Organizou em uma pilha os cinco casos correntes que necessitavam de inquérito, mas não de uma audiência completa com júri, e arrumou os arquivos dos casos de Danny Wills e Katy Taylor, deixando uma breve nota explicativa em cada um deles. A única coisa que ela não tinha feito era a prestação de contas. Alison lhe disse para não se preocupar, ela daria um jeito.

Às 18 horas, Jenny arrumou suas coisas e saiu de sua sala para se despedir, mas Alison já havia ido embora, sua cadeira sob a mesa. Saiu e fechou a porta principal, girando a chave na fechadura e devolvendo-a para a caixa de correio. Nenhuma palavra de adeus, nenhum bilhete, apenas um silêncio profundo e uma sensação de tristeza não resolvida que pairava no ar como neblina.

David telefonou quando ela passava pelo pedágio da ponte Severn. Ela conectou o celular no som do carro, e a voz do ex-marido gritou pelos quatro alto-falantes:

— Deborah acabou de me mostrar o jornal. Muito bem! Ross ainda não chegou em casa, mas imagino que já saiba das novidades. Você não é a fornecedora dele, é?

— Veja se cresce, David.

— Estou falando sério. Nada que faça me surpreende mais.

— Bem, pode relaxar. Não sou mais problema seu.

— Ainda é problema do meu filho.

— *Seu* filho?

— Claramente sou o único capaz de assumir responsabilidades.

— A droga não teve nada a ver comigo.

— Está bem. Então só preciso me preocupar com seu namorado hippie.

— Ele é mil vezes mais inteligente do que aquela estúpida desmiolada que anda pela sua cozinha.

— Não liguei para trocar insultos com você, Jenny. Nada que eu possa dizer fará jus ao seu comportamento, mas enquanto ele estiver sob minha guarda, não quero que chegue perto do meu filho.

— Ah, sério? Bom, caso não tenha notado, ele não é mais uma criança. Tem quase 16 anos e é capaz de tomar suas próprias decisões.

— Ele fez isso há algum tempo, ou está muito chapada para se lembrar?

Jenny olhou sobre a água e viu um raio de luz passando por um vão entre as nuvens a oeste.

David gritou:

— O que eu realmente desejava de você, mas suponho que seja querer demais, era um mínimo pedido de desculpas.

Ela apertou o botão vermelho do telefone, deixando-o falando sozinho, e observou o feixe de raio solar afinar, até desaparecer.

* * *

ATESTADO DE ÓBITO

Ross não atendeu o telefone e ela não o culpou por isso. Não havia sido uma mãe ruim, não era isso... Ela tentara o máximo que podia. Só que era uma pessoa que não era tão capaz de ser altruísta quanto os outros gostariam que fosse. Para isso, precisaria ter sacrificado sua carreira e ficado em casa para manter o lar de David arrumado, preparar suas refeições, fazer sexo quando ele quisesse e ter como hobby um esporte que ele aprovasse, como tênis ou hipismo. Voltar usando calças de montaria, transar no chuveiro antes de colocar na mesa um jantar saudável e ajudar Ross com todo o dever de casa de sua exigente escola particular. Ela tentou imaginar como se sentiria sendo rainha de um lar perfeito. Sufocada. Desesperada. Homicida. As palavras que vieram não eram boas. Confirmaram sua opinião: ela tinha muitas emoções próprias para colocar outras pessoas em primeiro lugar. O imperdoável é que ela sempre soubera disso, mesmo antes de se casar. Ela devia ter parado o trem antes e pulado fora, mas estava ávida por passar por romance, casamento e todos esses rituais obrigatórios e, então, seguir com sua vida. Mesmo no dia de seu casamento, ela não estava conectada, era sempre *e depois?*. Quanto tempo até eu engravidar? Quando vou poder voltar ao trabalho?

Dezesseis anos se passaram, e ela era uma mãe fracassada, transtornada e dependente de remédios prestes a perder a única coisa que não estava preparada para sacrificar. Não era uma carreira espetacular, mas ter sido nomeada investigadora forense aos 42 anos era algo de que se orgulhava.

Parou no acostamento no meio do bosque, a mais ou menos 1,5 quilômetro de Tintern. Havia uma trilha à direita que levava ao rio Wye. Seria fácil se perder no caminho, sair no meio das árvores onde ninguém poderia vê-la, se enfiar sob um arbusto espinhoso. Ou descer até o rio, esperar pela maré alta, tomar os comprimidos ali e escorregar para o mar. Com sorte, nunca a encontrariam. O último rastro seria uma pegada em uma margem lamacenta, apagada mais tarde pela chuva.

Foram necessários três temazepam para conseguir chegar a uma sensação vaga e confusa. Não era raiva ou pânico. Era algo mais distante. A imagem em sua cabeça era a de uma pipa presa em sua linha, voando em uma brisa forte. Havia uma vitalidade estranha e inesperada naquela sensação, o ato de despertar algo para *fazer*. Sua mão encontrou o caminho para a bolsa e os dedos chegaram perto dos betabloqueadores. Com um frasco deles, seu pulmão e coração relaxariam e ela poderia se deixar levar.

Pegou o vidro e pressionou levemente a tampa: girar e soltar. Havia uma garrafa de água com gás no porta-luvas. Talvez fosse melhor dissolvê-los primeiro na água e então tomar, as bolhas fariam o efeito ser mais rápido. Não, melhor colocar os comprimidos na boca e engoli-los. As opções eram frustrantes. Ela queria que a solução fosse elegante. Sem esforço.

Um Subaru parou na estrada logo em frente a seu carro. Um casal com aparência aventureira, por volta dos 30 anos, saiu usando botas de caminhada combinando e casacos impermeáveis amarrados na cintura. Ele parecia um profissional, um dentista, supôs Jenny, pelos sorrisos perfeitos que ambos exibiam. Quando passaram ao seu lado, de mãos dadas, ele olhou para Jenny e captou seu olhar, fixando-os por uns instante, como se soubesse. Quase chegando na trilha, olhou novamente por cima do ombro, pressentindo algo.

Droga! É bem o tipo que se envolveria.

Ela sorriu para a mulher e virou a chave na ignição. Fazendo a volta no acostamento e seguindo de volta para Melin Bach, ela pensou: para que a pressa? Por que não tomar uma boa taça de vinho antes?

VINTE E DOIS

O TOQUE PERSISTENTE DO TELEFONE penetrou em seus sonhos desconexos e trouxe-a de volta à consciência. Ela estava encolhida no sofá, com um torcicolo terrível. Vazava luz pelas cortinas fechadas. No tapete que cobria o piso de ladrilhos estavam duas garrafas vazias de vinho tinto e uma taça com um dedo de bebida ainda no fundo. Ao lado, duas fileiras de comprimidos, seus frascos vazios e um copo d'água intocado. Ela encarou aquilo, os olhos lentamente conseguindo focar, lembrando vagamente do ritual de tê-los disposto dessa maneira na noite anterior: como uma criança contando seus doces. Depois havia se arrastado para o sofá para saborear sua última taça.

Com dor, arrastou o pé para o chão, descobrindo uma sensação desagradável, como acordar para sofrer, ou como a perda de um amante. Gradualmente, as peças do dia anterior se juntavam: a prisão, a suspensão, o telefonema de David e o ímpeto sedutor de desaparecer, que a afastou da raiva. Seu corpo estava pesado como chumbo. A mente, ainda mais pesada.

O telefone continuava a tocar. Alguém estava determinado a despertá-la. Movimentou-se pela sala e levantou o telefone sem fio, tirando o cabelo do rosto.

— Alô. — Sua voz estava grossa e desafinada.

— Sra. Cooper?

Ela limpou a garganta:

— Sim.

— Aqui é o professor Lloyd, do hospital de Newport. Tentei ligar para a Sra. Trent, mas ela não está atendendo.

Jenny olhou para o relógio e viu que ainda não eram 8 horas.

— Ah...

Lloyd fez uma pausa, como se estivesse constrangido.

— Soube o que aconteceu ontem, mas não sabia para quem mais ligar. Pensei em mais algumas coisas sobre Katy Taylor, sabe.

Ele esperou que Jenny respondesse, passando-lhe a vez. Ela tentou pensar, mas sua cabeça latejava a cada batimento cardíaco ao passo que o álcool não digerido começava a recircular por seu corpo.

— Fui suspensa de meu cargo. Não sei se fará muita diferença falar comigo.

Outro silêncio considerável, e então:

— Mas a suspensão foi justificada, Sra. Cooper?

Havia uma sabedoria na voz de Lloyd que a atingiu como um tapa na cara, fazendo com que sua mente relutante se unisse novamente ao corpo queixoso. Era sua vez de usar as palavras com cuidado.

Ela disse:

— O senhor é um médico legista do Ministério do Interior, professor. Conhece o sistema melhor do que eu.

— Sim. Talvez pudéssemos nos encontrar e conversar, já que está com tempo de sobra.

— Para quê?

— Talvez seja melhor isso ficar para depois. O que me diz?

A lembrança de seu sonho de quartos escuros e fantasmas voltava à sua consciência enquanto dirigia colina acima, pegando a sinuosa rodovia para Usk e, dali, a estrada de duas pistas para Newport. As imagens eram incompletas, figuras escuras e amor-

ATESTADO DE ÓBITO

fas com uma ameaça taciturna em um espaço ainda mais escuro, mas grudavam como uma mancha persistente. Ela sentiu a textura do volante sob os dedos, ligou os limpadores quando uma pancada de chuva esparramou-se no para-brisa, mas seu nariz estava tomado pelo cheiro de tijolo úmido e gesso. Apesar dos comprimidos que tomara na hora do café da manhã, seu pulso acelerava em antecipação a um predador invisível. A entrada irregular para a sala secreta de seus pesadelos se abrira um pouco mais, e o que havia lá dentro estava perturbadoramente próximo. Parte dela queria parar tudo e entrar lá, tentar isolar e capturar o monstro, mas o medo ainda era muito grande, e seu instinto de medicar-se e afastar tudo aquilo era mais forte do que sua necessidade de descobrir.

Uma vez fora das estradas rurais, com suas barreiras altas e restritivas, e seguramente cercada por outros veículos, ela se permitiu relembrar os acontecimentos da noite anterior. Sua memória em relação àquilo parecia mais remota do que seus sonhos intrometidos. Viu a si mesma no acostamento, uma figura pálida em um carro indistinto segurando um frasco de remédios, tentada pela perspectiva de liberdade, apesar de estranhamente afastada da fonte de sua dor. A irrealidade das imagens lhe dissera que foi assim que aconteceu: como a suicida conseguiu ultrapassar a fronteira. Sentada de pernas cruzadas sobre o tapete, contando os betabloqueadores, a ideia de ir embora havia sido tão reconfortante quando do o cheiro de incenso em uma noite de inverno. A palavra morte não aparecia. Apenas *paz*.

Ela chegou ao seu destino ainda sonhando acordada. Saiu do carro e foi andando até o Celtic Manor, um grande resort localizado contraditoriamente à beira da autoestrada M4, nos limites de Newport, sem sentir os pés no chão. Não foi sua voz que saiu quando pediu na recepção informações sobre o café Fórum. Disse a si mesma que era uma combinação de sua medicação e uma profunda ressaca, mas quando passou por um grupo animado de hóspedes do hotel a caminho do campo de golfe e viu algo assustador em seus sorrisos, soube que era algo mais. O Dr. Travis lhe dissera muitas vezes que os psicóticos projetavam suas emoções perturbadas nos outros, e que a loucura podia ser evitada apenas se os sentimentos fossem confrontados antes que se tornassem totalmente dissociados do eu e de todos os tipos de controle consciente.

Procurando pelo café do clube, cantarolando futilmente a música de fundo, aceitou que, finalmente, depois de todos esses anos, estava chegando ao desenlace do jogo. O momento que sempre temera havia chegado. Talvez ainda tivesse alguns dias para criar coragem e mergulhar na escuridão que havia dentro de si. E se não conseguisse... a noite anterior lhe mostrara o caminho que deveria pegar; ou que iria pegá-la.

O professor Lloyd estava sentado em uma mesa perto do painel de vidro que dava para a piscina do hotel. Ele deu um grande sorriso quando ela se aproximou, e levantou-se para apertar sua mão.

— Estou feliz que tenha vindo, Sra. Cooper. — Ele apontou para a cadeira à sua frente, de vime, com almofadas xadrez. Havia um bule de chá e duas xícaras esperando.

— Acho que é o mais próximo que já cheguei de um clube, mas cumpre o seu papel. Às vezes fujo para cá em tardes chuvosas.

Jenny olhou ao redor, aprovando a decoração serena.

— Que bom.

Ela se sentou na cadeira, que forçava a pessoa a reclinar. O professor Lloyd esticou-se do outro lado, o corpo relaxado mas os olhos atentos à entrada do café. Jenny sorriu discretamente, feliz por ele ter tomado a iniciativa. Fora de seu cargo, ela estava ali apenas em nome da curiosidade.

ATESTADO DE ÓBITO

— Vamos lá, Sra. Cooper... Estive lendo tudo sobre a senhora e ouvindo o que andam dizendo por aí. Dois inquéritos controversos na primeira quinzena...

— Não fui eu que os procurei.

— Estou certo de que não. — Ele balançou a cabeça. — Não... Tenho certeza. Gostaria de um pouco de chá?

— Por favor.

Ele levantou o bule com cuidado e serviu-lhe uma xícara, considerando o ângulo de aproximação ao colocar o leite. Hesitou com a colher molhada, e então apoiou-a em um guardanapo de papel.

— Odeio gotas em meu pires, e você?

— Também detesto.

Jenny tomou um gole do líquido tépido. Ele a observou como se procurasse por alguma pista em sua expressão.

— Sei que ambos os inquéritos foram adiados.

— Novamente, não foi por escolha minha.

— Sim, eu sei. — Ele tomou um pouco de seu chá, ganhando um último instante antes de se comprometer. — Minhas ideias sobre Katy, veja bem, de um certo modo foram estimuladas pelo que li sobre seu caso de morte na prisão... Danny Mills?

— Wills.

— Sim. O pobre garoto que se enforcou enquanto Katy estava na mesma instituição. — Olhou para ela com uma expressão inocente de indagação. — Acha que há motivos para supor que suas mortes estão, de alguma forma, ligadas?

Jenny tomou consciência da sensação da xícara em suas mãos, do cheiro de cloro no ar, de seu espírito deslocado retornando ao corpo enquanto as palavras do professor Lloyd concentravam sua atenção.

— Por que acha que há uma ligação?

Ele juntou as duas mãos e apoiou-as no queixo, como se rezasse.

— Antes que eu prossiga, Sra. Cooper, talvez possa me dizer o que aconteceu com a senhora, ou o que *pensa* que aconteceu. Odeio dar crédito a teorias conspiratórias, mas sou um homem prestes a se aposentar, com filhos crescidos que não deveriam mais estar dependendo de mim.

— Por que deveria confiar no senhor? Pode ser parte de tudo isso, até onde eu sei.

— Parte do quê?

— Do motivo pelo qual meu namorado e eu fomos presos no dia seguinte ao que descobri que *há* uma ligação.

— Sabe se foi um informante?

— Foi mais do que isso, foi uma armação. Tenho motivos para suspeitar que a companhia que dirige o Centro de Detenção Juvenil Portshead tem uma inclinação para esse tipo de coisa. Eles podem manter prisioneiros, mas com certeza não agem como a polícia.

O professor Lloyd levou as mãos ao rosto, cobrindo os olhos e o nariz. Se ele não fosse um bom ator, estava pensando em um plano sério e doloroso. Depois de um longo momento de reflexão, começou a falar com calma, enquanto olhava fixamente para Jenny.

— Então irá entender que o que estou lhe dizendo é extraoficial, pelo menos por enquanto. Este encontro nunca aconteceu.

— Como quiser. Não há nada que eu possa fazer mesmo. Quem eles indicarem para me substituir irá enterrar ambos os casos tão fundo que nunca verão a luz do dia novamente. — Ela deu de ombros e tomou outro gole de chá.

Lloyd fez um gesto positivo com a cabeça, tomando uma decisão.

— O que eu tenho a dizer é mais especulativo do que qualquer outra coisa, mas pode interessar. — Olhou na direção da

ATESTADO DE ÓBITO

porta para se certificar que tinha um público de apenas uma pessoa. — Andei lendo umas coisas. A literatura sobre ruptura do ligamento glenoumeral confirma que tais lesões normalmente surgem quando o braço é forçado para cima, atrás das costas, mas parece que isso ocorre sobretudo em caso de prisão ou quando os métodos C e R são usados em instituições de custódia.

— C e R?

— Controle e repressão. Funcionários de prisões ou atendentes de enfermaria em hospitais carcerários aprendem técnicas para submeter aqueles que não cooperam. A maioria envolve travar o cotovelo, forçando o indivíduo a se abaixar, pressionando a coluna com o joelho e empurrando a mão contra as costas. Quando o prisioneiro está virado com o rosto para o chão, o funcionário pode imobilizá-lo com uma das mãos, deixando a outra livre para colocar algemas ou qualquer outra coisa.

— Injetar algo?

— É claro. Normalmente sedativos.

— Acha que o assassino de Katy usou C e R?

— Estatisticamente, há oitenta por cento de probabilidade, e ter o rosto forçado contra o chão explicaria o dente lascado. O fato de a lasca ainda estar em sua boca sugere que aconteceu imediatamente antes da morte, talvez até nos espasmos finais.

— Se ela fosse a passageira de um carro, o motorista poderia ter estacionado e feito isso dentro do veículo?

— Ela era muito pequena, então não vejo por que não.

— E quanto ao tufo de cabelo arrancado da parte de trás de sua cabeça?

Ele olhou para o teto, imaginando a cena.

— Suponho que se o agressor não tivesse espaço para colocar o joelho em suas costas, ele pode ter forçado o pulso alto o suficiente para pegar um punhado de cabelo para ajudar na imobilização, segurando-a firme com a mão esquerda e injetando a droga com a direita.

— Então a polícia deveria procurar por alguém treinado com essas técnicas?

— Faria sentido.

Jenny ficou em silêncio por um instante, analisando a confusa cronologia em sua cabeça. Ela se lembrava de que o corpo de Katy fora achado na segunda-feira, 30 de abril, primeiro dia do inquérito de Marshall sobre a morte de Danny. Peterson fez a necropsia no dia seguinte, 1º de maio, e no dia posterior Marshall escreveu um atestado de óbito sem ver um relatório escrito.

Jenny perguntou:

— O que sabe sobre Peterson?

— Em que sentido?

— O senhor não pode acreditar que ele não tenha visto as evidências, mas que tenha deixado que um atestado de óbito fosse escrito dois dias depois que o corpo foi encontrado.

— Mal conheço o homem, Sra. Cooper, e não gosto de especular, mas não tenho motivos para pensar que ele seja negligente...

— Está tentando me dizer alguma coisa. Por que não diz logo?

Ele suspirou, perturbado com as implicações da falta de ética profissional, mas sua expressão dizia que sua consciência estava ganhando.

— Como deve saber, legistas ditam suas observações enquanto fazem seus exames, invariavelmente em equipamentos antiquados. Talvez se a fita das necropsias originais fossem encontradas...?

— Acha que ele fez mais de uma necropsia?

— Estava pensando em Danny Wills. Se bem me lembro, o relatório do Dr. Peterson foi consideravelmente breve, pelo menos essa foi a impressão que tive pelos jornais. Na ausência de um corpo físico, a fita seria a melhor opção.

ATESTADO DE ÓBITO

Ela olhou para ele e observou as profundas linhas de expressão na testa.

Lloyd disse:

— Deve me achar um covarde imperdoável por não mencionar isso mais publicamente. Eu peço desculpas.

— O que espera que eu faça com essas *especulações*?

— Tendo ido tão fundo, eu pensei...

— Que eu estivesse preparada para me afogar?

O professor Lloyd disse:

— A senhora me passa a impressão de ser uma mulher muito corajosa.

Alison pareceu chocada ao ouvir sua voz no interfone e hesitou por um instante antes de deixá-la entrar no escritório, dizendo que Moreton havia deixado instruções que sua presença não fosse permitida naquelas dependências. Jenny disse que o imóvel não era de Moreton para que ele pudesse impedi-la de entrar, aquilo pertencia às autoridades locais.

Ela entrou na recepção e encontrou Alison agitada diante de sua mesa, com a pasta da contabilidade espalhada atrás dela.

— Você saiu sem dizer nada ontem à noite.

Sem graça, Alison respondeu:

— Não sabia o que dizer.

— No fim das contas, um adeus poderia ter sido um pouco prematuro.

Um olhar de surpresa, e depois de alarme, tomou o rosto de Alison.

— O que aconteceu?

— O professor Lloyd me ligou. Fui encontrá-lo. Ele acha que as lesões de Katy enquadram-se todas como marcas de técnicas de controle e repressão. Acredito que você deve saber o que é isso.

Ela confirmou com a cabeça.

— O que deu nele para lhe dizer isso agora?

— É extraoficial, mas imaginou que poderia haver uma ligação com a morte de Danny. Ele tem acompanhado o caso.

— O que ele está pensando?

— Não foi explícito, e não sabe que Katy relatou o problema de Danny com um dos funcionários para Justin Bennett. Mas acho que está dizendo que Peterson mostrou-se pouco detalhista tanto no caso de Katy, quanto no de Danny. Que, se algo estivesse sendo escondido, ele saberia.

— Mas não há nada que você possa...

— Há muita coisa que posso fazer, mas vou precisar de alguma ajuda. Quero pegar as fitas de necropsia gravadas pelo Dr. Peterson. Meu status legal durante o período de suspensão é questionável, mas você ainda é assistente do investigador forense e pode exercer os poderes delegados a ele. Ainda não há outro oficial além de mim neste distrito, e isso é um bom argumento de que tudo o que faça sob minha instrução é legalmente válido.

— Disseram-me para não falar com a senhora.

— Então por que me deixou entrar?

Alison olhou para ela sem responder, e então sentou-se lentamente na cadeira, de lado para a mesa.

— O Sr. Moreton disse que todas as novas mortes devem ser encaminhadas à Central de Bristol por enquanto.

— O que ele disse sobre os casos de Katy e Danny?

— Nada.

— Você falou com Simone Wills?

— O que eu falaria com ela? — Havia uma ponta de desespero na voz de Alison, uma mulher presa entre o senso de dever e sua consciência.

Jenny disse:

ATESTADO DE ÓBITO

— Tomei uma decisão: vou descobrir como eles morreram. Agradeceria sua ajuda para pegar as fitas de Peterson, mas se acha que não deve...

Alison agonizou:

— Não sei, Sra. Cooper...

— Não gostaria de saber o que aconteceu com Harry?

Jenny viu o olhar de Alison desviar involuntariamente para a esquerda, batendo em um documento no alto da pilha de recibos que estavam sobre a mesa: uma fatura de cartão de crédito. Os músculos de seu maxilar ficaram tensos e ela parecia lutar com a resposta.

Jenny estendeu a mão, pegou a fatura e afastou-se da mesa, antecipando um "Não!" de Alison, que se levantou da cadeira.

— Por favor, Sra. Cooper. — Não é da nossa conta.

Jenny virou-se e correu os olhos pela coluna dos pagamentos feitos com o cartão de crédito pessoal de Harry.

Alison tentou cercá-la e pegar o documento.

— Eu abri por engano.

Jenny virou-se novamente, e então viu algo, o penúltimo lançamento: *26 de abril, Novotel, Bristol*. Tarde demais, Alison pegou o papel de suas mãos.

Jenny olhou em seus olhos e viu a profundidade de sua dor. Ela sentiu muito por Alison.

— O que ele estava fazendo?

Alison segurou a fatura amassada e engoliu o nó que se formava em sua garganta.

— Dormindo com alguém, imagino.

— Você verificou no hotel?

Alison disse que sim.

— Ele registrou como Sr. e Sra. Marshall... Não posso acreditar. A senhora acredita?

Querendo oferecer a ela um pouco de consolo, Jenny disse:

— Pode ter sido por causa da depressão. E se você dois não eram...

— Não. Já havia acontecido antes. Sempre suspeitei. — Ela colocou a fatura de volta sobre a mesa. — Eu até tinha de contar mentiras por ele. Não que ele percebesse, mas a esposa tentaria pegá-lo no pulo. Ele ligava para ela dizendo que passaria o dia em Londres e chegaria em casa tarde, e ela ligava para o escritório para verificar se eu não estava com ele.

— Mary pensava que vocês estavam tendo um caso?

— Se ela tentasse ir para a cama com o marido em vez de ir com Jesus, talvez ele tivesse ficado em casa. — Ela secou lágrimas inexistentes. — Vou tomar café. Quer um?

— Obrigada.

Alison foi para a cozinha.

Jenny, observando-a, disse:

— Harry sabia como você se sentia em relação a ele?

— Sim... Ele até me beijou uma vez, bem aí onde a senhora está. Há dois anos, de repente, em uma manhã de quarta-feira. — E, carregada de arrependimento, completou: — Mas não era amor que ele estava procurando, não é?

Imaginando o momento, Harry, brincalhão, pegando-a desprevenida, Jenny caminhou até sua mesa e deu uma olhada nos papéis e recibos, imaginando que ela estivesse procurando ali mais evidências de sua infidelidade.

Alison apareceu na porta da cozinha.

— Não. Não sei quem ela era.

— Iria ajudar?

— Poderia acabar com alguns fantasmas.

Jenny pegou as pequenas pilhas de recibos de abril e maio e os folheou.

— Ele não comprou nenhum presente para ela com a verba do gabinete?

ATESTADO DE ÓBITO

— Nada que eu tenha encontrado. — Virou-se novamente para o balcão e colocou café instantâneo nas xícaras.

Jenny devolveu a pilha de abril para a mesa e pegou a de maio, mês em que Harry viveu apenas três dias. Havia três recibos: um com data de 1º de maio, de 200 libras gastas com material de escritório encomendados pelo correio; outro de 3 de maio, 10h30, de um envelope pardo comprado de WH Smith; e mais um com a mesma data, com horário de 10h52, de 5 libras referentes a postagem. Grampeado a ele, estava um canhoto de carta registrada, carimbado, mas com o espaço para as informações do remetente em branco.

— Para quem ele estava mandando uma correspondência registrada na manhã anterior à sua morte?

Alison chegou com os cafés.

— Não sei. Ele não mencionou nada para mim. Normalmente eu que ia ao correio.

— O canhoto tem um número de rastreamento. Por que não entramos na internet e tentamos descobrir?

Antes que Alison pudesse entender o processo que ela estava propondo, Jenny já estava digitando algo no site dos correios, no grande e velho monitor. Ela entrou na tela de rastreamento.

— Isso deve nos dizer para quem foi o pacote.

Digitou o código de 13 dígitos e pressionou a tecla *Enter*. Alison olhou para o outro lado quando apareceu uma nova tela, deixando Jenny a sós com os resultados.

Respondendo a seu silêncio surpreso, Alison disse:

— O quê?

— Foi para Grantham, em seu endereço de trabalho. Não foi recebido. Foi encaminhado novamente no dia seguinte, e mais uma vez não foi recebido. Parece que ainda deve estar no correio.

Alison pareceu aliviada.

— Eu devia ir lá buscar.

— Talvez mais tarde. Primeiro vamos fazer uma visita ao hospital. Isto é, se você topar.

Alison olhou para sua xícara de café e pensou por longos segundos antes de levantar o rosto com olhar de resignação filosófica.

— A senhora está certa. Eu preciso saber o que aconteceu com Harry.

Jenny disse:

— Você gostaria de ter dormido com ele daquela vez, não é?

— Teria sido bom. Pelo menos uma vez.

VINTE E TRÊS

ELAS SE ENCONTRARAM NA MANHÃ seguinte no Hospital Distrital de Severn Vale. Alison sabia que a secretária que Peterson compartilhava com outros médicos era uma mulher chamada Kathy Greenway. Seu escritório, no quinto andar do prédio principal, podia ser acessado apenas com um código de segurança em uma das portas que levava ao átrio perto da entrada do elevador. Alison chegaria sem grandes alardes e perguntaria pelas fitas gravadas por Peterson nas últimas quatro semanas, desde 16 de abril, tratando a questão como um assunto de rotina. Jenny ficaria fora de vista e interviria apenas se a situação ficasse difícil. Se fosse desafiada, Alison deveria dizer que havia recebido ordens para reunir essas evidências antes que o inquérito sobre a morte de Danny Wills fosse adiado, e que ninguém a informara de que não eram mais necessárias.

Para uma ex-detetive, ela parecia agitada demais enquanto passavam pela recepção principal do hospital. Jenny sentiu que ela esperava evitar consequências sérias. Enquanto aguardavam o elevador, Jenny disse que o pior que poderia acontecer seria uma advertência; se seguisse o que fora combinado, ninguém poderia dizer que ela não estava apenas fazendo o seu trabalho, tentando chegar a conclusões. Uma profissional.

Alison entrou no elevador sozinha, enquanto Jenny foi esperar na lanchonete do térreo, usando um fone de ouvidos sem fio para telefone celular. Um minuto depois, a assistente ligou e disse que manteria a linha aberta e o telefone no bolso da jaqueta, para que Jenny pudesse ouvir o que se passava. Pediu uma xícara de café fraco e sentou-se no canto mais silencioso.

Por um instante, ouviu apenas os sons abafados do telefone sendo colocado no bolso de Alison enquanto esperava para passar pela porta de segurança, fingindo ter derrubado sua maleta enquanto digitava o código, e então esperando que alguma boa alma o digitasse enquanto ela recolhia suas coisas.

A oportunidade apareceu depois de um ou dois minutos. Jenny escutou a maleta caindo no chão, Alison dizendo "Ah, meu Deus", e "Se importaria?", o oferecimento de ajuda de uma voz masculina e o clique da porta se fechando atrás dela. Já estava lá dentro.

Pelos ruídos, parecia que Kathy Greenway dividia um escritório com várias outras secretárias. Jenny podia ouvir diversas conversas paralelas ao telefone e o barulho de muitos teclados, até que escutou Alison perguntando "Srta. Greenway?", e uma jovem voz surpresa respondendo "Pois não?".

— Alison Trent, assistente da investigadora forense. Sempre vejo seu nome nos e-mails, mas não a conhecia pessoalmente.

A assistente de Peterson respondeu com um cauteloso "Certo...".

— Não é nada de mais — disse Alison. — A investigadora solicitou que as fitas gravadas pelo Dr. Peterson até 7 de maio deste ano fossem entregues. Elas podem conter evidências relevantes para um inquérito que ela está conduzindo. Achei que deviam estar aqui em cima.

— Ah. O Dr. Peterson não me disse nada.

— Na verdade, não é bem assunto dele. Aqui está o pedido da investigadora. — Jenny ouviu Alison abrir a maleta e entregar o documento que ela havia digitado antes de saírem do escritó-

ATESTADO DE ÓBITO

rio. — Se essas fitas estiverem em sua posse, custódia ou controle, é seu dever legal entregá-las a mim agora.

Houve uma pausa enquanto Kathy Greenway olhava para o documento. Com um tom de ansiedade, ela disse:

— Melhor falar como o meu superior, o Sr. Hassan. Não sei nada sobre isso.

Alison disse:

— Não tem nada ver com ele. O pedido é direcionado à pessoa que está de posse das fitas.

— Ainda assim, preciso falar com o Sr. Hassan.

— Srta. Greenway, antes de chamá-lo, preciso saber se está com essas fitas.

— Não. Dessas datas, não.

— Bem, então onde poderiam estar?

— Não sei. São todas recicladas.

— Quer dizer que devem ter sido devolvidas para o Dr. Peterson?

— Não necessariamente. Vão todas para aquela caixa ali. Alguém as leva e são reutilizadas.

— Por quem?

— Qualquer um da equipe de digitação.

Outra breve pausa, e então Alison disse:

— A senhorita digita todos os relatórios de óbito que o Dr. Peterson faz?

— Sim.

— Então tem cópias de todos aqueles arquivos em seu computador?

— Não vou responder a mais nenhuma pergunta. Vou ligar para o Sr. Hassan agora mesmo.

Kathy pegou o telefone e informou o Sr. Hassan que havia uma pessoa do gabinete da investigadora forense pedindo para ver os arquivos do Dr. Peterson. Jenny ouviu as conversas de fundo abrandarem-se, as outras secretárias prestando atenção. Kathy desligou o telefone e disse que o Sr. Hassan chegaria logo, e explicou que não tinha permissão para entregar nenhum arquivo, sob nenhuma circunstância.

Alison tentou novamente.

— Se olhar para o que está escrito no documento, Srta. Greenway, verá que também cita as transcrições das fitas. Isso significa que, se não me entregar as cópias agora, pode ser chamada perante o tribunal.

— Se fizer isso sem a permissão do meu chefe, perco o emprego, entende?

Jenny podia sentir a tensão entre elas enquanto esperavam pela chegada de Hassan. As outras secretárias tinham parado de falar. Havia só o aleatório toque dos dedos nos teclados preenchendo o silêncio. O combinado era que Alison controlaria o telefone, mas Jenny estava impaciente para intervir. Ela podia imaginar Hassan ligando para seu chefe, e assim por diante, subindo na cadeia alimentar até que o diretor estivesse metido no meio. Era necessária uma ameaça séria. Ela pressionou o botão para encerrar a chamada, esperou um instante para a linha ser liberada e ligou para o número de Alison. O telefone tocou apenas uma vez. Ela atendeu com um alô brusco.

— Precisa ser mais dura. Quando Hassan chegar, diga-lhe que, ou entrega os arquivos, ou ele e a garota serão chamados a comparecer ao tribunal na primeira hora de segunda-feira.

Alison disse:

— Sim, estou cuidando disso. Até logo. — Ela apertou várias teclas do telefone, provavelmente desligando a chamada, e colocou o aparelho de volta no bolso.

Passaram-se pelo menos outros cinco minutos até que Jenny ouviu uma voz cautelosa e burocrática dizendo:

— Ali Hassan, e a senhora é?

ATESTADO DE ÓBITO

— Alison Trent, assistente da investigadora forense.

— Certo. Este é Alan Yates, de nosso departamento jurídico. Ele vai cuidar de sua solicitação.

— Sra. Trent. — A voz de Yates era a de um advogado jovem e confiante, que passou a vida ajudando o hospital a derrubar alegações de negligência. — Podemos conversar no corredor, por favor?

Alison disse:

— Estou aqui para coletar evidências solicitadas pela investigadora forense. Entende o que isso significa, Sr. Yates?

— Se não se importa, prefiro discutir isso em particular.

Houve barulhos de movimentação, Alison seguindo o homem pelo corredor. Uma porta se fechando, calando o barulho do escritório.

Deixando de lado todo o fingimento de educação, Yates disse:

— O que está acontecendo aqui? A investigadora foi suspensa. Ela não tem nenhuma autoridade legal e nossos funcionários não têm obrigação de lhe entregar nada.

— O pedido foi feito antes de o inquérito sobre a morte de Danny Wills ser adiado. Até onde eu sei, deve ser cumprido. Se não for, virão as consequências.

— Nós as assumiremos.

— Percebe que está obstruindo uma investigação?

— Vamos parar com a baboseira. Acabei de falar com o chefe do departamento jurídico da autoridade local e a senhora nem deveria estar aqui. É melhor sair, ou chamo a segurança.

— O Sr. Grantham não tem jurisdição sobre o gabinete da investigadora forense.

Yates disse:

— Boa tentativa. Volte com um mandado de prisão e talvez a levemos a sério.

Houve um instante de silêncio, e então um clique quando Alison colocou a mão no bolso e desligou a chamada.

Ela encontrou Jenny na mesa do canto, engolindo seus comprimidos da hora do almoço, não mais se esforçando para escondê-los.

— Quanto conseguiu escutar?

— Basicamente tudo. Parece que ele pagou para ver seu blefe.

— O que eu podia fazer? Mentir? Ele havia falado com Grantham. Sabia que havia me mandado lá para sondar. Conforme-se, Sra. Cooper, não vamos conseguir tirar nada deles.

— Não sou mais sua chefe. Pode me chamar de Jenny.

— Prefiro que continue do jeito que está.

Alison sentou-se ereta na beirada da cadeira, evitando o olhar de Jenny, perturbada consigo mesma e constrangida com seu fracasso. Ela disse:

— Acho que é isso, então. Não vamos passar daqui.

— Pedindo as coisas com educação, não vamos mesmo.

— Não tem mais autoridade, Sra. Cooper. Teremos de esperar até que reassuma o cargo.

— Agradeço o otimismo, mas acho que ambas sabemos o que acontecerá com os arquivos até lá.

Indignada, Alison disse:

— A senhora faz parecer que foi culpa minha. Não sei o que mais poderia ter feito.

— Não poderia ter feito nada. Eles foram espertos. Se não nos deixam entrar pela porta da frente, teremos de entrar pelos fundos. — Jenny pegou sua agenda e procurou um número. — Não precisa se envolver com isso. Na verdade, não vai querer nem chegar perto.

— Para quem está ligando?

— Tara Collins. Ela me disse que tinha um amigo hacker.

Alison disse:

ATESTADO DE ÓBITO

— Melhor eu voltar para o escritório. — Ela se afastou da mesa. — Vou pegar um táxi.

Jenny esperou até Alison sair de perto.

Tara atendeu o telefone de sua casa com um cauteloso "Quem é?"

— Jenny Cooper.

— Oi. Já ia ligar para você... Li no *Post*. Diga que foi armação.

— Mais ou menos.

— *Permitiu que suas dependências fossem usadas?* Não gosto de esnobar, mas poderia ser pior.

— Estou tentando resolver.

— Simone me ligou querendo saber que diabos estava acontecendo. Eu costumava pensar que ela era doidona o suficiente para superar isso, mas não tenho tanta certeza.

— Não sei o quanto é seguro falar com você sobre essas coisas...

— Que se dane. Pelo que parece, eles devem ter um microfone escondido na minha bunda.

Jenny pensou em sugerir que elas se encontrassem em algum lugar, mas já eram quase 13 horas. Se os arquivos de Peterson ainda estivessem intactos até o fim do dia, ela ficaria surpresa.

— Consegui umas informações. Preciso me apossar de certos arquivos de computador do servidor do Hospital Distrital de Severn Vale: transcrições de registros de necropsias de Peterson. Você mencionou que conhecia um garoto...

— Conheço. — Um tom de entusiasmo surgiu em sua voz.

— Acha que ele pode ajudar? É urgente.

— Posso ligar para ele, mas há um problema.

— Certo...

— Se me lembro bem, o Vale usa intranet. Não há acesso externo, nem sem fio. Ele teria de trabalhar em um dos terminais do prédio, ou pelo menos ter um cabo conectado no sistema.

— Estou no local agora. Alguma ideia?

383

— Dê uma olhada por aí, ligo de volta em um minuto. — Ela desligou.

Jenny guardou o telefone no bolso e saiu em busca de um terminal de computador. Os andares administrativos não permitiam acesso, limitando-a às áreas clínicas do edifício. Ela andou pelos corredores, olhando dentro das salas e das áreas de recepção da obstetrícia, ginecologia, pediatria e gastroenterologia, mas cada local parecia abrigar duas vezes mais pessoas do que sua capacidade. Fingindo estar perdida, andou pelas duas enfermarias geriátricas do primeiro andar. Os terminais ficavam todos atrás de vidros, nos postos de enfermagem, posicionados de forma a manter pacientes e demais pessoas bem longe deles. Ela tentou entrar em uma sala de convivência dos funcionários, mas ali também estava lotado de jovens médicos fazendo fila nas poucas máquinas encardidas. Um hospital com poucos recursos era um lugar difícil para se encontrar um monitor livre.

Ela estava descendo as escadas para a recepção, imaginando por onde deviam passar os cabos da intranet e se, como em um filme que havia visto, eles serviriam de entrada, quando Tara ligou de volta. Ela disse que Tony havia concordado em ajudar, mas queria cem libras para cobrir o risco. Jenny disse que tudo bem, mas que tinham de agir rápido. Quanto tempo demorariam para chegar?

— Estaremos aí em meia hora. Encontrou um terminal?

— Deve estar brincando. Pensei em hackear por um cabo.

— Sem chance. Eles ficam em conduítes blindados que passam entre os andares. Continue procurando.

Jenny foi encontrar Tara e Tony quando desciam do Fiat batido da jornalista. Tony era um garoto pálido e magro, usava um boné de beisebol e um colete fluorescente com uma inscrição na frente e nas costas que dizia "EQUIPE DE TI". Ele tinha uma mochila

ATESTADO DE ÓBITO

para laptop nos ombros e um emaranhado de cabos nos bolsos do colete.

Ele olhou para ela com olhos cinzentos e determinados, e disse com uma fala lenta:

— Oi, sou Tony. Tara disse que você concordou com o valor.

— Claro. Pago assim que chegar a um caixa eletrônico.

Ele deu de ombros, feliz com o acordo.

Tara disse:

— Como estamos? Encontrou um terminal?

— Sem chance. Todos que encontrei estão sendo usados, ou há filas... Estava esperando que chegassem com alguma ideia.

Tony disse:

— Normalmente eu entro na sala de alguém e digo que preciso corrigir um problema na máquina.

Jenny e Tara trocaram um olhar. Tara disse:

— Ele já fez isso antes.

Jenny perguntou:

— De quanto tempo precisa?

— Provavelmente estamos falando de uma senha de seis dígitos composta por letras e números. Talvez leve meia hora com meu software, ou menos, se eu conseguir um link externo e acessar algumas máquinas remotas.

Tara disse:

— Hackear senhas demanda capacidade de processamento. Basicamente, tem-se um dicionário eletrônico contendo todas as combinações, milhões delas. Tony faz parte de uma rede que compartilha os dados. Centenas de máquinas ao redor do mundo funcionando ao mesmo tempo.

Tony, ligeiramente entediado, cutucava uma pinta em seu queixo.

Jenny pensou em tentar colocá-lo em uma das salas pelas quais havia passado, mas não conseguia imaginar como. Era mais do que

385

provável que pessoas que trabalhassem o dia todo no mesmo computador suspeitassem de algo. Estava pensando na ala geriátrica, talvez encontrando um jeito de distrair a reduzida equipe de enfermeiros, quando percebeu que estavam a menos de 30 metros do necrotério. Nas duas ocasiões em que estivera lá, não havia ninguém além de Peterson e alguns técnicos no prédio. Ela pegou o telefone e procurou seu número na agenda.

Tara disse:

— Em que está pensando?

— Espere um momento.

O telefone de Peterson tocou cinco vezes antes de acionar a secretária eletrônica. Olhou para o relógio: acabava de passar das 14 horas.

Ela desligou.

— Certo. Tive uma ideia. Vamos direto à sala de Peterson. Ele não está lá agora e há boas chances de que fique na sala de necropsia pelo resto da tarde. Vou entrar com Tony e dar cobertura. Posso fingir que estou lá para falar pessoalmente com Peterson se alguém perguntar alguma coisa.

Tara perguntou:

— Não seria menos arriscado se ele entrasse sozinho?

Jenny respondeu:

— Estou assumindo total responsabilidade. E além disso, gostaria de dar uma olhada por lá.

Tara estacionou o carro em uma vaga perto da entrada do necrotério, de frente, para que pudesse vigiar enquanto Jenny e Tony entravam pela porta. Tony pressionou o botão do interfone, mas ninguém respondeu. Jenny imaginou que aquilo significava que Peterson e seus técnicos estavam ocupados. Esperaram um pouco antes de tocar novamente, ainda sem resposta. O garoto pensou em tentar uma das janelas dos fundos. Jenny disse que não, seria muito

ATESTADO DE ÓBITO

arriscado, mas quando passaram dez minutos de espera, começou a considerar a ideia. Tony estava preparado com uma pequena lâmina de plástico que disse poder abrir a maioria das janelas e fechaduras, quando Jenny viu a faxineira filipina que havia encontrado em sua primeira visita empurrando um carrinho de limpeza pelo estacionamento.

Ela saiu correndo e, em um misto de linguagem de sinais e *pidgin*, indicou que precisava entrar por aquela porta. A mulher demorou um pouco para identificá-la, mas quando conseguiu, deu um sorriso cansado, porém amigável, e fez a volta com seu carrinho, tirando um pesado molho de chaves do bolso do macacão. Quando destrancou a porta, Jenny agradeceu de forma calorosa.

Estava alguns passos à frente de Tony, dizendo a ele para agir como se não estivessem juntos, pelo menos até que chegassem à sala de Peterson. O corredor da entrada estava vazio, assim como o pequeno lobby e as duas salas que saíam dele. Jenny notou que estavam sinalizadas como "Técnicos" e "Recepção". Ela olhou pelo vidro de segurança e viu que a recepção havia se transformado em um depósito improvisado, abrigando caixas de arquivos. A sala dos técnicos mais parecia uma sala comunitária. Havia um computador lá dentro, mas a porta estava trancada. Ela fez um sinal para que Tony a seguisse pelas portas vaivém, alertando que ele poderia ver alguns corpos.

Tony não estava impressionado.

— Deveria ver o *rotten.com*.

Ela passou pelas portas chegando ao corredor principal. Os cadáveres enfileiravam-se ao longo da parede em uma linha ininterrupta e, a partir de certo ponto, duas macas, uma sobre a outra: resultado de sua política de não liberação dos corpos sem um relatório escrito. O chiado agudo de uma serra circular vinha da sala de necropsia e, na esquina do corredor, fora do campo de visão, podia ouvir o barulho de uma maca e uma gaveta do refrigerador sendo puxada. Ela se movimentou rápida e silenciosamente para a sala de Peterson, com Tony seguindo-a, e pressionou a maçaneta. Entrou, com algumas falas preparadas para o caso de haver alguém lá dentro, mas a sala estava vazia. Fez um sinal para Tony segui-la e respirou fundo. Apesar de ter tomado um betabloqueador a mais, seu coração estava acelerado, sua camisa estava grudada nas costas.

Tony foi direto ao trabalho. Tendo visto que Peterson não havia deixado a máquina ligada, tampouco havia efetuado o login (não tiveram tal sorte), ele começou a desconectar cabos e redirecioná-los para seu laptop. Configurou um modem externo e conectou uma série de pen drives tanto no computador de Peterson quando em sua própria caixa de truques. Puxando uma cadeira, ele disse:

— Já ouviu falar de *Crack 5* ou *John the Ripper*?

— Não. Deveria?

— São programas para quebra de senha, supostamente os melhores, mas o que eu tenho bota os dois no chinelo. — Ele começou a digitar no laptop, alternando os olhos entre sua máquina e o monitor de Peterson. — Pareço suspeito?

— Acho que sim, mesmo com o colete.

— Então seria melhor que tentasse fazer algo com a porta e abrisse a janela.

Lutando com uma sensação de pânico que havia crescido apesar da quantidade de medicamentos, Jenny tentou manter a respiração equilibrada e curta enquanto arrastava uma cadeira e a usava para bloquear a porta. A janela era um problema maior: tinha um puxador simples, com uma dobradiça lateral, mas não abria mais do que alguns centímetros.

Tony disse:

— Há uma trava embaixo. Deve haver uma chave em algum lugar por aqui.

ATESTADO DE ÓBITO

Ela vasculhou o peitoril da janela e as prateleiras, mas não conseguiu encontrar.

Tony disse:

— Acho que só há uma saída.

Ela abanou-se com a parte da frente de sua blusa.

— Quanto tempo isso vai levar?

— Mais um pouco.

Ele estava debruçado sobre o laptop, com a aba do boné tampando o rosto. Jenny não sabia o que estava fazendo, nem como, apenas queria que terminasse logo, antes que seus nervos desistissem.

Tentou se distrair fuçando nas coisas de Peterson. Tinha a impressão de que sua sala era um lugar onde ele não passava muito tempo. O médico tinha cinco prateleiras de livros e periódicos, a maioria coberta por uma grossa camada de poeira, e um espaço semelhante com caixas de arquivos contendo cópias de relatórios de necropsia, cuja data mais recente parecia ser de dois anos antes, provavelmente quando o hospital adotou a intranet. Sua impressora a jato de tinta era pequena e não deve ter impresso mais do que algumas páginas. Ela imaginou que o sistema fora projetado para ser centralizado e não usar papel.

Na parede atrás da mesa havia um quadro de avisos com todos os números corporativos e um calendário sem graça de uma companhia de suprimentos médicos. Algumas fotos do aniversário de sua filha haviam sido acrescentadas desde sua última visita. A forma como ele pregou as fotos da festa, na parte de baixo do quadro, parecia desconfortável, como se ele não soubesse se as imagens de sua família deveriam compartilhar o mesmo espaço que um monte de pessoas mortas. Ela repetiu o pensamento para si mesma, *pessoas* mortas...

Tony levantou os olhos do teclado.

— Há 85 máquinas trabalhando na senha. Gostaria de mais, mas nos Estados Unidos ainda é muito cedo.

— Não tem ideia de quanto isso vai demorar?

Ambos gelaram quando ouviram o som de passos no piso do lado de fora. A maçaneta girou duas vezes. Uma voz, que não era a de Peterson, disse:

— Olá?

Jenny disparou para Tony um olhar insistente. Ele mexeu os ombros, passando o problema de volta para ela, que atravessou as salas na ponta dos pés e segurou a cadeira firme, enquanto a maçaneta girava uma terceira vez.

— Dr. Peterson? — Era um sotaque local, talvez um dos técnicos. Jenny sentiu o suor escorrer por suas costas, acumular-se na linha da cintura e descer pela barriga. Quem quer que estivesse chamando resmungou, parecendo confuso, e foi para a direita em direção à sala de necropsia.

Jenny perguntou:

— Quanto tempo?

Tony respondeu:

— Pergunte à máquina.

Ela olhou para a sala e começou a procurar algo, mas não sabia o quê. Abriu cada uma das gavetas do arquivo, verificou as duas gavetas da mesa de Peterson, e então começou a mexer nas caixas de arquivo que ainda não tinha visto. Havia faturas de casas funerárias, contratos de fornecedores, recibos e acordos de serviços de equipamentos técnicos, além de boletins da Sociedade Real de Médicos Legistas. Muitos dos arquivos não estavam sinalizados, e parecia que Peterson os havia guardado sem nenhuma intenção de encontrá-los novamente. Era um homem ocupado sem uma secretária para fazer o trabalho administrativo.

A maçaneta da porta girou novamente. Dessa vez a voz era mais firme.

— Olá? Alguém aí?

ATESTADO DE ÓBITO

Jenny ficou imóvel, mas um arquivo do fim da fileira escolheu aquele momento para tombar e espalhar seu conteúdo pelo chão.

— Abra a porta. Você não tem permissão para estar aí. — Começaram a mexer na maçaneta com mais determinação. Ela pressionou a cadeira contra a porta com mais força. O homem do outro lado disse: — Vou chamar a segurança. — Jenny o escutou andando com pressa pelo corredor até o telefone interno, gritando para a sala de necropsia: — Há alguém ali dentro.

— Não pode ir mais rápido?

Tony pressionou mais algumas teclas.

— Acho que estamos conseguindo alguma coisa.

Jenny pegou mais duas pastas de arquivo e virou o conteúdo no chão. Mais faturas, minutas de reuniões. Olhou na prateleira novamente e em meio à poeira avistou uma pequena chave. Pegou-a e foi até a janela. A chave destrancou a trava, e a janela se abriu.

— *Isso.* Consegui.

Jenny se virou.

— O quê?

Os dedos de Tony estavam voando por cima do laptop.

— Angel2. Romântico.

— Quero todos os documentos criados em abril e maio deste ano.

Tony digitou mais alguma coisa e visualizou a tela.

— Está tudo em um único arquivo.

— Copie tudo.

Ele tirou alguns pen drives e conectou um outro no laptop.

Mais passos se aproximaram da porta, vários pares. Desta vez era a voz de Peterson.

— Quem está aí? Abra.

Tony disse "Consegui" e começou a puxar os cabos e a enfiá-los no bolso. — Coloque minha máquina na mochila.

Peterson estava alternando entre agitar a maçaneta e bater na porta. As pernas da cadeira começavam a escorregar.

Jenny enfiou o laptop no estojo enquanto Tony pegava o último cabo.

— E agora?

— Pela janela.

Peterson aumentou o tom de voz:

— Certo. Vou derrubar a porta.

Jenny colocou um pé no peitoril enquanto a porta de compensado entortava com a força de um empurrão determinado.

Tony colocou uma das mãos em seu traseiro e a empurrou. Ela caiu no asfalto e correu em direção ao carro de Tara. Tony correu atrás dela. Tara saiu com o carro e abriu a porta do passageiro. Jenny entrou, e já estavam em movimento quando Tony se jogou no banco de trás. A jornalista saiu dirigindo em um ritmo estável, sem chamar a atenção.

Jenny olhou no espelho retrovisor e viu Peterson chegar até a janela, esticar o pescoço, olhar para a direita e para a esquerda, e visualizar um homem negro destrancando seu carro do outro lado.

Deitado no banco de trás, Tony disse:

— Acho melhor fecharmos em 150.

Eles deixaram Jenny na esquina, onde ela pegou seu Golf e combinaram de se encontrar no McDonald's de Patchway, a pedido de Tony. Ela parou em um posto de gasolina para tirar dinheiro e dirigiu para o ponto de encontro, a praça de alimentação de um enorme shopping center no estilo norte-americano, na extremidade noroeste da cidade.

Alison ligou enquanto ela estacionava do lado de fora.

— Sra. Cooper? — Ela parecia preocupada.

— Como está?

ATESTADO DE ÓBITO

— Não muito bem. Recebemos uma visita.

— A polícia?

— Não. As autoridades locais. Alguém do departamento jurídico ligou, dizendo que eu teria de deixar o prédio. Eles enviaram dois homens para me botar para fora e trocar as fechaduras. Consegui colocar alguns arquivos no carro, mas tive de assinar um documento dizendo que não estava de posse de nenhum papel oficial. Tenho a impressão de que perdi o emprego.

Tentando melhorar o clima, Jenny disse:

— Quase morri, mas consegui os arquivos de Peterson.

— O que há neles?

— Já vou descobrir. Estou com Tara e o hacker em Patchway. Por que não se junta a nós?

Alison pensou um pouco e depois disse:

— Não tenho nada a perder.

— E o pacote?

— Liguei para o correio. Harry não preencheu o endereço de remetente, então ainda está lá. Passo para pegar no caminho.

Sentado em uma cadeira de plástico presa ao chão, Tony contou o dinheiro, todas as 150 libras, e disse:

— Legal.

Tara, tomando milk-shake de canudinho, sorriu para Jenny, ambas deixando-o acreditar que ganhou uma boa grana.

Ele abriu o laptop e conectou o pen drive com os arquivos de Peterson. Todos estavam armazenados na pasta padrão "Meus Documentos", e os mais antigos eram de dois anos antes. Cada arquivo seguia um formato idêntico de nomenclatura "NJP/", de Peterson, e depois as iniciais dos mortos, dia, mês e ano. Jenny pegou o mouse e procurou o mês de abril.

— O que exatamente estamos procurando? — perguntou Tara.

Jenny encontrou NJP/DW em 16 de abril e clicou para abrir.

— Evidências do que Peterson viu quando olhou pela primeira vez para os corpos de Danny e Katy. O professor Lloyd acha que ele não está nos contado toda a verdade.

Ela estava olhando para o relatório original da necropsia de Danny. Era idêntico àquele no arquivo de Marshall: uma simples descoberta de asfixia por estrangulamento, condizente com suicídio. Ela fechou o documento e voltou a procurar por um arquivo chamado NJP/KT, com data de 1º de maio. Era o relatório de óbito de Katy, novamente idêntico ao que havia no arquivo: morte por overdose de heroína.

— Droga. Nenhuma novidade.

Tony se inclinou e apontou para a tela.

— O que é NJP/DWCorreção?

Jenny olhou para a data: 23 de abril. Ela clicou no arquivo.

— Ah, meu Deus...

Tara disse:

— O que diz?

Jenny se encostou e virou a tela, para que ambas pudessem ler:

Novo exame de Wills D. (14 anos)

Por ordem do investigador forense de Severn Vale, hoje estou examinando novamente o corpo de um garoto de 14 anos, encontrado enforcado por um lençol pendurado nas grades da janela de sua cela no Centro de Detenção Juvenil de Severn Vale. Na necropsia do dia 16 deste mês, determinei a causa da morte como asfixia resultante de suicídio. O investigador solicitou novos exames em busca de evidências de violência ou agressão ocorridos na hora ou anteriormente à morte.

Em um exame detalhado do torso do indivíduo, notei contusões menores e edema na parte central do peito. Há outra lesão e arranhões em seu pulso esquerdo. Na área lombar superior das costas, há evidências de lesões

ATESTADO DE ÓBITO

localizadas. A dissecação da área confirma que um grau considerável de força foi aplicado. Outra descoberta, possivelmente insignificante, foi uma pequena área sem cabelos, aproximadamente um centímetro acima da parte inferior esquerda do couro cabeludo.

Embora não sejam notáveis por si só, se consideradas em conjunto essas lesões podem sugerir que o indivíduo foi imobilizado com o rosto para baixo em algum momento anterior à sua morte. Casos registrados (como em Reay et al., 1988; O'Halloran e Lewman, 1933) sugerem que tais técnicas de imobilização, quando aplicadas por um período de alguns minutos ou mais, pode causar morte por asfixia. Em minha opinião, pelo padrão de lesões e edemas no rosto e no pescoço do indivíduo, a morte foi causada por enforcamento. No entanto, devido à ausência de marcas de que ele tenha se debatido — arranhões no pescoço indicando tentativas de afrouxar o laço etc. —, é clinicamente possível que o garoto estivesse apenas parcialmente consciente, ou de fato inconsciente, no momento da asfixia.

Jenny endireitou-se em sua cadeira e olhou para Tara.

— Ele tinha os mesmos ferimentos de Katy. Estamos olhando para o mesmo assassino.

Tara disse:

— Meu Deus.

Tony apontou para o outro lado do restaurante.

— Quem é a vovó?

Jenny se virou e viu Alison se aproximando. Ela parecia mais pálida do que um defunto.

Alison não queria mostrar o conteúdo do pacote na frente de Tony e Tara, então foram para o banheiro feminino. Ela se virou, evitan-

395

do ver seu reflexo no espelho, enquanto Jenny abria o envelope e tirava uma pilha de fotografias em formato A5. Algumas das imagens estavam com os cantos desfocados, como se tivessem sido capturadas por uma câmera de vídeo de baixa resolução. Elas haviam sido tiradas com uma câmera colocada no teto do que parecia um quarto de hotel comum e estavam com a data de 25 de abril. A primeira foto mostrava um homem de meia-idade, acima do peso, deitado nu na cama, de barriga para cima. Montada nele, também nua, estava uma bela figura loura e jovem, de cabelos curtos e cintura estreita. Apenas quando chegou nas fotos em que os amantes haviam trocado de posição, Jenny percebeu o que tinha parecido estranho: a jovem criatura angelical transando com Marshall era um homem.

Junto com a última imagem, estava um cartão de Harry. Ele havia escrito: *Querido Frank. De seu amigo. H.*

VINTE E QUATRO

JENNY COLOCOU AS FOTOGRAFIAS DE volta no envelope pardo, tentando encontrar as palavras certas. Decidiu usar "Pelo visto você não sabia".

Alison balançou a cabeça, voltando a encará-la agora que as fotos estavam fora de sua vista.

— Isso esclarece algumas coisas.

— Ele tinha quatro filhas.

— Ele fez bem em resistir por tanto tempo assim... Ou talvez ele estivesse confuso.

Alison disse:

— Não quero falar sobre isso agora. — Tentou pegar o pacote.

— Por que elas não ficam comigo?

— Para quê?

— Porque sei o que você poderia fazer com elas. As fotos podem ser úteis.

— Não vejo como.

— Elas são evidências.

— Não permito que estas fotos sejam vistas.

— Elas não podem prejudicá-lo agora. Ele está morto.

— E sua família? Por que você acha que ele se matou?

— Talvez preferissem ele vivo e gay? Pelo menos as filhas.

A expressão de Alison ficou tensa.

— Quero sua palavra de que a família nunca saberá sobre estas fotos, Sra. Cooper.

— Não posso...

A mulher mais velha foi em sua direção.

— Entregue-as a mim.

Jenny agarrou o envelope pardo com força, apertando-o contra o peito.

— Você nem sabe o que eu descobri... Temos todos os arquivos de computador de Peterson que estavam no servidor do hospital. No dia 23 de abril, ele diz que, a pedido de Marshall, examinou o corpo de Danny Wills uma segunda vez e encontrou ferimentos que, para ele, pareciam ter sido causados por imobilização forçada. Ele diz que o garoto talvez até tenha sido pendurado antes de morrer. Justin Bennett havia contado a Marshall três dias antes que Katy lhe dissera que Danny vinha tendo problemas com algum dos funcionários. As fotos explicam o que aconteceu depois...

Alison acalmou-se, juntando as peças.

— Harry teve dois dias, 24 e 25, terça e quarta-feira anteriores ao inquérito de Danny, em que deveria ter agido com base nessa informação. Eu presumo que ele não tenha avisado a polícia, senão você saberia disso. Minha hipótese é que ele tenha feito mais algumas perguntas em Portshead, tentado descobrir que funcionário tinha contato com Danny. Talvez ele até tenha contado a Elaine Lewis sobre o que Peterson descobrira. E então, o que ela faz? — Os olhos de Alison apontaram para o envelope nas mãos de Jenny.

— Certo. A UKAM trabalha pesado. Eles já sabem sobre as preferências de Harry (digamos que tenham seguido seu carro ou descoberto seus rastros na internet), então armam alguma coisa para ele. Um garoto com quem ele havia estado antes telefona e diz que está sem dinheiro, pergunta se podem se encontrar no Novotel, qualquer coisa do tipo.

ATESTADO DE ÓBITO

Alison estremeceu.

— A próxima data que temos é sexta-feira dia 27. É quando Harry foi ao médico e pegou a receita dos comprimidos. Acho que podemos supor com segurança que isso aconteceu logo depois que as fotos chegaram. Na segunda-feira, ele conduziu o inquérito: Peterson testemunhou e nem sequer mencionou o segundo exame. — Ela parou para respirar. — De qualquer forma que lidemos com isso, Alison, estas fotos vão ter que fazer parte da história.

Ela olhou para cima e enfrentou os olhos de Jenny com uma expressão de resignação ferida.

— Você pode estar certa, Sra. Cooper, mas não espere que eu dê os parabéns. Neste momento, eu queria que a senhora nunca tivesse tomado esse caminho. — E virou-se para ir embora.

— Eu preferia que você participasse do que está por vir...

Alison disse:

— Não estou certa se algum dia nos entenderemos. — E saiu pela porta.

Quando Jenny voltou à mesa, Tara, com os olhos brilhando de entusiasmo, disse:

— Então, qual é o grande segredo?

— Parece que Marshall tinha uma queda por jovens rapazes. Ele foi fotografado em flagrante dois dias depois do segundo relatório de Peterson.

— Você está brincando. Você tem fotos?

Jenny acenou com a cabeça na direção de Tony.

— Prefiro não mostrar agora.

— Está falando sério? — disse Tara. — Não existe um ato sexual que tenha sido praticado e que não foi visto na internet por garotos como Tony.

Tony tomou sua Pepsi, parecendo não se importar nem um pouco.

Jenny disse:

— Não enquanto ele estiver comendo.

Tara revirou os olhos e olhou para Tony. Ela se virou para Jenny.

— Temos um relatório de necropsia que foi omitido e algumas fotos obscenas envolvendo o investigador forense. — Ela sorriu. — Tudo o que você precisa agora é de uma boa jornalista. Pode ser uma história e tanto. A única questão é: quão longe você quer chegar?

Jenny pensou a respeito. Ver a história inteira contada nas páginas centrais tinha seus atrativos, mas ela não compartilhava da fé que Tara tinha na imprensa. Claro, eles a deixariam escrever uma versão investigativa e justiceira, mas ela seria substituída sem que ninguém visse. Eles se baseariam nas fotos de Marshall e contariam a história de um investigador forense (chamá-lo-iam de "juiz") que enterrou a verdade porque foi pego tendo relações sexuais com um garoto. Danny Wills mal seria mencionado. Katy nem seria citada, por causa da investigação policial em andamento. A Sra. Marshall, coitada, nunca mais poderia mostrar seu rosto novamente.

Jenny disse:

— Não vou levar essa história à imprensa.

— *Como?*

Ela se virou para Tony.

— Posso ficar com uma cópia desses arquivos?

Ele conectou um pen drive ao laptop e pressionou algumas teclas.

— Que outra opção você tem? Está sendo acusada de ter envolvimento com drogas, foi suspensa do seu cargo...

— Eu preciso pensar melhor.

Tentando encontrar um tom razoável, Tara disse:

— E se eu for até sua casa esta tarde? Analisamos as informações que temos juntas. — Ela então soou carente: — Eu estive nesse caso desde o início.

ATESTADO DE ÓBITO

Jenny disse:

— Eu ligo para você pela manhã. Obrigada pela ajuda.

Ela pegou o pen drive e o envelope pardo e saiu do restaurante. Atrás dela, ouviu Tara, incrédula, dizer:

— Jenny... Qual o seu problema? Não confia em mim? Sou eu que estou esperando uma sentença de prisão, caramba.

Ela sofreu um entorpecimento dos sentidos que se parecia com pesar, embora não tenha conhecido Harry. Perversões sexuais tinham algo tão próximo da morte que a perturbavam de uma forma que só conseguia descrever para si mesma como náusea mental. O jeito que Tara se empolgou quando soube das fotografias, quase como se estivesse excitada, fez com que quisesse fugir e encontrar um espaço aberto, algum lugar não contaminado, para respirar.

Deixando o lado inglês da ponte e seguindo em direção ao País de Gales, ela baixou todos os quatro vidros do carro. A chuva que caíra antes já havia passado, era um fim de tarde claro, e o vento que soprava através de seus cabelos era quente. Ela desejou que o que sentia fosse soprado para longe e varrido para o mar, mas já estava arraigado.

Enquanto ela passava pela pista de corridas de Chepstow, o sol se escondeu atrás das nuvens e o vale se aproximou. Os bosques de ambos os lados da estrada eram densos e ameaçadores, o gatilho para uma sensação de temor que começou como um pequeno incômodo em seu plexo solar e se espalhou para fora, tomando seu peito e seu torso, destruindo a barricada de comprimidos. Ela tentou a respiração calma e controlada, *meu braço direito está pesado*, mas isso só a deixou à beira de um ataque de pânico. Ouviu a voz do Dr. Allen lembrando-a de parar no acostamento caso se sentisse desse jeito, mas, enquanto fazia uma curva estreita, quase 2 quilômetros depois de St. Arvans, percebeu que o único local que havia era o acostamento no qual havia parado antes. Ficava uns 800 metros à frente e se tornou o foco de seu medo: do tipo intenso que ela tentara descrever ao seu incompreensivo marido, como o de encarar não a morte certa, mas a inexistência; um espaço vazio onde não havia possibilidade de vida ou esperança ou alegria ou qualquer sensação que fosse.

Cravando profundamente as unhas no volante, ela tentou outra saída: encarar o medo e deixar a onda atingi-la. *Vamos, desgraçado, dê o seu melhor.* Ela tocou os freios, diminuindo a velocidade, e deixou acontecer. O seu diafragma se estreitou, a visão reduziu-se a um túnel borrado, e os ouvidos ficaram cheios de um zumbido de estática quando os pulsos elétricos subiram por sua coluna e atravessaram seu crânio. Ela agarrou-se aos fios de consciência (*Venha, venha me pegar, seu desgraçado maldito*) e, então, sentiu o mergulho, como se caísse de um penhasco, e rodou pela estrada até parar na pista de sentido oposto. Esforçando-se para respirar, jogou o volante para a esquerda, olhando através do túnel e vendo um vórtice de árvores. Sentiu um calafrio no topo da cabeça, depois descendo pelas costas, enquanto se aproximava do acostamento, lutando contra uma mão invisível mais forte do que a sua, que tentava jogar o carro no meio do bosque. Ela lutou, forçando o pé no acelerador, e transpôs a curva seguinte...

E conseguiu. Suportou toda a adrenalina e o cortisol que seu corpo pôde expelir. Estava esgotada, exausta e trêmula, mas ainda dirigia, ainda estava viva.

O alívio durou pouco. Fazendo o retorno para Melin Bach e começando a subir a rua, ela deixou de sentir medo do que poderia estar escondido na escuridão do bosque e passou a temer ficar sozinha em sua casa com o velho fantasma descontente. Era um medo infantil, em nada diferente do terror que se sente em relação a um porão escuro ou a um desconhecido maligno, e nem todas as súplicas de sua mente adulta racional poderiam dissolvê-lo. Quando chegou do lado de fora, amedrontada demais para desligar o mo-

ATESTADO DE ÓBITO

tor, seu olhar foi atraído para a janela do quarto, onde teve certeza de ter visto um rosto enrugado, com uma expressão de reprovação, afastando-se rapidamente.

Ela estava frustrada demais consigo mesma para chorar, confusa demais entre autodepreciação e autopiedade para encontrar um alívio tão fácil. Ela *sabia*, depois de incontáveis e custosas horas passadas no divã, que era algo que tinha de ser enfrentado, que sua mente sofria uma reação em cadeia: um trauma escondido no passado alimentado pelos anseios atuais levava seu sistema nervoso a ter acessos de neurose. Se ela pelo menos conseguisse se convencer a entrar, poderia checar cada quarto e provar a si mesma que não havia nenhum fantasma. Mas depois do que acontecera no dia anterior, ela percebeu que estava, igualmente, com medo de si mesma. Uma taça de vinho para amortecer a ansiedade e poderia perder as estribeiras de novo, e encontrar-se alinhando seu estoque de temazepam.

Pelo menos ela estava sã o bastante para enxergar sua real situação: pressionada com força contra a membrana que separa a vida da morte, podia vislumbrar o outro lado e, ao saber disso, sentiu sua atração.

Ela tinha amigos, apenas alguns poucos que sabiam pelo que ela vinha passando, mas nenhum que pudesse chamar e pedir que viesse correndo. Apanhou a bolsa no banco de passageiro e procurou seus muitos frascos de comprimidos. Decidiu tomar um betabloqueador. Enquanto desenroscava a tampa, perguntou-se por que precisava de remédios para ver seu namorado. A resposta veio enquanto engolia: tinha medo de estar apaixonada por ele. Outra pessoa em sua vida para fazê-la se decepcionar.

Ela estacionou em seu quintal, próximo ao Land Rover. Não havia lona cobrindo a carroceria cheia de fardos de feno fresco empilhados.

Alfie tomava sol deitado na terra, ao lado do portão, de olho em uma galinha que ciscava o chão com sua nova ninhada de pintinhos. Reconhecendo-a, o sheepdog balançou o rabo, mal levantando sua cabeça. Em um dos galpões estava um velho e surrado Peugeot com o capô aberto, ferramentas espalhadas por perto.

Jenny tocou a sineta que ficava pendurada ao lado da porta de entrada, que já estava entreaberta. Houve um som de movimento vindo de algum lugar lá dentro. Ela entrou na cozinha: azulejos de cerâmica e armários opacos de carvalho. Adiante, um espaço semiaberto levando a uma escada de madeira em espiral e à sala de estar.

— Steve? É a Jenny.

Ruídos vieram do andar de cima, uma voz feminina protestando em sussurros, depois um silêncio culpado. Ela olhou de relance para a mesa e viu duas xícaras, um maço de cigarros vazio em cima do tabaco dele, perto de um molho de chaves de carro com um monte de amuletos de plástico pendurados.

— Vá se foder. Vá se foder, Steve.

Seus gritos ecoaram pelas paredes vazias e pelo andar superior.

Ela jogou a mesa para o lado e saiu batendo a porta.

Com os pneus patinando no cascalho, Jenny avistou a figura na janela do andar de cima: Annie, irritada, colocando seu sutiã.

Sua raiva a impeliu a entrar. Ela mandou o fantasma para o inferno e abriu um litro de vinho tinto barato italiano, tomando o primeiro gole direto da garrafa. Pronto. Alguns bons goles em um estômago vazio e ela estava pronta para a batalha, sem medo de nada. Dane-se o Steve, danem-se suas mentiras e sua namorada sem futuro. Dane-se tudo. Daqui por diante seria Jenny em primeiro e em último lugares. Ela resolveria seus casos, faria a UKAM em pedaços e pegaria sua vida de volta, tudo do seu jeito.

ATESTADO DE ÓBITO

Virou a bolsa de cabeça para baixo e encontrou os betabloqueadores e os antidepressivos, esvaziou os frascos na pia e abriu a água quente até os comprimidos ficarem pequenos o bastante para escoarem pelo cano. Não precisava deles. Foram as besteiras de outras pessoas, não as dela, que a derrubaram. O que precisava fazer era resistir, deixar o mundo saber quem era. Ela havia mantido consigo uns poucos tranquilizantes, apenas para impedir que sua raiva transbordasse a ponto de levá-la a matar alguém, mas esta foi a única razão. Estava selvagem demais, perto demais da verdade, para que as pessoas lidassem com ela, este era seu problema. Pobres, fracas pessoas, assustadas demais para encarar a verdade.

Ela levou o vinho e uma taça para o escritório. Agora estava claro o que deveria ser feito: ela escreveria um relatório acadêmico formal, que exporia com detalhes devastadores o que foi encoberto sobre a morte de Danny. O suicídio de Marshall teria de fazer parte disto, mas ela já não sentia mais tanta pena dele agora. O homem pagara o preço por ser fraco e sua família teria de conviver com isso. Enviaria uma cópia para o Ministério da Justiça, uma para as autoridades locais, uma para o Consórcio do Hospital Distrital de Severn Vale e uma para Simone Wills, e entregaria uma para um advogado. Se não fosse conduzido um novo inquérito que traria toda a verdade à tona, ela lidaria pessoalmente com os jornais, e os amarraria com um contrato tão rigoroso que não poderiam alterar uma palavra sequer de sua cópia.

Sentou-se em frente ao laptop por horas, sem tirar os olhos do monitor, rascunhando e editando até que seu relatório parecesse com um julgamento da Câmara dos Lordes. Trabalhou até o efeito do vinho passar e precisava de mais alguma coisa antes de revisar. No fundo de um armário da cozinha estava meia garrafa de conhaque, que deveria ser usado para cozinhar. Colocou dois dedos em um copo e experimentou. Era bom, descia quente. Encheu o copo e levou com ela.

Devia estar olhando fixamente para o monitor por mais tempo do que pensava, porque as palavras se fundiam quando tentava ler uma cópia impressa. Procurou pelos óculos que ela sempre evitava usar e tentou de novo. Melhorou, mas não muito. Devia estar cansada. Mais uma leitura e iria para a cama, ajustaria o despertador para as 5 horas e se certificaria de que seu relatório novo em folha estivesse em todas as mesas relevantes no início do expediente. Então sentaria e aguardaria os telefonemas, talvez faria algum trabalho no jardim para passar o tempo.

Estava desligando o computador quando o telefone tocou. Eram quase 23 horas. Ela imaginou Steve, apertado em uma cabine telefônica, cheio de cerveja e remorso, querendo subir e abrir seu coração, dizer a ela que estava apaixonado. Deixou o telefone tocar e, quando parou, pegou o aparelho para ver o número de quem tinha ligado. Não era Steve, era o celular de Ross. Lembrou-se de que não havia ligado para ele a semana inteira. *Como podia ter esquecido?* Ela discou seu número.

— Ross?

— Mãe. Como você está?

— Bem. E você?

— Bem. Só mais alguns dias para a liberdade.

— É claro. Ei, desculpe por não ter ligado...

— Tudo bem. Eu sei o que aconteceu.

Jenny travou, sem saber como se explicar, por onde começar. Ross disse:

— Deixar usarem sua casa, isso não é crime, não é?

— Aparentemente é. Mas não um muito grave.

— Aposto que você nem sabia o que ele estava fumando.

— Não... — Ela envergonhou-se de sua mentira.

— Acho que você vai sair dessa, então. Não é como se estivesse sendo fichada. — Ele deu uma risada irônica. — Devia ter ouvido o papai. Ele acha que você me transformou em um delinquente.

ATESTADO DE ÓBITO

— Eu lhe conto o que realmente aconteceu em um ou dois dias. Estive trabalhando em alguns casos.

Ele ficou em silêncio por um momento.

— Está tudo bem com você, mãe? O papai diz...

— O quê?... O que ele diz?

— Não importa.

Jenny suspirou, uma culpa familiar brotando.

— Desculpe por fazê-lo passar por isso. Vai dar certo... Espere algumas semanas. Só quero que faça suas provas sem se preocupar comigo.

— E o próximo semestre, ainda quer que eu vá para aí ficar com você?

— Claro.

Ele ficou em silêncio novamente.

— Ross? Qual é o problema?... O que o seu pai tem dito? Diga-me.

— Estou bem. Você sabe como ele é.

— Eu preciso saber... Prometo que não vou arranjar uma briga com ele.

— Ele acha... Ele acha que você não está muito bem. Ele fica dizendo que você precisa de ajuda mas é teimosa demais para procurar.

— Ah, é mesmo? E ele diz para quê? — Suas palavras saíram mais ásperas do que pretendia. — Desculpe...

— Esqueça que lhe contei. Eu estava preocupado, só isso.

— Bem, não fique. Estou bem.

— Mas não parece.

— De verdade.

Através da abertura entre as cortinas, notou faróis despontando do lado de fora. Ela as abriu e viu o contorno de um sedã caro, nada do tipo que Steve dirigiria. Dois homens saíram do carro.

— Depois das minhas provas eu posso ficar aí?... Posso ajudá-la com a sua casa.

Ele parecia interessado.

— Seria demais...

Ela ouviu passos na entrada, duas fortes batidas na porta.

— Ross, posso ligar de volta daqui a pouco? Tem alguém na porta.

— A esta hora?

— Eu acho que deve ser algo relacionado ao trabalho.

— Ah, sei. Preste atenção no que ele está fumando desta vez.

— Ross... — Ele desligou. Ouvir o sinal de ocupado deu-lhe vontade de chorar.

Bateram na porta de novo, desta vez mais forte. Quem diabos poderia ser a esta hora da noite? Detetives? Um oficial de justiça? Ela arrancou o pen drive de seu laptop e passou a vista pelo quarto procurando um lugar para escondê-lo. Mais duas batidas. Ela saiu para o corredor, esticou a mão e o enfiou na estreita brecha entre o batente da porta e o gesso, onde ela mantinha uma chave reserva.

Ela falou com a porta fechada:

— Quem é?

— Abra, Sra. Cooper.

A voz era dura e ríspida, como a de um policial.

— Diga-me quem está aí e eu posso pensar a respeito.

Um barulho de vidro quebrado veio da cozinha. Jenny virou-se e fechou a porta da sala de estar, mas não havia chave do lado do corredor.

Outro vidro quebrando, agora no escritório. Ela se virou rapidamente para ver uma mão com luva entrando e puxando a tranca para abrir a janela. Jenny correu para a escada, mas tropeçou no primeiro degrau e bateu seu joelho com força. *Merda*. Tateou buscando o corrimão enquanto dois homens surgiram ao mesmo tempo atrás dela. O mais baixo era atarracado, com uns 40 anos,

ATESTADO DE ÓBITO

musculoso, usava uma jaqueta na altura da cintura e o cabelo, grisalho, cortado curto. Ele agarrou seu braço e jogou-a no chão, seu ombro parecendo ter saído do lugar. O mais alto, escuro, rosto rude com linhas marcantes, deu um soco pesado na barriga dela, deixando-a sem ar. Ela caiu de joelhos, sufocando. O mais baixo esbofeteou-a no rosto com força. Ela sentiu sua cabeça bater contra o ladrilho e o gosto do sangue que escorria de seu nariz. Estava caída sobre suas pernas, mas não tinha forças para se mexer.

O mais baixo, entrando e saindo de foco, debruçou-se sobre ela, com as mãos nas coxas.

— Se você quiser viver, Jenny, sabe o que fazer.

Ela respirou fundo, o sangue obstruindo sua garganta. Ele se levantou e a chutou com força entre as pernas, uma dor que rasgou sua pélvis.

— Você vai parar de se intrometer, porra.

Ela não sentiu a bota acertando seu queixo, apenas seu pescoço dobrando para trás como um chicote quando as luzes se apagaram.

Steve disse tê-la encontrado deitada com o rosto para baixo no chão da sala de estar, com uma almofada sob a cabeça. Ele chegou logo depois da meia-noite e viu a janela quebrada, cabos de computador e pedaços de papel espalhados pelo jardim da frente. Ele a acompanhou na ambulância, segurando sua mão enquanto ela tentava contar-lhe o que aconteceu, mal conseguindo mexer a mandíbula. Ele lhe disse para não se preocupar, a polícia já estava na casa e pôde ver que fora um roubo.

Eles a levaram para o hospital de Newport e a encheram de analgésicos. Sua consciência ia e voltava enquanto vários pares de mãos a levantavam e a colocavam sob a máquina de raios X. Quando a levaram de volta pelo corredor em uma cadeira de rodas, viu Steve sorrir para ela com olhos vermelhos de cansaço, e dizer que parecia que as notícias eram boas, não tinha nada quebrado, chaco-alhadas. Ouviu um médico dizer que ele não poderia ficar, que havia pessoas dormindo na ala para a qual ela seria levada. Ouviu Steve perguntar em que lugar do prédio ele poderia passar a noite esperando. Uma voz feminina disse que o único local era a sala de espera da emergência.

Jenny apertou sua mão. Tudo o que conseguiu foi sussurrar:

— Quero falar com Williams.

VINTE E CINCO

O CHUVEIRO DO HOSPITAL CHEIRAVA a desinfetante, mas a água estava quente e caiu sobre seus músculos doloridos. Tudo o que ela mexia doía: as pernas, o torso, o ombro esquerdo e o maxilar. O lado direito do rosto estava amassado como o de um boxeador, e havia um inchaço do tamanho de uma laranja em seu osso púbico. Tentou cruzar os pulsos na parede e recostar a cabeça neles, mas não podia nem levantar o braço. Tudo o que conseguia fazer era ficar de pé sob o jato, inclinando-se levemente para fazer a água mudar de curso.

Estranhamente, sentiu-se grata pela dor física, que parecia trazer à tona sua perturbação mental, como uma fervura atingindo a temperatura máxima. Qualquer que fosse a química que seu corpo costumava produzir para criar as sensações de pânico, parecia estar sendo totalmente utilizada para combater seu trauma mais imediato. Estava passando por um momento de agonia física, mas sua mente estava quase em paz, feliz com a descomplicada simplicidade da luta atual.

Steve estava esperando ao lado de sua cama quando ela chegou, andando com dificuldade, na enfermaria. Ele olhava para ela como se fosse um caso terminal.

— Como está?

— Viva.

— Falei com Williams. Ele chegará logo.

— Obrigada. Talvez eu tenha de ir até ele antes. — Jenny sentou-se na cama. — Eles não desperdiçam simpatia aqui. Disseram que já posso sair.

— Isso é loucura.

— Quem fica muito tempo nesses lugares acaba pegando alguma coisa. Acredite, hospitais são fatais. — Ela tentou alcançar suas roupas, dobradas sobre a mesinha de cabeceira. — Talvez eu precise de uma ajuda.

Ele olhou para os lados, procurando uma enfermeira.

— Vou chamar alguém.

— Só feche as cortinas. Não é nada que você já não tenha visto antes.

Ele tentou não olhar enquanto ajudava-a a vestir a calcinha, o jeans e a fechar o sutiã. Ela sentiu nele ansiedade e culpa, mas estava feliz em deixá-lo sofrer um pouco. Nenhum dos dois fez qualquer pergunta até que ela estivesse vestida e penteando os cabelos com o braço que não estava machucado.

— Annie sabe que você está aqui?

— O que aconteceu ontem foi um erro. O carro dela estava com problemas. Eu nem sabia que ela ia aparecer na minha casa.

— A vida é sua, Steve. Poder fazer o que quiser. Apenas não espere que eu fique na fila, aguardando a minha vez.

— Se faz alguma diferença, eu nem... — Ela o interrompeu com um olhar.

Ele disse:

— Vou resolver isso com ela, dizer que está tudo acabado. Para sempre, Jenny.

— Eu ia pedir que fosse comigo para casa na noite passada. — Deus! Ela não conseguia acreditar que poderia ser tão manipuladora. O que ela estava *fazendo*?

ATESTADO DE ÓBITO

Estava esperando por uma reação, era isso. Ela viu que ele agonizava, com uma expressão de arrependimento e vergonha no rosto.

— Sinto muito. — Ele tocou sua mão. — De verdade.

Ela o afastou.

— Preciso de um telefone. Quero ligar para aquele detetive.

Eles voltaram para a casa dela em um silêncio constrangedor, nenhum dos dois sabendo como dar o próximo passo, nenhuma investida sexual para quebrar o gelo. Quando chegaram, ela esperava que ele se desculpasse e fosse embora, mas se surpreendeu. Ajudou-a a sair do táxi e entrar em casa, ajeitou-a confortavelmente no sofá e preparou seu café da manhã, enquanto esperava por Williams. Ela tinha de admitir que ele sabia como se comportar quando era necessário. Havia esperança.

Os intrusos tinham levado seu computador e várias caixas com papéis, nenhuma das quais relacionadas aos casos de Danny ou Katy, mas não tinham encontrado o pen drive, que Steve pegou para ela no esconderijo no batente da porta. Também não haviam levado as fotos de Marshall, que haviam ficado no banco de passageiro de seu Golf, estacionado na lateral da casa. Quando Williams chegou acompanhado de um jovem detetive, pôde pegar no carro seu laptop antigo e pesado, propriedade da polícia, e olhar os arquivos de Peterson. Com Steve observando na porta da cozinha, ela disse o que havia acontecido na última quinzena, contando sua teoria de que, uma vez que Marshall estivera de posse do segundo relatório de Peterson, a UKAM devia ter ido atrás dele, e possivelmente de Peterson também. O fato de o legista nem ao menos ter produzido um relatório escrito sobre a necropsia de Katy, até ser obrigado semanas depois, sugeria que ele estava em um dilema: não queria colocar no papel um relatório enganoso. Se eram necessárias mais provas, as duas pessoas que haviam chegado um pouco mais perto da verdade (ela própria e Tara Collins) estavam enfrentando acusações judiciais. Tudo bem, Steve estava fumando maconha, mas um homem que correspondia à descrição de um de seus agressores esteve no bar local reunindo informações sobre ela dias antes. Ela apostava que se tratava do informante de Williams.

O detetive galês escutou impassível, tomando notas e fazendo algumas perguntas. Quando viu as fotos de Harry com o garoto, abaixou os olhos e balançou a cabeça, genuinamente estarrecido.

— Imagino que a esposa do Sr. Marshall não saiba dessas fotos.

— Não.

— Vamos fazer o possível para que continue assim, certo?

Jenny viu-se concordando, contagiada por sua convicção moral.

Ele deu mais uma lida em suas anotações, fixando a sequência na cabeça. Virou-se e falou com o colega mais jovem em galês sussurrado, discutindo com ele por uns instantes antes de voltar-se novamente para ela.

— Obviamente, o que nos disse, Sra. Cooper, pode significar uma investigação criminal muito séria e complicada. Está alegando uma abrangente conspiração; uma hidra de muitas cabeças, por assim dizer.

— Tudo recai sobre a mesma fonte.

Ele concordou com a cabeça, esfregando o dedo em seu bigode cuidadosamente aparado.

— Veja, o que me preocupa é a questão jurisdicional. Obviamente, por algum motivo que eu desconheço, nossos colegas da Inglaterra não quiseram investigar a morte da Srta. Taylor com o que podemos chamar de "rigor apropriado"...

— Imagino ser uma questão mais política do que policial. Estamos falando de milhões de libras em contratos de construção de prisões.

414

ATESTADO DE ÓBITO

— Muito poucos no País de Gales, com certeza. — Ele sorriu, tentando conquistar sua confiança. — O que estou pensando é que, se por enquanto a senhora desse uma declaração relatando apenas a invasão e a agressão que sofreu na noite passada, poderíamos começar uma investigação mais ampla sem muito alarde, se quiser.

— Não sei se entendi.

Williams inclinou a cabeça, paciente.

— Qual polícia deve investigar quais crimes é uma questão delicada. Se o que está me dizendo for verdade, estou certo de que ambos gostaríamos de evitar uma situação em que a polícia de Bristol fique encarregada de investigar tudo. Não que eu seja preconceituoso, a senhora entende, mas minha confiança nesses ingleses estúpidos não vai mais longe do que a passada de uma formiga.

— Quer ir atrás da UKAM sozinho?

Ele sorriu com os olhos:

— Espero por isso há alguns anos, para dizer a verdade. Gostaria muito.

— E eu gostaria de meu emprego de volta, Sr. Williams.

O detetive fez um gesto com a cabeça, como se já tivesse pensado naquilo.

— Posso convencer meus colegas da Delegacia Central. — E, voltando para Steve, o rosto ruborizando. — Mas vou lhe dizer uma coisa, Sr. Painter: mais uma fungada daquela porcaria na minha frente e vou comer seu fígado.

Steve, captando o olhar de Jenny disse:

— De acordo.

Depois que os detetives foram embora, Steve aproximou-se e sentou-se no braço da cadeira em frente a Jenny, seus movimentos ansiosos, como se não tivesse certeza se ainda era bem-vindo. Jenny, concentrada em uma nova e aguda dor que penetrava seu ombro, ignorou-o enquanto desajeitadamente tentava tirar mais uma dose de analgésicos do pacotinho que o hospital lhe dera.

Tentando puxar conversa, ele disse:

— Viu como ele ficou nervoso rápido, em meio segundo? Só vi acontecer com galeses... e talvez italianos.

Jenny disse:

— Provavelmente ele veio de lá. Há muitos italianos no País de Gales. Eles chegaram no século XIX, quando a região estava em crescimento.

— Verdade? Não sabia disso.

Ele a observou engolindo seus comprimidos com um resto frio de chá.

Ela tossiu e, depois de reclamar da dor que isso lhe causou, disse:

— Não precisa se sentir na obrigação de ficar aqui. Posso me mover bem o suficiente para cuidar de minhas funções corpóreas.

— Não acho que deva ficar sozinha.

— Quer ficar aqui o dia todo?

— Olha, eu falei sério sobre o que aconteceu ontem...

— Por que não admite que, quando ela chegou, você não resistiu?

— Vou resistir. De agora em diante. É isso que eu quero que saiba.

— Bom pra você. — Ela colocou as pernas sobre as almofadas, tentando ficar confortável.

— Não vai me dar uma chance?

Jenny olhou para ele, sem nenhuma admiração:

— De quê?

— Do que quiser...

Ela deu de ombros.

— Não quero nada. — Tendo falado sério ou não, pareceu a coisa certa a dizer. — Serei honesta com você, não estou interessada em amor, compromisso ou futuro. É tudo besteira.

ATESTADO DE ÓBITO

— Você destruiu minha cozinha porque eu estava no quarto com outra mulher.

— Sou neurótica. Vou ao psiquiatra há dois anos.

— Nossa, você está realmente me convencendo.

— O que estou dizendo, Steve, é que não estou interessada em seus problemas de autocontrole, nem em nenhum outro. Já me bastam os meus.

Ele assentiu com a cabeça, magoado.

— Então, como ficamos? Ainda estamos dormindo juntos?

— Não viu onde levei um chute?

Ele se levantou da cadeira e pegou a xícara suja de chá.

— Por que não descansa um pouco?

Ele a acordou de uma soneca agitada e entregou-lhe o telefone: Williams estava pedindo para falar com ela. Jenny gemeu, como se cada junta e músculo tivesse endurecido durante o sono instável. Steve disse para não se mexer e segurou o telefone perto de sua orelha.

Williams disse:

— Tive uma conversa com a Delegacia Central e eles reviram a situação.

— O que isso quer dizer?

— Decidiram não prosseguir com as acusações contra a senhora, uma vez que o caso não é muito grave, mas estão esperando uma declaração de culpa do Sr. Painter por posse.

Ela deu uma olhada para Steve.

— Estou certa de que não haverá problemas.

— Excelente. Vou dizer a eles.

— Pode pedir para fazerem uma declaração por escrito? Preciso enviar uma cópia ao Ministério da Justiça. Tenho um inquérito para reassumir na segunda-feira de manhã.

— Certamente. E se houver algo que eu possa fazer para ajudar...?

— Manterei contato.

Steve disse:

— E então?

Ela sorriu e entregou o telefone a ele.

— Tem uma chance de me mostrar quem realmente é. Que horas são?

— São 14 horas. Como?

— Digo enquanto me leva para a delegacia. Primeiro me ajude a vestir alguma roupa decente.

— Aonde vai?

— Londres.

— Nesse estado?

— Vou sobreviver.

Ela telefonou do carro para o escritório de Simon Moreton e foi atendida por uma secretária, que disse que ele estaria em reunião até o fim do dia e perguntou se ela não podia esperar até segunda-feira. Jenny disse que lhe havia enviado uma carta urgente por fax e que ela precisava falar com ele naquela mesma tarde; era relativo a um importante inquérito que deveria ser retomado na segunda-feira. Quando a secretária disse duvidar que ele teria tempo para ler a carta, muito menos para uma reunião não agendada, Jenny disse:

— Se puder lhe dizer que Jenny Cooper, investigadora forense do distrito de Severn Vale, estará no escritório dele às 17 horas, tenho certeza que o Sr. Moreton arrumará um tempo.

Selborne House era uma das faixas de escritórios idênticos de vidro e concreto, sem personalidade, que contornavam a Victoria Street, perto da praça do Parlamento. Era o tipo de edifício que normalmente lhe daria claustrofobia, mas o único temazepam que tomara no caminho estava mantendo o pânico afastado. Seus nervos não

ATESTADO DE ÓBITO

estavam tão estáveis como quando tomava antidepressivos e beta-bloqueadores, mas pelo menos estava sentindo emoções que conseguia distinguir. A secretária, mulher de aspecto sisudo com 50 e tantos anos, encontrou-a na recepção e acompanhou-a com pressa até o elevador com o mínimo de conversa, sem fazer nenhum comentário sobre o rosto machucado de Jenny ou a dolorosa estranheza com a qual mancava atrás dela. Subindo até o quinto andar em um silêncio impaciente, Jenny sentiu sua aguda desaprovação, não deixando nenhuma dúvida de que sua chegada estava sendo tratada como um acontecimento nocivo e excêntrico.

Ela já esperava há quase vinte minutos quando Moreton chegou, com uma cópia da carta da agência de Newport do Serviço de Procuradoria da Coroa nas mãos. Ele parecia cansado ao fim de uma longa semana, e tanto perturbado quanto constrangido pela presença de Jenny. Como sua secretária, não fez menção ao rosto estropiado dela.

— Vejo que recebeu boas notícias, Sra. Cooper. — Ele titubeou sobre onde sentar à grande mesa de reuniões, escolhendo a cadeira do diretor, na cabeceira. — Tem alguma ideia da razão que os levou a tomar essa decisão?

— Acho que devem ter acreditado que eu lhes disse a verdade. Eu não sabia o que meu convidado estava fumando.

Moreton deu um sorriso divertido.

— Até eu sei qual é o cheiro da maconha.

— Fumar essa droga parece ser uma exigência para os altos cargos do governo nos dias de hoje... foram sete ministros, desde a última contagem.

— Políticos vão e vêm, Sra. Cooper. Um investigador forense é um cargo permanente.

Mantendo a calma, para a própria surpresa, Jenny disse:

— Um investigador forense só pode ser afastado do cargo por comportamento impróprio no exercício do dever. Não há sobre mim nenhuma acusação criminal, e não me portei mal profissionalmente.

— É um ponto a se discutir.

— Pode ser mais específico?

— Estava prestes a tornar pública uma proposta confidencial comercialmente delicada. Poderia ter colocado em risco todo o nosso programa de construção de prisões. No mínimo, as propostas teriam de ser reenviadas e o povo arcaria com os custos.

Jenny sentiu vontade de dizer o que achava desse programa de construção, mas conteve sua raiva o suficiente para responder:

— Peço sinceras desculpas por esse erro de julgamento, Sr. Moreton, e pediria que considerasse como excesso de zelo de minha parte quando eu reassumir o cargo. Posso assegurar ao senhor que não cometerei mais erros como esse no futuro.

— Gostaria de aceitar sua palavra, Sra. Cooper, mas quando uma investigadora forense comete um erro tão grande...

— Passei quase 15 anos no serviço público, trabalhando com direito da infância e da juventude para a administração local de uma província quando poderia ter ganhado o triplo do salário se fosse uma advogada particular. Ninguém pode me acusar de não ter senso de dever.

— É claro que não.

— Admito que posso ter me deixado levar pela emoção, mas se aprendi alguma coisa com essa experiência, foi que o cargo de investigadora forense requer um nível de afastamento com o qual eu não estava acostumada. Tentarei exercê-lo no futuro. — Ela fixou seus olhos, ciente que estavam mergulhados no pequeno decote que exibia, e subitamente fez uma expressão que dizia que não estava preocupada.

— Sabemos... — Ele hesitou levemente, com o rosto ruborizado. — Seus registros mostram que teve algumas dificuldades "pessoais" um pouco antes de deixar seu cargo anterior.

ATESTADO DE ÓBITO

— O que eu tive foi um marido infiel que me processou pela custódia de nosso filho. Foi um milagre eu ter conseguido ir trabalhar. — Ela manteve os olhos nele.

— Entendo.

— Não estou simplesmente pedindo para reassumir o cargo, mas também gostaria de sua ajuda e estímulo nos próximos meses. Uma investigadora forense pode se sentir muito isolada sem colegas para apoiá-la.

Moreton concordou lentamente com a cabeça. Jenny podia supor que ele estava imaginando viagens diárias a Bristol, almoços à custa do Ministério, toques de pernas por baixo da mesa. Ele disse:

— O que aconteceu com seu rosto, se não se importa que eu a pergunte?

— Fui atacada por ladrões. Não esperava isso em um retiro no interior.

— Que terrível.

— Não quebrei nada. Podia ter sido pior.

— Sim... — Ele olhou para o relógio. — Deve estar precisando de uma bebida. Tenho mais meia hora.

— Talvez só uma dose.

Ele a levou para um bar do outro lado da rua e pediu uma garrafa de 30 libras de Pouilly Fumé, que veio em um balde de gelo. Fora do escritório, ele não era má companhia, apontando os diferentes grupos que ocupavam os cantos do bar: os funcionários públicos, usando ternos baratos sem gravata; o pessoal da TV, com óculos de grife e cavanhaques, nunca se vestindo como alguém acima dos 30, não importa o quão velhos fossem; e um punhado de políticos e seus assessores sorrateiros sempre ao telefone ou olhando por cima dos ombros dos companheiros, em busca de pessoas mais importantes para bajular.

Não era o que ela esperava do alto escalão do Ministério: exibir suas qualidades para um funcionário público reprimido, levá-lo na conversa. Mas funcionou. Moreton fez uma ligação para o gabinete do ministro da Justiça e, enquanto servia o resto do vinho, recebeu uma ligação de volta, dizendo que não havia objeção à readmissão dela no cargo.

Olhando para ele sobre a taça, Jenny disse:

— Não vai me impedir de concluir o inquérito sobre a morte de Danny Wills na semana que vem? Sinto que terminar com isso é o mínimo que podemos fazer pela mãe dele.

— Sei que irá conduzi-lo de forma sensata, Jenny.

Ela sentiu o calor do joelho dele chegando perto do seu. Moveu-se levemente, permitindo que se tocassem por um instante.

VINTE E SEIS

O MARIDO DE ALISON ATENDEU o telefone e disse que ela não estava bem, estava meio perturbada. Ele ficou feliz em saber que as coisas estavam voltando ao normal, mas não sabia se ela conseguiria ir para o trabalho nos próximos dias. Ele foi gentil e pediu mil desculpas, mas Jenny notou um traço de frustração, o uso ambíguo das palavras entregando a história: Alison caiu em uma depressão que ele não conseguia entender ou penetrar, dizendo apenas para deixá-la em paz quando ele vinha até a porta do quarto com suas últimas teorias sobre o que a estaria afligindo.

Sem a ajuda da assistente, ela levaria todo o fim de semana para organizar a retomada do inquérito na segunda-feira, mas se deixasse para depois, o elemento surpresa se perderia e as testemunhas que ela queria chamar de volta teriam tempo para combinar suas declarações. Ela queria que o júri as visse em desvantagem, assistissem aos lapsos enquanto ela arrancava a verdade de todos, concluindo seu trabalho antes que qualquer coisa desse errado.

Durante a viagem de trem de volta para Bristol, tentou falar com alguém do departamento de Grantham que tivesse autoridade para deixá-la voltar ao escritório. Sendo atendida apenas por uma sucessão de secretárias eletrônicas, ela acabou encontrando em casa um arquiteto que ocupava a sala do andar de cima ao dela. Surpreendendo-se com a facilidade que tinha para mentir, explicou que haviam roubado sua bolsa e que ela precisava abrir a porta da frente para trocar as fechaduras antes que os ladrões voltassem. Funcionou. Pegou uma cópia da chave com ele e depois entrou em um táxi para se encontrar com um chaveiro no escritório. Por volta das 22 horas, ela estava do lado de dentro e de volta à ativa.

Já passava da meia-noite quando entrou em sua casa com um sacola cheia de arquivos, dor por todo o corpo e sentindo-se novamente ansiosa. Ela não havia tomado nenhum comprimido por mais de oito horas. Durante a viagem de volta, no táxi, pegou-se desejando que Steve estivesse lá esperando por ela, mas havia apenas o resquício do cheiro de seu cigarro e um bilhete: *Espero que tenha boas notícias. Sabe onde me encontrar. S bj.* Ela estudou o *bj*, tentando entender se ele escreveu aquilo sem pensar ou se realmente significava alguma coisa. Ficou tentada a ir até sua casa, mas achou que poderia parecer muito desesperada, inflaria seu ego quando ele deveria estar se sentindo envergonhado. Ela esperaria que ele viesse dali a dois dias e, então, estabeleceria outra condição para compartilhar sua cama: ele teria de arranjar um telefone.

Ela estava tomando um café da manhã tardio na mesa do gramado e deixando uma mensagem para Ross com as boas-novas quando uma viatura de polícia parou na entrada. Williams saiu pela porta do passageiro. A policial que estivera em uma das equipes de busca no começo da semana ficou esperando no banco do motorista. Williams desculpou-se por perturbá-la, mas achou que ela gostaria de saber que tinha uma pista sobre os invasores: uma Mercedes 320 preta fora identificada por um radar de velocidade mais acima, no vale, poucos minutos depois do momento em que ela disse ter ocorrido o arrombamento. Havia dois homens nos bancos da frente, e o carro tinha sido alugado em Bristol e pago com um cartão de crédito corporativo: a empresa se chamava TRK Ltda. Era uma empresa

ATESTADO DE ÓBITO

de fachada, sem movimento, mas seu único diretor era um ex-funcionário de uma empresa de segurança privada de propriedade da UKAM. Williams enviara alguns homens para encontrá-lo.

Jenny disse:

— Pensei que escondessem seus rastros com mais cuidado.

— Estavam contando com que a senhora não fizesse estardalhaço, mas, para sua segurança, talvez fosse melhor passar as próximas noites em um hotel, pelo menos até pegarmos eles. Seria uma boa ideia pedir para o seu filho ficar atento também.

Ela concordou com a cabeça, sentindo uma onda de ansiedade tomar seu corpo à medida que se dava conta da enormidade daquilo em que estava metida.

— Estou planejando retomar meu inquérito na segunda-feira. Vai levantar muita poeira. Estou intimando a diretora do Centro Portshead, alguns dos funcionários, Frank Grantham, o Dr. Peterson...

— Estive pensando sobre isso, Sra. Cooper. Seria possível mudar o local do inquérito?

— Ainda nem sei qual será o local. Perdi minha sala de audiências quando fui suspensa.

— Seria certo afirmar que a senhora está esperando certa falta de cooperação?

— O que tem em mente?

— Imaginemos que esse inquérito seja conduzido deste lado da ponte, em Chepstow. Meus rapazes podem assegurar que suas testemunhas compareçam, e se alguma delas não o fizer, poderemos ir buscá-las. E uma vez que estivermos legalmente no território de alguém...

— O senhor poderá investigar o que quiser.

Williams sorriu.

Ela arrumou uma mala com roupas suficientes para vários dias e colocou-a, junto com seus arquivos e livros, no porta-malas do

Golf. Criou coragem para ligar para David e tentou explicar a situação da forma mais tranquila possível. Ele respondeu com frieza, dizendo que se dera conta de que o trabalho de um investigador forense pudesse ser tão movimentado, sugerindo que apenas ela, a rainha suprema do drama, teria conseguido deixar as coisas desse jeito. Ela teria destacado a implicância dele se não tivesse notado também um tom de inveja em sua voz: se a louca da sua ex-mulher estava à frente de casos importantes e perigosos, isso significava que ele corria o risco de ser ofuscado por ela. Qual deles teria o respeito do filho então?

Steve não estava quando ela passou em sua casa, então deixou um bilhete: *Sucesso. Trabalho no fim de semana. Estarei na cidade. J.* Ela hesitou, e então acrescentou um *Beijo.*

Passou a manhã em Chepstow tentando arranjar uma sala de audiências. Por sugestão de Williams, reservou o salão de uma igreja atrás da rua principal e localizou um meirinho aposentado do Tribunal de Primeira Instância: Arvel Hughes, um meticuloso ex-militar que participava de vários comitês locais e concordou em assumir o papel de assistente da investigadora forense. Ocupou toda a tarde rascunhando intimações no escritório, cada uma das quais tinha de conter "verba para transporte" suficiente, em dinheiro, para que as testemunhas pudessem chegar até a sala de audiências. A lista para o primeiro dia incluía Justin Bennett, Darren Hogg (o operador do circuito fechado de TV), Kevin Stewart, Elaine Lewis, Dr. Peterson e Frank Grantham.

A tarefa seguinte seria localizar uma empresa de mensageiros que pudessem ser convencidos a trabalhar em um sábado à noite por uma tarifa com menos de quatro dígitos. Depois de ligar para quase toda a lista telefônica, finalmente obteve sucesso com um faz-tudo em St. Pauls que concordou em pegar o serviço por 500 libras, em dinheiro. Ela era um dos investigadores forenses de Sua

ATESTADO DE ÓBITO

Majestade, uma funcionária com poderes equivalentes ao de um juiz do Supremo Tribunal, mas no fim da noite viu-se contando notas de 10 libras para o carcamano que havia parado do lado de fora e buzinado para ela sair, muito folgado para descer do carro. Os velhos tempos que passara no tribunal emitindo mandados a pais violentos e bêbados haviam sido mais glamourosos. Quando as intimações foram despachadas, ela teve de telefonar para cada membro do júri e dar instruções detalhadas sobre o local da nova e misteriosa sala de audiências, dizendo que sim, iriam ganhar o almoço. O último telefonema, que ela vinha adiando há algum tempo, foi para Simone Wills.

O telefone foi atendido por um menino de 10 ou 11 anos, que disse que sua mãe estava no andar de cima. Podia-se ouvir crianças mais novas gritando ao fundo, competindo com a TV. Jenny perguntou se ele não poderia chamá-la, era importante. O garoto disse que no momento não podia, ela estava com Kenny.

— Posso esperar um minuto.

Ele disse "tudo bem" e apoiou o fone em uma superfície dura. Gritou para as escadas que havia alguém esperando ao telefone, mas não obteve resposta. Além dos gritos das crianças e do barulho do desenho animado na televisão, Jenny ouviu gemidos de mulher e um tum-tum batendo em sincronia. Ela decidiu deixar para o dia seguinte. Simone obviamente tinha outras coisas na cabeça.

Nunca havia se sentido tão sozinha quanto naquele momento, sentada na sala nos fundos do salão da igreja, decorado com imagens de Noé e sua arca. Passara duas noites fora de casa, nessa pequena cidade galesa, e recebera apenas uma mensagem de Steve, parabenizando-a por ter conseguido o emprego de volta. Ele teria ido vê-la, mas havia se comprometido com um trabalho florestal por alguns dias e precisava do dinheiro. Ela havia notado um certo nervosismo em sua voz: ela tinha coisas para fazer, e ele também. Alison não havia ligado, nem Moreton. O único telefonema foi de Williams, e ele estava começando a deixá-la preocupada: estava tão ávido por derrubar os ingleses que ela teve de pedir que se acalmasse e se certificasse de que não seria muito coercivo. Seu isolamento, no entanto, permitiu que percebesse algo sobre suas próprias motivações. Não se tratava apenas de fazer justiça por Danny Wills ou Katy Taylor; ela queria fazer direito, queria ser Jenny Cooper, a investigadora forense, e ser bem-sucedida no cargo. Respeitada.

Havia tomado um único temazepam e tinha um tubo de pastilhas de menta no bolso. Quase sem dormir, e assustada, mal podia sentir o medicamento. Seus batimentos cardíacos estavam acelerados, as mãos suavam frio e a língua parecia não caber na boca. Ela deveria ter procurado um médico no final de semana para substituir os comprimidos que havia jogado na pia, mas se convencera de que estaria tão exaltada que não precisaria deles. Tinha feito total sentido em um quarto de hotel mas, prestes a presidir um inquérito, não podia imaginar como conseguiria.

Os passos funéreos de Arvel aproximaram-se do outro lado da porta. Ele bateu duas vezes.

— Entre. — A palavra ficou engasgada em sua garganta.

O septuagenário entrou e ficou parado. Usava uma jaqueta militar e gravata por baixo da toga de meirinho, o cabelo era grisalho e liso, e os sapatos brilhavam.

— Já estamos prontos para a senhora.

Ela entrou no amplo salão de pé-direito alto, construído na época vitoriana para servir de escola e que ainda transmitia uma sensação de severidade. Sua mesa, forrada com feltro verde, estava isolada, a mais de 3 metros de uma fileira de mesas que se estendia por quase toda a largura do salão, às quais estavam sentados advogados de olhar agressivo e indignado. Hartley assumira posição de destaque bem no meio.

ATESTADO DE ÓBITO

À direita de Jenny, ocupando duas fileiras de quatro cadeiras, estava o júri. O resto do salão estava lotado de jornalistas sedentos por notícia. Simone Wills e duas amigas, mulheres que Jenny lembrava terem estado na audiência que havia sido adiada, estavam espremidas no final de uma fileira, olhando feio para os repórteres que invadiam seu espaço. Não havia nem sinal de nenhum executivo da UKAM, e a única testemunha intimada que ela conseguia ver era Justin Bennett, apertado perto da porta. Jenny sentou-se em seu lugar com uma crescente sensação de irrealidade. Cem pares de olhos estavam fixos nela.

Sendo breve para esconder o tremor na voz, ela agradeceu a todos pela paciência durante o recesso e disse que esperava que as coisas agora pudessem ser concluídas rapidamente. Ela podia ver Hartley tentando chamar sua atenção, ansioso para falar, mas obrigou-o a esperar, voltando-se para Arvel, que se acomodara em uma mesa com um gravador à esquerda, entre ela e os advogados.

— Sr. Hughes, todas as testemunhas cumpriram as intimações?

Ele se levantou e curvou-se, em uma demonstração estudada de reverência.

— Não, senhora. — Ele leu em sua prancheta, com a ajuda de óculos de leitura. — O Sr. Justin Bennett está presente. As testemunhas Sra. Elaine Lewis, Dr. Nicholas Peterson, Sr. Frank Grantham, Sr. Darren Hogg e Sr. Kevin Stewart não compareceram.

— Obrigada. — Jenny virou-se para os advogados. Ela contou dois deles, além de Hartley, e quatro consultores jurídicos. — Suponho que algumas das partes estejam representadas aqui esta manhã.

Hartley, indicado como líder, levantou-se.

— Senhora, como sabe, eu represento a UKAM Soluções de Segurança Ltda. e, conforme acordado, a Sra. Elaine Lewis...

— E quanto ao Sr. Hogg ou o Sr. Stewart?

— Não, senhora. Não recebi nenhuma instrução para representá-los. Na verdade, não tinha ideia de que eles haviam sido intimados até esta manhã. Acho que é justo dizer que, dados os acontecimentos recentes, a retomada deste inquérito pegou de surpresa a maioria das pessoas que estão nesta sala.

Ignorando a tentativa de constrangê-la, Jenny disse:

— Talvez possa pedir para seus consultores jurídicos descobrirem onde eles estão? Tenho protocolos do mensageiro confirmando que os documentos e as verbas para transporte foram entregues em suas casas no sábado à noite. Como empregador deles, seus clientes devem deixá-los cumprir a exigência do tribunal, mesmo que isso signifique faltas ao trabalho.

— Posso assegurar que meus clientes estão perfeitamente cientes de suas obrigações...

— Então onde está a Sra. Lewis? — Jenny ouviu a si mesma soando como uma diretora de escola. Sua tensão transbordava, transformando-se em irritação.

— A Sra. Lewis está em Washington, em uma viagem de negócios que deve durar algumas semanas.

— Ela recebeu a intimação em mãos há 36 horas. Se está me dizendo que ela saiu do país depois disso, terei de tratar como contumácia.

Hartley disse:

— Em primeiro lugar, gostaria de transmitir as sinceras desculpas de minha cliente por não poder adiar sua viagem e, em segundo, pediria que considerasse um procedimento menos drástico, como, por exemplo, interrogá-la via videoconferência. O uso desse tipo de tecnologia tem sido encorajado pelo Chefe do Judiciário em instruções recentes.

Vários dos outros advogados sorriram com a sutil zombaria de Hartley às primitivas instalações do tribunal improvisado.

Jenny se conteve:

— Forneça-me os detalhes de seu paradeiro atual e apelarei ao Supremo Tribunal por um mandado de prisão.

ATESTADO DE ÓBITO

Ela sabia que uma investigadora forense do Reino Unido não tinha poderes para emitir um mandado válido além das fronteiras, um fato que os advogados da UKAM certamente confirmaram a seus clientes ansiosos em algum momento da noite de sábado. Repatriar Elaine Lewis envolveria um procedimento lento e custoso que um grupo de advogados muito bem pagos nos tribunais dos Estados Unidos poderia postergar indefinidamente.

Certo da segurança de sua cliente, Hartley disse:

— Darei os detalhes a seu assistente com prazer. — E voltou ao seu lugar, sem fazer a reverência.

Ao lado dele, um jovem advogado engomadinho, usando um terno risca-de-giz costurado sob medida, tentou imitar a atitude de leve desdém adotada por Hartley. Ele se apresentou como Henry Golding, representante do Dr. Peterson que, disse, gostaria de esclarecer as questões sobre as quais teria de prestar testemunho. Por já ter testemunhado, Golding argumentou que seu cliente tinha o direito de saber exatamente por que estava sendo intimado novamente. Se a resposta à questão levantasse qualquer controvérsia, ele havia sido instruído a pedir um adiamento, com base no fato de os arquivos do computador de Peterson terem sido recentemente hackeados e remexidos. Seria impossível que ele se referisse a qualquer dos arquivos, assegurou Golding, antes que sua integridade fosse estabelecida sem deixar nenhuma dúvida.

Confiante de ter bases firmes, Jenny disse:

— Sr. Golding, não forneceu nenhuma justificativa legal para o não comparecimento de seu cliente perante o tribunal, e as perguntas que quero fazer a ele são sobre um corpo que examinou há apenas algumas semanas.

Com um sorriso que claramente considerava amável, Golding disse que, com todo o respeito, o Dr. Peterson estava executando mais de uma dúzia de necropsias por dia. Não se podia esperar que ele lembrasse detalhes sobre um exame feito havia quase dois meses.

— Obrigada, Sr. Golding — disse Jenny —, sua alegação foi registrada.

Desconcertado pela resposta, ele ficou sem fala por um instante e, então, com um desdém teatral, disse:

— E qual foi a decisão?

— Falarei primeiro com os demais advogados presentes.

Golding sentou-se, perplexo, e olhou para Hartley para confirmar se ele estava certo em sentir-se confuso. O advogado mais experiente deu um sorriso falso, feliz pelo jovem não representar uma ameaça a ele.

A terceira advogada, Pamela Sharpe, mulher de idade próxima à de Jenny, e que ela reconhecia vagamente dos tribunais de família, levantou-se lentamente, fingindo estar entretida com assuntos muito mais importantes no arquivo que estava lendo. Afastando-se com aparente relutância, ela disse que havia sido instruída a informar à corte que o Sr. Grantham também gostaria de esclarecimentos, e de um adiamento. Primeiramente alegando que não se podia esperar que um funcionário de alto escalão de um departamento público vital respondesse a uma intimação em tão curto prazo e, em segundo lugar, com base no fato de que ele não tinha nada a testemunhar, dado que não tinha relação alguma com Danny Wills ou com o seu caso. Antes que Jenny pudesse responder, ela se sentou, como se não houvesse nenhum argumento contrário concebível.

— Quer que eu responda, Srta. Sharpe?

A advogada levantou-se, enfadada. Seu olhar para o júri dizia que era bom que o comentário valesse seu esforço.

— A senhora e seu cliente parecem ter atitudes similares em relação à autoridade deste tribunal — disse Jenny. Houve sorrisos falsos entre os consultores jurídicos. — A mais superficial das leituras da lei teria informado que sou eu, e mais ninguém, quem determina quais testemunhas são necessárias e de interesse da justiça, e essa recusa em atender a uma intimação feita dentro da lei é crime.

ATESTADO DE ÓBITO

— É de praxe avisar a testemunha antes de um inquérito para que ela possa preparar uma declaração com antecedência.

A resistência inflexível de Pamela Sharpe gerou uma descarga de ansiedade em Jenny. Era sempre assim: pessoas que se recusavam a estabelecer conexões emocionais em momentos de conflito lhe causavam pânico.

— Srta. Sharpe — disse Jenny, com o coração saindo pela boca —, estou emitindo mandados de prisão para seu cliente, Dr. Peterson, Sr. Hogg e Sr. Stewart.

— Com certeza um pequeno adiamento...

— *Não*.

Golding levantou-se em protesto.

— Senhora, tenho certeza de que meu cliente comparecerá ao tribunal sem precisar ser preso.

Esbravejando, Jenny disse:

— Será que terei de ser mais explícita, Sr. Golding? Cada uma dessas pessoas ignorou uma intimação. Isso é uma ação criminosa. — Ela dirigiu a última palavra a Hartley: — E fugir do país é particularmente sério. A Sra. Lewis pode esperar consequências severas.

Hartley, despreocupado, trocou um olhar de condescendência mútua com Pamela Sharpe, supondo que a vitória deles residia na perda de calma de Jenny. Espere para ver, pareciam dizer suas expressões, ela fará todo o trabalho por nós.

Jenny fez um gesto para Arvel, que trouxe um maço de mandados pré-preparados. Ela assinou cada um deles e pediu que telefonasse para Williams com instruções de executá-los imediatamente. Enquanto ele se retirava para uma sala ao lado para fazer a ligação, pediu que Justin Bennett se apresentasse ao banco de testemunhas.

* * *

Levou algum tempo para ela registrar todas as mudanças na aparência de Bennett. Ele ainda tinha um pequeno rabo de cavalo, mas os dreadlocks haviam desaparecido, assim como quase todos os brincos, menos um, e piercings. Ele vestia um terno grafite novo em folha, com camisa e gravata. Leu o juramento em um tom de voz calmo e obediente, dando todos os indícios de que queria colaborar. Jenny sentiu sua ansiedade ceder um pouco.

Os três advogados ouviram com atenção, tomando notas, enquanto Justin explicava que ele havia encontrado e lidado com Danny Wills em várias ocasiões antes de sua ida ao Centro Portshead. Confirmou que ele era um garoto difícil, tinha uma família instável e que não ficou surpreso quando a assistente social da família, Ruth Turner, telefonou 15 dias antes de sua audiência de sentença para dizer que o menino passava por um estado mental delicado. Jenny perguntou se ele fez alguma coisa em relação ao telefonema de Ruth Turner. Ele olhou, culpado, para Simone Wills e disse que não havia feito nada além de mencionar no relatório de pré-sentença que Danny estava profundamente perturbado com a perspectiva de ser preso.

— Sr. Bennett — disse Jenny —, pensando em retrospectiva, teria feito algo diferente?

— Teria tentado um encaminhamento psiquiátrico, mas não estou afirmando que conseguiria. Todos os jovens com quem lido poderiam se beneficiar de ajudas desse tipo. Infelizmente, é assim.

A amiga cheinha de Simone (a atriz pornô em treinamento) colocou o braço em seu ombro quando ela começou a chorar. Ao olhar para ela, Jenny sentiu-se estranhamente imparcial, pensando no sábado à noite, quando ouviu-a transando ruidosamente com o novo namorado enquanto os cinco filhos estavam no andar de baixo.

— Depois da prisão de Danny, teve mais contato com ele?

Justin balançou a cabeça:

ATESTADO DE ÓBITO

— Não.

— Mas teve notícias dele?

— Sim... — Todos os advogados levantaram os olhos ao mesmo tempo. — Eu estava trabalhando com outra cliente, Katy Taylor, uma garota de 15 anos que saiu do Centro Portshead no fim de sua sentença, em 17 de abril. Recebi-a em meu escritório no dia 18, e novamente na sexta-feira, dia 20. Foi quando ela falou de Danny.

— O que ela disse?

Justin dirigiu a resposta ao chão. Sua voz mal podia ser ouvida por todos no salão.

— Estávamos falando sobre se o tempo que ela havia passado presa a transformara de algum modo. Respondeu que achava que sim, mas só porque estava com medo de voltar para lá... Questionei o motivo, mas ela não quis falar... Somos treinados para não pressioná-los, para deixar as coisas saírem no tempo certo... Quase no final de nossa sessão, quando estava levantando para ir embora, ela perguntou se eu me lembrava de Danny. Eu disse que sim. Ela sabia que eu o conhecia. Ficou meio quieta por um momento, o que era raro em se tratando de Katy, e depois disse que havia ficado preocupada com ele em Portshead. Eles se encontraram por acaso algumas vezes no refeitório antes de o garoto se enforcar. Disse que a aparência dele era péssima, estava quieto e deprimido. A última vez que o viu, na noite anterior à morte dele, Katy quis saber o que havia de errado e o rapaz contou que estava com problemas com um dos funcionários, mas não disse quem. Acho que Katy perguntou por que ele não fazia algo a respeito. Danny disse que faria, que arranjaria uma faca para se defender... Isso foi tudo o que conversaram.

— Ela disse mais alguma coisa sobre ele?

— Apenas que achou estranho ele estar pensando em se defender momentos antes de cometer suicídio.

— Katy mencionou se ela própria teve algum problema com funcionários?

— Não especificamente, mas...

— Mas o quê, Sr. Bennett?

— Tive a impressão de que poderia haver algo, mas, como disse, não a pressionei. Esperava encontrá-la novamente em alguns dias.

Jenny virou-se para o júri.

— O Sr. Bennett não viu mais Katy Taylor porque ela desapareceu dois dias depois e foi achada morta na periferia da cidade após mais oito dias. Os senhores devem ter lido sobre o caso dela na imprensa. A polícia ainda está investigando.

Ela se preparou para as objeções de Hartley, mas elas não vieram. Ele se virou para seu conselheiro jurídico e ambos cochicharam. A expressão no rosto dos jurados de repente ficou mortalmente séria, como se uma nuvem negra estivesse sobre a sala de audiências. Simone havia parado de chorar, mas estava pálida.

Jenny disse:

— Quão bem Katy e Danny se conheciam?

— Não eram exatamente próximos — respondeu Bennett —, mas frequentaram o mesmo curso de consciência contra as drogas em dezembro, e acho que estudaram juntos na escola fundamental.

— Qual foi sua reação a essa informação?

— Fiquei muito preocupado. Conhecia Danny há muito tempo. Fiquei chocado quando soube que ele estava morto.

— Disse a alguém o que Katy contou?

— Sim. Já havia recebido uma ligação do investigador forense, Sr. Marshall, alguns dias antes, perguntando se eu sabia de algo relevante. Ele deixou seu número, então telefonei na mesma noite e disse tudo o que ela me havia contado.

— O que ele disse?

— Agradeceu muito e disse que gostaria de falar com ela pessoalmente. Eu respondi que talvez fosse melhor esperar alguns dias e me deixar conversar com Katy primeiro, ver se ela revelava algo

ATESTADO DE ÓBITO

mais. Achei que não se abriria com um total estranho. Mas ele insistiu, então lhe passei o número do celular da garota.

— Então, a partir da noite de sexta-feira, 20 de abril, o Sr. Marshall, então investigador forense, soube que Danny dissera a Katy Taylor que estava com problemas com um funcionário e que estava procurando uma faca para se defender?

— Sim. Soube.

— E ele ligou para Katy?

— Não tenho ideia.

— Obrigada, Sr. Bennett. Se puder aguardar, pode ser requisitado a responder mais algumas perguntas.

Hartley conversou rapidamente com seus dois colegas e levantou-se para representar a todos.

— Sr. Bennett, a Srta. Taylor não deu nenhuma informação sobre as circunstâncias da morte de Danny Wills, deu?

— Não.

— Ela tinha uma longa ficha criminal e era usuária frequente de drogas, não era?

— Sim.

— E apesar de ser nova, havia também a suspeita de que estava se prostituindo.

— Sim... — Um tom de aborrecimento tomou a voz de Justin. — Mas ela era muito mais do que apenas isso.

— Estou certo de que sim, e também sei que todos sentimos muito por sua trágica morte. — Ele fez uma pausa em um momento de compaixão não convincente. — Agora, por favor, pode me dizer se Danny tinha condenações anteriores por crimes de violência?

— Tinha. Várias.

— Então seria justo dizer que, se estivesse tendo problemas com um funcionário, o que quer que isso possa significar, ele era o tipo de jovem que pode ter pensado em uma resposta violenta?

Jenny observou Justin, que olhava fixamente para os próprios pés, piscando várias vezes como se estivesse reprimindo um atípico impulso de violência seu, e depois gritou para o inquiridor:

— Ele era o tipo de garoto que tentamos ajudar, mas que normalmente não conseguimos. Não sei o que aconteceu com ele, mas sei que, se ele não tivesse sido preso, não estaria morto. A prisão juvenil não funciona; se funcionasse, eu não teria emprego, nem você.

— Sua paixão é admirável, Sr. Bennett. Não acho que ninguém nesta sala sinta algo além de uma profunda tristeza pelo fato de uma jovem vida ter sido perdida. E em minha longa experiência, sempre é muito mais desconcertante quando acontece sem um motivo aparente.

Jenny estava prestes a pedir um recesso quando houve um tumulto nos fundos do salão. Jornalistas que finalmente conseguiram uma visão clara da ação foram forçados a se afastar ao passo que dois oficiais de polícia uniformizados chegaram com Grantham e Peterson. Grantham estava vermelho de raiva, e Peterson tinha a palidez acinzentada de um homem diante da forca. O detetive superintendente Williams entrou atrás deles, com um olhar de profunda satisfação. O testemunho de Bennett havia durado menos de quarenta minutos, o que significava que seus policiais já estavam esperando pelos dois homens, preparados para agir.

Williams fez um gesto a Arvel, que se levantou.

— As testemunhas Sr. Frank Grantham e Dr. Nicholas Peterson estão agora presentes, senhora.

Um burburinho espalhou-se pela galeria. Jenny pediu silêncio e solicitou que Grantham se apresentasse à frente. Sentiu uma insalubre explosão de adrenalina e, enquanto um policial o acompanhava ao banco de testemunhas, ela pegou uma pastilha de menta em sua mesa e engoliu o meio comprimido.

Então agradeceu o policial e o liberou, dando a Grantham a dignidade de enfrentar o tribunal sem parecer um criminoso. Mas

ATESTADO DE ÓBITO

ele mesmo assim a encarou com um olhar venenoso que ela só havia presenciado na mais amarga das brigas conjugais. Lutou contra o aperto na garganta e fez uma breve prece em silêncio. Estava no comando e tinha de agir de forma condizente.

Tentando passar a ideia de um interesse apenas parcial, como Pamela Sharpe havia feito de forma tão competente para intimidá-la, Jenny ficou olhando para suas anotações.

— O senhor é Frank Grantham, residente em Belvedere Park, número 18, Bristol?

— Sim. — A resposta foi concisa, sem nenhuma intenção de disfarçar sua raiva.

— O senhor não respondeu à intimação esta manhã. Qual foi o motivo?

— Imagino que minha advogada tenha deixado perfeitamente claro.

Pamela Sharpe levantou-se:

— Senhora se eu puder...

— Agora não, Srta. Sharpe. Tratarei da questão da contumácia depois. — Ela se virou para Arvel: — Ouviremos o juramento da testemunha, por favor.

Grantham olhou para Pamela Sharpe, mas tudo o que ela pôde fazer foi um leve encolher de ombros, como se dissesse que, se ele não sabia de nada, não tinha nada a temer.

Olhando para seu rosto inchado e repulsivo enquanto fazia o juramento, Jenny ficou surpresa com o tamanho do ódio que sentia por ele. Ela se conteve. No silêncio de seu quarto de hotel, havia planejado este momento, e era para ser sóbrio e comedido. Ela queria apenas uma informação dele, e gostaria de extraí-la sem se expor a qualquer risco de ser criticada.

— O senhor é o chefe do departamento jurídico da Autoridade Local de Severn Vale, Sr. Grantham?

— Sim. Estou no cargo há 12 anos.

— E o seu departamento assessora a prefeitura em uma série de questões jurídicas?

— Sim.

— Sem entregar qualquer informação comercialmente delicada, pode confirmar que, no momento da morte de Danny Wills, a UKAM Soluções de Segurança Ltda. participava de uma concorrência por um contrato multimilionário para construir e operar um novo centro de detenção juvenil na região de Severn Vale?

Grantham olhou diretamente para o júri.

— Não tenho nenhum conhecimento disso.

— Seu departamento não foi contatado para assessorar no planejamento da proposta... Entendo que a obra sugerida seria de grande porte, levantando, portanto, numerosas questões.

— Não tenho nenhum conhecimento de tal proposta.

Jenny fez uma anotação, mais para se estabilizar para a próxima fase do que para registrar a resposta. Continuou, com uma mudança na abordagem.

— O investigador forense anterior, o Sr. Marshall, era colega de trabalho e amigo próximo do senhor, não era?

— Certamente nos conhecíamos há muito tempo.

— Tanto pessoal quanto profissionalmente?

Grantham lançou um olhar de desconforto a Pamela Sharpe.

— Encontrávamo-nos em algumas ocasiões informais. Tecnicamente, no entanto, eu era seu empregador. Meu departamento paga o salário do investigador forense, como a senhora sabe.

Reagindo a vários olhares confusos na tribuna do júri, Jenny disse:

— Uma anomalia histórica, membros do júri: o gabinete do investigador forense é pago pelas autoridades locais, mas o investigador não é funcionário do governo local, nem responde a ele. Responde diretamente ao Ministro da Justiça... — Não conseguiu resistir e acrescentou: — Não importa o que diga o Sr. Grantham.

ATESTADO DE ÓBITO

Aqueles que entenderam, sorriram. Os restantes estavam perdendo o interesse. Jenny fez um gesto para Arvel, certa de que logo teria a atenção de todos novamente.

— Por favor, pode entregar o envelope ao Sr. Grantham. — Enquanto Arvel levava o envelope pardo até o banco de testemunhas, Jenny disse: — Lembra-se da data em que o Sr. Marshall sofreu sua trombose?

Não gostando do rumo que as perguntas estavam tomando, Grantham torceu o pescoço no colarinho, como se estivesse muito apertado.

— Não me lembro da data exata.

Jenny verificou novamente suas anotações:

— Ele morreu nas primeiras horas do dia 4 de maio, uma sexta-feira. No dia 3, quinta, postou uma carta registrada endereçada ao senhor. Tenho o recibo, caso queira ver depois.

Ele olhou com suspeita para o envelope que lhe foi entregue.

— Reconhece a letra na etiqueta de endereçamento como sendo a do Sr. Marshall?

Grantham deu uma olhada na inscrição, distinta e cheia de voltas.

— Parece a letra dele.

— O envelope está com o endereço de seu escritório, mas o senhor não assinou o recebimento. Por quê?

— Tudo o que chega vai para uma sala de correspondências. Nunca assinei nada pessoalmente.

Marshall seguramente devia saber desse fato. Jenny se perguntou se ele queria mesmo que o envelope chegasse, ou se tinha enxergado a situação que estavam vivenciando naquele momento, seus pecados e os de Grantham levados simultaneamente a público.

Jenny declarou:

— Por razões de confidencialidade, não pretendo tornar público o conteúdo do envelope, mas o senhor poderia, por favor, dar uma olhada?

441

Arvel ficou parado na frente de Grantham, escondendo-o do restante das pessoas na sala de audiência, permitindo ao júri apenas uma visão lateral. Com dedos desajeitados, Grantham pegou o envelope e tirou as fotografias com o bilhete de Harry anexado: *Querido Frank. De seu amigo. H.* Ela observou sua expressão mudar de apreensiva para chocada quando viu a primeira fotografia, e então a segunda, e a terceira.

— Devolva-as ao meirinho quando achar que já viu o suficiente.

Ele enfiou as fotografias de volta no envelope, o qual Arvel pegou e levou para sua mesa. Uma sala cheia de repórteres percebeu o choque não disfarçado no rosto de Granthan. Williams, encostado na parede, no fundo do salão, olhou para Jenny com aprovação, admirando a forma elegante com que lidou com ele.

Sem nenhum traço de censura, ela retomou:

— Entendo que o senhor supervisiona um departamento que deve tratar, literalmente, de centenas de assuntos ao mesmo tempo, mas pediria que fizesse um esforço e pensasse novamente. Tem certeza de que não sabia nada sobre a proposta?

Pamela Sharpe e Hartley levantaram-se juntos, com o mesmo protesto. A Srta. Sharpe falou primeiro.

— Senhora, a testemunha pode ser informada sobre seus direitos de não produzir provas contra si mesmo?

— Certamente. Sr. Grantham, não precisa dizer nada que possa incriminá-lo. — Ela se voltou para o júri: — Em outras palavras, uma testemunha não precisa responder a uma pergunta cuja resposta possa resultar em processo criminal contra ela mesma.

Os advogados voltaram para seus assentos, deixando Grantham em um dilema. Jenny o observou olhando para as fileiras de jornalistas ávidos, calculando o quanto eles descobririam em cada caso, e pensando no que fariam se ficasse em silêncio e se recusasse a responder. Com um sangue frio admirável, ele encarou o júri e disse:

ATESTADO DE ÓBITO

— Obviamente lidamos com milhares de pedidos de planejamento. Agora que estou parando para pensar, lembro-me de uma consulta sobre algum tipo de presídio juvenil.

Jenny disse:

— Sabe se o planejado era construir a prisão em terras da autoridade local?

O alarme em seus olhos deu a ela a resposta, mas a expressão de Pamela Sharpe impediu-o de continuar. Jenny queria pressioná-lo, fazê-lo admitir o fato para que pudesse, de forma legítima, ir atrás de detalhes até que toda a podridão do acordo, e a razão para o acobertamento da UKAM, fossem expostos, mas sentiu que já tinha ido o mais longe que podia. A expressão de Grantham agora era de obstinação. Ele havia calculado que conseguiria distanciar-se das fotografias de Harry Marshall, o que o deixava com apenas um problema, em uma base que ele controlava.

Ela tentou mais uma vez.

— O senhor deveria saber se sua jurisdição estava fazendo um acordo multimilionário de terras com a UKAM Soluções de Segurança Ltda.

Desafiando-a, Grantham disse:

— Teria de consultar as pessoas que tratam dessas questões para poder responder.

O que a preocupava era o fato de que, se tivesse tempo, ele poderia enterrar seu rastro, passar a noite no escritório destruindo papéis, mas qualquer outra pergunta que fizesse encontraria a mesma resistência. Ela concordou com um meio-termo.

— Vou liberá-lo enquanto falo com a próxima testemunha. Pode falar com quem for necessário pelo telefone. Por favor, não se afaste mais de 90 metros deste prédio. Espero uma resposta até o fim da manhã.

Ele desceu do banco de testemunhas e foi para o lado de fora, seguido da agitada advogada. Dos fundos do salão, Williams fez um gesto de concordância com a cabeça, como se dissesse que ela fez o que era necessário, o suficiente para fazer o detetive passar pela porta do escritório de Grantham.

Seguindo adiante, chamou o Dr. Peterson à frente. Ela esperava que os advogados se levantassem e pedissem uma audiência fechada em que exigiriam ver o que havia no envelope e saber em que, exatamente, Grantham estava sendo acusado de estar envolvido. Mas enquanto Peterson se encaminhava ao banco, os três conselheiros estavam em meio a uma discussão sigilosa: Hartley e Golding pareciam estar em conluio e Pamela Sharpe dava ares de quem ouvia algo chocante pela primeira vez.

O rosto de Peterson demonstrava cansaço. Jenny não ficaria surpresa em saber que ele não havia dormido desde que recebera a intimação. Embora não tivesse nenhuma simpatia por Grantham, havia uma parte dela que sentia muito pelo sobrecarregado legista. Poderia não haver mais volta para alguém em sua profissão que, deliberadamente, tenha encoberto evidências que pudessem provar um assassinato.

— Dr. Peterson, o senhor examinou o corpo de Danny Wills na segunda-feira, 16 de abril, e concluiu que sua morte foi um simples caso de suicídio: que ele se asfixiou ao enforcar-se com tiras de lençol penduradas nas grades de sua cela.

— Correto.

— E foi isso o que disse no inquérito conduzido pelo Sr. Marshall, no dia 1º de maio, não foi?

— Sim.

Ele não poderia ter soado mais contrito, mas Jenny notou que Golding não mostrava nenhum sinal óbvio de preocupação. A atitude do advogado era desconcertante.

— Pode confirmar, por favor, se realizou um segundo exame no corpo de Danny em 23 de abril?

Houve uma agitação de papéis quando os jornalistas que acompanhavam o caso sentiram cheiro de revelação.

ATESTADO DE OBITO

Peterson disse:

— Sim. Na segunda-feira de manhã o Sr. Marshall me pediu para examinar o corpo novamente.

O fato de Peterson ter respondido foi surpreendente por si só. Ela esperava que ele alegasse o direito de não incriminar a si próprio. Não teve tempo para pensar o que aquilo significava. Tinha de avançar.

— Pode me dizer por que fez esse segundo exame?

— O Sr. Marshall me telefonou n'aquela segunda-feira pela manhã e pediu que o fizesse. Disse ter recebido informações de que Danny pudesse estar envolvido em algum tipo de violência antes de sua morte e solicitou que eu verificasse sinais de lesão.

— Ele disse que a informação viera de uma colega que também havia ficado presa no Centro Portshead?

— Não. Ele não me disse onde conseguira a informação.

Jenny tentou analisá-lo. Sua expressão era invariável, séria, mas não chocada como a de Grantham. Ele estava *resignado*. Ela passou os olhos novamente por Golding e ficou claro que eles já sabiam do pior, talvez até das fotografias de Marshall, e estavam preparados, de alguma forma, para responder. Pegou mais uma pastilha de menta da embalagem.

— O que encontrou quando o examinou novamente?

Peterson colocou a mão no bolso e tirou um documento.

— Quer que eu leia o relatório?

Jenny disse que sim, se ele não se importasse. Enquanto ela tentava entender o que estava acontecendo, o Dr. Peterson leu o relatório que dizia que Danny havia sofrido lesões por imobilização um pouco antes da morte, e que poderia estar parcialmente consciente, ou até inconsciente, quando foi enforcado pelo lençol.

— Isso significa, Dr. Peterson, que é possível, em sua opinião, que ele não tenha se enforcado, mas que tenha sido enforcado por outra pessoa?

Simone Wills segurou na mão da amiga, muito chocada para chorar.

— Tudo o que posso dizer é que é possível. Vejo muitos enforcamentos em que há sinais de que a vítima tentou afrouxar o laço, e alguns onde não há. Por isso não posso afirmar.

— Mas ele tinha lesões consistentes com imobilização forçada, tanto que um tufo de seu cabelo foi arrancado.

— Sim.

— Esse segundo relatório foi entregue ao Sr. Marshall?

— Sim, foi.

Jurados trocaram olhares. Jornalistas cochicharam, mas os advogados mal reagiram. A pastilha na garganta de Jenny desceu como uma pedra, parando em seu esôfago. Ela tomou um gole d'água.

— A pergunta que fica é: por que não mencionou o segundo exame no inquérito sobre a morte de Danny conduzido por Marshall?

— Na sexta-feira anterior, 27 de abril, ele me telefonou para dizer que tinha evidências de que Danny se envolvera em brigas com um dos funcionários, o que explicava as lesões. Perguntou se eu podia fazer o favor de não mencionar em audiência aberta porque faria com que a família pensasse que ele havia sido assassinado, quando claramente não era o caso: todas as evidências, incluindo imagens do circuito fechado de TV, disse ele, provavam que Danny estava sozinho na cela no momento de sua morte.

— Ele pediu que não mencionasse evidências para impedir que a família tirasse conclusões?

Peterson olhou com pesar para Simone.

— Vou contextualizar. Durante os 14 anos que ocupei meu cargo, Harry Marshall foi investigador forense. De tempos em tempos, lidávamos com mortes angustiantes, normalmente suicídios, nas quais ele era muito certeiro em dar os veredites. Ele me disse em muitas ocasiões que, se as famílias não ficassem sabendo exatamente

ATESTADO DE ÓBITO

como seus entes queridos haviam morrido, isso poderia destruir não uma, mas muitas vidas. Eu nem sempre concordei com ele, e neste caso, não tenho medo de dizer que errei em não tornar essas descobertas públicas. Desde aquele inquérito, tomei a decisão de que todos deveriam saber, e sinto-me grato pela oportunidade de fazê-lo. Acrescentaria, no entanto, que não alteraria minha conclusão final de suicídio. Acredito veementemente que Danny Wills morreu por suas próprias mãos.

VINTE E SETE

O ALMOÇO PERMANECEU INTACTO SOBRE a mesa; seu estômago estava tão apertado de tensão que ela mal conseguia engolir a própria saliva. Todas as previsões que havia feito estavam erradas. Não pedir para Grantham explicar as fotografias em público, e não tê-lo forçado a responder sobre a proposta permitiram que ele escapasse por entre seus dedos. Voltara ao banco de testemunhas, antes do recesso, com uma vaga formulação sobre as autoridades locais terem sido abordadas pela UKAM a respeito de uma possível compra de terras, mas negou categoricamente qualquer envolvimento pessoal. Ela poderia tê-lo pressionado mais, pedir que negasse todo e qualquer contato com a UKAM, mas havia sucumbido ao desejo de não parecer opressiva. Havia deixado sua própria fraqueza atrapalhar a exposição do principal motivo para o acobertamento da UKAM. Talvez, com o tempo, Williams encontrasse provas da corrupção dele, mas seria tarde demais para ter qualquer impacto sobre o inquérito.

A revelação do segundo exame realizado por Peterson também havia saído pela culatra. Ela esperava que ele negasse, ou pelo menos se recusasse a responder, criando uma nuvem de suspeitas que não deixaria dúvidas no júri de que a razão de não ter mencionado o fato antes significava omissão intencional. Em vez disso, ele fora hábil o suficiente para jogar a culpa em Harry Marshall e, ao mes-

ATESTADO DE ÓBITO

mo tempo, neutralizar a evidência das lesões de Danny. Ela não sabia onde ele havia encontrado coragem para assumir um risco tão grande. Talvez estivesse ciente de tanta sujeira feita pelos cirurgiões do hospital de Vale que deixara seus chefes com medo, obrigando-os a permitir que mantivesse o emprego em troca do silêncio a respeito das negligências e falhas. O que quer que fosse era claro que os advogados sabiam de tudo. Suas expressões durante o testemunho fizeram com que ela confirmasse, sem sombra de dúvidas, que tinham tudo planejado. E até então, tudo estava ocorrendo do jeito que imaginaram.

Ela pegou o frasco de temazepam e tirou outro comprimido. Ficaria entorpecida, mas tinha de assumir seu próprio risco calculado: encontrar forças para extrair alguma coisa das duas outras testemunhas localizadas e arrastadas para o tribunal pelos homens de Williams um pouco antes do recesso para o almoço: Kevin Stewart e Darren Hogg. Se não fizesse progresso com um deles, o júri não teria alternativa senão chegar a um veredito de suicídio. Ela fracassaria, e seria a única responsável.

Olhou para o remédio em sua mão e imaginou o que aquilo dizia sobre ela, a fragilidade da vida e a ilusão de que qualquer esperança de justiça dependia de que ela o engolisse.

Darren Hogg, operador de circuito interno de TV do Centro Portshead, alegou que um colega bêbado havia recebido o mensageiro na noite de sábado e esquecido de lhe entregar os papéis. Sua fala incitou o riso do júri. Sem sorrir, Jenny pressionou-o a lembrar quaisquer incidentes ocorridos com Danny, envolvendo imobilização forçada, que possa ter visto nos dias anteriores à sua morte. Hogg disse que não havia visto nenhum, e lembrou a ela que a câmera do corredor da unidade masculina não estava funcionando. Ela perguntou se havia visto incidentes onde fora usada imobilização com outros internos, em qualquer parte do

Centro Portshead, nesse mesmo período. Novamente, ele negou. Se alguma vez alguém fora imobilizado à força, ele não havia visto.

Perdendo a paciência, ela disse:

— Fale de uma ocasião, *qualquer* ocasião, em que tenha visto funcionários imobilizando à força um interno.

Hogg, vestindo seu uniforme marrom com uma fina gravata apertada no colarinho, não parecia intimidado.

— Acontece de vez em quando, alguém se exalta e precisa ser controlado.

— Conte-me o que já viu, um incidente típico.

Hogg coçou o pescoço marcado de acne, que estava vermelho por haver sido barbeado recentemente.

— Eles colocam o garoto contra a parede, ou outra superfície, até que se acalme.

— Já viu algum interno ser pressionado contra o chão, com o joelho do funcionário nas costas e as mãos puxadas para trás, quase na nuca?

Ele fez um gesto esquivo com a cabeça.

— Não creio ter visto, senhora.

— Nunca?

— Não.

Jenny, prestes a explodir, fez uma pausa para se acalmar.

— Sr. Hogg, posso aceitar que, para um homem que passa a vida olhando para monitores de circuito fechado de TV, o senhor seja extremamente mau observador, mas com certeza pode me dizer o nome de um funcionário que tenha sido visto usando uma técnica de imobilização forçada em um interno.

— Sinto muito.

— Há quanto tempo trabalha no Centro Portshead?

— Três anos.

— E não pode apontar um único funcionário?

— Não posso dizer nenhum nome com certeza.

ATESTADO DE ÓBITO

Sua paciência terminou.

— Está mentindo para esse tribunal, não está?

— Não, senhora.

— Está querendo que acreditemos em algo tão inacreditável que não pode ser verdade.

— Não.

— E se mentiu sobre uma coisa, não podemos confiar em todo o resto do que nos disse. Não podemos acreditar quando diz que a câmera estava quebrada na unidade masculina.

— Mas estava.

— Ou que Kevin Stewart verificou regularmente, a cada trinta minutos, todos os ocupantes da unidade durante a noite.

— Ele verificou.

Hartley levantou-se.

— Senhora, apenas em espírito de assistência à corte, gostaria de lembrá-la da obrigação do investigador forense em evitar a parcialidade.

— Sr. Hartley, eu gostaria de lembrar à testemunha que ele jurou dizer toda a verdade, algo que estou bastante convencida de que ele não fez.

Hartley trocou um olhar surpreso com o companheiro ao lado e voltou ao seu lugar para adicionar mais um tópico à base do argumento de sua defesa, cada vez mais extenso.

Jenny dirigiu-se à testemunha.

— Sem mais perguntas, Sr. Hogg. Só me resta sentenciá-lo ao pagamento de uma multa de 500 libras por ter desobedecido à ordem de comparecer ao inquérito esta manhã.

— *Quinhentas?* Não tenho como pagar.

— Então o senhor ficará preso por cinco dias.

Ela se voltou para o policial que o havia trazido ao tribunal.

— Certifique-se de que o Sr. Hogg não vá a lugar nenhum. Cuidarei dele no fim do dia.

Foi a vez de Golding interromper, querendo prestar assistência à corte.

— Senhora, o Sr. Hogg não deveria ao menos ter tido a oportunidade de procurar representação legal antes de ser sentenciado à prisão?

— O senhor está se oferecendo, Sr. Golding?

Ele olhou para o segurança.

— Bem, eu...

— Posso garantir-lhe que pretendo ser imparcial. Todas as testemunhas que não atenderam às intimações receberão a mesma punição. — Ela se dirigiu a Hartley. — Exceto a Sra. Lewis, é claro.

Golding voltou a sentar-se e conversou com Pamela Sharpe, que pegou um livro e o folheou com pressa para localizar a legislação relevante. Os advogados de Grantham e Peterson correram para o fundo do salão para assegurá-los de que não seriam presos. O policial aproximou-se e levou Hogg, que reclamava aos berros, para a lateral da sala.

Ignorando seus protestos e exaltada por sua demonstração de força, Jenny chamou Kevin Stewart para o banco de testemunhas.

O escocês foi ainda mais intransigente do que Hogg. Sua explicação para não ter respondido à intimação foi ter acreditado tratar-se de um engano: ele já dissera tudo o que tinha para dizer na semana anterior. Negou estar envolvido em qualquer uso de imobilização forçada com Danny, e não tinha conhecimento de nenhuma ocasião em que ele tenha sido fisicamente subjugado.

— Está me dizendo que, nos seis dias em que Danny foi mantido na unidade, não se lembra de tê-lo visto sendo imobilizado fisicamente nenhuma vez?

— Não durante meus turnos.

— Então pode ter acontecido durante o dia, quando o senhor não estava lá?

— Eu não saberia dizer.

ATESTADO DE ÓBITO

— Não são mantidos registros em caso de discussão violenta com um interno?

— Não, a menos que seja algo sério.

— Danny foi bastante machucado e arrancaram um tufo de seu cabelo.

— Ninguém me disse nada. Ele nunca me deu trabalho nenhum.

— Sr. Stewart, temos evidências fornecidas pelo legista que demonstram que, em algum momento pouco antes de sua morte, Danny envolveu-se em uma briga violenta e que todas as marcas encontradas em seu corpo sustentavam a hipótese de ele ter sido sujeito a procedimentos de controle e repressão. Está me pedindo para acreditar que o senhor não tem conhecimento disso?

— Sim, estou.

— Não houve rumores na unidade? Nenhuma conversa a respeito?

— Nada que eu tenha escutado.

— Seus colegas do turno diurno não lhe disseram para ficar de olho nele porque estava criando problemas?

— Não, senhora.

Jenny olhou de relance para o júri e sentiu que estavam do lado dela, desconfiados das esquivas de Stewart, perguntando a si mesmos o que ele estava escondendo.

— Com que frequência é preciso usar imobilização forçada?

— Uma vez por semana, mais ou menos... Não é tão frequente.

— Forçaria um interno a deitar-se com o rosto virado para o chão e pressionaria o braço contra suas costas?

— Muito raramente.

— Mas acontece.

— Se não houver outro jeito, é necessário fazê-lo.

— Se é tão raro assim, é mais surpreendente ainda que ninguém tenha lhe mencionado nada. É bem o tipo de coisa que se conversaria com os colegas, não é?

Stewart olhou diretamente para o júri e respondeu com o mesmo prosaísmo sem emoção que havia demonstrado em seu depoimento uma semana atrás.

— Não sei como Danny conseguiu essas lesões. Talvez ele tenha tido uma discussão com os funcionários e eu não tenha tomado conhecimento, talvez tenha sido com alguns dos outros garotos. Tudo o que sei é que ele estava bem quando as luzes foram apagadas e, até onde notei, não aconteceu nada estranho depois disso.

Jenny disse:

— O Dr. Peterson diz que é possível que Danny estivesse inconsciente, ou apenas parcialmente consciente, quando o lençol foi colocado ao redor de seu pescoço.

— Ele está errado.

— E não devemos considerar suspeito o fato de a câmera do corredor não estar funcionando?

— Interprete como quiser. Não tem nada a ver comigo.

— Não seja insolente, Sr. Stewart, estamos tratando da morte de uma criança.

Ele cruzou as mãos sobre a mesa à sua frente, sem pedir desculpas. Ela sentia desprezo por aquele homem, bem mais do que sentira pelo imbecil Hogg. Ele não dificultava as coisas por ser estúpido, mas em razão de um deliberado interesse próprio. Ela poderia ter cerrado os punhos e socado sua cara com força até que ele sangrasse. Poderia tê-lo espancado até deixá-lo desacordado e fincado as unhas em seus olhos até que ele cuspisse todos os seus segredos escusos.

Em vez disso, obrigou-se a manter seu tom de voz equilibrado.

— Sente algum remorso que seja pelo que aconteceu com Danny Wills?

— Sinto muito por ele ter se enforcado, é claro.

— Então por que não diz nada para ajudar? Não sugere quem possa ter causado aquelas lesões?

— Eu não sei quem foi.

ATESTADO DE ÓBITO

— Sr. Stewart, o senhor trabalha naquela instituição. Conhecia todos os funcionários e todos os internos da unidade masculina à época da morte de Danny. Ou o senhor tomou uma decisão pessoal de deliberadamente omitir informação neste inquérito, ou foi instruído pelos seus empregadores a fazê-lo. Qual dos dois?

Hartley contestou.

— Esta pergunta é ofensiva, senhora. Não foi apresentada qualquer evidência que sugira que meus clientes tenham tentado omitir informação relevante.

— A que outra conclusão posso chegar, Sr. Hartley? Está claro que a testemunha não está sendo completamente honesta, da mesma forma que o Sr. Hogg. E a Sra. Lewis estava tão decidida a evitar este inquérito que deixou o país. Não é necessário um raciocínio jurídico muito sofisticado para perceber que seus clientes ficam apavorados ao ouvir qualquer coisa que se aproxime da verdade neste tribunal.

— A senhora tem certeza de que queria mesmo se expressar dessa forma?

Kevin Stewart riu, apenas uma breve demonstração de escárnio, mas o suficiente para romper os últimos fios de autocontrole de Jenny. Ela atacou Hartley.

— Estou cansada de ouvir seu tom sarcástico e jocoso. Não tenho dúvidas de que o senhor esteve envolvido na decisão de permitir que a Sra. Lewis fugisse da jurisdição do tribunal, e pedirei que a polícia investigue. Também pedirei a eles que descubram quem instruiu o Sr. Hogg e o Sr. Stewart a não cooperarem com este inquérito. Seus clientes podem achar que, gastando dinheiro o bastante para encobrir organizadamente os fatos, conseguirão o desfecho que quiserem, mas eu não vou, não *devo* permitir que isso aconteça.

Sua explosão ecoou pela sala de audiências. No silêncio que se seguiu, Hartley ficou com as mãos inquietas, então fechou seu caderno de anotações e tampou sua caneta-tinteiro. Ele ergueu os olhos com uma expressão dolorosa e arrependida.

— Senhora, temo que suas observações não me deixem escolha a não ser levar o caso a uma instância superior, para buscar uma sentença que revogue qualquer veredito ao qual este inquérito possa chegar, se de fato ele for tão longe. A natureza errática de como tem conduzido este caso, os claros indícios de parcialidade, sem mencionar os bizarros eventos da semana passada, não me dão outra opção.

Ele pegou sua pasta e, seguido por sua consultora jurídica, atravessou a sala pelo meio do público estarrecido da galeria, em direção à porta. Golding e Pamela Sharp trocaram olhares. Pamela levantou-se hesitantemente.

— O Sr. Golding e eu também compartilhamos dos sentimentos de meu douto amigo Sr. Hartley, mas permaneceremos aqui em prol de nossos clientes.

Jenny contemplou o mar de rostos chocados. Ela tinha dado aos jornalistas o seu momento de drama, e as manchetes da noite já estavam escritas: *Advogados abandonam tribunal em protesto contra investigadora forense envolvida em escândalo de drogas.* As primeiras histórias chegariam ao e-mail de Moreton ao anoitecer e mais um monte pela manhã. Ela receberia um telefonema, antes de ela começar seu expediente às 10 horas. Jenny teve sua chance e estragou tudo. Queria pedir desculpas a Simone Wills, que olhava para ela com uma expressão de perplexidade. Queria dizer que fez o seu melhor, mas no fundo do coração, sabia que não tinha feito.

Ela se virou para Kevin Stewart, que cutucava preguiçosamente as unhas, mas as palavras não saíam. Os cantos de seu campo de visão começaram a escurecer, e sentiu uma pressão nas têmporas. O murmúrio de conversas na sala foi abafado pelo correr do sangue em seus ouvidos. Enfiou a mão no bolso, procurando por pastilhas de menta, mas seus dedos recusaram-se a agarrar o tubo. Jenny viu

ATESTADO DE ÓBITO

Arvel movimentando-se rapidamente à sua esquerda e imaginou que ele ia em seu resgate. Mas o meirinho passou por ela, seguiu por entre as fileiras até chegar a uma mulher mais velha, de cabelos louros, e trocar com ela palavras apressadas, aos sussurros. Era *Alison*. Assim que Arvel se virou, Jenny viu Tara ao seu lado e, entre elas, um jovem esguio, de cabelos cor de palha e angelical. O garoto.

Arvel apressou-se em voltar para a mesa de Jenny, quase correndo.

— A Sra. Alison Trent, sua assistente, aparentemente trouxe uma testemunha para a senhora, o Sr. Mark Clayton.

Tão rápido quanto tinha surgido, a onda de pânico acalmava-se novamente. Jenny sentiu um chão sólido sob seus pés e seu diafragma relaxou. Ela pegou a água, forçou um gole garganta abaixo e encontrou sua voz.

— Está dispensado, Sr. Stewart. Mas não deixe a sala.

Ele empurrou a cadeira e dirigiu-se lentamente ao fundo, balançando a cabeça com desdém.

— Convoco o Sr. Mark Clayton.

O garoto louro, com não mais de 18 ou 19 anos, virou-se para Alison, que o encorajou a ir adiante com uma das mãos em suas costas, como faria uma mãe protetora. Tara ficou atrás deles, seus olhos brilhando de entusiasmo.

Clayton, nervoso, foi até a frente da sala. Arvel o conduziu ao banco de testemunhas e ficou por perto enquanto ele lia o juramento, tropeçando nas palavras com os olhos arregalados e assustados.

Jenny disse:

— O senhor é Mark Clayton?

— Sou.

Ele disse sua idade (18) e deu seu endereço, no sul da cidade, com um sotaque suave, mais para Somerset do que para Bristol. Ela pôde perceber que ele nunca estivera na posição de testemunha antes: não tinha a arrogância de um delinquente experiente.

Sem anotações de onde tirar perguntas para ele, sem plano ensaiado, sem ideia do que ele iria dizer, ela só tinha o olhar severo de Alison como garantia de que, o que quer que fosse, seria para o melhor.

— Poderia, por favor, nos dizer que tipo de conexão tinha com o falecido Danny Wills, se houver alguma?

Clayton olhou de relance para Alison, como se lhe pedisse um sinal, e voltou-se para o júri por vontade própria.

— Eu era... Era um amigo do investigador forense, Sr. Harry Marshall.

Jenny disse:

— Quando você diz *amigo*...?

— É... Na verdade era mais do que isso, você sabe... Eu o conheci há uns três meses mais ou menos, nos víamos a cada duas semanas.

Uma onda de agitação espalhou-se pela sala. Os jornalistas olharam para a frente, todos ao mesmo tempo, os mais cínicos, agora irrequietos.

Ela seguiu com cautela.

— Era uma amizade romântica?

— Mais ou menos... Conheci-o pela internet. — Olhou novamente para Alison. — Ele me pagava.

— Harry Marshall, o investigador forense responsável pelo caso da morte de Danny Wills, pagava-o uma vez a cada 15 dias para fazer sexo com ele?

— Sim.

Ela viu Williams abaixando a cabeça com tristeza pelo que agora atingiria Mary Marshall e suas filhas, mas não tinha mais volta. Pediu a Arvel que trouxesse o envelope até o banco de testemunhas e convidou Clayton a abri-lo. Ele pegou as fotografias.

— Poderia, por favor, nos dizer do que se trata?

ATESTADO DE ÓBITO

Clayton pareceu surpreso, enojado até, com o que viu.

— São fotos minhas e de Harry em um quarto de hotel.

— Elas estão datadas?

— Sim. 25 de abril.

— Onde vocês estavam?

— No Novotel de Bristol. É aonde íamos sempre.

— Sabia que estas fotografias estavam sendo tiradas?

— Não... Nenhum de nós dois sabia.

— Há um bilhete anexado às fotografias. Pode ler o que diz?

Jenny olhou para o lugar onde Frank Grantham estivera sentado, mas ele já não estava mais presente.

— Diz: *Querido Frank. De seu amigo. H.*

— Há uma data?

— Sim. 3 de maio.

Jenny dirigiu-se ao júri.

— Os senhores devem se lembrar que o Sr. Marshall enviou estas fotografias ao Sr. Grantham na manhã do dia 3, e morreu mais tarde no mesmo dia.

Dirigiu-se novamente a Clayton.

— O que sabe sobre elas?

— Harry ligou para o meu celular, acho que foi na sexta-feira anterior, e disse que sentia muito, mas havia uma chance de que algumas fotos de nós dois juntos fossem veiculadas pela imprensa. Disse que alguém mandou cópias delas para o seu escritório. Ele não sabia como isso tinha acontecido.

— Como ele parecia estar?

— Aborrecido... muito aborrecido.

— Ele mencionou alguma coisa sobre seu trabalho?

— Não dessa vez. Foi uma ligação rápida... Eu estava com raiva.

— Por causa das fotos?

— Por que mais? Lógico.

— O senhor disse: *Não dessa vez...*

— Ele me ligou mais uma vez, na semana seguinte, quinta-feira. Para ser honesto, eu não queria saber dele, mas ele continuou ligando, não desistia, então eu atendi...

— Que horas eram?

— Não sei exatamente. Tarde da noite, talvez até já tivesse passado da meia-noite.

Jenny olhou para Alison, lembrando do telefonema que ela recebera de Harry, aquele que poderia tê-lo impedido se ela tivesse encontrado a coragem para ligar de volta.

— O que ele disse?

— Ele estava quieto, não aborrecido, só meio triste... Disse que não estava bem. E que se qualquer coisa acontecesse com ele, eu deveria ligar para seu escritório e dizer que o homem que ele procurava chamava-se Sean Loughlin e era enfermeiro no Centro Portshead. Ele disse: *Sean Loughlin matou Danny Wills e eu não fui corajoso o suficiente para provar.* Foi isso.

— Por que não ligou para o escritório dele, Sr. Clayton?

— Não queria ter mais nada a ver com ele. Eram só negócios, sabe. E quando a esposa dele começou a ligar para mim, era só o que me faltava.

Williams mandou um bilhete sugerindo um adiamento quando ela encerrasse com Clayton, mas não disse o motivo. Mais tarde diria a ela como naquela meia hora, com os jornalistas acotovelando-se em um frenesi na calçada do lado de fora, a história real acontecia em um beco na parte de trás do salão, aonde seus policiais levaram Stewart e Hogg. Com o mesmo olhar que mostrara quando falou sobre superar os ingleses, disse a ela como propôs um acordo ao primeiro que falasse alguma coisa. Hogg acabou por ser mais ligeiro do que parecia, levantando a mão como se estivesse em uma sala de aula. Stewart acertou-lhe um soco, depois tentou escapar, mas acabou algemado dentro de uma van

ATESTADO DE ÓBITO

estacionada do outro lado do beco, na qual já estava Frank Grantham. Williams disse que Grantham foi o pior, ficara repetindo: "Você sabe quem eu sou?" Williams respondera, mas não seria educado repetir na frente dela.

O detetive galês, cuja carga de trabalho consistia, na maioria das vezes, em arrombamentos de galpões e, se tivesse sorte, discussões domésticas, estava se divertindo.

Hartley e os advogados da UKAM estavam de volta ao salão quando Jenny retomou o inquérito no meio da tarde, mas reuniram-se em um canto da galeria pública, presos por sua necessidade de continuar agindo, mas orgulhosos demais para manchar sua reputação retomando seus lugares na dianteira da sala. Algumas fileiras à frente deles, Alison e Tara Collins estavam sentadas com Simone Wills e seus amigos. Tara estava no lugar da estrela pornô em treinamento, segurando a mão de Simone.

Jenny convocou Hogg e lembrou-lhe de que ainda estava sob juramento. Não havia nenhum traço de vergonha ou embaraço em seu comportamento. Tinha toda a autoconfiança arrogante de um homem que acreditava ter saído impune.

— Sr. Hogg, acredito que, desde que testemunhou no início da tarde, o senhor tenha pensado melhor e deseje esclarecer algumas questões.

Hogg olhou na direção de Williams, para assegurar-se de que estava protegido. Williams respondeu acenando com a cabeça. Hogg disse:

— Sim, senhora.

— Sr. Hogg, poderia nos dizer o que viu na noite de 13 para 14 de abril, a noite em que Danny Wills morreu.

— Vi alguém, um dos funcionários, entrando no quarto dele.

— Onde estava quando viu isso?

— Vi em um de meus monitores.

— Está dizendo que a câmera que monitorava o corredor da unidade masculina estava funcionando?

— Sim, senhora, estava.

Jenny evitou olhar para o júri. Ela podia ouvir seus arfares silenciosos, mas não queria reagir à emoção deles. Seu coração já batia forte o bastante. Também não ousou olhar para Hartley ou sua equipe. Tinha de se manter focada. Tudo o que importava era conseguir de Hogg a verdade pura.

— Não estava quebrada?

— Não. — Ainda sem nenhum resquício de arrependimento. Ele era um descarado.

— Então por que disse que estava?

— Fui instruído a dizê-lo e a relatar que havia quebrado no início da manhã seguinte, antes do final do meu turno.

— Por quem?

— Pela diretora, Sra. Lewis.

Jenny ouviu o burburinho vindo dos advogados da UKAM, sabendo que eles já planejavam uma tática para difamar e desacreditar a testemunha.

— O senhor não informou que a câmera estava quebrada até a manhã do dia 14, depois que Danny estava morto?

— Correto.

Ela respirou fundo.

— Diga-me o que viu pela câmera, Sr. Hogg.

— Durante a noite, vi o Sr. Stewart fazendo sua checagem, mas ele parou do lado de fora da porta de um dos quartos várias vezes; era o quarto de Danny. Eu não conseguia ver o que acontecia lá dentro, mas tinha a impressão de que o Sr. Stewart gritava. Parecia que o prisioneiro estava causando um tumulto. Notei isso nas noites anteriores, também.

— O que o senhor notou?

ATESTADO DE ÓBITO

— O Sr. Stewart estava tendo problemas com Danny. O garoto não ficava quieto. Ele tinha de voltar toda hora para a porta do quarto. Então, finalmente, ele chamou Loughlin.

— Quem era Loughlin?

— Um dos enfermeiros da unidade de recepção.

Jenny disse:

— Por que não vi o nome dele em nenhuma das listas de funcionários?

— Não o vi novamente depois do dia 14... — Pela primeira vez Hogg abaixou a cabeça. — Disseram-nos que, até onde era de nossa conta, ele estivera afastado nas últimas duas semanas... Que se a polícia ou o investigador forense fizessem qualquer pergunta, era isso que deveríamos dizer.

— A Sra. Lewis disse isso para você?

Ele confirmou com a cabeça.

— E se tivessem desobedecido?

— Perderíamos nossos empregos e nunca conseguiríamos outros... E ninguém gostaria de ficar contra Loughlin... Os garotos chamavam-no de Açougueiro.

— Algum motivo em particular?

— Não sei se é verdade... — Hogg estava começando a suar e esfregou o punho da manga em sua testa gordurosa. — É só um boato que ouvi. Ele conseguia drogas para os garotos, mas os tratava feito carne.

— O que isso quer dizer?

Hogg puxou o nó de sua gravata, afrouxando-a um pouco.

— Eles pagavam com sexo, eu acho. Mas nunca vi acontecer. Tudo que sei é que ele trabalhava sempre no turno da noite. O enfermeiro de plantão era chamado quando alguém precisava ser acalmado. Na maioria das vezes esse enfermeiro era ele.

— A que horas Loughlin foi ao quarto de Danny?

— Lá pelas 2 horas.

— O Sr. Stewart entrou com ele?

— Não, ele entrou sozinho. Ficou lá dentro talvez dez ou 15 minutos. Obviamente eu não conseguia ver o que tinha acontecido lá, mas quando ele saiu, lembro de ele ter olhado para a câmera, apenas um olhar rápido, sabe...

— O que aconteceu depois disso?

— Tudo ficou quieto... o Sr. Stewart não inspecionou novamente até umas 6 horas. Foi quando ele viu Danny. — Antes de Jenny intervir, ele disse: — Não era incomum. Ele realmente não se dava ao trabalho quando os garotos estavam dormindo.

Jenny disse:

— Sr. Hogg, diga-me com que frequência viu internos serem imobilizados à força por funcionários do Centro Portshead.

— Todos os dias. Eles têm de fazê-lo. Alguns garotos são como animais selvagens. De que outra forma poderiam controlá-los?

Ela se reclinou em sua cadeira e permitiu-se ter um momento para captar uma imagem abrangente da sala de audiência: Alison pegando lenços de papel para dar a Simone; Hartley e sua equipe reunindo-se em desespero; Williams, sorrindo em silêncio; Peterson, pensativo, olhando para o vazio; Sharpe e Golding, esquecendo-se de seus clientes por um momento, atentos e tão aterrorizados pelo que estavam ouvindo quanto o júri.

Jenny dirigiu-se a Hogg para uma última pergunta.

— Diga-me, lembra-se de qual modelo de carro Sean Loughlin dirigia?

Hogg apertou seu queixo em uma contorção estranha enquanto tentava se lembrar.

— Sim... acho que era um Vectra. Azul.

Foi durante o breve recesso, pedido por Jenny para que ela e o júri absorvessem todo o impacto do testemunho daquela tarde, que Alison bateu na porta de seu escritório e trouxe a notícia de que tinha

ATESTADO DE ÓBITO

usado o laptop de Williams para acessar a internet e checar a conta discriminada de telefone do escritório relativa aos meses de abril e maio. Ela deu a Jenny uma lista impressa que mostrava que Marshall fora ao escritório na manhã de sábado, dia 21 de abril, e fizera uma série de ligações para o Centro Portshead e para outros números que batiam com aqueles da lista de funcionários com a qual vinha trabalhando. Jenny reparou que o nome de Loughlin não aparecia nesse documento. Entre os telefonemas, Harry tentara, sem sucesso, conseguir contatar o celular de Katy Taylor. No entanto, às 12h52 ele conseguiu conectar-se com o número dela por três minutos e meio. O que foi dito, elas nunca saberão, e não seria permitido ao júri especular, mas se ela havia mencionado Loughlin, Marshall não registrara isso em suas anotações. Era um detalhe que Harry levara com ele, mas Jenny conseguia imaginá-lo, enlouquecido, após ter recebido as fotografias, e posteriormente sabido da morte de Katy, eliminando do arquivo de Danny qualquer coisa que pudesse incriminá-lo mais tarde. Mas quando caiu em desespero, sucumbindo a uma consciência extremamente pesada, trancou o arquivo de Katy em uma gaveta, com a esperança de ter uma redenção póstuma. Podia perceber na expressão de Alison, rígida porém dolorosa, que sua mente de policial passava por um cenário semelhante, mas não era uma ocasião para tal conjectura. O pesar já era suficiente para se suportar por enquanto. Haveria muito tempo para se lidar com a vergonha de Harry.

Ela recapitulou os testemunhos para o júri até depois das 17 horas, e então explicou a gama de veredito potenciais à disposição deles. Para chegar a um veredito de suicídio ou homicídio teria de ser satisfeito o critério dos padrões probatórios criminais: estar além de toda dúvida razoável. Para todos os demais veredito potenciais (morte acidental, infortúnio, negligência ou um veredito aberto), deveria ser adotado o padrão civil: a pesagem das probabilidades. E embora não tivessem o depoimento de nenhuma testemunha ocular sobre o que ocorreu no momento preciso da morte de Danny Wills, eram qualificados para formar uma opinião com base na colcha de retalhos formada pelas evidências circunstanciais. O quão confiáveis julgaram ser cada uma das testemunhas e que peso escolheram dar a suas declarações eram questões a serem decididas por eles, utilizando-se do bom senso. Por fim, disse-lhes para que fossem tão minuciosos quanto possível em suas decisões: o júri de um tribunal de investigação deveria determinar no maior nível de detalhe se as evidências justificariam com precisão o momento, a causa e as circunstâncias da morte.

O júri recolheu-se à única sala disponível, que Jenny usara como escritório, deixando-a aguardando sozinha no único outro espaço privado: uma cozinha pequena e sem janelas, que cheirava a linóleo envelhecido. Arvel havia atenciosamente aberto uma mesa e uma cadeira de armar, mas isso estava longe do que ela imaginava quando pensava no gabinete de um investigador forense. Ainda assim, sua domesticidade aconchegante e comunal, de alguma forma, parecia adequada ao caráter íntimo de sua tarefa. Seu trabalho não era julgar e condenar um criminoso, mas descobrir, no maior grau de profundidade possível, o que levou uma alma jovem, vulnerável e confusa a abandonar, de forma infeliz e precipitada, seu corpo terreno.

O júri levou menos de quarenta minutos para chegar a um veredito. Houve um silêncio respeitoso enquanto eles entravam novamente no salão e reassumiam seus lugares.

Jenny disse:

— O representante dos jurados poderia ficar de pé, por favor?

Uma confiante jovem na fileira de trás levantou-se, com o formulário de inquérito preenchido em mãos.

— Senhora Representante, o júri chegou a uma decisão unânime em relação a todas as questões do formulário de inquérito, e todos assinaram?

ATESTADO DE ÓBITO

— Sim, chegamos.

— Para que estas respostas sejam ouvidas, poderia por favor anunciar em voz alta o nome do falecido?

— Daniel Wills.

— Lesão ou doença que causou sua morte.

— Asfixia por estrangulamento.

— Hora e local em que sofreu a lesão.

— Daniel Wills morreu pouco depois das 2 horas de 14 de abril, em sua cela no Centro de Detenção Juvenil Portshead.

— Conclusão do júri quanto à causa da morte.

— Daniel Wills foi assassinado por Sean Loughlin, enfermeiro do Centro Portshead. Loughlin imobilizou-o à força, causando lesões que o deixaram inconsciente. Acreditando tê-lo matado, Loughlin pendurou seu corpo, amarrando-o pelo pescoço com um lençol às grades da janela de sua cela, para fazer parecer suicídio.

Sob o som do choro de Simone Wills, Jenny agradeceu ao júri por seus esforços e informou-os de que entregaria o arquivo imediatamente à polícia, propondo que Sean Loughlin fosse investigado por homicídio. Sem perder tempo, convocou Grantham e Peterson à frente do tribunal e sentenciou ambos a cinco dias de detenção por desacato. Seus advogados iriam a um tribunal superior para apelar da decisão, mas eles ao menos experimentariam uma noite na prisão. Williams disse a ela que tinha uma viatura do lado de fora pronta para levá-los para Swansea, uma prisão que nunca gostou de deixar um inglês sair.

Em meio ao alvoroço que se seguiu, seus olhos cruzaram-se com o olhar calmo de Alison, e a distância Jenny balbuciou um sincero "obrigado".

VINTE E OITO

ERA FIM DE TARDE. ELA estacionou na entrada, que estava com a grama recém-aparada, e foi até os fundos da casa para encontrar Steve de chinelos, bermuda e camisa ensopada de suor. Ele admirava as faixas largas que havia desenhado na grama com um velho cilindro de ferro. Alfie estava deitado, estirado a seu lado, na sombra perto da porta dos fundos.

Jenny disse:

— O que você fez? Parece coisa do subúrbio.

— É bonito, segundo meu senso estético.

— Desde quando você tem um desses?

— Impossível que seis anos de arquitetura tenham sido à toa.

Ela largou a pasta na mesa do jardim e tirou o blazer. Depois de um mês de junho chuvoso, julho finalmente trouxera o sol.

— Você nunca me contou o que o impediu de concluir o curso, além de sua namorada louca.

— O medo de me tornar um homem de terno, suponho. Esposa, filhos, hipoteca, tudo isso.

— Há coisas piores.

Ele se virou para olhar para ela, os olhos na direção de sua blusa, dos dois botões de cima, abertos.

— Eu sei.

Ele começou a empurrar o cilindro de volta para o moinho.

ATESTADO DE ÓBITO

— Alison ligou há algum tempo. Procurou por você nas últimas duas horas.

— Estive ocupada. O que ela queria?

— Ela recebeu o resultado dos testes de DNA. Os fios de cabelo encontrados no carro de Loughlin eram de Katy Taylor. Acho que ela disse que seria acusado de assassinato.

Ele desapareceu dentro da construção decadente. Jenny ouviu-o mexendo em placas de ferro corrugado e pedaços de madeira.

— É só isso que você tem a dizer? Que tal um "muito bem" por eu ter conseguido descobrir sozinha o assassino de duas pessoas?

— Sozinha, é?

Ela o seguiu, seus calcanhares afundando na grama.

— O que quer dizer com isso?

— Foram Alison e aquela jornalista que encontraram o garoto, Clayton.

— Eu teria chegado a ele. Fui eu quem descobriu as fotografias.

— E quem conseguiu os arquivos do legista?

Ela foi até o espaço vazio que um dia fora o batente da porta.

— Eu estava lá.

— Com o garoto.

Ele empurrou o cilindro para baixo do abrigo improvisado que construíra de frente para a parede lateral.

— O que é isso, sua tentativa de me diminuir porque eu tenho status e você não?

Steve olhou para suas mãos, imundas e manchadas de ferrugem, e voltou andando na direção dela.

— Você sabe qual é o seu problema, Jenny? Parece que tudo que você quer é ficar sozinha.

— Isso *não* é verdade.

— Exceto quando você tem tanto sucesso, que fica assustada.

— Você nem me conhece.

469

— Às vezes estranhos veem com mais clareza.

— Realmente.

— Olhe para você, Jenny. É uma linda mulher vestida como um coveiro.

Ele encaixou suas mãos sujas em volta da cintura dela.

— O que diabos está fazendo?

— Está quente. Você comprou uma casa à beira de um riacho. Nunca vai nadar nele?

— *Tire* suas mãos de mim.

Ele a soltou.

— Como quiser.

Ele tirou a camisa e atravessou até um ponto onde a água batia em sua cintura e mergulhou de cabeça. Saiu rindo, balançou a cabeça e rolou pela água, chutando o ar com os pés descalços.

— Poderia ser você fazendo isso, Jenny... Poderia ser você...

Ela o observou por um momento, paralisada, percebendo que sempre morrera de medo de água, e então lentamente tirou os sapatos com os pés e desabotoou as calças. Talvez fosse hora de superar isto.

— Ouça de novo. Diga-me qual tipo de som.

— É a porta... punhos em uma porta. Com violência, batendo com força...

— E então?

— Uma voz... uma voz furiosa. Gritando... Mais do que gritando.

— Sim?

— Eu não sei... Não consigo...

— Tente, Jenny. Continue assim. A voz do seu pai?

— Não, não é ele... Ah, Deus...

— A voz de quem?... Está tudo bem, pode deixar as lágrimas caírem... Apenas continue.

ATESTADO DE ÓBITO

— ... Meu avô... Ele está gritando... Eu não consigo. Eu não consigo.

Ela abriu os olhos vertendo lágrimas e pegou outro lenço de papel do pacote que o Dr. Allen segurava para ela.

— Desculpe-me... Não consigo ir além disso.

— Você deu mais um grande passo: a voz do seu avô. Tem alguma ideia do motivo de ele estar gritando?

Ela balançou sua cabeça.

— Não.

— Talvez a lembrança venha até você. Acho que chegaremos lá em breve.

Fazendo uma anotação em seu bloco, ele disse:

— Diga-me o que você sentiu quando ouviu seu avô.

Outro rio de água salgada escorreu pelo seu rosto.

— Eu não sei de onde isso está vindo...

— Tente pensar em uma palavra, um sentimento.

— Não consigo.

— Apenas tente. A primeira coisa que vier à sua mente.

— Morte.

— Bom. — Ele a escreveu. — Alguém que você conhecia morreu mais ou menos naquela época?

— Não.

— Tente olhar algumas fotografias, cartas, qualquer coisa antiga. Tenho uma sensação de que estamos muito perto. — Ele parou de olhar para suas anotações. — Agora diga-me, como está lidando com a grande pressão desse seu emprego?

Ela secou seus olhos.

— Os novos remédios estão me ajudando a superar as dificuldades.

— Pelo que li nos jornais, você conseguiu bem mais do que isso.

— Cometi muitos erros, também.

— Não teve mais pensamentos autodestrutivos?

— Nada sério... Eles estão sempre lá, à espreita nas sombras, mas contanto que não saiam está tudo bem.

— Ataques de pânico?

— Nenhum em uma semana, mais ou menos. Sinto-me bem estável.

— Parece quase desapontada com isso.

— Uma pessoa não se sente do mesmo jeito tomando remédios... Não estou reclamando.

— Está se recuperando. Pense nos medicamentos como um curativo. Só precisa deles enquanto o ferimento está se fechando.

— Acho que sim...

Ela relaxou, voltando a ficar sentada, enxugando a última de suas lágrimas.

— Diga-me, como estão as coisas com seu filho?

— Bem. Ele chega semana que vem para ficar comigo durante o verão, talvez mais tempo.

— E o problema dele com a maconha?

— Espero que, em vez disso, ele se interesse por garotas.

— E você não teria problemas com isso?

— Claro que sim, eu sou a mãe dele, mas pelo menos posso espantar as ruins.

O Dr. Allen sorriu.

— Sabe, o que quer que tenha acontecido entre vocês, você nunca consertará o passado, mas se acertar no presente, pelo menos se reconciliará com ele.

Jenny disse:

— Sou uma investigadora forense. Passo a vida desvendando coisas.

EPÍLOGO

O DETETIVE WILLIAMS E SUA equipe levaram Sean Loughlin à Justiça com êxito. No Tribunal da Coroa de Newport, ele se declarou culpado pelo homicídio culposo de Danny Wills e inocente pelo assassinato de Katy Taylor. No julgamento subsequente, foi declarado que no dia do desaparecimento de Katy ele adquirira legalmente uma pistola de ar comprimido parecida com uma Glock que, alegou-se, foi usada para convencê-la a entrar em seu veículo. Loughlin recusou-se a testemunhar e foi condenado. Foi sentenciado à prisão perpétua, com a recomendação de que cumprisse no mínimo 25 anos.

Kevin Stewart foi julgado por perjúrio e, depois do testemunho de Jan Smirski transmitido por videoconferência direto da Polônia, declarou-se culpado de uma acusação de obstrução da justiça. Foi sentenciado a quatro anos. Williams tentou indiciar uma série de outros funcionários do Centro Portshead pela mesma acusação, mas o Serviço de Procuradoria da Coroa decidiu não levar o caso a julgamento por falta de provas. Darren Hogg continua trabalhando como operador de circuitos fechados de televisão, embora tenha sido transferido por seu empregador para um presídio para adultos logo após o inquérito sobre a morte de Danny Wills. Elaine Lewis permanece nos EUA, e as tentativas de extraditá-la para o Reino Unido até o momento mostraram-se infrutíferas. Giles

M.R. HALL

Hartley e seus consultores jurídicos foram formalmente investigados, mas não levantaram-se acusações criminais.

Apesar de uma ampla investigação, não foram descobertas provas documentais envolvendo Frank Grantham em negociações corruptas para vender terras da autoridade local à UKAM Soluções de Segurança Ltda. A empresa, enquanto isso, concluiu a aquisição e está construindo um centro de detenção juvenil com capacidade para quinhentos internos. A identidade do delator que entregou a Marshall o documento contendo a proposta nunca foi revelada.

Andy e Claire Taylor prestaram queixa contra o tratamento inicial dado à investigação da morte de sua filha. Embora a Ouvidoria Independente da Polícia tenha encontrado várias deficiências na forma pela qual o Departamento de Investigação Criminal agiu, elas foram atribuídas à falta de recursos. Alguns elementos da investigação foram considerados lamentáveis, mas nenhum oficial foi responsabilizado.

Depois de hipotecar novamente sua casa, Tara Collins contratou uma firma de peritos forenses em recuperação de dados, que rastrearam as transações supostamente fraudulentas feitas em seu laptop, chegando a uma conexão wi-fi em uma loja Starbucks de Burstonville, Maryland. Não foi comprovada relação com a UKAM ou com suas empresas associadas, mas em seu julgamento, no Tribunal da Coroa de Bristol, o juiz aceitou não haver caso a ser solucionado e ordenou que o júri apresentasse um veredito de inocência.

Nick Peterson deixou o Hospital Distrital de Severn Vale para aceitar um cargo em um hospital comunitário de Johanesburgo, na África do Sul.

Um inquérito sobre a morte de Harry Marshall, conduzido pelo investigador forense de Bristol Central, chegou a um veredito aberto. Nem a Sra. Marshall nem nenhuma de suas filhas compareceu.

ATESTADO DE ÓBITO

No entanto, em uma breve cerimônia religiosa realizada após o novo enterro de Katy Taylor, ela leu o sermão, citando a passagem da Bíblia de que seu falecido marido mais gostava, Isaías 61:

O Espírito do Senhor Deus está sobre mim, porque o Senhor me ungiu para pregar boas-novas aos mansos, enviou-me a curar os quebrantados de coração, a proclamar libertação aos cativos e a pôr em liberdade os algemados.

Este livro foi composto na tipologia Classical Garamond BT,
em corpo 11/16,1, e impresso em papel off-white 80g/m²
pelo Sistema Cameron da Distribuidora Record
de Serviços de Imprensa S.A.